T0343769

Still with him

LILY DEL PILAR

Still with him

Obra editada en colaboración con Editorial Planeta – Chile

Ilustración de portada: Daniela de la Fuente Inostroza @calicocat_art

Bajo el sello editorial CROSSBOOKS M.R.
Avenida Presidente Masarik núm. 111,
Piso 2, Polanco V Sección, Miguel Hidalgo
C.P. 11560, Ciudad de México
www.planetadelibros.com.mx

Primera edición impresa en Chile: junio de 2024
ISBN: 978-956-6145-79-0

Primera edición impresa en México: junio de 2024
ISBN: 978-607-39-1438-3

Impreso en los talleres de Impregráfica Digital, S.A. de C.V.
Av. Coyoacán 100-D, Valle Norte, Benito Juárez
Ciudad De Mexico, C.P. 03103
Impreso en México - *Printed in Mexico*

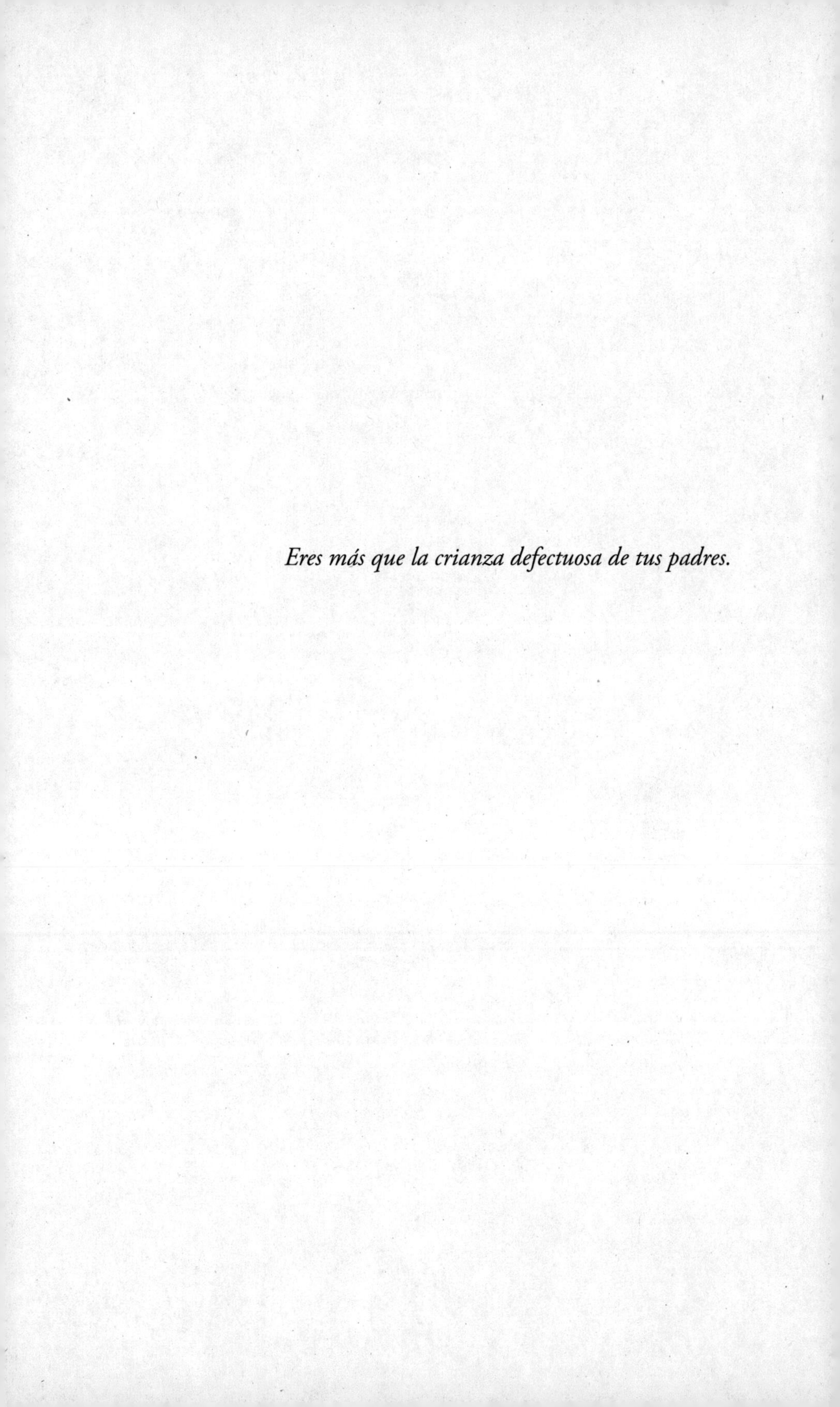

Eres más que la crianza defectuosa de tus padres.

Índice de personajes

Yoon Jaebyu: enfermero de planta del hospital de Daegu. Su mejor amiga es Somi, que vive por y para el chisme. Duerme en el suelo si se molestan con él. Escucha más que habla, pero puede pasar horas conversando con sus hijos y novio. Tiene un diario en su mesita de noche donde anota sus avances con Lee Minki. Protagonista de la novela.

Lee Minki: policía de la unidad n.º 17. Mejor amigo de Jong Sungguk. Desconoce muchas cosas, excepto que sigue enamorado de Yoon Jaebyu y que su familia es lo más importante que tiene. No lo hagan enojar porque se duerme en el sofá.

Jong Sungguk: policía de la unidad n.º 17. Rescatista animal en sus tiempos libres. Si bien ya no es compañero de rondas de Lee Minki, siguen siendo la persona favorita del otro.

Moon Daehyun: vive la vida que le negaron durante 19 años. Es feliz con las decisiones que ahora puede tomar. Cree en las segundas oportunidades.

Yeo Eunjin: uno de los jefes de la unidad n.º 17. Minki y Sungguk están (lamentablemente) bajo su cargo.

Kim Somi: enfermera del hospital de Daegu, compañera y amiga de Jaebyu.

Yoon Yeri: mamá de Jaebyu.

Ha Siwon: papá de Jaebyu.

Ahn Taeri: mamá de Minki.

Lee Jaesuk: papá de Minki.

Lee Minjae y Lee Dowan: hermanos menores de Minki.

Yoon Beomgi y Yoon Chaerin: mellizos, hijos de Minki y Jaebyu.

Choi Namsoo: médico obstetra en el hospital de Daegu.

Moon Minho: papá de Daehyun.

Moon Jeonggyu: hijo de Daehyun y Sungguk.

Kim Seojun: psicólogo.

Otros personajes

Ryu Dan: víctima Caso 1.

Park Siu: prometido Caso 1.

Mo Junho: vecino Caso 1.

Kang Chulsoo: paradero Caso 1.

Do Kanghee: esposa Caso 2.

Do Taeoh: esposo Caso 2.

Ahn Woosung: administrador Caso 2.

Kim Gaseop: víctima Caso 3.

Nota

Esta novela contiene personajes psicológicamente inestables y aborda temas sensibles. Favor leer con discreción.

Esta historia es ficticia y no tiene relación alguna con personas, organizaciones o hechos reales. Los lugares mencionados han sido modificados a conveniencia de esta, por lo cual no representan su realidad.

1

Había una librería ubicada frente al hospital donde trabajaba Yoon Jaebyu. Él no tenía la costumbre de visitarla, a excepción de las instancias en donde le obligaban a abandonar sus funciones en Emergencias tras un caso difícil, lo que había acontecido aquella mañana. Todavía con el olor a flores haciéndole cosquillas en la nariz, ingresó en el local. Era pequeño, un rectángulo que se alargaba varios metros hacia el fondo. Tenía una serie de estanterías repartidas en fila y, como novedad del mes, justo en al escaparate central se presentaba una serie de libros con cubiertas de variados colores.

Se acercó.

Una novela de color apagado que contrastaba con el resto llamó su atención. Tenía un chico sin expresión dibujado en la portada. Lo agarró y leyó el título.

Almendra

Como la contraportada únicamente contenía reseñas de otros autores y periodistas, buscó el título en Naver. Una descripción del libro le llamó la atención:

«¿Cómo lloran las personas que no pueden sentir nada?».

Depende, se dijo Jaebyu, *si la persona es incapaz de hacerlo por falta de empatía o por problemas en su amígdala*.

Si era por lo primero, se trataba principalmente de un tema de crianza, ya que la empatía se gestaba en la niñez. De no enseñársele aquello en sus primeros años, el niño se deshumanizaba, lo que implicaba una despersonalización, un cerebro fraccionado que, a la larga, terminaría creando un adulto incapaz de llorar. Por tanto, el estrés crónico que generaba la negligencia de los cuidadores podría resultar en un niño con mayor sensibilidad al estrés y una respuesta emocional más alterada y desmedida.

En cuanto a la amígdala, esta se componía por dos estructuras: una en cada hemisferio del cerebro. Su principal función iba ligada a procesar y almacenar reacciones emocionales. Era, por tanto, la encargada de recibir las señales de peligro potencial y de desarrollar una serie de reacciones que ayudaban a la autoprotección. Al ser la encargada de enviarle señales al cerebro cuando se recibían estímulos del exterior, podía ser moldeada por factores ambientales, tal como lo sería la crianza y el comportamiento social en su entorno más próximo.

Una amígdala más grande significaba una mayor sensibilidad y reactividad emocional, lo que podía generar una persona más propensa a experimentar respuestas emocionales intensas ante estímulos amenazantes o estresantes. El tamaño influía en su conectividad con otras regiones cerebrales ligadas a la regulación emocional, que amplificaban la emoción y, por ende, el sujeto tenía una mayor dificultad para la regulación y, además, una tendencia a experimentar emociones más intensas y duraderas.

Por otro lado, si se contaba con una amígdala demasiado pequeña, esa persona también sería incapaz de llorar, de sentir algo, lo que sea, al punto de tener que actuar sus emociones al ser incapaz de tenerlas.

Esa novela, sin duda, era interesante.

La compró y se pasó los siguientes días leyéndola. El personaje principal era un chico de nombre Yunjae, quien no podía sentir emociones debido a un problema en su amígdala.

Cuando Jaebyu cursaba su primer año de residencia en aquel hospital, se realizó una tomografía computarizada. En el resultado se le indicó que tenía una amígdala increíblemente corriente. Su falta de sentimientos, entonces, nada tenía que ver con su almendra.

¿Eso lo convertía en un monstruo? Esperaba que no.

Los monstruos no eran bonitos.

Los monstruos eran monstruos.

Pensaba en otra clase de monstruos cuando abrió los ojos horas más tarde en aquel fatal día. Se encontraba en la sala de descanso de Emergencias, porque estaba trabajando al recibir la noticia. Lo habían cubierto con unas mantas y sentía un peso pequeño sobre las piernas, como si alguien estuviera recostado sobre ellas.

—¿Querido? —preguntó con voz rasposa.

En lo que duraba un chasquido, la realidad lo envolvió y su prometido, Lee Minki, desapareció de su mente. Quien se ubicaba a su lado era Kim Somi, compañera y amiga. La decepción era densa en su pecho, mientras observaba aquel rostro femenino que no se asemejaba en lo más mínimo a la cara que llevaba años amando. La enfermera tenía los ojos enrojecidos y los párpados irritados como si hubiera pasado horas llorando.

—*Oppa* —la escuchó susurrar. Su mirada se humedeció—. Lo siento mucho.

El corazón le dolió como si un elemento cortopunzante se hubiera hundido en él hasta la empuñadura. Recordó por qué estaba en aquella cama estrecha de descanso, también la razón del por qué Lee Minki no se hallaba con él.

Entumecido, se dejó caer contra la almohada y tiró de las mantas para cubrirse el pecho. Su mirada se perdió en la cama de arriba, contó a lo menos en seis oportunidades las tablas de la litera.

—¿Jaebyu? —insistió su amiga.

Se limitó a negar con la cabeza para pedirle que no siguiera. Un largo instante después, se escuchó preguntando algo que no planeó hacer:

—¿Minki?

La enfermera contestó ansiosa, sus palabras se enredaban al hablar de forma atropellada.

—Todavía no sabemos nada, pero... —el resto de su respuesta se esfumó para continuar tras un salto dudoso—. ¿Estás...? No, por supuesto que no estás bien. Qué pregunta más tonta, lo siento mucho —apuntó hacia afuera—. Puedo inyectarte algo... para que sigas durmiendo.

Volteó su barbilla hacia ella.

—¿Los mellizos? ¿Dónde están mis hijos?

Ella se rascó el borde de la mandíbula, estaba claro que su excelente profesionalismo se había esfumado en ese mar de intranquilidad. Tanto en la universidad como en el trabajo se les enseñaba a carecer de sentimientos cuando se trataba de un paciente, nunca nadie los preparaba para saber qué hacer cuando uno de ellos se convertía en la víctima.

—Están con el doctor Jong Sehun.

Acto seguido, Somi se colocó de pie y fue hacia la puerta, sus movimientos torpes e inseguros.

—Te traeré algo para beber —dijo, en tono diminuto.

Asintió con los ojos cerrados. Captó sus pasos que se alejaban hacia la puerta, la manilla y finalmente el silencio.

Quedó flotando en el vacío, en esa nada que se sentía como un abrumador e imponente todo. Sus ojos secos, su pecho una cáscara quebradiza. ¿Por qué no podía llorar?

Si Lee Minki no estaba a su lado, Yoon Jaebyu olvidaba cómo hacerlo.

2

Cuando su amiga salió, Jaebyu se sentó en la cama y el mundo comenzó a girar por el efecto de la anestesia. Cerró los ojos unos instantes y se puso de pie a ciegas ayudándose con las manos. Su sentido del tacto parecía mucho más activo que otros. Sus crocs verdes yacían a un costado de la cama. Somi debió dejarlos perfectamente ordenados para él.

De camino a la entrada, se pasó a llevar la muñeca con las fichas plastificadas que colgaban de su uniforme. Las arrancó de un tirón y las lanzó al suelo. Quedaron a mitad de la estancia, desarmadas. Inspiró profundo, la cabeza le palpitaba al mismo ritmo que su desenfrenado corazón.

La otra habitación se hallaba también vacía. El turno de reemplazo ya debía estar avisado de lo sucedido. Su suposición fue acertada, se los encontró reunidos alrededor de una camilla en Urgencias. También estaba la policía. En la multitud distinguió la figura delgada del hermano de Minki: Minjae.

Jong Sungguk no estaba entre ellos.

Sin hacer ruido, se desplazó en sentido contrario y fue a la escalera de emergencias. Subió al segundo piso, avanzó por el largo pasillo y llegó a otra escalera. En la planta de maternidad las habitaciones tenían un gran ventanal cubierto con persianas que daban hacia el corredor. De igual forma, estas nunca quedaban completamente cerradas, así que podía divisar el interior sin mayor dificultad. Contempló el primer cuarto, le siguió el de al lado.

La punta de sus dedos raspó el vidrio como si quisiera alcanzar a las personas de adentro.

Moon Daehyun y Jong Sungguk.

Daehyun tenía una pierna vendada y en alto, como también cortes y laceraciones a lo largo del cuerpo. Un ojo pequeño y amoratado. Lloraba aferrado a Sungguk, quien mantenía el rostro sonrojado e hinchado por los golpes. Llevaba la camiseta desabrochada, lo que le permitía divisar la marca de dedos impresos en su cuello.

Jaebyu habría deseado sentirse culpable.

¿Es que también había perdido su poca empatía? Era probable. Mientras los observaba abrazarse, no pudo sentir más que odio. Ellos lo tenían todo, él se quedó con nada.

¿Eso era justo?

¿Debía aceptarlo?

¿Por qué?

No sabía a ciencia cierta qué pensaba cuando ingresó al cuarto, se dirigió a los pies de la camilla y le echó un vistazo rápido a la ficha médica. Levantó los ojos hacia ellos, aunque mantuvo la barbilla baja. Daehyun olía a agua estancada y todavía tenía indicios de musgo en el cabello. Su expresión estaba contraída de dolor, lloraba tanto que se le marcaban dos surcos limpios en sus mejillas sucias. Su abultado estómago era visible bajo las mantas.

—Jaebyu... —comenzó Sungguk, quien intentó soltarse de su novio. Daehyun chilló con los ojos cerrados y le impidió moverse.

No pudo pensar en otra cosa: ¿por qué Daehyun estaba ahí, en esa camilla a salvo mientras Minki no? ¿Por qué Minki y no él? ¿Por qué solo uno de ellos? Temió preguntar y enterarse de la verdad.

—¿Dónde estaban cuando se llevaron a Minki? —preguntó sin prestarle atención a Sungguk. Dejó la ficha en su lugar y acomodó las manos en la barandilla de la camilla.

—Dae está con pérdidas y en proceso de parto —suplicó el oficial.

Su mirada fue de uno a otro.

—¿Dónde estaban? —insistió.

—Estamos esperando a Namsoo para llevar a Dae a pabellón... —Sungguk quiso continuar, pero lo mandó a callar con un movimiento brusco de brazo.

—¿Dónde estaban? —repitió con la boca seca, el tono tajante no decía mucho. No había rabia, ni tristeza, quizá un poco de determinación y nada más.

Daehyun tocó el hombro de Sungguk y lo apartó con delicadeza. Con los labios tensos, la piel empapada de sudor y el brazo libre sujetando su abultado vientre, respondió:

—En la terraza que hay... que hay a orillas del río.

Conocía el lugar. En más de una ocasión se había encontrado con Minki ahí tras un largo turno en el hospital. Nunca hacían más que conversar de su día, pero era de los momentos que más disfrutaba de la rutina.

Con una afirmación brusca, soltó la camilla y se dirigió a la entrada.

—Jaebyu —escuchó el débil jadeo.

Se giró hacia Daehyun, quien fruncía el rostro producto de las contracciones.

—Lo siento —susurró con los ojos llenos de lágrimas—. Dae... todo es mi culpa, porque... porque si Dae no hubiera... escapado, Minki estaría bien. Si Daehyun no... Es mi culpa, Minki salvó a Dae y yo... y Dae... yo lo siento mucho.

No supo cómo responderle, tampoco pudo soportar escucharlo hablar en tercera persona, algo que Daehyun ahora solo reservaba para momentos de crisis.

Salió del cuarto sin decir nada.

Sungguk se apresuró en ir tras él, antes cerró la puerta del cuarto.

—Lo estamos buscando, te lo prometo —dijo, con la mirada grande y asustada, también un tanto angustiada. Su voz sonaba rasposa y jadeante. Cuando había recibido la noticia del secuestro de Minki, en una respuesta desmedida y del todo desquiciada, Jaebyu había golpeado a Sungguk en el pómulo y este se le había hinchado tanto que pronto no podría ver nada por aquel ojo.

Habría deseado sentirse culpable.

Qué sorpresa que no fuera así, al final del día parecía ser el monstruo que juró no ser.

—¿Y lo dices porque...? —aventuró—. ¿Debería confiar en tu palabra?

—*Por favor* —le suplicó con las manos unidas sobre el pecho. Para ser un policía tan robusto, en ese momento se veía insignificante.

—¿Y por qué debería?

—Minki es mi mejor amigo.

Esas dos últimas palabras giraron en su cabeza, se repetían como un eco interminable.

—¿Recuerdas la conversación que tuvimos cuando los mellizos iban a nacer? —cuestionó Jaebyu.

La expresión de quien fue su amigo decayó al igual que sus hombros.

—Jaebyu...

—Prometiste que nunca tendría que preocuparme por Minki si estaba contigo, porque ibas a protegerlo. Dijiste que nunca le pasaría nada si estaban juntos, entonces ¿por qué solo Daehyun está bien?

—Dae no está bien —fue su ridícula respuesta.

Dio un paso hacia él con una ira descontrolada, luego se detuvo a mitad del pasillo con los puños contra la cadera.

—¡Sigue estando contigo mientras Minki no! ¡Porque, por una extraña razón, Daehyun fue el único en salvarse cuando debería haber sido Minki el que...!

—Lo salvó.

Su interrupción lo dejó desconcertado unos segundos, que se le sumó a otro par cuando tuvo que procesar sus palabras. Con la cabeza inclinada, cerró los ojos y soltó las manos.

—¿Qué? —logró preguntar.

—Minki salvó a Dae —explicó Sungguk con un hilo de voz.

Su mundo se detuvo.

—Él... —no lo entendía, así dolía menos—. ¿Él hizo qué?

—Se los iban a llevar a ambos —continuó Sungguk, su tono apenas perceptible en ese pasillo repleto de ruidos. Se oían las máquinas, las ruedas sobre la cerámica, el teclado, una multitud de voces. Ese sonido que para él siempre significó calma, ahora le daba náuseas—. Minki logró empujar a Daehyun al río antes de que se lo llevaran. Su padre lo rescató después.

Se distrajo con el estrépito de un teclado, alguien actualizaba una ficha médica. Se quedó en blanco lo que pareció una vida entera, pero regresó a él tras un estruendo.

—Minki... —maldito idiota, él realmente lo había hecho.

—Lo siento mucho —susurró Sungguk una vez más.

Por ilógico que le pareciera, sintió la necesidad de cuestionar unas decisiones ya tomadas, de debatir sobre un pasado que no podía modificarse.

—Minki —se escuchó hablar— siempre porta el arma de servicio —había alzado la voz sin darse cuenta—. Es un policía, ¿y me estás intentando decir que no pudo salvarse?

Los hombros de Sungguk volvieron a temblar como si estuviera conteniendo el llanto.

—Podía —apenas lo oía—, pero decidió ayudar a Dae.

Fue como sentir un golpe en el vientre bajo. Sungguk frunció los labios como si algo le doliera y su determinación se esfumó en un suspiro. Con la barbilla inclinada, le dio espacio para que pudiera marcharse.

Jaebyu así lo hizo.

Pasó por su lado, evitó tocarlo.

—Lo siento —suplicó Sungguk a la distancia—. Te juro que lo siento mucho. Desearía estar en contra de su decisión, pero no puedo. Es mi mejor amigo y no puedo.

Otro que parecía carecer de empatía.

Se detuvo, los talones de sus crocs se alzaron.

—¿Qué clase de disculpa de mierda es esta? —giró para encararlo—. Además, ¿de qué me sirve tu arrepentimiento? Puedes sentirte todo lo mal que quieras, eso jamás quitará el hecho de que eres culpable de su desaparición. Así que al menos ten la dignidad de encontrarlo, en vez de dártelas de novio preocupado. No olvides que tú terminarás el día abrazando a tu hija, mientras que yo tendré que explicarles a los míos por qué su papá no regresará a casa.

Los oídos le zumbaban al llegar a la escalera y bajar al primer piso. Evadió a los policías que estaban en el hospital y que parecían estar buscando algo, seguramente a él. Sabía que su desaparición podría tener grandes repercusiones, pero nada era más importante que encontrar a Minki a pesar de que la mirada se le oscurecía en los bordes.

Afuera hacía frío. Unos copos de nieve se arremolinaban en el cielo y caían con lentitud hasta el asfalto. El viento se le coló por los agujeros de sus zapatos, el uniforme se le pegó al pecho. Cruzó los brazos para reunir calor, el vaho se formó frente a su rostro.

La caseta a la que Daehyun se refería se localizaba a una media hora de ahí.

El recorrido se le hizo un suspiro.

El sitio estaba acordonado con cintas amarillas. Habían cerrado un gran área en los alrededores para evitar que la gente arruinara posibles evidencias. A la distancia divisó un zapato abandonado en medio de la calle, lo reconoció al instante: se lo había regalado a Minki en su penúltimo cumpleaños, aunque este lo había odiado. Entonces, ¿por qué lo llevaba puesto ese día?

Se le cerró la garganta.

Habría deseado recordar cómo se lloraba.

No pudo.

No podía.

Sin contar las patrullas que resguardaban el lugar, había solo una figura solitaria a unos metros. Delgado, con mascarilla puesta y gorro. A pesar de lo cubierto que iba y de lo poco que había interactuado con él, lo reconoció. No existía otra persona en Daegu que se retorciera las manos de aquella manera tan maniaca.

Era Moon Minho, el papá de Daehyun.

Jaebyu se dirigió hacia él. Ninguno habló, se limitaron a observar a los detectives monitorear el sitio. Cuando sujetó la cinta para ingresar a investigar, Moon Minho lo detuvo.

—No arruines la única posibilidad que tenemos de encontrarlo.

Su lado racional tomó el control de nuevo. Soltó las cintas y metió las manos congeladas en los bolsillos del pantalón. Creía que se asfixiaba.

—Lo siento —dijo, aunque no sabía por qué lo hacía. Entre los dos, el que menos debía disculparse era él. La familia Moon le había arruinado su vida, ¿por qué debía ser considerado con ellos?

—Minki salvó a Daehyun —respondió el señor Moon. Su voz era torpe, ronca y mal modulada, le pertenecía a alguien que no la usaba con frecuencia.

Como no pudo contestar, Jaebyu lo miró carente de vida. Se sentía vacío. Tampoco reaccionó cuando el señor Moon se giró hacia él para enfrentarlo. El hombre era más alto, por lo que se inclinó para nivelar sus miradas. No pestañeó al hablar.

—Te prometo que voy a encontrarlo —y como si con ello lo hubiera dicho todo, Moon Minho se marchó del lugar con los puños escondidos en la chaqueta.

Se quedó quieto, los copos de nieve se posaron sobre sus brazos desnudos y cabello. Tenía la piel morada por el frío, le dolía la cabeza por lo mismo.

Abrazándose, bajó por unas calles laterales. No tenía claro dónde iba hasta que llegó a la casa de Jong Sungguk. A pesar de que era plena madrugada, la luz de la sala de estar estaba encendida. Desde el interior no provenía ningún ruido; ni siquiera Roko, el perro de la familia, se quejaba.

Todavía entumecido, se acercó y golpeó. Le dolieron los nudillos helados, aun así, repitió el gesto. Por fin aparecieron los ladridos junto a unas uñas que rasmillaban la entrada. La puerta se abrió y apareció Jong Sehun, el padre de Sungguk y también el doctor de cabecera de la familia Lee. Era, además, el responsable de ocultar la condición de m-preg de Minki. Por primera vez en su vida ya no le parecía una locura esconder esa información.

—Jaebyu —dijo, sorprendido. Cargaba a una dormida Chaerin en los brazos. La pequeña tenía el rostro irritado por las lágrimas, debió haber llorado hasta rendirse.

Estiró las manos para tomarla. Ella se quejó con el movimiento, aunque no despertó. Dentro de la casa, la piel le picó y dolió por el cambio de temperatura.

—Jaebyu —insistió el doctor—. Por favor, ve a la calefacción, estás congelado.

Le costó tomar asiento, los músculos de su cuerpo agarrotados por el frío. Acomodó a Chaerin en las piernas, en tanto Sehun subía la temperatura a la calefacción. Luego, se dirigió a la cocina y regresó con una taza de café humeante. Jaebyu la cogió con cuidado para no quemar a su hija. Mientras le daba un sorbo, examinó sus alrededores. Beomgi, su hijo, y Jeonggyu, el niño de Daehyun y Sungguk, dormían en el suelo en una fortaleza confeccionada con almohadas y mantas.

—Gracias —logró decir al ver a Beomgi tranquilo.

—La policía te está buscando —informó Sehun—. Estábamos muy preocupados.

Se sintió incapaz de darle una respuesta sincera. Apegó a Chaerin a su pecho temiendo que a sus hijos podría ocurrirle lo mismo. *No*, se dijo apretando a su hija con tantas fuerzas que la niña se quejó en sueños, *ninguno es un m-preg*. Pero Chaerin continuaba siendo mujer en una sociedad por esencia misógina y Beomgi de igual forma presentaba el gen.

—Jaebyu, le estás haciendo daño.

Tuvo que enfocar la vista, se había perdido en algún punto. Ladeó la cabeza.

—Acuesta a Chaerin con los niños —reforzó Sehun.

El pecho le dolía, sus dedos no la soltaron.

—Estamos bien —aseguró.

La piel empezaba a picarle al recuperar su temperatura normal. Sabía que los músculos se le iban a acalambrar y que Chaerin podría caérsele. De todas formas, no fue razón suficiente para dejarla ir.

—Bebe tu café —le pidió Sehun.

Así lo hizo, como un niño pequeño que cumplía las indicaciones al pie de la letra. El hormigueo se apoderó de sus piernas y brazos, tuvo que apoyarse contra el respaldo del sofá. Los únicos ruidos en la casa eran las respiraciones sincronizadas de los niños, y el ronquido leve de Roko a sus pies.

De pronto, Jaebyu sintió su rostro húmedo. Palpó sus mejillas y miró sus dedos. ¿Eran lágrimas? No lo sabía, él no se sentía más aliviado. Debía ser la reacción natural de unos ojos cansados.

Sehun se estiró y le apoyó la mano grande y cálida en la rodilla.

—Lo vamos a encontrar.

¿Por qué no podía creer en sus palabras?

De igual forma asintió con lentitud. Sus mejillas, no obstante, permanecieron mojadas por mucho tiempo más.

3

Para el científico Francis Galton, hasta 1880 era evidente que las características físicas eran heredables de padres a hijos. Por ello, siempre aseguró que el ser humano tenía la capacidad de mejorarse a sí mismo heredando las que él consideraba como «aptas» o «mejores». Para ello, necesitaba que se promoviera la unión entre parejas de distinto sexo que manifestaran estas cualidades deseables. Pretendía, entonces, que se cedieran a los hijos estos rasgos buenos de los padres, tal como lo serían el carácter, la moral y la inteligencia. El alcoholismo, la promiscuidad, la delincuencia, discapacidades mentales e incluso las deformidades físicas, en tanto, para él, eran características negativas que no debían ser heredables.

En parte consiguió su propósito, porque, para 1907, en Estados Unidos se comenzaron a impulsar leyes para realizar esterilizaciones forzadas a un porcentaje de su población. Incluso hubo estados que habilitaron colonias para que los individuos poco aptos pudieran quedar aislados de la sociedad, coartando de raíz la herencia genética de estos rasgos indeseables. No fue hasta 1930 que esta práctica fue desacreditada en dicho país.

No obstante, tres años más tarde, en Alemania se promulgó la Ley para la Prevención de Progenie con Enfermedades Hereditarias. En base a ella, se realizaron esterilizaciones involuntarias en al menos cuatro mil alemanes. No hubo condenas ni juicios hasta 1946 cuando, en la ciudad de Núremberg, comenzaron los doce juicios para juzgar a los partícipes del régimen nazi en actos criminales; se procesaron así a veintitrés personas, siendo veinte de ellas doctores. Durante el juicio, varios de los acusados argumentaron que no existía ninguna ley que diferenciara entre experimentos legales e ilegales.

A raíz de ello, en 1947 el doctor Leo presentó un escrito al Consejo de Crímenes de Guerra de los Estados Unidos que buscaba regularizar la investigación médica y científica. Estos puntos se hicieron conocidos como el Código de Núremberg. Entre sus directrices se destacaba el consentimiento voluntario de las personas para cualquier tipo de procedimiento y/o experimento. Fue así como el Código de Núremberg se convirtió en la primera aproximación para generar un cuerpo de reglas con respecto a la investigación biomédica con seres humanos. Décadas más tarde, durante la decimoctava asamblea general de la Asociación Médica Mundial celebrada en Helsinki, se emitió una nueva declaración.

Lo irónico era que dicha acta únicamente hablaba —en caso de verse involucrados en actividades de experimentación— de la protección y cuidado hacia y para hombres y mujeres. Lógicamente, no hacía ninguna mención sobre *ellos*.

Los m-preg.

Por supuesto, ellos no eran humanos.

Eran monstruos. Y si el padre era uno, también lo sería el hijo. Por tanto, él tenía que demostrarle a esa sociedad lo que sucedería si se continuaban heredando esas cualidades poco aptas. Era una malformación que se comportaba como un virus que se contagiaba rápido y que debía ser erradicada.

Ahora.

Antes, no obstante, debía comenzar el estudio con uno.

Sonriendo, lo observó desde las cámaras que vigilaban el pequeño cuarto. El muchacho, que se ubicaba en el centro de la estancia, miraba directo al foco instalado en la esquina.

Lee Minki.

Emocionado, inició con una serie de anotaciones que se extenderían durante meses:

1 de febrero del 2026, día 1 de estudio.

¿Los monstruos gestan únicamente a monstruos?

4

No fue hasta febrero del 2005 que la Corte Constitucional dictaminó que era inconstitucional el sistema patriarcal de los apellidos. Afirmó que este transgredía el principio de igualdad de género, que estaba estipulado en la Carta Magna, así que el 1 de enero del 2008 se promulgó una serie de modificaciones al Código Civil para abolir el patriarcado en él. Por tanto, desde esa fecha las familias ya no tenían la obligación de heredar el apellido paterno, sino que los padres podían ponerse de acuerdo en la solicitud de inscripción de matrimonio. En cuanto a las familias homoparentales, como tal era su caso, se encontraban dentro de un vacío legal, ya que dichas modificaciones solo hacían referencia a matrimonios heteronormativos. Por ende, para el gobierno nunca fue relevante ni inconstitucional cuál de los dos padres heredaba el apellido.

Yoon Jaebyu era uno de los doscientos casos al año que hacían uso de esta elección. Su apellido era de su madre. La decisión, no obstante, no nacía de un acto de amor y respeto, más bien de un juego de poder. Sus padres procedían de familias acomodadas. La diferencia era que Yoon Yeri era hija única en tanto que su padre, Ha Siwon, tenía varios hermanos que podrían perpetuar con la línea de sucesión. Eso no evitó que la familia Ha intentara tener otro heredero con el apellido. Fue una discusión que casi los llevó al quiebre. *Casi*, porque, para familias como la suya, el divorcio era palabra prohibida. No iban a caer en la burla y desprestigio por un simple apellido, por lo que la familia Ha cedió y Jaebyu obtuvo el apellido Yoon.

No obstante, el problema no finalizó ahí. Por crianza, su madre era por esencia sumisa. Dominada desde la infancia por las decisiones de sus padres, nunca tuvo voz ni voto incluso en elecciones que le competían a ella en exclusiva. Por eso, cuando se quedó embarazada, la familia Yoon la hizo dejar su trabajo. Creían fervientemente que debía dedicarse a criar, a pesar de que recién comenzaba su profesión como editora. Los Ha apoyaron la decisión. Ninguno de ellos escuchó su protesta débil ni sus intentos por hacerse escuchar.

Después de aquel evento, la armonía en la familia Yoon fue frágil aunque estable. No cambió mucho hasta que, a los siete años de Jaebyu, reapareció en la vida de su madre una amiga de infancia. Cha Jinni era delgada, llevaba el cabello corto y utilizaba palabras extrañas. De ella escuchó por primera vez un término que usó para referirse a su mamá.

—¿Ahora eres una chica *doenjang*, Yeri?

Su madre había sonreído y Jaebyu pensó que el término debía ser una clase de broma, hasta que se lo preguntó a su profesora de lengua. Entonces, no pudo entender por qué su madre había sonreído si aquella palabra no era un halago. Correspondía a una expresión usada para referirse a las mujeres que se daban toda clase de lujos, ya que dependían económicamente de sus padres o marido.

De Cha Jinni también aprendió que, entre los años ochenta y noventa, en las oficinas casi no había mujeres en puestos de responsabilidad y que, al igual que su madre, lo normal y aceptado para ellas era presentar sus renuncias cuando se quedaban embarazadas. De hecho, Corea del Sur era la nación con la mayor brecha salarial entre hombres y mujeres dentro de la OCDE, aunque Jaebyu no lograba entender a qué se refería Cha Jinni con eso y por qué insistía en explicárselo a su mamá. Tenían conversaciones extrañas, que él no pudo comprender hasta que creció y le tocó recordarlas para entender la vida que tuvo Yoon Yeri.

Con el pasar del tiempo, Jaebyu se había acostumbrado tanto a la sonrisa de Cha Jinni que le costó comprender por qué, al cumplir los ocho años, ella se puso tan triste al anunciar que estaba embarazada. Le hizo preguntarse si a su madre le habría ocurrido algo similar cuando se enteró de él. Ese día Cha Jinni lloró en la cocina de la casa, no quería renunciar a su trabajo como doctora, sin embargo, no tenía más opciones; por ese tiempo no era una exigencia que las empresas aceptaran bajas por maternidad.

Cha Jinni estuvo dos años sin empleo. Y otro más buscando uno, ya que nadie quería contratarla al llevar tantos meses sin ejercer, además todavía estaba en edad fértil y tenía un hijo en una edad propensa a enfermarse. Según las empresas, no era justo para los empleados contratar a alguien a quien le tendrían que hacer el trabajo.

Por sencillo que en sus inicios pareció esa pequeña conversación, afectó de alguna forma a Yoon Yeri. Esa noche su mamá, la misma que siempre esperó a su padre con la cena lista y servida, la misma que le planchaba la ropa hasta que quedara sin una sola arruga, la misma que se pasaba las mañanas con una copa de vino porque no sabía qué hacer con su vida, recibió a Ha Siwon sin la comida preparada ni la ropa lista para su siguiente jornada laboral.

Cuando Jaebyu llegó a las diez de la noche a su casa, tras asistir al instituto privado, se encontró a su madre en el suelo llorando y a su padre sujetándola con fuerza y brusquedad por el brazo. Se quedó paralizado en la entrada sin saber qué hacer, más aún al observar que Yoon Yeri tenía el labio roto y le sangraba la nariz.

—Vete a tu cuarto —le ordenó su padre.

Jaebyu se odiaría durante años por haber acatado la orden. ¿Pero qué podía hacer un niño si, al otro día, todos en esa familia fingieron que nada había ocurrido?

Posterior al evento, su madre no volvió a ver a Cha Jinni y las reprimendas de su padre injuriando la comida, el aseo, la ropa mal planchada, fueron siempre recibidas por la barbilla baja de ella y los oídos sordos de Jaebyu.

Por alguna razón, recordó todo eso mientras intentaba despertar a sus hijos para llevárselos de la casa del doctor Jong. Jaebyu quería regresar al departamento, pues en él había nacido la imperiosa necesidad de arreglar un bolso de ropa para Minki.

Debía tenerlo listo, ahora, de inmediato, porque los minutos corrían y en cualquier instante podría recibir *la* llamada que llevaba tantas horas esperando.

Tomó un taxi, Jaebyu no recordaba dónde había estacionado el auto. Se sentó en los asientos posteriores con los mellizos acurrucados a él, quienes se lanzaban miradas que únicamente ellos entendían y, quizás, también Minki. Pero él no estaba ahí para ayudarlo a descifrar esa comunicación no verbal.

Se distrajo con las pequeñas esferas de hielo que golpeaban el capó y el techo del vehículo. Las calles se encontraban mojadas y resbaladizas, por lo que el taxista manejó a baja velocidad.

Al llegar, con cada uno de los mellizos sujeto a sus manos frías, Jaebyu subió los cinco pisos a paso lento para no soltar a sus hijos. Ambos parecían impacientes, entendió la razón al abrir la puerta.

—¡Papá! —chillaron. Se movieron de la sala de estar a la habitación principal y a la de ellos. Buscaban a Minki. ¿Cómo les explicaría que no iban a encontrarlo y que, de hecho, no conocían su paradero? Todavía no tenía idea cómo iba a enfrentar la situación cuando los mellizos comenzaran a sospechar.

—¿Y papá? —preguntó Chaerin, ella era la más curiosa y autoritaria de los dos.

Si bien no estaba preparado para la situación, tampoco tenía cómo evitarla. Intentó forzar una sonrisa. Por fin cerró la puerta principal y se les acercó. Apoyó una rodilla en el piso para quedar al nivel de los niños.

—Papá Minki va a estar lejos por un tiempo —fue lo primero que dijo.

—¿Cuánto? —quiso saber Chaerin. Observó la habitación matrimonial y a él—. ¿Una mano? ¿Dos?

Así era cómo le habían enseñado a contar las horas. El detalle estaba en que, al ser Jaebyu quien tenía los turnos más extensos, era Minki quien con regularidad le explicaba a sus hijos ese tipo de cosas.

—*Dos manos para mí* —les decía Minki— *y cuatro para Jaebyu.*

Su otra rodilla también tocó el suelo. Le limpió a Beomgi una mancha de chocolate que tenía en la mejilla.

—Más de dos manos, mi amor.

—¿Cuatro? —dudó esta vez Beomgi.

No tengo la menor idea, habría deseado sincerarse. Pero eran demasiado pequeños para entender la situación, tampoco debían cargar con una responsabilidad así.

—¿Recuerdan cuando nos vamos de vacaciones? —ambos asintieron, en esa sincronía que solo poseían los gemelos y mellizos—. Nosotros vamos a la bahía tantos días que no podemos contarlas con cuatro manos.

—Son muchísimas más —aseguró Chaerin.

Jaebyu afirmó. Sentía que la garganta se le cerraba, así que los abrazó. Olió su perfume infantil. No quiso analizar por qué sentía de pronto las mejillas cálidas.

—Su papá Minki estará lejos de nosotros muchas más manos —pudo decirles.

—¿Por qué? —curioseó Chaerin—. ¿Papá se fue de vacaciones sin nosotros?

La niña era demasiado inteligente. Minki siempre bromeaba que no había salido parecida a él, Jaebyu opinaba justo lo contrario.

—Por trabajo —mintió. Al alejarse, se puso de pie de inmediato y alzó la barbilla para que sus hijos no alcanzaran a divisar su rostro—. Estaremos los tres solos por un tiempo, será como una pijamada muy larga.

A pesar de la hora, Jaebyu se dirigió hacia la cocina y preguntó:

—¿Qué les gustaría para cenar?

—Nada —respondieron a la vez.

El hilo invisible tiró con más fuerza de su pecho. Su estómago dolía, llevaba casi veinticuatro horas sin ingerir comida.

Su cuerpo rogaba por una cena, a pesar de que a su mente se le hacía imposible procesar algo tan banal cuando le dolía incluso respirar. Su garganta tampoco ayudaba, no sabía si podría tragar. Tenía un nudo que lo oprimía minuto a minuto. No quería comer, aunque debía hacerlo por los mellizos. Hace mucho tiempo que ese mundo había dejado de ser únicamente suyo.

¿Estás todavía con nosotros?, recordó.

Siempre, había jurado Minki.

Siempre.

—Les prepararé algo —anunció—. Sé que les gusta comer en su habitación, pero ¿podrían acompañarme en esta cena?

Lo último era casi un ruego. Los necesitaba con él, incluso si ellos no le prestaban atención.

Chaerin, como buena líder, asintió y tomó la mano de su hermano. Decididos, ocuparon los asientos especiales que tenían adherido unos peldaños en el frente para que pudieran alcanzarlo sin ayuda.

Con rapidez, les preparó una banana con yogurt y para él un ramen. Mientras sorbía los fideos, Chaerin, con absoluta tranquilidad, confesó:

—Papá Minki siempre nos pide que no debemos dejarlo solo.

Todavía masticando, respondió.

—¿Cómo?

—Papá Minki —ella insistió— nos dijo que no debemos levantarnos de la mesa hasta que papá termine de comer.

El nudo era más y más opresor. Tragó con tanto dolor que casi vomitó.

—¿Él les pidió eso?

Beomgi asintió solemne. Y si bien ellos habían terminado la merienda, permanecieron sentados porque a Jaebyu todavía le quedaban fideos. Con la mirada atenta de sus hijos, finalizó la cena con dificultad.

Luego los acompañó al cuarto y los ayudó a cambiarse la ropa. Una vez listos, cada uno se acomodó en su cama. Jaebyu los cubrió y tomó asiento al lado de Chaerin, ya que Beomgi utilizaba la litera superior. Solía quedarse con ellos hablando de su día, ya que a ambos les encantaba escuchar historiales médicos; no obstante, ese día su mente permanecía aletargada.

—Lo siento —se disculpó—, hoy no tengo historias para contarles.

Lo aceptaron. Tampoco protestaron cuando se marchó del cuarto sin esperar a que se durmieran. Sus expresiones de miedo fueron lo último que vio antes de cerrar la puerta. No pudo ni siquiera tranquilizarlos, sentía que estaba a segundos de desmoronarse frente a ellos.

En la otra habitación se quitó el traje de enfermero que lanzó a un rincón. Le era difícil respirar. Una mano invisible le aplastaba la tráquea, un peso fantasma le oprimía el pecho. Finalmente, le fallaron las rodillas y se desplomó a un costado de la cama deshecha que olía a Minki. Su traje azul de policía aun yacía en el piso, junto a un costado de su uniforme verde oscuro de enfermero. El bastón policial continuaba escondido bajo el colchón, se asomaba el borde porque su dueño no lo había escondido bien.

Ese cuarto, ese departamento, estaba repleto de Minki.

Miraras donde miraras.

Logró colocarse el pijama. No pudo contener una sonrisa jadeante cuando sintió el aroma a desinfectante de hospital. Minki lo habría detestado y prohibido acostarse oliendo así.

Todavía sofocado, se dirigió al ropero y buscó uno de los bolsos. Sacó el favorito de Minki, ya que tenía un compartimiento por debajo para meter los zapatos.

—*Mi ropa no puede estar al lado del vómito que pisé en la calle* —repetía siempre.

De todas formas, tuvo cuidado en meter las zapatillas en una bolsa plástica. Guardó ropa interior y un conjunto deportivo, también accesorios de aseo personal. Una vez listo, lo dejó junto a la puerta principal imaginando que aquella terrible pesadilla no iba a prolongarse mucho tiempo.

Nunca habría imaginado que el bolso permanecería en la entrada del departamento durante meses.

5

En el siglo xx, en una de las colonias habilitadas para encerrar a las personas con características poco deseables, se hospedaba una mujer llamada Emma Buck, quien había sido detenida por ejercer la prostitución. Ella tenía dos hijas: Carrie y Doris Buck. La primera fue dada en adopción; en su nueva familia fue violada por su primo adoptivo y quedó embarazada del mismo. Para esconder dicho evento, sus padres adoptivos indicaron que la mujer tenía una actitud promiscua heredada por Emma, su madre biológica. Fue así como Carrie Buck terminó siendo apresada en la misma colonia que su madre. Al nacer su hija, Vivian, quedó demostrado que contaban con tres generaciones donde la debilidad mental y la promiscuidad eran heredables. Por eso, en 1927, el director de la colonia presentó el caso a la Corte Suprema, quienes autorizaron la esterilización forzada en Carrie. Luego, hicieron lo mismo con su hermana, Doris, cuando fue hospitalizada para una apendicectomía.

Aquel caso se le conoció públicamente como «tres generaciones de tontos». Y si el doctor Kim quería obtener los mismos resultados —o en su defecto unos similares— debía demostrar algo parecido.

Tres generaciones de idiotas, pensó mientras sus zapatos negros, tan lustrados que brillaban en las puntas, resonaban en aquel pasillo largo y oscuro. *Tac, tac, tac, tac*. Lo acompañaba un guardia, quien sacó un manojo de llaves y abrió la cerradura tan vieja como anticuada. Con un ligero rechinar de goznes, empujó la puerta.

Llegó a una habitación amplia que tenía buena iluminación natural, el sol se colaba por las cuatro ventanas altas. Al otro lado de los vidrios, una protección de metal. Había una cama grande y una cadena anclada a un tobillo desnudo. Recorrió con la mirada su pierna delgada y esbelta. Su piel apenas era cubierta por un pantalón corto de tela deportiva, que era acompañado con una camiseta del mismo estilo. Su cabello rubio estaba desordenado, las puntas quemadas por los productos químicos. Tenía hematomas en algunas partes del rostro y del cuerpo, como también en el tobillo por el roce con las cadenas.

El chico, a pesar de que los oyó, no apartó su atención de la cámara hasta que la puerta se cerró tras él.

—Hola, oficial Lee —dijo como si no lo conociera, a pesar de que llevaba estudiándolo durante meses—. Por fin nos vemos.

No recibió respuesta, el rostro simétrico de Lee Minki se mantuvo impávido. Esos labios, demasiado anchos para calzar en los cánones de una masculinidad clásica, se mantuvieron cerrados mientras sus ojos grandes, sin doble párpado, no se apartaban de él. Las clavículas quedaban al descubierto, siendo angulosas y marcadas. No había bajado de peso, Lee Minki nunca dejaba nada en el plato. Tampoco lloraba, ni se lamentaba. Si bien era un policía mediocre, parecía tener alguna noción de cómo comportarse en situaciones adversas.

Con otros sujetos en estudio, el problema más grande era evitar un inminente suicidio. Con Lee Minki no era así. No estaba ni cerca de ser el policía más competente de la ciudad, sin embargo, seguía siendo uno y, por tanto, había sido entrenado como tal. A diferencia del resto de los m-preg, a este lo habían encadenado a la pared por precaución. Todavía no había hecho movimiento alguno, aunque eso no significaba que no quisiera a hacerlo. La serenidad que demostraba parecía en extremo falsa. Solo un tonto ignoraría la amenaza silenciosa.

Lamentablemente, él fue uno de ellos. Envalentonado por su silencio prolongado, se le acercó unos pasos. A pesar de ello, el policía no se alejó.

—Llevábamos esperándote mucho tiempo —anunció con gran alegría.

—¿No crees que estás un poco viejo para este tipo de juegos? —dijo el oficial.

El doctor Kim había pasado la edad de jubilación, su cuerpo viejo se lo recordaba. No le quedaba mucho tiempo en ese mundo, por eso había decidido aprovecharlo. Sabía que era su última oportunidad para lograr su cometido, no había instancias para errores.

En vez de responderle, el doctor dio otro paso hacia él y quedó dentro de su perímetro de movimiento. Se detuvo esperando alguna reacción, sabía que era impulsivo aunque también cobarde, tanto que únicamente pondría en riesgo su vida por alguien de su familia. Y el bulto que se apreciaba bajo su camiseta era la razón principal de su comportamiento. Lee Minki tenía un instinto nato de padre. Por ningún motivo iba a poner en riesgo al monstruo que gestaba.

En ese momento era débil.

Frágil.

Patético.

Predecible.

Se acercó otro par de pasos. Tal como adivinó, el chico no se movió, aunque permaneció en alerta, nada asustado. Los ojos inteligentes de Lee Minki siguieron la mano que estiró para tocarlo y estudiar su temperatura. Tenía que averiguar si padecía una infección producida por la herida en el tobillo.

Y si bien imaginó que aquel gesto produciría una reacción, nunca consideró su fuerza. Minki sujetó la cadena con ambas manos y se lanzó sobre él con un salto ágil que lo hizo posicionarse en la punta de los pies. Cayó de espalda con el chico sobre él, el metal lo sintió contra su cuello. Lo asfixiaba con una expresión enloquecida.

No obstante, pese al estricto entrenamiento que vivió en la academia, el embarazo de Lee Minki le consumía la poca energía que le quedaba. A la vez que hacía presión con sus piernas para alzarlo, la puerta se abrió y, poco segundos después, Lee Minki recibió un golpe en el costado de la cabeza que lo mandó al suelo.

Quedó sobre la baldosa. Un hilo escarlata se habría paso por su sien hacia los labios y luego al piso. Permaneció ahí como un muñeco sin batería, inanimado.

Con dificultad y todavía jadeando, el doctor se puso de pie con la mano en su adolorida garganta.

—¡Idiota! —encaró al guardia con un gruñido áspero y entrecortado—. ¿No fui claro con las reglas?

El policía permanecía en el suelo, sin movimiento. Se le acercó, la mirada del rubio lo siguió. Buscó en sus bolsillos una linterna para hacerle un examen rápido de pupilas.

—No te conviene hacerme algo —le advirtió cuando se inclinaba para sostenerle el rostro y abrirle uno de los párpados—. Ni a ti ni a mí nos conviene no advertir si tienes una conmoción.

La luz amarilla entró en una de sus pupilas, de inmediato fue a la otra. En el mismo instante que guardaba la linterna en el bolsillo, Minki le mordió la mano libre. Su vehemencia lo hizo gritar de dolor. Reaccionando por puro instinto, alcanzó a darle un manotazo en la nariz para soltarse.

Cayó y se alejó del oficial dando patadas desesperadas al piso. Lee Minki no lo persiguió. De rodillas, le dio una sonrisa manchada, sus dientes ahora coloreados de carmesí. Luego, escupió al suelo los restos de sangre.

—No vuelvas a tocarme —le advirtió entonces.

Un demonio.

Lee Minki era el monstruo que siempre imaginó que sería.

A pesar del dolor que le recorría el brazo, el doctor le dio una inclinación de cabeza.

No se había equivocado en elegirlo.

Tres generaciones de tontos, era lo único que necesitaba para triunfar.

6

El motivo que llevó a que Yoon Jaebyu escogiera un lugar como Emergencias para ejercer la enfermería, ocurrió el día que tuvo que recibir a Minki en el hospital por un aborto espontáneo. No supo cómo reaccionar, por lo que se quedó a un lado de la camilla sintiéndose un idiota. Antes de eso, no obstante, ya lo había meditado como opción. Sucedió en los primeros meses como residente cuando trató a un paciente de apenas siete años que padecía leucemia desde los cinco. Cada visita al hospital era igual, un niño tan agotado que apenas era capaz de responderle a sus padres. Tenía una falla multisistémica, todo en su pequeño cuerpo estaba comprometido. El corazón se negaba a bombear de manera regular, el estómago a recibir alimentos, los riñones a limpiar la sangre. Llevaba semanas agonizando, pero sus padres no querían aceptarlo.

Le tocó a Jaebyu ingresarlo. Con manos torpes, que podía esperarse de un estudiante que colapsaba por no saber manejar ese tipo de situaciones, intentó canular en varias oportunidades unas venas por esencia secas y destruidas. No lo logró en ninguno de los dos brazos, tampoco en el dorso, ni mucho menos en la vena subclavia infraclavicular. Los padres le habían gritado mientras el niño continuaba en la camilla sin reaccionar a ninguno de los pinchazos, su mente perdida en alguna parte del cuarto. Al final tuvo que solicitar ayuda de su profesora.

Cuando regresó a turno dos días después, en su hora de colación lo buscó en el sistema para conocer su habitación. Fue a visitarlo. Le habían colocado una intubación endotraqueal, una cánula en la clavícula y un catéter para vaciar su vejiga.

Esa noche el chico no murió.

Tampoco la siguiente.

Ocurrió cinco meses después tras otras cuatro hospitalizaciones. La última vez que le tocó ingresarlo, su mano pequeña buscó la suya como si quisiera despedirse. Ambos sabían, incluso antes de que el doctor lo verbalizara, que no pasaría esa noche. El adiós fue lento y poco doloroso por los medicamentos suministrados, aunque de igual forma insoportable. Porque había sido pinchado, examinado, drogado hasta que no supo más de sí.

Kim Daechul.

Nunca pudo olvidar su nombre. Con él fue la primera vez que sintió aquel olor a flores flotando en la habitación. Lo creyera la gente o no, la muerte tenía un aroma particular. Para él siempre olía a flores. Fuera real o no, siempre percibía ese olor en la punta de la nariz si alguien moría.

Con Kim Daechul aprendió que jamás podría soportar ese tipo de situaciones. Por regla general Jaebyu era poco empático, le costaba pensar en los otros, pero no quería perder la escasa humanidad que le quedaba al normalizar aquel sufrimiento. Si él perdía la capacidad de compadecerse de alguien, regresaba el monstruo que tanto intentaba esconder.

Con el tiempo entendió que la sala de emergencias era su sitio seguro. Un lugar estéril que monitoreaba a pacientes por apenas unas horas antes de ser ingresados y tratados en el hospital o dados de alta. No existía manera de encariñarse con nadie.

En momentos como ese, no obstante, donde observaba la almohada que utilizaba Minki y que todavía mantenía la forma de su cabeza, habría deseado no sentir nada. Nunca, por nadie. Ese dolor, que partía en el corazón y se ramificaba por el cuerpo, era insoportable. Como si se estuviera ahogando y luchando por sobrevivir, a la vez que ya había muerto.

Sin poder aguantarlo, escapó de la habitación matrimonial y cerró la puerta. Regresó con los mellizos, ambos aún despiertos.

—¿Papá puede dormir con alguno de ustedes? —preguntó con anhelo.

Chaerin ya le había hecho espacio antes de que terminara de hablar. A veces no se necesitaba llorar para que el otro entendiera que la vida no marchaba bien, tampoco se requería ser adulto para ser empático.

—¡Yo quería dormir con papá! —pidió Beomgi y en protesta golpeó el colchón con los talones.

—Mañana —prometió Jaebyu mientras se acurrucaba al lado de su hija, como si de pronto él fuera el niño.

—¿Mañana? —repitió Beomgi.

—Sí —susurró y cerró los ojos—, mañana.

Tal como iban las cosas, ese *mañana* iba a ser eterno.

A las horas se despertó con la extraña sensación de haber padecido la peor de las pesadillas. No se levantó de inmediato, se quedó observando la litera de arriba donde descansaba su hijo. Chaerin permanecía acurrucada a su lado. Tuvo que recordar que se encontraba en la habitación de los mellizos.

Regresaron los golpes en la puerta principal, el ruido que lo había despertado. Miró la hora. El celular estaba descargado, pero el despertador de mesa indicaba que eran las 04:03. Su turno no empezaba hasta dentro de tres horas. ¿Quién lo estaría buscando? ¿Habría sucedido una emergencia? O...

¿Minki?

Se levantó tras el tercer golpeteo, este fue mucho más impaciente y exigente que el resto. Cerró el cuarto de los mellizos y se dirigió a la entrada. La cámara del citófono mostraba a dos policías. A la misma vez que en su mente reaparecían los recuerdos de hace unas horas, abrió.

—Buenas noches, buscamos al señor Yoon Jaebyu —dijo uno de ellos.

Lo encontraron, fue lo primero que pensó.

El nudo en el estómago se ajustó tanto que estuvo a punto de vomitar.

—Soy yo —respondió.

Ambos oficiales le mostraron las placas, después uno de ellos sacó unas esposas y el otro la pistola de servicio.

—Debe acompañarnos a la estación de policía —informó el mayor de ellos—. Presenta una orden de arresto a su nombre. Por favor, alce las manos y no se resista.

7

Aquel aroma le cosquilleaba en la punta de la nariz. Con los ojos cerrados y el cuello estirado, Lee Minki intentó identificarlo. ¿A qué le recordaba? No podía hacer memoria. Frustrado, se acercó a la puerta metálica y se arrodilló para pegar su boca a la rendija. Si bien el olor era más fuerte, su mente todavía permanecía en un estado de alerta constante.

—*013, favor alejarse de la entrada.*

Le hablaban a él. Al parecer se había transformado en un simple número.

Se enderezó y clavó la mirada en la cámara que estaba justo en su ángulo.

—¿Por qué debería? —cuestionó.

—*013, favor alejarse de la entrada* —repitió la misma voz monótona.

Se inclinó una vez más hacia la rendija e inspiró profundo. Sintió que le picaba la nariz, la garganta, la boca, el camino completo hasta los pulmones. ¿Cloroformo?

Caminó a la cama y tomó asiento en ella con las piernas dobladas frente a él. El cuarto era pequeño, diferente a la enorme habitación ventilada en la que estuvo en sus inicios. Lo habían cambiado tras ahorcar al doctor con la cadena.

No tenía que hacer mayor esfuerzo para que el rostro sonrojado y maduro reapareciera en su mente. Se rio. El hombre de seguro superaba los sesenta años, al que además no había vuelto a ver. Lo único que lamentaba del arrebato era que lo habían trasladado a una habitación cerrada, con el piso y las paredes de baldosa. Había también un desagüe diminuto justo en el medio de la estancia. Parecía un cuarto hecho para ser limpiado sin dificultad. Era frío y no tenía ventanas. Al no recibir la luz del sol, era difícil saber cuánto tiempo llevaba ahí. Calculó menos de diez comidas, por lo que deducía que debían ser tres días. Tampoco podía asegurarlo, los alimentos no eran repartidos en orden.

Necesitaba regresar a la antigua habitación para no perder la cabeza. Si quería lograr eso, debía comportarse, ser obediente, aunque no demasiado para no despertar sospecha. El cambio debía ser natural, como si fuera cediendo por el miedo, la desesperación y no porque estuviera siguiendo un plan.

Con el estómago rugiendo, se llevó ambas manos a la cintura y acarició su vientre abultado. *Vamos a salir de aquí*, se repitió. Sabía que lo buscaban. Conocía cómo era su mejor amigo, Jong Sungguk debía estar dando vuelta la ciudad por él.

Pensar en Sungguk le hizo recordar de inmediato otro rostro.

Yoon Jaebyu.

Se abrazó la cintura y se hizo un ovillo sobre el colchón. ¿Ese hombre necio estaría respetando sus comidas? Esperaba que sí y que los mellizos lo estuvieran acompañando, Jaebyu jamás había podido comer solo. Y sus hijos... ¿estarían asustados por su desaparición? ¿Jaebyu les habría dicho la verdad o una mentira piadosa?

¿Y qué sería de Daehyun? Las primeras horas que estuvo encerrado en ese lugar se la pasó gritando su nombre hasta que le dolió la garganta. Minki había necesitado, realmente *necesitado*, saber si su amigo estaba ahí. Parte de su cordura pendía de ese hecho, no se creía capaz de superar esa situación si averiguaba que su sacrificio no había servido para nada. Que nadie hubiera respondido a sus gritos le daba cierto alivio, al menos uno suficiente para imaginar que alguien había encontrado a Daehyun a tiempo.

¿Pero y sus hijos?

¿Los suyos no eran importantes?

Dae no lo habría soportado, se decía al abrazar su estómago abultado. Minki sí, él podía, él iba a salir de ahí, solo tenía que mantenerse saludable.

Solo eso.

En algún momento del día llegó una bandeja con lo que parecía el almuerzo. El sabor no era muy agradable, así que imaginó que debían estarle suministrando cierto tipo de medicamento en ella. De igual forma no protestó y se devoró todo. Si quería salir de ahí debía estar sano y *ellos* —quienes sea que fueran— debían confiar en él. Si se negaba a comer, los únicos afectados ahí serían Minki y su hijo.

Se tocó el abdomen al finalizar, se sentía atontado. De seguro le habían suministrado un narcótico. Asumió que iban a trasladarlo de habitación. Se dirigió a la cama y se recostó. La cabeza le pesaba cuando la puerta se abrió y se llevaron la bandeja. Analizó al personal: iban cubiertos de pies a cabeza con trajes blancos desechables, los rostros se escondían detrás de mascarillas y lentes de seguridad más bien oscuros. No tenía nada distinguible para identificarlos a excepción de la estatura y el tamaño promedio de los zapatos.

La puerta se cerró y Minki intentó dormir, los músculos le pesaban. Había caído en un sueño intranquilo cuando la puerta se abrió por segunda vez. Ingresaron con un ecógrafo y entendió la razón del medicamento. Lo necesitaban torpe y manso para hacerle un examen.

Minki intentó moverse, alejarse, pero los brazos apenas reaccionaron. Los ojos se cerraban y pestañeaba a destiempo, mientras le subían la camisola y le dejaban la cintura al descubierto. Se trataba de un hombre y una mujer. Ella revisaba las imágenes del ultrasonido con atención, el cabezal se movía sobre su vientre bajo. El otro debía ser un simple guardia en caso de que él pusiera resistencia.

Minki abrió la boca, pero fue enmudecido de golpe al escuchar un fuerte ruido metálico.

Eran latidos fetales.

Estaba bien. Estaba bien. Estaba bien. Estaba bien.

Estaba...

¿Bien?

Sintió un alivio tal que sus ojos se cerraron.

Cuando reaccionó, ellos ya habían desaparecido del cuarto.

En algún otro instante, la puerta se abrió de nuevo. No debió ser mucho tiempo después, todavía sentía los efectos del narcótico. Esta vez ingresó aquel hombre mayor, el único que no se cubría el rostro. Tenía los párpados tan caídos que casi cubrían su mirada por completo. Los músculos faciales habían descendido por los años y le daban una expresión cansada y triste. Sus entradas eran tan prominentes que llegaban hasta casi la mitad de la cabeza. El cabello que le quedaba era blanco. Delgado y de estatura promedio, no debía ser más alto que Minki. Venía con una bata blanca y las manos tras la espalda.

—Todavía tenemos complicaciones para identificar el sexo del feto —dijo sin saludar, de forma seca y áspera. Debió ser un gran fumador en la juventud.

Su comentario hizo que el corazón de Minki se acelerara. Si se lo decían era porque existía un problema.

—Mañana vendremos de nuevo a hacer una última ecografía antes de tomar una decisión —continuó—. Me imagino que tú ya debes saber la razón.

Entender a qué se refería dolió tanto como golpearse el centro del pecho y perder el aire por unos segundos.

—Creemos, sin embargo, que su sexo es femenino —entonces, vino la segunda golpiza—. Comienza a despedirte de ella, Lee Minki.

Se dirigió hacia la puerta, la abrió y lo dejó solo con ese sufrimiento que siempre iba a doler una vida entera.

8

Le pidieron que no se resistiera, pero Jaebyu hizo lo contrario. Se sujetó al marco de la puerta y la cerró tan pronto pudo. Los golpes en la madera despertaron a los mellizos, Chaerin lo llamaba desde el cuarto mientras él se quedaba paralizado en la sala de estar. Como pudo, buscó el celular descargado y lo conectó a la red. El llamado de nudillos persistió junto a la advertencia de los policías. Los oficiales no eran caras conocidas, no debían ser compañeros de Minki y Sungguk.

Lo primero que pensó fue llamar a su novio para pedirle ayuda. El corazón le dolió de inmediato al recordar que aquello sucedía justo por su desaparición. Tuvo que marcar a la segunda persona que se le vino a la cabeza, a pesar de que deseaba no tener que hacerlo.

Jong Sungguk le contestó al segundo timbre.

—¿Jaebyu? —exhalaba agitado, como si lo hubiera interrumpido en medio de una maratón. A lo lejos escuchó el ruido de los coches—. Me dirigía a tu casa.

—Llegaron unos policías a detenerme —informó. Fue interrumpido por nuevos golpes en la puerta más el llanto de los mellizos—. Por favor, ayúdame.

Ni siquiera entendía por qué lo detenían. ¿Lo estarían acusando por desaparición de Minki? Tras cortar la llamada, se quedó en medio del cuarto en tanto los golpes persistían. Sus hijos lo seguían llamando, eso lo hizo reaccionar lo suficiente para dirigirse a su habitación y marcarle a Taeri, la mamá de Minki, para que viniera a verlos.

—Algo sucedió —dijo, a la vez que cogía a Chaerin y la subía a la litera de su hermano—. Vinieron los policías a detenerme. Necesito que vengas por los mellizos, por favor.

Cortó la llamada. Beomgi parecía haber asumido el rol de poder en esa situación, ya que, si bien lo miraba con sus ojos grandes e inundados de miedo, no dijo nada al abrazar a su hermana y cubrirla con sus mantas para que no tuviera frío.

Jaebyu inspiró profundo para encontrar su voz.

—Su abuela vendrá por ustedes —les explicó. Les acarició la mejilla, el cabello, y los cubrió mejor con las sábanas—. Regresaré pronto, ¿está bien? Su papá Minki también. No quiero pedirles que no se preocupen, porque es normal que se sientan así. Pero estaremos bien, ambos estaremos bien.

Besó la mejilla a cada uno.

—Ahora van a escuchar algo no muy agradable —continuó con tanta calma como podía—. Es parte de una investigación que está realizando la policía. Pero deben saber que yo estaré bien, que no me están haciendo daño y que regresaré tan pronto pueda. En mi ausencia necesito que le hagan caso a su abuela, *¿ok?*

Limpiándose las mejillas con las muñecas, Chaerin asintió.

—Papá... —lloró.

—Papá debe irse, Riri —dijo Beomgi sujetándole el brazo, la «r» apenas la pronunció.

Jaebyu se puso de pie, a la vez que los oficiales lo amenazaban con romper la cerradura.

—Regresaré rápido —insistió. Con un último vistazo, salió.

Caminó a la entrada del departamento.

—Voy a abrir —les avisó Jaebyu a los policías—. Mis hijos están en su habitación, por favor, tengan cuidado con ellos. No hay nadie más en casa.

Cuando se detuvieron los golpetazos en el pomo, Jaebyu abrió con lentitud, alzó los brazos y retrocedió un paso apenas hubo una rendija de espacio. De inmediato, uno de ellos azotó la puerta con una patada y el otro ingresó con el arma en alto.

—¡Arriba las manos, no se resista!

Con brusquedad uno de ellos lo sujetó por las muñecas y se las llevó a la parte posterior de la espalda. Las articulaciones de sus hombros dolieron por el ángulo; no se quejó, incluso cuando lo obligaban a arrodillarse.

Habría deseado tener la capacidad de llorar con facilidad, así al menos habría logrado aliviar el nudo en el pecho que lo torturaba.

A pesar de la solicitud de Jaebyu, un policía se quedó con él y el otro ingresó al departamento para examinarlo.

—Esa es la habitación de mis hijos —avisó antes de que el oficial inspeccionara el cuarto. Escuchó el chillido de Chaerin, luego el hombre le dio unas palabras de consuelo a sus hijos para no asustarlos más.

—No tengan miedo —decía—, estamos asegurándonos que no haya nadie escondido en el departamento. Algunos monstruos se meten bajo la cama y no queremos eso.

Monstruos, de nuevo esa palabra.

Al finalizar, cerró la puerta para dejar a los mellizos aislados. Se acercó a ellos y posicionó a un lado de Jaebyu.

—Lamentamos los inconvenientes —se disculpó. Como estaba cerca, pudo analizarle mejor el rostro. Era un hombre mayor, quizá a punto de cumplir cincuenta. Quien lo sujetaba con firmeza, aunque no así con brusquedad, debía rondar los cuarenta.

—Mis hijos no pueden quedarse solos —suplicó Jaebyu. Alzó la cabeza lo máximo que podía dada su posición—. Viene su abuela a cuidarlos.

Los policías se miraron. Antes de responderle, se presentaron como los oficiales Cha y Gu.

—Podemos esperar —aseguró el mayor, el policía Cha, quien parecía estar al mando—. Detestamos esta situación tanto como tú. Fue muy estúpido de tu parte haber huido.

—No lo hice —aseguró.

—Escapaste del hospital —tomó asiento en el sofá mientras su compañero Gu lo sujetaba.

—No hui, fui por mis hijos. Además, no tenía una orden que se me obligara a estar ahí.

Recibió una mirada escéptica por parte del oficial Cha.

—Es lo que todos dicen. Y no —dijo a su segundo comentario—, no la tenías en ese momento. Pero tu mala decisión provocó que tramitaran una.

Porque un inocente no se habría ido sin avisar, más cuando era obvio que la policía había esperado a que despertara para comenzar el interrogatorio. La idea de haber provocado su propia detención lo hizo reír de manera maniática. No lo podía creer. ¿Así sería su vida ahora?

Las lágrimas bajaron sin control por sus mejillas, a pesar de que todavía reía. Los policías se miraron de nuevo.

—Lo siento —logró controlar la carcajada. Quedó desarmado y con la mejilla húmeda pegada al suelo—. Yo... no sé qué hacer. En la mañana me despedía de mi novio y ahora... no está. Y para peor me llevan detenido por ser un presunto sospechoso y... —su pecho se estremeció—. ¿Cómo el día pudo terminar... así?

Cerró los ojos y se mantuvo en la misma posición hasta que captó unos pasos apresurados subiendo la escalera. Eran dos pares. A los pocos segundos ingresó al departamento el hermano de su novio seguido por su mamá. Ambos parecían no haber dormido en días, debieron estar ayudando en la búsqueda de Minki mientras Jaebyu tomaba malas decisiones.

Minjae alzó los brazos en el aire cuando los policías se pusieron de pie en estado de alerta.

—Vinimos por los mellizos —declaró Taeri con un hilo de voz. Tenía el rostro desencajado, como si en una noche hubiera envejecido veinte años. Sus ojos estaban hundidos e hinchados de tanto llorar, su labio irritado. Minjae no se veía mucho mejor.

Con la ayuda de sus rodillas, Jaebyu se sentó siendo custodiado de cerca por el oficial Gu.

—¿Por qué lo están deteniendo? —preguntó Minjae. Taeri se marchó al cuarto de los niños y buscó calmarlos—. Jaebyu se encontraba en turno cuando sucedió lo de mi hermano. Y se ubicaba a más de media hora del lugar, es imposible que sea él —al no recibir respuesta, se alteró. Su ceño cambió, su boca se crispó—. ¡¿Es que acaso ni siquiera están pensando en hacer una buena investigación?!

—Nosotros cumplimos órdenes —habló por fin el oficial Cha.

—¿Órdenes? —se burló Minjae—. Yo...

—Minjae, no sigas —le pidió Jaebyu, en tanto lo instaban a colocarse de pie y moverse hacia la puerta para llevárselo. El hermano de Minki hizo un ademán de acercársele, él negó con la cabeza—. Cuiden a los mellizos, por favor. Yo estaré bien.

—¿Un consejo? —le dijo el oficial Cha a Minjae—. Consíganse un buen abogado.

9

Cuando era pequeño e iba a visitar a sus abuelos a Busan, Minki solía ir al acuario Sealife ubicado en la bahía. Tomaba asiento frente uno de los enormes ventanales, que reflejaban el azul profundo de un estanque falso, y se pasaba horas contemplando a las mantarrayas. La mayoría flotaba a la deriva arrastradas por la corriente, a excepción de una que se movía en círculos, todo el día, todos los días, cada vez que iba de visita.

Su nueva habitación medía de ancho quince de sus pies y diecisiete de largo (*¿sus hijos estarían bien?*). Estaba compuesta por cuatrocientos cuarenta y cuatro baldosas en las paredes y ciento noventa y siete en el suelo (*¿Jaebyu estaría cenando?*). El cielo, en tanto, estaba recubierto con pintura aprueba de agua (*¿hablarían entre ellos o sus vidas se habrían sumido en el silencio?*). Tenía cinco focos de luz, uno por esquina más uno central (*¿Jaebyu sabría que Beomgi tenía un lápiz favorito para dibujar?*). Y tenía dos cámaras en diagonal, la primera a un costado de la puerta, la otra a espaldas del colchón (*¿y que Chaerin no le gustaba dormir con calcetas y Beomgi no lo soportaba?*).

Una década tras sus visitas al acuario, Minki comprendió el paseo cansino y repetitivo de aquella mantarraya en confinamiento (*¿estarían comiéndose sus verduras?*). A él también le ocurrió (*¿Jaebyu les preguntaría a diario cuál era su nuevo cuento infantil?*). Sin tener más que hacer y con una mente que empezaba a fraccionarse por el encierro (*¿Beomgi se estaría lavando los dientes?*), comenzó a caminar. En sus inicios apenas daba unas vueltas (*¿y usando enjuague bucal?*). Cuando los días pasaron, aquella marcha tranquila se convirtió en un trote que luego fue adquiriendo más fuerza *(¿le habrían cortado el flequillo a Chaerin antes de que le molestara?).* Y si bien los altavoces le pedían que se detuviera (*¿es-*

tarían yendo a la guardería?), no lo hacía hasta que su piel sudaba y los músculos de las piernas se le acalambraban (*¿Jaebyu sabría que Beomgi nunca pisaba las líneas de la calle y por eso siempre se quedaba atrás?*). Recién entonces se permitía acostar en el centro de la estancia y examinar el sistema de CCTV (*¿y que Chaerin siempre mascaba por la derecha y que se le debía recordar que lo hiciera también por la izquierda?*).

—Estoy bien —jadeaba para que no lo fueran a ver—. Necesito consumir energías para dormir.

Sin embargo, todo eso fue antes de la última ecografía. A partir de ahí, pasó sus últimas horas recostado en la cama abrazando su barriga. Con los ojos cerrados y con un hilo de voz, el día entero suplicó lo mismo.

No seas mujer, por favor.

No lo seas.

No, por favor.

Más tarde, cuando Minki percibió el sabor agrio en la comida, sintió que no lograría tragarse ese pedazo de pollo que maceraba en la boca. No sabía si debía pasarlo a la fuerza o si escupirlo y hacerles saber que era consciente de que lo drogaban. ¿Perder la poca e insignificante ventaja que tenía o resistirse? De todas formas, ¿de qué le serviría hacer eso último?

De nada, se dijo y tragó con gran dificultad. Como la mano le temblaba, sujetó con más ahínco la cuchara para llevarse otra tajada a su boca, y otra, y otra, y otra, hasta que la cabeza le pesó y se desplomó en el piso. Se dio cuenta muy tarde que la dosis de ese día era más elevada que las anteriores.

¿Lo habían preparado para lo peor?

Así parecía.

Se le humedecieron los ojos. Quiso llevar las manos a la cintura, pero no podía moverse.

No seas mujer, pensó.

No lo seas.

Hasta ese fatídico 31 de enero, Minki había deseado una. Lo había deseado tanto que su ruego tenía sabor a pecado. Aun así, insistió.

No seas mujer.

Y una vez más mientras la puerta se abría.

No seas mujer.

Lo hizo incluso cuando se le acercó un guardia que no utilizaba traje, por lo que se distinguía una melena castaña clara que, por alguna razón, se le hizo familiar.

Por favor.

Y continuó así, a pesar de que ya le sujetaban los pies.

Te lo pido.

E ingresaban el ecógrafo.

En un momento así, ¿qué era peor? ¿Suplicar que no fuera mujer para mantenerlo con él o que fuera un hombre considerando que buscaban un m-preg para quitárselo?

Nunca sabría la respuesta, ya que en ese instante el cabezal encontró un punto en concreto en su vientre bajo y la doctora, la misma de la tarde anterior, le sonrió tan amplio que sus mejillas escaparon de la mascarilla.

—Es un gran día —declaró entonces con jovialidad—. Es un niño, oficial.

Con los latidos todavía resonantes en sus oídos como un recuerdo convertido en eco, lo dejaron solo para que se pudiera regodear de felicidad que tarde o temprano se transformaría en tragedia.

Sin embargo, en ese detestable presente, todavía lo tendría con él. Y eso era motivación suficiente para resistir.

Iban a rescatarlos.

Tenían que.

Tenían que... *por favor.*

10

El «principio de no maleficencia», uno de los cuatro pilares fundamentales de la bioética, fue creado bajo el concepto de la frase en latín *primum non nocere*, es decir, «primero no hacer daño». En el área de la salud era utilizado comúnmente para explicar que, en ocasiones, era mejor no hacer algo antes de correr el riesgo de causarle un daño peor.

Algunos oficiales, no obstante, no parecían estar de acuerdo.

Tras ser subido a la patrulla, Jaebyu terminó en una de las estaciones de policía más cercana. Por fortuna, no era la de Minki. La celda se localizaba al cruzar la sala principal. Al ingresar, con la punta del zapato le tocaron la parte posterior de la rodilla para instarlo a que se arrodillara. Así lo hizo. Le quitaron las esposas y cerraron la reja. Él permaneció en esa postura.

Aún no eran las cinco de la mañana, por ende, la comisaría se encontraba vacía. Habían ocupado dos escritorios, uno por una oficial y su compañero de ronda. Los cuatro se alejaron mientras conversaban en voz baja; si bien no podía distinguir sus palabras, sabía que hablaban de él.

Con los hombros entumecidos, estiró los brazos y se masajeó los músculos adoloridos. No se levantó del suelo, únicamente cambió de posición para apoyarse contra la pared. No por primera vez se preguntó si tendría que llamar a un abogado.

¿Por qué tengo que hacerlo?, sin embargo, se cuestionó.

Porque te van a culpar por ello.

Se examinó las manos nudosas, esas que tanto habían adorado a su novio. Por más que se esforzaba en procesar la situación y salir de ese entumecimiento, no podía. Era por esencia ilógico lo que ocurría.

Aunque lo era.

Su novio había sido secuestrado y él estaba detenido por sospecha.

¿Reír?

¿Llorar?

Su espalda fue cediendo a la gravedad y terminó recostado en el suelo.

En algún instante escuchó pasos apresurados en el corredor y luego aquella voz gastada y ronca.

—¡¿Jaebyu?!

Era Sungguk, se preguntó si había alcanzado a llegar al departamento antes de cambiar el rumbo a la estación de policías.

Abrió los ojos todavía en el piso. Lo vio correr hacia él siendo perseguido por los oficiales que lo habían detenido. Llegó a la celda, sujetó los barrotes con las manos rojas por el frío y se arrodilló. Tenía el rostro tan demacrado que asumió que no había dormido.

—¿Lograste ver a mis hijos? —preguntó de inmediato.

Sus miradas se encontraron, Jaebyu no se movió.

—No alcancé —confesó—. Necesito primero sacarte de aquí.

—Sungguk —llamó cuando este se puso de pie de un brinco; parecía decidido a pelear con quien fuera para dejarlo en libertad. Las piernas de su amigo temblaron impacientes, ardía por moverse y solucionar ese embrollo—. Los mellizos no pueden quedarse solos —tomó aire—, *por favor*.

—No te preocupes —Sungguk sujetaba los barrotes como si quisiera romperlos—. Estarás con ellos muy pronto.

Cerró los ojos, apegó con más fuerzas las piernas al pecho. ¿Por qué sentía que ya había perdido la batalla? ¿Por qué no luchaba? ¿Por qué era incapaz de llorar? ¿Por qué no podía reaccionar? Porque, por primera vez en esa década eterna, Jaebyu sintió un odio tal que podría destruir incluso una relación como la de ellos. ¿La razón? No lo entendía. Minki podría haberse salvado y ahora sería Sungguk quien estaría buscando a Daehyun, no al revés.

No al revés.

No así.

Su historia podría ser absolutamente diferente, pero Minki había decidido que no.

Y lo odiaba por eso, y ese era un sentimiento que flameaba y nacía de una persona que estaba perdiendo la cabeza por amor.

Lo odió tanto como jamás se lo imaginó.

Sin embargo, con la misma intensidad que lo hizo, suplicó por su regreso. Quería gritarle hasta quedarse sin voz, de la misma forma que deseaba besar cada parte de su cuerpo.

Minki, pensó.

Ese idiota todavía no entendía cuánto lo amaba, ni lo que Jaebyu sería capaz de hacer por amor.

Cuando lo dejaron libre luego de la intervención de Sungguk, sin mencionar el hecho latente de que no existían pruebas contra él, regresó a casa junto al policía. Iban en silencio, el que se mantuvo hasta que llegaron a su edificio. Con la cabeza punzante y sintiéndose por esencia confundido, abrió la puerta de la camioneta y se detuvo a mitad del movimiento. Giró el rostro hacia Sungguk. Sus ojos se encontraron con las marcas que le dejaron sus dedos en el cuello. Ahora ya no se sentía bien verlas. La culpa fue tan pesada que le picó la nariz ante el deseo de derrumbarse.

—¿Hanni...? —no alcanzó a terminar.

—Ella está bien, pesó tres kilos doscientos —dijo Sungguk, con la voz suave, aunque todavía ronca y entrecortada—. Daehyun también lo está. Ambos siguen en el hospital.

—¿Los están vigilando bien?

—Sí —Sungguk asintió. Una sonrisa pequeña, casi imperceptible, adornó su rostro cansado—. Eunjin ordenó su protección como prioridad. Gracias por preocuparte.

Mantuvo sujeta la manilla de la puerta sin animarse a bajar, tampoco buscaba quedarse.

—¿Podrías...?

Como si el oficial hubiera leído su mente, le entregó el celular desbloqueado. De fondo de pantalla había un bebé cubierto por mantas, su rostro todavía con ese sonrojo característico de un recién nacido. Tenía los ojos cerrados y un montón de cabello corto y delgado, de color tan oscuro como el de Sungguk. Era Moon Hanni, sujetada por Daehyun que lloraba mientras la miraba.

Hanni.

No estaría en su mundo si Minki no hubiera intervenido, ¿cierto? No quiso responderse, dolía hacerlo demasiado.

Al regresarle el teléfono, dudó antes de seguir.

—Lo siento —se miró las manos que le temblaban. Tenía aún los nudillos irritados por el frío—. Lo siento mucho.

Sintió la caricia suave de Sungguk en la nuca, los dedos le hicieron cosquillas en la piel.

—Yo no habría reaccionado mejor —admitió Sungguk.

—Eso no es excusa —Jaebyu enfatizó su culpa. No deseaba el perdón ni tampoco olvido. La verdad era que no tenía claro lo que realmente quería.

—Yoon —lo llamó—. Está bien. En serio, está bien. Estamos bien.

Sus palabras no lo hicieron sentir mejor. Jaebyu terminó de abrir la puerta para bajarse.

—Jaebyu, una cosa más —Sungguk lo interrumpió—. Me enteré de algo en la comisaría.

Sujetó la manilla con tanta fuerza que el plástico crujió en protesta. Tenía la misma cantidad de ansiedad y curiosidad por saber qué ocurría como miedo de enterarse de algo peor.

—¿Qué cosa?

—¿Recuerdas a Dowan?

Era el otro hermanastro de Minki, Jaebyu apenas lo había visto en una fotografía. Su novio no tenía contacto con él. Lee Dowan era el hijo que el padre de Minki tuvo con su primera mujer, a la que el hombre dejó por Taeri, la mamá de Minki, para luego regresar con su esposa. Nunca se buscaron, el desinterés parecía mutuo. Ni Minki deseaba ser su hermano, ni Dowan que Minki lo fuera. Sobre todo porque llevaban una vida de rivalidad por el cariño de un hombre miserable. Pero esa era una carencia afectiva con la que se crecía al no tener una figura paterna; por muy ruin que esta fuera, siempre iba a existir el deseo de conocerlo, de ser su hijo, de tener un padre, de ser querido.

La ausencia definió como persona a Minki. Era vengativo, rencoroso, entregaba cariño sin cuestionarse si la otra persona se merecía tenerlo. Pero también era el hombre que Jaebyu amaba, quien siempre parecía saber cuándo tenía un mal día y lo esperaba con un abrazo y un beso que no iban a solucionar sus problemas, aunque sí aliviarlos.

—Sí —respondió Jaebyu—. Minki nunca habla de él.

Si bien Dowan no era responsable de las decisiones tomadas por quien era su padre, el chico en apenas una oportunidad había intentado hacer algo para cambiar la relación con sus hermanos.

—También se lo llevaron —contó Sungguk.

El rostro de Dowan, que desagradablemente era demasiado parecido al de Minki, regresó a su mente.

—Dowan también es un m-preg —su amigo asintió a sus palabras—. ¿Crees que esté con Minki?

¿Importaba eso? Para nada. Sin embargo, imaginarse que Minki estaba con él en ese infierno lo hizo sentir un alivio extraño.

—No lo sé —admitió Sungguk—, pero las pistas apuntan a la misma organización.

El sol ya había salido. Los rayos anaranjados hacían brillar los espejos retrovisores de la vieja camioneta de Sungguk, quien había puesto una mano sobre sus cejas para hacer de visera y que la luz no lo encandilara.

Antes de cerrar la puerta y regresar al edificio para estar con sus hijos, llamó a Sungguk por su nombre.

¿Lo decía o no?

Debía.

Si bien no podía controlar sus emociones, sí cómo iba a reaccionar ante ellas. Y la de Jaebyu había sido errónea al responsabilizar por el incidente a alguien que tenía la misma responsabilidad que la suya: es decir, ninguna.

—Me alegro de que Hanni y Daehyun estén bien. Ellos no son culpables por las decisiones que tomó Minki.

Pensó que aquello aliviaría al policía, no fue así. Con expresión triste, bajó la barbilla para evitar el escrutinio. Sujetaba el volante con tanta fuerza que se le marcaban las venas de las manos.

—Lo prometo, Jaebyu —Sungguk le sostuvo la mirada—. No dejaré de buscar a Minki.

Cuando subía las escaleras con esa sensación de vacío, se preguntó si acaso tendría que prepararse para algo peor. ¿Y si Minki nunca aparecía? ¿Y si tenía que seguir con su vida sin él?

En las semanas siguientes, la mente de Jaebyu fue un caos que lo llevó a recoger cada pequeño objeto que le perteneció a su novio para guardarlo en el ropero. Selló una vida compartida como si la otra mitad nunca hubiera existido. Pero el bolso, que preparó el primer día, se mantuvo a un costado de la puerta a la espera de ser usado.

Jaebyu no estaba bien.

Así transcurrió el tiempo.

Y finalmente el bolso que con tanta ilusión alistó, fue guardado en el camión de mudanza que contrató para restaurar esa vida que Minki destruyó con tanta facilidad.

11

Fue en 1973 cuando Jan Olsson irrumpió en la sucursal del Banco de Crédito, ubicada en el centro de Estocolmo, y tomó como rehenes a los clientes, para luego atrincherarse dentro del lugar con cuatro trabajadores: tres mujeres y un hombre. Tras cinco jornadas de negociaciones sin acuerdos, la policía terminó irrumpiendo en la bóveda del banco donde se ubicaban los cautivos y redujo a los captores con gases lacrimógenos. Para la sorpresa de las fuerzas especiales, los atracadores entregaron y liberaron a los detenidos sin cumplir su amenaza de matarlos si la policía ingresaba al banco de manera imprevista. Años más tarde, Olsson admitiría que no podría haber matado a los cautivos porque se habían vuelto sus amigos. De hecho, durante la década que estuvieron detenidos, Olofsson, el otro atracador, y Kristin Ehnmark, una de las rehenes usadas como mediadora, mantuvieron una relación a través de cartas.

Fue a raíz de ello que Nils Bejerot, el psicólogo a cargo de las mediaciones, acuñó el término «síndrome de Estocolmo» para explicar los fenómenos paradójicos de vinculación afectiva ocurridas entre rehenes y sus captores como mecanismo de supervivencia.

En la actualidad, a pesar de que el término llevaba siendo utilizado más de cinco décadas, todavía no se contaba con su certeza real. Muchos profesionales alegaban que el síndrome era más bien una manifestación más compleja del estrés postraumático o, incluso, un síndrome de sentido común.

Alexander Smith estaba lejos de ser el hombre guapo y joven que fue, pero seguía siendo encantador.

Protector.

O al menos sabía fingirlo a la perfección, ya que tenía una de esas personalidades que te hacían sentir bien, querido.

Importante.

Si había alguien en los antiguos laboratorios que podía provocar aquella reacción en sus experimentos, era ese hombre. El mismo que avanzaba por el largo corredor, cuyo recorrido era custodiado por el doctor Kim a través de las cámaras de vigilancia.

Una vez en su oficina, el doctor le señaló las cámaras que mostraban el cuarto número tres. En el video se visualizaba a un hombre de treinta años que lloraba en un rincón.

—Él es Do Taeoh —le informó al guardia—. Casado.

—Entiendo —dijo.

—Nos encargamos de su mujer, sin embargo, nos equivocamos en escogerlo. Do Taeoh no nos sirve —prosiguió—, se irá de aquí. Coordina la salida.

La mitad de los inversionistas imaginaba que ese lugar era un centro de control para mantener y resguardar a las próximas subastas, la otra creía que era un laboratorio de experimentación. El doctor Kim sabía que ambas alternativas eran correctas, pues él se preocupaba de que ambas existieran. Por eso, si bien Do Taeoh era un fracaso para el experimento, ya que ellos no contaban con representación femenina en el personal y ese hombre no se sentía atraído por otros hombres, todavía servía para ser subastado y vendido. Su nuevo dueño ya averiguaría para qué podía usarlo.

Como guardó silencio, Alexander se puso de pie para marcharse. Con los pulgares sobre los labios, el doctor examinó las pantallas que mostraban a Lee Minki dando vueltas por la habitación. Entonces, detuvo al guardia con brusquedad antes de que saliera del cuarto.

—Ten especial cuidado con él —apuntó al oficial—, no es alguien fácil de tratar.

Hubo una inclinación de cabeza y finalmente abandonó la estancia.

Síndrome de Estocolmo, meditó.

Si quería probar las deficiencias mentales con las que nacían los hijos de m-preg para así contar con tres generaciones de idiotas, el oficial tendría que embarazarse otra vez. Y nunca podrían provocarle un ciclo de calor si seguía enamorado de aquel enfermero.

Pero Alexander tenía una gran habilidad para hacer funcionar cualquier experimento, más aún si eran problemáticos como ese tal Lee Minki.

12

En sus inicios, los guardias rotaban de manera recurrente. A pesar de estar cubiertos con ropa de trabajo, lo que le impedía distinguir sus rostros, Minki podía deducirlo por detalles como la altura, anchura y forma de caminar. Un día, no obstante, apareció un guardia diferente. No usaba traje de protección, ni llevaba la cara cubierta. Debía rondar los cincuenta años. Asumía la edad por las arrugas en la comisura de sus ojos y por algunas manchas marrones en la piel. También lo sabía por la forma en la que el resto del personal le hablaba; a excepción del doctor principal, los demás utilizaban honoríficos para referirse y hablar con él, a pesar de que destacaba por no ser coreano.

Su acento pesado y mal pronunciado indicaba que vivía hace años en el país, pero no era su lengua materna ni una que aprendió desde la infancia. La apariencia también lo revelaba. Contaba con una mandíbula perfilada, una nariz quebrada en el tabique y ojos grandes color avellana. Su piel tenía una leve tonalidad rojiza en las mejillas y su cabello castaño claro se le ondulaba un poco a la altura de las orejas y frente. La melena era abundante, aunque presentaba grandes entradas y casi la mitad del cabello ya se encontraba tinturado de blanco.

Sin embargo, lo que más le desconcertaba era su sonrisa. Como aquel guardia empezó a resguardarlo a diario, era imposible no recaer en su sonrisa gentil, suave y con tintes familiares que lo turbaba tanto que siempre lo esperaba en la parte más lejana del cuarto. No le respondía cuando le hablaba ni se acercaba si se lo pedía. Siempre se mantenía lejos, siempre atento a sus movimientos.

Así fue hasta aquel día.

Tras dejar la bandeja en el centro del cuarto, el hombre retrocedió y se ajustó el cinturón del pantalón donde colgaba las llaves. Su cuerpo era tonificado, aunque con signos de edad. A pesar de que solía hablarle, Minki se desconcertó al escuchar la voz profunda y rasposa de un fumador.

—Hoy llega alguien que conoces muy bien.

El corazón le dio un latido brusco, doloroso. La respiración se le cortó por un instante antes de soltar el aire y tomar otra bocanada incluso más ruidosa.

—No —se escuchó susurrar.

No.

No, por favor.

Daehyun fue el primero que se le cruzó por la cabeza. ¿No había logrado salvarlo? ¿Su sacrificio no había servido? ¿Hizo sufrir a su familia por... por nada?

Sacudió la cabeza.

No podía tener esa clase de pensamientos, iban a destruirlo. Se mantuvo en silencio hasta que sintió que iba a enloquecer, en tanto el hombre no agregó nada más a la espera de que la curiosidad lo devorara por dentro. Por eso, destrabó su mandíbula con mucho dolor y le respondió por primera vez.

—¿Quién es?

Beomgi, pensó.

Su cuerpo completo se paralizó ante esa idea. ¿Era su hijo? ¿O su hija? Estuvo a punto de suplicarle de rodillas que, por favor, si así era, se los llevara de ahí y prometía hacer lo que le pidieran, hasta lo más mínimo.

Antes de responderle, el guardia le dio una sonrisa suave que casi era compasiva.

—No son tus hijos, no te preocupes.

Amable.

¿Por qué uno de ellos se comportaba así con él?

—¿Quién es? —exigió saber.

—Estamos esperando a que despierte. Vendrá aquí, compartirán habitación.

Como si con ello hubiera esclarecido cada duda, retrocedió hacia la puerta. Movido por la desesperación, Minki sintió que sus piernas raspaban el suelo al deslizarse hacia el guardia de forma brusca y repentina. Lo alcanzó a sujetar por la bota, sus dedos le rodearon el tobillo para impedir el avance.

—¿Quién es? —insistió.

Vio su cabeza inclinarse para comprobar el agarre, después se giró con lentitud hacia él. Como no lo soltó, el hombre flexionó las rodillas y le sujetó la mano. Le soltó los dedos con firmeza, mas no así con brusquedad. Al querer tocarle el rostro, Minki se apartó con tanta violencia que se golpeó el abdomen.

—Ten cuidado —advirtió el hombre. Lo había sujetado por el brazo para que no siguiera retrocediendo.

Esa sonrisa...

—¿Quién es? —preguntó de vuelta.

¿Por qué se le hacía familiar?

—Impaciente —lo analizó.

—¿Quién es?

La respuesta no fue resuelta hasta horas después. Cuando se abrió por segunda vez la puerta, Minki ya había captado dos pares de pasos avanzando por el pasillo. Unos eran seguros y masculinos, los otros eran bajos e indecisos, de alguien asustado y que iba descalzo.

Ingresó el mismo hombre, esta vez traía a alguien consigo.

Su mundo se desplomó.

A pesar de que en apenas tres oportunidades lo había visto, no era un rostro que pudiera eliminar de sus recuerdos.

—¿Dowan?

De puro instinto, se movió hacia ellos.

Su hermano.

Era su hermano.

¿Qué hacía ahí?

Minki alcanzó a sujetar al chico por la cintura en el instante que el guardia lo soltaba. Y a pesar de que no lo conocía de nada y que lo único que tenían en común era el mismo padre nefasto, Minki lo abrazó con fuerzas y lo apegó a él cuando Dowan comenzó a llorar con tanto pánico que le temblaba cada músculo.

—Vas a estar bien —le susurró, mientras la puerta se cerraba y ambos quedaban en esa pequeña habitación—. Vas a estar bien.

Al menos estaban juntos en esa pesadilla.

E iban a escapar.

Sobrevivir.

¿Pero a qué costo? No lo sabía, además, ¿dónde se ubicaba el límite entre lo que se debía o no hacer cuando la meta era salir con vida? Tan lejos que la línea se difuminaba y Minki tampoco pretendía aclararla: sus hijos lo necesitaban y él sería capaz de matar por ellos. *Eso* era lo único que importaba ahí.

13

Nadie podría haberlo preparado para algo así, para ver su vida, su historia, su fotografía —tanto de él como de Minki y de su familia—, aparecer en la televisión, en redes sociales, en los noticieros, incluso en páginas de espectáculo. Nunca nada podría prepararlo para leer esos comentarios, aquellos titulares que especulaban, las menciones que ya no lo hacían y lo atacaban y apuntaban como principal y único responsable de la desaparición de Minki.

Ni siquiera podía culparlos, porque él, de no haber sido el protagonista de esa catastrófica obra, habría pensado lo mismo. Después de todo, ¿el culpable no era casi siempre la pareja? Si bien no podía recriminárselos, no significaba que le doliera menos aceptar aquellos cuestionamientos.

Así fue como le tocó someterse a las miradas desconfiadas, a las preguntas capciosas, a los rumores, al trato indiferente y juicioso por parte de gente que lo conocía de antes. Para todos ellos, no era normal que Jaebyu no llorara. Bajó de peso, no dormía, se comía las uñas hasta que le sangraban los dedos, parecía siempre respirar de manera superficial y rápida, se alteraba ante cualquier acercamiento, tenía una licencia psiquiátrica que cada semana se alargaba una más, se pasaba el día completo cargando una ruma de afiches de búsqueda que pegaba por la ciudad y que entregaba a quienes estuvieran dispuesto a escucharlo... pero no lloraba y eso, para la multitud, era indicio suficiente para señalarlo.

No ayudó que Ahn Taeri, la mamá de Minki, por el contrario, llorara siempre, frente a quien sea, cada vez que miraba a Beomgi y notaba el enorme y abrumador parecido entre hijo y nieto.

Finalmente, no fue su actitud lo que lo liberó de la culpa. Fue la desaparición de Lee Dowan. Después de eso, llegaron nuevas semanas de interrogación, de revisiones, de análisis de defensa con los abogados, de comprobar una coartada que nunca le debieron cuestionar. Entonces, comenzó a dormir con los mellizos y, en más de una noche, se sorprendió despertando en la sala de estar hecho un ovillo frente a la puerta, ya que no podía conciliar el sueño por la preocupación de que vinieran por alguno de ellos.

Perdía la cabeza y, con ello, la poca cordura que le quedaba. Por eso, cuando Taeri volvió a llorar frente a los mellizos, mientras Jaebyu intentaba que se finalizaran su comida y soportaba las náuseas, el dolor de cabeza, la fatiga que llevaba acarreando su cuerpo durante semanas, simplemente perdió la poca paciencia que resguardaba en su interior.

Minki, después de todo, se la llevó con él.

Se llevó todo lo que Jaebyu tenía de bueno.

Parándose con brusquedad, puso los puños sobre la mesa y habló con la mandíbula apretada, tan cansado que podría haberse desmayado ahí mismo.

—¡Basta! —rogó.

No continuó hablando hasta acompañar a Taeri fuera del departamento.

—Ni Chaerin ni Beomgi son un contenedor de lágrimas, Taeri. Estoy intentando mantener sus vidas lo más normal posible y no me estás ayudando.

Quedó desconcertada, tan demacrada que Jaebyu casi pudo verse así mismo.

—¿Normal? —sacudió la cabeza—. Mi hijo desapareció.

—Y mis hijos se quedaron sin un padre —contestó en un susurro mortal—. No eres la única que perdió a alguien. Pero a diferencia de ti, tengo... yo... yo tengo que seguir con nuestras vidas.

En ese preciso momento, Taeri no parecía ser un adulto juicioso. Su barbilla tembló y después quedó alzada, en tanto los ojos se le aguaban y unas lágrimas caían por sus mejillas enjutas.

—Pues algunas veces siento que solo yo lo extraño.

Jaebyu alzó la mano y la apuntó con un dedo, que le tocó justo el centro del pecho antes de retroceder y ceder terreno.

—Hace años que la relación entre Minki y yo dejó de competernos solo a los dos. Ahora soy lo único que los mellizos tienen y me gustaría recordarte que tú también eres todo lo que Minjae tiene. Es mejor que no nos veamos por un tiempo, Taeri. Buenas noches.

Si bien la mujer se marchó de inmediato, Jaebyu no pudo ingresar al departamento en varios minutos.

El hilo que los unía, poco a poco, se despedazaba.

Cuando sucedían catástrofes en las familias, la relación se desintegraba o se estrechaba. La suya se fue destruyendo lentamente.

No obstante, dejó que Minjae se alejara.

Y también Taeri.

Él se había cansado de evitar la ruina de esa familia. Se quedó, por tanto, a la espera como un capitán que veía su barco hundirse y decidía mantenerse a bordo.

En el fondo de su corazón, no quería ser salvado.

Y fue así como el agua empezó a empaparle los tobillos, mientras se daba inicio al último vals.

14

No fueron más de tres ocasiones en las que Lee Minki y Lee Dowan se encontraron con anterioridad. La primera se llevó a cabo en el fallido cumpleaños, luego en el funeral de su abuela paterna y por último en la estación de policías. Por aquel tiempo, Minki acababa de regresar al trabajo tras el nacimiento de los mellizos. Se sentía a la vez energético y cansado, con ganas de explorar el mundo, pero con un cuerpo que no soportaba el ritmo. Su mejor amigo usaba su escritorio como asiento, en tanto apuntaba la computadora entre explicaciones; en su ausencia, habían instaurado un sistema administrativo nuevo y Minki ahora era incapaz de hallar una simple ficha.

Frustrado por la situación, le dio una patada al suelo para alejar su silla. Sungguk la paró con el pie antes de que pudiera alejarse y tiró de él con increíble facilidad. Se le marcaba el muslo musculoso y definido bajo el pantalón del uniforme.

—¿Estuviste haciendo ejercicio sin mí? —se quejó.

—Por supuesto, ¿querías que te esperara cinco meses?

Por algo el jefe los había nombrado los gemelos del mal, estaban acostumbrados a hacerlo todo juntos. No era de extrañar que Minki hubiera parido mellizos, si tenía esa obsesión en su propia vida.

—Roedor traidor —masculló. No era justo. Mientras a él le dolían las rodillas y le costaba recuperar la respiración al subir los cinco pisos del departamento, Sungguk se había convertido en el señor músculos.

En un claro comportamiento infantil, le pellizcó el muslo. Sungguk se quejó tan fuerte que no les permitió escuchar el ruido de unos pasos que se acercaban. Minki se reía de pura maldad cuando sus ojos se desviaron hacia la entrada.

Zapatos de diseñador, ropa a la medida y un rostro que se asemejaba al suyo. Sintió que el mundo se desplomaba a sus pies. El buen momento murió con la misma velocidad con la que apartó la vista. A pesar de ello, reconoció a la persona.

Lee Dowan, su hermanastro.

¿Qué hacía en Daegu? Más en específico, ¿por qué estaba en su lugar de trabajo?

Su amigo notó el cambio en su semblante, por lo que se giró curioso. El parecido entre ambos era abrumador, era imposible que Sungguk no supiera quién era el sujeto en cuestión. Ante la escena, su amigo se bajó de la mesa de un brinco, se quitó la gorra y se inclinó para saludar.

—Buenas noches, ¿en qué podríamos ayudarle?

El reloj de la estación marcaba las doce de la noche. No había razón o motivo para que Lee Dowan estuviera ahí, a menos que hubiera sucedido un accidente. A diferencia de su expresión sorprendida y disgustada, la de Dowan era en cierto punto tímida.

—Hola, Minki —su atención fue a su amigo y regresó—. Soy Lee Dowan.

—Lo sé —fue la respuesta de Minki.

Su hermano dio un pequeño brinco ante la brusquedad inusitada. Tenía las manos detrás de la espalda, parecía incómodo. Sungguk retrocedió un paso y apuntó hacia la cocina.

—Voy a...

Minki lo alcanzó a sujetar por la muñeca para inmovilizarlo.

—No te atrevas —lo amenazó entre dientes.

Su amigo parecía entender la situación incluso menos que él.

Como Dowan persistía en la entrada de la estación, Minki se puso de pie de golpe y movió la silla varios centímetros hacia atrás.

—¿Buscas algo? ¿Necesitas ayuda?

—Yo... mmm... pinché una rueda.

—No somos mecánicos —sintió el golpe de su amigo en el brazo. Minki ardía de rabia.

—Te ayudaremos —aseguró Sungguk tras fulminarlo con la mirada.

—Habla por ti, yo no puedo. Lastimosamente, vengo saliendo de una...

Lo tomaron por el codo para avanzar. Le habría gustado asegurar que no arrastró los pies, pero fue justo lo que hizo.

Al llegar a un lado de Dowan, este bajó la barbilla y caminó al lado de Sungguk. Afuera, había un lujoso automóvil detenido a un costado de la calle. Estaba desnivelado, la rueda izquierda posterior lucía desinflada. Sungguk le dio un puntapié a la llanta, con el cuerpo inclinado hacia adelante y las manos en los bolsillos del pantalón. Minki no apartó su atención de Dowan, a pesar de que este evitaba con notoriedad regresarle el gesto.

—Parece haber sido rasgada a propósito con un arma cortopunzante.

Tras escuchar a Sungguk, Minki le alzó las cejas a su hermano.

—¿Fuiste tú?

Las mejillas sonrojadas delataron a Dowan.

—Lo siento —le escuchó soltar el aliento contenido.

Chasqueó la lengua y emprendió camino para regresar a la estación de policías. Alcanzó a dar un par de pasos cuando su hermano lo interrumpió.

—Quería conocerte.

—¿Cómo dices?

—Quería conocerte —repitió Dowan como si su pregunta hubiera estado relacionado a una repentina sordera.

—¿Querías conocerme? —cuestionó Minki—. ¿No crees que llegas con, no sé, unos veinte años de retraso?

—S-sí. ¿Pero no es mejor tarde que nunca?

—Si te refieres a ti, mejor nunca.

Mientras soltaba un bufido incrédulo, notó que Sungguk no se hallaba por ninguna parte. A regañadientes, continuó hablando con su hermanastro:

—¿Por qué ahora?

—Supe —Dowan tiró del cuello de la camiseta— de los mellizos.

—¿Y de pronto quieres ser tío? —se burló.

—No... yo... sí, pero...

—¿Tu padre qué opina de que estés aquí?

Dowan cerró los ojos unos instantes.

—No sabe... —admitió.

—No sabe que estás aquí —fingió sorpresa. Sacudió la cabeza, una risa nerviosa y estridente escapó de sus labios—. Mira, Dowan, seré sincero. Me parece perfecto que hayas despertado y dicho —se llevó las manos al pecho—: ¡visitaré a mi hermano en Daegu, al que jamás he querido conocer, y seremos muy felices juntos porque nos amamos y...!

—Minki, yo no...

—No he terminado —mordió cada palabra. Tuvo que darse unos segundos para calmarse y ordenar el desastre que tenía en la cabeza—. Dowan, puedes pensar e imaginar lo que quieras con respecto a ambos, en serio. Pero eso no significa que yo desee ser parte de tu neurótica fantasía, ¿me entiendes? Yo no quiero conocerte, ya tengo un hermano y ese es Minjae. No tú, jamás serás tú.

—Minki...

—Eres todo lo que detesté en mi infancia —continuó como un vómito incontrolable, ni tampoco iba a intentar hacerlo—. Te odio y no quiero dejar de hacerlo. Eres la representación de lo que no tuve de niño, y sí, no es tu culpa. Pero no me importas lo suficiente para cambiar ese hecho.

Habían transcurrido varios años desde ese evento, pero Dowan, en esa celda pequeña, lo miraba con la misma expresión angustiada. Ya no lloraba, aunque su rostro persistía irritado y sonrojado. Se hallaban uno al lado del otro con la espalda apoyada en la pared de baldosas, ambos con la misma ropa de algodón que consistía en un pantalón corto y una camiseta delgada. Dada su posición, se podía percibir a la perfección la cintura redondeada de Minki.

Y habló, porque, si bien en el pasado había decidido no hacerlo, aún estaba a tiempo para enmendar ese error.

—Todavía no tiene nombre —confesó con las manos sobre el vientre; no recibió reacción alguna. En los cinco meses de embarazo, apenas lo había percibido en dos ocasiones. Si no fuera por el latido que escuchó hace unos días habría imaginado que ya no existía.

—Yo no quería ser *esto* —confesó Dowan.

A diferencia de su hermano, Minki *sí* lo había deseado. Pero ahora que su sueño más profundo se había hecho realidad y llevado a esa situación, ¿lo seguía queriendo?

Recordó a los mellizos.

Sus hijos...

¿Habría tomado la misma decisión si pudiera retroceder en el tiempo sabiendo qué le deparaba el futuro? Antes de tener a los mellizos, Minki había soñado incontables veces con ellos. Por tanto, su respuesta era un rotundo sí. No cambiaría ningún segundo, porque los tenía a ellos.

—Tu opinión no es algo que les interese —contestó Minki sin compasión.

Dowan pareció decidido a responder, su voz se la comió el ruido de la puerta. En una reacción innata, Minki adelantó su torso y arrastró a su hermano para posicionarlo tras él.

—Les traje su comida —era el guardia extranjero, ingresando junto a una bandeja grande con dos platos. Como estaba a la altura de su torso, Minki notó que, en el bolsillo delantero de su ropa de trabajo, ahora tenía bordadas unas letras.

Su nombre.

Mientras el guardia acomodaba las cosas en el suelo y las deslizaba unos centímetros hacia ellos, sus ojos claros buscaron a Dowan que continuaba con el rostro pegado a su espalda.

—Alexander —Minki leyó. No tenía apellido.

—Ese es mi nombre —respondió con un saludo galante de mano en su frente—. Decidieron que debían conocerlo.

—¿Por qué? —todavía presionaba la cintura de su hermano para mantenerlo medio oculto.

—No lo sé, soy un simple empleado —se encogió de hombros.

—¿Y no te importa? ¿No tienes decisión en tu propia vida?

—Estoy acostumbrado.

Lo que quería decir...

—¿Cuántos años llevas trabajando para ellos?

Entonces, apareció una sonrisa suave antes de dirigirse a la puerta y salir. Su voz le dio vueltas en la cabeza durante horas.

—Muchos.

15

Según una antigua leyenda japonesa, quien lograra confeccionar mil grullas de papel recibiría un regalo de los dioses. Se podía solicitar desde la felicidad plena hasta la buena suerte eterna. Jaebyu no buscaba ninguna de las dos cuando comenzó a doblar hojas de manera incesante. En sus inicios lo hizo mientras sus hijos dormían y el insomnio, la soledad, la tristeza y la angustia no le permitían conciliar el sueño. Luego las hizo a cualquier hora, en cualquier momento; cuando Sungguk iba a visitarlo, cuando sus hijos le pedían explicaciones que no podía dar, cuando dejó de asistir a esas reuniones que buscaban prepararlo para el día que Minki regresara, cuando lo extrañaba tanto que el anhelo era como una herida que nunca sanaba, cuando su desesperación lo asfixiaba de tal manera que empezaba a odiar ese lugar repleto de recuerdos.

También las hizo cuando los días pasaron y no recibió noticias, cuando los «lo siento, no tenemos novedades» se repitieron tantas veces que dejó de preguntar y ellos de informar. Continuó con las grullas cuando los mellizos entendieron que la ausencia de Minki no era normal y a Jaebyu le tocó explicarles la situación, pero al menos, desde ese día, ya no estuvo solo en esa travesía.

Si bien las grullas de sus hijos eran deformes y algo aplastadas, las de él tenían una forma tan bonita que casi era un pecado meterlas en la bolsa de basura donde las almacenaba. Y las de Somi, que venía a visitarlo cada tarde libre, eran puntiagudas y bien cuidadas porque así «el deseo iba a concederse lo más perfecto posible». La realidad era que a ninguno de ellos les importaba cómo quedaban, porque no buscaban más que llegar al número.

Al llegar a la mitad, nada en sus vidas cambió y los días continuaron pasando como un pestañeo desconfigurado, pues Jaebyu entendió que no sabía cómo hablar con sus hijos.

Su rol en la familia siempre fueron los actos de servicio. Él consentía y cuidaba a los mellizos, pero era Minki quien hablaba con ellos. Mientras Jaebyu cocinaba, a lo lejos siempre había captado las voces y risitas cómplices. Sin Minki, ahora el departamento era silencioso y vacío. No obstante, el mismo día que llevó a los mellizos a la psicóloga infantil que le recomendó Kim Seojun, el cuñado de Sungguk y terapeuta de Daehyun, con la esperanza de que ella entablara cada charla que Jaebyu no empezó y evitó, le tocó también asumir el rol que Minki dejó vacante.

Con la grulla 549 alistó a los mellizos para irse a dormir y los acostó a ambos en la misma cama. A la vez que sus manos siempre nerviosas comenzaban a doblar la figura 550, confesó la verdad que tenía atascada en la garganta y le impedía hablar.

—Minki no regresará pronto a casa.

No por primera vez se preguntó cómo su novio tenía la capacidad para hablar durante horas con dos personas que apenas le seguían las palabras. ¿Qué sabía de sus hijos desde que Minki había desaparecido? Apenas unos detalles que pudo extraer observándolos, como si fuera más bien un fotógrafo que perseguía a una camada recién nacida, en vez de un padre asustado que no sabía encontrar el lenguaje con sus hijos.

También, no por primera vez, se preguntó qué capacidades especiales tenía Minki para que, con un simple abrazo, los mellizos dejaran de llorar ya que Jaebyu, por más que lo intentara, solo pudo mantenerse aterrado sin ser capaz de calmarlos.

¿Esa familia podría ser una si Minki no estaba en ella? Temía tanto esa respuesta que no podía siquiera imaginarse escenarios ficticios.

¿Estás todavía con nosotros?, recordó.

Siempre, había jurado Minki.

Siempre.

¿Por qué le había mentido? ¿Por qué había hecho un juramento que ni él mismo pudo mantener?

Había fallado.

Minki le había fallado de la misma forma que Jaebyu lo hacía con sus hijos.

Entonces, entendió que no podrían seguir ahí, en ese lugar repleto de origamis y cosas de alguien sin paradero. No podían, pues el bolso permanecía en la entrada del departamento como un recuerdo latente de que los sueños no se hacían realidad.

Y luego el departamento ya no estuvo repleto de figuras, sino más bien de cajas que empezaban a acumular los recuerdos de una década completa.

Fue así como el departamento 501 se llenó de polvo mientras aquel bolso persistió en la entrada y las mil grullas de papel fueron olvidadas dentro de una bolsa de basura, todavía con la deuda de un deseo no concedido.

16

No era la primera vez que los gobiernos eran partícipes de experimentaciones secretas. En la década del cincuenta, por ejemplo, hubo una epidemia de pie de atleta en una cárcel en Pensilvania, Estados Unidos. Con ese problema como excusa, el doctor Albert Kligman comenzó una serie de experimentos en los reclusos a cambio de un generoso pago proveniente de los fondos del Estado y de empresas privadas farmacéuticas. Con el tiempo también se vio involucrado el Ejército, quien quería realizar estudios sobre los efectos de la exposición a toxinas usadas en armas de guerras. La experimentación en aquellos reclusos llegó hasta la administración de una droga desconocida, diez veces más potente que el LSD, y la experimentación con cadáveres, los cuales eran cosidos a la espalda de los reos con la finalidad de hacerlos nuevamente funcionales.

Otro caso conocido había sucedido en la ciudad de San Francisco cuando la ciudad amaneció cubierta por una niebla rojiza. Era parte de una experimentación de la CIA que buscaba desarrollar drogas y métodos de control mental. También querían erradicar la conciencia del cerebro y, con este vacío, instalar una nueva. En esta serie de ensayos probaron el ingrediente activo de la marihuana, el tetrahidrocannabinol. Su inhibición, no obstante, no les sirvió. Entonces, pasaron a la cocaína y al LSD. Estas pruebas se realizaron en pacientes de distintos hospitales con participación inicialmente voluntaria.

Si el propio doctor Kim estaba enterado sobre esos casos, era porque su propósito no estaba demasiado lejos a lo que se buscó en la época del cincuenta. Distraído, jugó con la botella de cristal que contenía pentobarbital y clavó la vista en los monitores. En todo el laboratorio apenas contaba con dos m-preg embarazados y ambos habían llegado así del exterior.

Ryu Dan lo localizaba en las cámaras uno y dos, Lee Minki —junto a su hermano— en las tres y cuatro. El primero de ellos se encontraba recostado en la cama con la expresión atontada. Tenía el brazo derecho estirado y conectado a un monitor de signos vitales, que marcaba un ritmo apresurado.

—¿Siu? —balbuceaba Ryu Dan.

Le hablaba a otro hombre en el cuarto, uno que se asemejaba en lo esencial a Park Siu, el prometido de Ryu Dan.

El pentobarbital tenía propiedades sedantes, hipnóticas y anticonvulsivas. En dosis bajas podía disminuir la actividad motora, como también alterar la función cerebelosa. Por eso no era una casualidad que Ryu Dan, atontado y sedado en medio de la cama, intentara levantarse para acercarse al hombre que se parecía a su prometido.

Las cosas van bien, pensó el doctor.

Tras realizar unas anotaciones rápidas en la libreta, alzó la barbilla para revisar las cámaras tres y cuatro. Ambos hermanos se ubicaban en la parte más alejada de la habitación. Alexander se hallaba con ellos, al igual que un enfermero. Minki casi no se movía, en tanto observaba al personal médico preparar una jeringa.

El doctor Kim no tuvo que revisar sus apuntes para recordar la razón detrás de aquel comportamiento. Por eso, se acercó al micrófono y lo activó.

—Vamos a realizar una rápida toma de muestra —luego, habló al guardia—. Al oficial Lee no le gustan las agujas, sean cuidadosos con él, ¿quedó claro?

Cortó la comunicación al advertir la afirmación seca del guardia. Se relajó en su silla. Lee Minki ahora observaba directo a la cámara, como si buscara fundirla con la mirada. Ninguno de los dos se creía la falsa preocupación recién mostrada. El doctor Kim sabía que el policía era difícil de engañar. Pero las cosas podían cambiar si la mente se confundía.

Lee Minki parecía decidido a no apartar la vista de la cámara, hasta que un comentario de Alexander lo hizo reaccionar.

—¿Qué dijiste? —preguntó de forma imperativa, urgente, que no aceptaba negativas. Un poco demente. Había apretado las manos de Lee Dowan con tanta fuerza que su hermanastro tuvo que soltarse con una exclamación ruda.

—¡Minki, me haces daño!

Alexander se mantuvo en silencio, evaluaba la situación antes de darle la respuesta que tanto buscaba.

—Estamos cerca de marzo, dije.

Los ojos de Minki se abrieron de par en par, sus hombros temblaron. En un instante pareció que iba a desmoronarse, tan frágil como una torre de cartas.

¿Su reacción...?

—¿Qué día es? —el oficial insistió.

Alexander hizo otra pausa. Debió asumir que, si el doctor no había intervenido, era porque buscaba que la conversación prosiguiera.

—¿Por qué quieres saberlo?

—¿Cuánto falta para el 2 de marzo?

El guardia miró la cámara: pedía autorización. El doctor Kim buscó el botón en la laptop e hizo rotar la cámara hacia arriba y abajo.

—Faltan algunos días todavía —admitió el empleado.

—Es el cumpleaños de Jaebyu —dijo Minki, antes de que comprendiera que lo había dicho en voz alta. Probablemente, en ese momento, tampoco le importaba. Parecía estar perdido en sus propios pensamientos.

—Minki —Dowan intentó evitar el vómito verbal de su hermano.

—Y yo siempre... yo siempre lo espero con un pastel —continuó con un hilo de voz. Sus ojos aún extraviados—. ¿Quién le recordará lo importante que... es?

Aprovechando el descuido, le sacaron sangre sin dificultad. Cuando el enfermero le soltó el brazo, este cayó al costado de su cuerpo sin reaccionar.

—Y el 22 de marzo es... cumpliría años... si yo... si no hubiera...

El doctor buscó su libreta donde tenía el historial clínico de Minki. La abrió y pasó páginas retrocediendo unos años. Siguió la lectura con el dedo hasta encontrar la palabra que buscaba.

Aborto.

Estaba subrayada.

Cuando el doctor dejó de leer las anotaciones, el guardia y el enfermero ya habían abandonado el cuarto. Dowan se ubicaba en el centro, se tocaba el brazo donde también le habían extraído sangre. Minki permanecía disociado.

Al otro día, Alexander regresó a la habitación de ambos hermanos y les explicó que los resultados habían salido bien.

—Jaebyu estaría muy feliz de oír eso... —por alguna razón el pequeño comentario hizo que Minki finalmente se quebrara y comenzara a llorar ahí, en ese cuarto repleto de cámaras que vigilaban cada uno de sus movimientos.

Con su llanto de fondo, el doctor abrió la ficha médica de Minki y anotó.

16 de febrero del 2026, día 16 de estudio
¿Cómo reaccionan los m-preg al pentobarbital?

Buscaba con ellos resolver la pregunta más importante de todas, ¿un m-preg podía olvidar? Y de ser así, ¿cuánta de su historia se podía borrar?

17

Fue recibido por el enorme cartel en rojo que se ubicaba en el ingreso de la sala de emergencias. Hubo un tiempo que Jaebyu se lo supo de memoria. Ahora casi le pareció nuevo, a pesar de que seguía siendo el mismo aviso decolorado en sus esquinas y deteriorado por el tiempo. Se dio un momento para detenerse frente a él y leerlo una vez más, mientras era rodeado por el olor a desinfectante de hospital que tanto añoró.

¿Cómo se clasifican las urgencias?

1. Emergencia vital: paciente que necesita atención inmediata.
2. Emergencia evidente: paciente debe ser estabilizado.
3. Urgencia: paciente debe recibir tratamiento.
4. Urgencia leve: paciente puede acudir a otro servicio.
5. Consulta general: paciente puede ser atendido con consulta médica agendada.

Recordó, además, lo primero que le enseñaron al pisar ese lugar como residente: se trataba de una emergencia cuando existía un peligro de muerte inminente y de una urgencia de no necesitar una atención inmediata.

Casi con cariño, tocó el vidrio del siguiente cartel.

¿Cómo se categoriza el nivel de urgencias?

1. Paso 1: acérquese a la ventanilla de Admisión.
2. Paso 2: será llamado por un especialista para clasificar su urgencia.
3. Paso 3: debe permanecer en la sala de espera para ser atendido.
4. Paso 4: un médico lo examinará para determinar su diagnóstico.

Iba a continuar con el tercer anuncio, que solicitaba ser amable y paciente con los tiempos de espera, sin embargo, Chaerin llamó su atención. Entendió la razón al divisar las puertas abrirse y cerrarse. Por el acceso apareció Kim Somi, su amiga. En su ausencia se había cortado el cabello hasta la barbilla, por lo que apenas lograba mantener los mechones del frente apartados con una horquilla sobre la cabeza. Mantenía su cabello decolorado de un tono rosa ahora deslavado. Le sonrió al verlo y se acercó de inmediato, sus crocs del mismo tono resonaron en la baldosa y marcaron el avance.

—Enfermero Yoon —dijo ella al detenerse frente a él e inclinarse en saludo—, te extrañamos mucho.

A pesar de que tenía a Chaerin colgada del cuello y a Beomgi aferrado a su pierna, tiró de Kim Somi y la abrazó con fuerzas. Escuchó el jadeo sorprendido y su respuesta lenta y torpe, vacilante sobre lo que tenía que hacer, porque tocarse y demostrarse cariño físico no era algo que ellos hicieran como amigos. Era más bien lo contrario; cuando uno de los dos se ausentaba, el otro le daba un tajante saludo seguido por un: «Ya me imaginaba en tu funeral».

Al separarse, la expresión de Somi era todavía sorprendida. Con los ojos oscuros abiertos de par en par, soltó una risa nerviosa. Para hacer algo, le tocó la cabeza a Beomgi.

—Cada día están más grandes —comentó.

¿Cuánto tiempo había transcurrido? Dos semanas desde que lo visitó en el departamento, pero once desde que Jaebyu pisó ese lugar. En esa oportunidad fue recibido con una licencia médica por parte de Kim Seojun, quien indicó retiro inmediato de su puesto de trabajo. Habría deseado negarse, porque él no conocía una vida fuera de esa sala, sin embargo, su incompetencia como enfermero podía costar vidas.

Por supuesto, consideró que no pasaría más de unas semanas fuera, sin embargo, cuando le tocó salir del departamento para presentarse en el hospital, se quedó sujetando el pomo sin poder girarlo. Le dieron una extensión de un mes.

En la siguiente oportunidad logró llegar a la entrada de Emergencias antes de captar la sirena de la ambulancia. El terror lo paralizó como si estuviera reviviendo la tarde donde apareció Sungguk con el rostro descompuesto.

Le diagnosticaron trastorno por estrés postraumático.

Le dieron otro mes.

Y ahora estaba ahí, con las manos tan temblorosas que agradecía cargar a Chaerin.

—No sabía que vendrías con los mellizos —comentó Somi. Era notorio que quería aparentar tranquilidad, aun así, notaba un pequeño siseo al iniciar sus oraciones.

—No quisieron quedarse en casa.

Jaebyu no era el único con apego ansioso en la familia. Los mellizos ahora lloraban si él se marchaba, sentían terror de que tampoco regresara. Y si bien tanto Jaebyu como la psicóloga infantil, la señorita Noori, les habían asegurado que ambas situaciones no eran similares ni implicaban el mismo resultado, sus mentes no podían procesarlo todavía. Pasaría mucho tiempo antes de que dejaran de reaccionar así.

Lamentablemente, lo quisieran o no, la vida continuaba. Y algún día los mellizos deberían regresar a la escuela y él a trabajar. No podían quedarse esperando una llamada que quizás nunca llegaría. Necesitaban restablecer sus rutinas, sobre todo porque a ratos Jaebyu se sumía en la locura.

Como tenía estrictamente prohibido ingresar a Emergencias, permanecieron en la sala de espera que, a esa hora, habituaba estar vacía. Estaban ellos, un guardia y dos recepcionistas de admisión. El olor a desinfectante le picaba en la punta de la nariz, al igual que el inquietante aroma a flores.

—El día está lento —habló Somi. Se habían dirigido a los asientos. Como Chaerin seguía pegada a su cuello, Beomgi se ubicó entre su amiga y él—. Un único accidente de tráfico, el paciente llegó sin signos vitales.

Ella le sonrió al gesto confundido de sus hijos, a la vez que buscaba en su uniforme unos dulces. Somi acostumbraba a portar un par en caso de recibir a algún niño, ellos siempre confiaban más en el personal médico con aquel simple detalle. Les tendió un puñado de masticables rosas y morados. Chaerin agarró uno, Beomgi otro par.

Jaebyu llamó la atención de ambos.

—La semana que viene regresaré a trabajar, ¿recuerdan que se los expliqué? —otra cosa que Jaebyu había aprendido en esas interminables semanas era a hablar con ellos; o al menos hacía lo que podía. De igual forma, nunca en su vida había escuchado tanto su voz; le costaba reconocerse—. Me encontraré aquí cuando no esté en casa con ustedes. Siempre podrán venir a buscarme con Taeri si así lo necesitan. Y yo les prometo que siempre me podrán ubicar aquí, ¿está bien? No iré a ningún otro lado.

Chaerin tenía sus labios decaídos, Beomgi confundidos.

—Papá dijo lo mismo —respondió ella.

Se refería a Minki.

Somi parecía querer agregar algo, pero sin saber qué. No era fácil elegir las palabras en ese tipo de situaciones. No había en internet un manual sobre qué conversaciones tener con los hijos de un padre desaparecido. Entonces, su amiga se disculpó para ausentarse unos minutos. En su regreso portaba su último *beeper*, que el hospital le había cambiado ya que en la punta tenía una mancha oscura que no permitía leer el último hangul. A parte de eso, funcionaba a la perfección.

—Este era mi antiguo *beeper* —les tendió el aparato. Lo sujetaba con ambas manos en señal de respeto a pesar de que se lo presentaba a dos niños—. Es diferente a los celulares, con esto solo se puede enviar textos cortos.

En los hospitales se usaban para contactar al personal en turno. Era eficiente, la batería duraba días y no tenían problemas con la señal. Además, como se enganchaban en la pretina del pantalón, podían cargar con él siempre, a diferencia de los teléfonos que algunas veces debían permanecer en los casilleros.

Un *beep* anunciaba una solicitud, dos era para una urgencia.

Antes de que Jaebyu le pudiera explicar a Somi que sus hijos todavía no sabían escribir, ella asintió con confianza.

—Si aprietan aquí —explicaba Somi a los mellizos—, le llegará un mensaje automático a su papá y él les regresará la llamada. No necesitan hacer nada más, su papá entenderá de inmediato que lo extrañan. Ahora, ¿quién se quiere hacer responsable de él?

Jaebyu pensó que sería Chaerin, mas no fue así. Beomgi lo cogió y se lo enganchó al pantalón tal cual lo había visto hacer a él tantas veces. Recordó esas manos infantiles armando una infinidad de grullas al lado de las suyas, mucho más grandes y huesudas. No pudo contenerse y se le acercó para darle un beso en la frente.

—Te quiero —explicó. También le dio uno a Chaerin, quien empezaba a fruncir el ceño—. A ti también.

Taeri fue por ellos una hora después. La mujer estaba delgadísima, debía pesar menos de cuarenta y cinco kilogramos. Se le marcaban las clavículas y las ojeras amoratadas. Su relación había mejorado un poco. Juntos habían pasado incontables noches recorriendo la ciudad para colgar afiches de búsqueda. La había visto llorar de rodillas en medio de una calle por la desesperación, como también lo había abrazado por la espalda cuando él le confesó que no sabía qué hacer con su vida y que sus hijos dependían de un papá que se iba a dormir deseando no despertarse a la otra mañana.

De a poco, Taeri empezó a ocupar el puesto vacío que su madre dejó tras morir, a pesar de que Jaebyu y ella jamás fueron cercanos, ni mucho menos unidos. Sus padres siempre estuvieron ausentes en su vida. Si Jaebyu hubiera desaparecido, ¿lo habría llorado alguien más que Minki y sus hijos? No, pero tampoco le importaba porque lo querían las personas precisas. A pesar de ello, Minki había desaparecido y Jaebyu era incapaz de llorarlo. ¿Algún día finalizaría ese eterno vacío?

Taeri se marchó junto a los mellizos. Su camiseta decolorada y usada, que tenía pegado el rostro de Minki e iba titulado con un «¿Lo ha visto?» y que apenas se quitaba para lavarla, se alejó del hospital hasta perderse a la distancia.

Somi y él volvieron a la sala de espera.

—¿Estás seguro de que deberías regresar? —dijo su amiga con timidez—. Porque podrías...

—Me estoy volviendo loco —confesó. Somi se quedó sorprendida—. Hice mil grullas de papel en un par de días y no pude detenerme ahí. Imprimí y recorté cientos de afiches que pegué por la ciudad. Lo salí a buscar en el automóvil. No duermo porque únicamente puedo pensar en él y en dónde estará, si incluso... si incluso está *bien*. Yo... ni siquiera... yo ahora ni siquiera puedo decir su nombre.

—Jaebyu...

—Necesito regresar —anheló—, no solo por mí. Los mellizos me necesitan bien y no lo estoy, no lo estaré si sigo encerrado.

Hubo un largo silencio que fue interrumpido por el ruido ambiente. Entonces, la mano de Somi tocó con cuidado su hombro.

—¿Quieres algo de comer? —le ofreció con un tono compasivo—. Me quedaré contigo.

Le rugió el estómago y recordó que llevaba horas sin probar bocado. Las náuseas y los malestares gástricos eran tan recurrentes que ya no recordaba cómo se sentía antes.

—Te lo agradecería mucho —aceptó.

Tal como lo advirtió su psicólogo, Go Taesoo, no pudo ni siquiera acercarse a las puertas de la sala de emergencias. Todavía recordaba a Sungguk abriéndolas mientras lloraba suplicándole perdón.

Se sentaron uno al frente del otro en el comedor del hospital. Somi jugaba con un mechón de cabello, su voz era casi el único ruido que los envolvía. Parecía decidida a contarle cada chisme que oyó en su ausencia. Y Jaebyu se lo agradecía, se había cansado de hablar cuando su naturaleza era escuchar.

En algún punto de la comida, Somi se quedó sin historias. Percibió su mirada atenta en él, luego sintió una caricia en las manos. Las de su amiga eran ásperas y secas, las de Jaebyu se habían recuperado tras once semanas sin los lavados excesivos asociados a su rubro.

—Tus manos están muy bonitas —elogió Somi, quien tenía los nudillos rojos e irritados por los productos de limpieza—. Lo que más detesto de nuestro trabajo es lo mucho que me duelen las manos.

Para ellos era muy normal padecer de dermatitis por el desinfectante. Sus peores momentos eran cuando le tocaba cubrir el turno de alguno de sus compañeros. En esas instancias la piel le dolía tanto que Minki se pasaba minutos enteros aplicándole tratamientos para aliviar la irritación.

¿Algún día sus memorias dejarían de estar ligadas a él?

No quería dejarlo ir.

No podía.

Regresaron a la sala de espera. Había un hombre usando el asiento más alejado. Si bien en Emergencias los pacientes rotaban con tanta regularidad que Jaebyu rara vez solía atender al mismo en más de tres oportunidades, había uno que solía asistir. Era un anciano que rondaba los setenta años y que vivía en estado de abandono. Y aunque contaba con una salud envidiable, siempre tenía alguna razón válida para visitarlos. Desde cortes en las manos hasta dolores inexistentes. Buscaba cualquier excusa para ir al hospital y así conversar con alguien, ser importante.

Ser cuidado.

Existir.

Se llamaba Nam Yohan.

El anciano reconoció de inmediato a Jaebyu. Debió pensar que estaba de regreso, ya que, aprovechando que Somi hablaba con un paciente en Emergencias, se le acercó con su boina entre las manos que dejaba al descubierto una calva incipiente. Tan pronto lo saludó, vino la pregunta que Jaebyu no podía evitar y que desearía nunca más escuchar.

—¿Su marido, el policía, apareció?

Jaebyu frunció los labios, en esas semanas Nam Yohan no había hallado su tacto.

—No —respondió seco.

—Es una tristeza —dijo sin inmutarse por su descontento—. Lo vi en las noticias, muy lamentable lo ocurrido.

—Sí —no sabía qué más decir. Estaba claro que ninguno de los dos tenía un manual de modales para situaciones de aquella índole.

—¿Y lo siguen buscando?

—Sí —dijo con los hombros más y más tensos.

—Yo estuve preguntando por el barrio, pero nadie sabe algo.

Por el rabillo del ojo se percató que Somi intentaba finalizar la conversación con el paciente. Jaebyu negó con suavidad ante su interrogación muda, todavía podía con eso.

Podía.

Él podía.

—Quizás le sucedió algo y por eso no lo han encontrado, ¿lo han buscado en...?

Jaebyu lo interrumpió al colocarse de pie con brusquedad, de pronto una mano le cerraba la garganta. El almuerzo se le revolvió en el estómago. Somi llegó a su lado, lo sujetó por el codo con suavidad y tiró de él para alejarlo de ahí.

Salieron del hospital. El ruido de una sirena le destrozó los tímpanos, también el corazón. En el pasado aquel sonido siempre significó adrenalina, hora de estar alerta. Ahora quería taparse los oídos y dejar de escucharla para siempre.

Su pecho subía y bajaba con gran rapidez, la camiseta le molestaba contra la piel.

Las piernas le hormigueaban.

No lo soportaba.

Le faltaban piezas para funcionar y no lograba hallarlas, Minki se las había llevado consigo.

Terminó recibiendo una nueva extensión de licencia por dos semanas.

Como ahora arrendaba una casa a dos cuadras de Sungguk y Daehyun, no se extrañó cuando en su regreso la encontró vacía. Eso le dio tiempo para sentarse en la oscuridad de su cuarto, mientras observaba el atardecer comerse el sol hasta hacerlo desaparecer. Las luces de la calle se encendieron. Esa nueva casa no tenía el recuerdo de Minki, tampoco su olor. Se habían trasladado por esa razón, para olvidarlo, para intentar superarlo, sin embargo, Jaebyu pensaba en Minki el día completo, a cualquier hora, estaba siempre en su mente.

¿Así sería su nueva vida?

Se dirigió a la habitación que había destinado como bodega, donde tenía guardada la ropa y pertenencias de Minki, ya que todavía no era capaz de ordenarla junto a sus cosas. Recogió un montón de carteles que había impreso en medio de tormentosos insomnios. Quería colgarlos en aquellos sectores de la ciudad donde el afiche anterior ya se había destruido, desaparecido o roto.

Volvió a casa pasada las diez de la noche. Como continuaba en penumbras fue donde Sungguk. Taeri tendía a llevar a los mellizos con ellos para estar en compañía del doctor Jong, Daehyun y Jeonggyu. A ella, al igual que el mismo Jaebyu, no le gustaba pasar demasiado tiempo en ese sitio vacío y carente de Lee Minki.

En esos momentos era cuando más pensaban en él.

Se le hizo extraño el ruido de risas.

La cerradura de la casa —antes digital— era anticuada y convencional. El miedo de que Daehyun corriera el mismo destino de Minki le había hecho a Sungguk cambiarla. Nadie que no tuviese la llave podría entrar y eso le competía únicamente a Sungguk y a su padre.

Fue justo el doctor quien abrió la puerta. Jaebyu encontró a Daehyun en la cocina, quien cargaba un bulto pequeño que dormía plácido en sus brazos: Hanni. Chaerin y Beomgi se ubicaban en el suelo sobre unas piezas de goma, había una pila de bloques plásticos a su alrededor. Taeri ocupaba el otro asiento de la mesa, y si bien no tenía expresión feliz, al menos parecía relajada. Minho, el papá de Daehyun, no se advertía por ninguna parte, ahora rara vez lo veía.

—¿Cómo te fue? —preguntó Taeri.

Jaebyu todavía tenía restos de pegamento en las manos. No pudo responderle pues miraba a Daehyun. Había estado riendo por algo, pero ¿de qué? ¿Qué le podía causar tanta gracia? La verdad no importaba, Dae tenía a sus hijos y sus hijos lo tenían a él, ¿se necesitaba algo más para ser feliz?

No, pensó, el rico siempre iba a ser rico por tener de más. Y Daehyun era un claro ejemplo de ello.

Jaebyu nunca había sentido un rencor tan denso como ese, más cuando Jeonggyu se puso frente a Daehyun e hizo una serie de gestos de manos hacia su padre, que lo miraba con la cabeza ladeada.

—¿Cuándo aprendió lengua de señas? —quiso saber Jaebyu para olvidar esos pensamientos que lo enfermaban.

Se estaba volviendo loco.

Sus ojos y su corazón ardían.

Y no por cariño.

Envidia.

Quizás odio.

Lo era, no podía mentirse así mismo.

Daehyun pareció recién entender los gestos que formaba su hijo con torpeza y comenzó a llorar en silencio, mientras se mordía el labio inferior para no despertar a su hija.

No eran lágrimas de tristeza.

Jaebyu no recordaba que se podía llorar también de felicidad.

—Yo también te amo —dijo Daehyun como respuesta a su hijo.

—Me enseñó mi maestra, yo se lo pedí —aseguró Jeonggyu con gran solemnidad—. Por si papá no escucha y yo pueda hablar... comunicarme todavía con papá.

A Jaebyu le tocó regresar a casa junto a sus hijos, sin embargo, nadie lo recibió ahí. Ningún novio, ningún padre. ¿Todavía culpaba a Daehyun? En su cabeza, siempre sería el culpable. Él no podía controlar sus pensamientos, pero al menos sí lo que decía. Y decidió no mencionar sus sentimientos, porque sentía una ira inmensa que lo ahogaba día a día.

Después de todo, Minki lo había elegido.

No a Jaebyu, no a sus hijos.

A Daehyun.

Solo a Daehyun.

Y él debía recordar aquel hecho.

18

Sintió un mal sabor en la cena. De todas formas, Minki comió con lentitud y dejando algún rastro de pollo donde el medicamento era más evidente. A los minutos, cuando la cabeza le pesaba, la puerta se abrió e ingresó Alexander. Recogió las bandejas.

—Necesito ir al baño —pidió Dowan. Esas eran las únicas instancias que ambos abandonaban la habitación. No eran más que unos minutos al día, puesto que el baño se ubicaba al final del pasillo. Desde que lo habían cambiado a ese cuarto, Minki no había vuelto a salir de aquel pabellón.

Alexander le hizo una seña con los dedos a Dowan para que lo siguiera. Minki quiso detener a su hermano, el pánico empezaba a acelerar su pecho al entender que solo él había sido drogado. No pudo moverse y su hermano no advirtió algo extraño en él. La puerta se cerró tras ambos.

A Minki se le cerraban los ojos y no podía hacer nada para evitarlo.

Se despertó al sentir una caricia en la piel. Alguien del personal médico lo conectaba a un monitor de signos vitales, que ahora seguía el ritmo acelerado de sus pulsaciones.

—Tranquilo, es rutina —ese era Alexander.

De igual forma intentó alejarse, pero no pudo. Su cabeza apenas se levantó unos centímetros antes de caer contra el colchón.

—Dowan vendrá después, se está duchando —nuevamente Alexander; era en definitiva el único en el lugar, junto al doctor, que le hablaba de forma directa.

Como el corazón de Minki latía más y más rápido, Alexander revisó sus signos vitales.

—Minki, si no te calmas, van a inyectarte un relajante —anunció con pesimismo.

Provocó lo contrario. El ataque de pánico casi no lo dejaba respirar, más cuando divisó una jeringa con un líquido transparente. Alguien del personal médico, una mujer, le sujetó el brazo y se lo apretó con una cinta elástica. Su vena se marcó en la parte interior del brazo.

Iba a volverlo loco el ruido del monitor percibiendo sus latidos.

Entonces, le inyectaron la jeringa y el líquido desapareció dentro de él. Soltó un jadeo, su espalda se curvó.

Cuando logró abrir los ojos, descubrió que solo estaba el monitor, con ese sonido infernal, y alguien del personal. La luz del cuarto había bajado de tal forma que la persona era apenas perceptible. Aun así, Minki podría reconocer ese traje en cualquier parte. Verde oscuro, pantalón y camiseta manga corta con el cuello en forma de «v». Cabello oscuro un poco ondulado y largo, recogido en un moño suelto detrás de la cabeza. Tenía, además, unas fichas plásticas ayudamemoria prendidas del uniforme.

El monitor captó sus latidos de nuevo acelerándose.

—¿Jaebyu? —se escuchó decir.

Lo vio acercarse.

Por más que pestañeó, Minki no pudo distinguir su rostro.

Pero debía ser él.

Solo él llevaba ese ridículo ayudamemoria, a pesar de sabérselo hace años.

—Juju —gimió.

Quiso estirar los brazos hacia él, logró arrastrar su cabeza por el colchón.

Un llanto meció su pecho.

—Te... extrañé.

Era un balbuceo ininteligible, aunque lo suficientemente claro para que Jaebyu se acercara a consolarlo. Sus rodillas hundieron el colchón, luego le sujetó los tobillos y se los abrió para colarse entre sus piernas.

—¿Yoonie? —musitó, negando con la cabeza.

Sintió su largo cuerpo sobre el suyo.

El monitor aumentó el sonido, su pulso se disparó.

—No —susurró.

Los músculos no le reaccionaban, estaba atrapado en su propio cuerpo. Pestañeó para enfocar su mirada, sintió unos labios cálidos en el borde de su mandíbula.

—N-no —repitió.

La pantalla del monitor marcaba sus pulsaciones en rojo.

Los besos se extendieron por su cuello, clavícula. Unas manos que alzaban el borde de su camiseta.

—Por... favor —rogó—. Yoonie...

Una lágrima cayó por el costado de sus ojos y se fundió en el cabello rubio mal tinturado.

Una boca ajena sobre la suya.

Otra lágrima apareció.

El monitor resonaba advirtiendo el descontrol.

—N-no...

Jaebyu siempre lo había escuchado.

Siempre.

Siempre.

Siempre.

Quiso luchar.

El sonido.

Más lágrimas.

Palabras débiles.

Mente confusa.

Sentidos entorpecidos.

Aun así, él sabía... Minki sabía.

—No... —suplicó.

Entonces, la puerta se abrió. Apareció Alexander, quien alejó a Jaebyu... a ese... de él.

—Estás bien —era el guardia nuevamente—. Ya se fue, estamos solos.

Restregó la cabeza contra el colchón, pestañeó a destiempo. El mundo era un cuadro borroso.

—Estás bien —repitió Alexander.

Una caricia en su cabello, un dedo limpiando el rastro de sus lágrimas.

Empezó a descender el infernal ruido del monitor.

Cerró los ojos.

Su consciencia flotó.

—Gracias —creyó susurrar.

Por salvarme, pero eso no lo dijo.

Minki todavía lloraba cuando se fue el guardia.

Su mente fraccionada.

Lo que era real y no ya no parecía tan claro.

19

Ocurrió un lunes 4 de mayo que no estaba siendo bueno para ninguno de ellos. Jaebyu había sido citado por segunda vez en la semana por la profesora de los mellizos debido al mal comportamiento de estos en el preescolar. Si bien ellos nunca habían sido alumnos ejemplares, ya que les sobraba energía y aburrimiento, su conducta nunca fue así de preocupante.

Mientras regresaba con ambos sujetos a sus manos, Jaebyu se preguntaba qué iba a hacer con ellos. Sus hijos estaban al borde de ser expulsados; y de ocurrir, no sabía qué otra guardería podría recibirlos considerando su historial. Pero ese sería un problema para su yo del futuro, ahora mismo necesitaba que alguien los cuidara para retomar su jornada.

Nadie contestó sus llamadas por mucho que insistió. Ni Sungguk, ni el señor Jong, ni Taeri, ni tampoco Minjae. Su dedo raspó el contacto de Daehyun en el teléfono, luego dio un suspiro y guardó el aparato en el bolsillo.

Apareció en la sala de espera de Emergencias con Chaerin y Beomgi, donde se encontró a Somi llamando al único paciente. Su amiga lo vio ingresar con los ojos abiertos de par en par y se le acercó corriendo tan rápido que al frenar se azotó contra el piso.

—¡Somi! —Jaebyu se asustó.

Soltó de inmediato a sus hijos y se arrodilló a su lado. Le puso una mano en el pecho para que no se levantara.

—Estoy bien, no me golpeé la cabeza —dijo ella con una mueca—. Pero sí me pegué muy fuerte en el trasero.

La ayudó a colocarse de pie. Somi cojeó a su lado, mientras él buscaba a sus hijos que ya no estaban cerca. Los encontró detrás del mostrador de admisión, sacando mascarillas quirúrgicas de un contenedor y lanzándolas al aire como si de una competencia se tratara.

—La señora Lim anda por aquí —le avisó su amiga, con expresión adolorida—. No puede ver a los mellizos, Jaebyu.

La señora Lim era la jefa de enfermeros y quien además estaba de guardia esa semana. Entre las cinco rotaciones de turnos que existían, coincidir con la suya siempre era la peor. El Jaebyu del pasado apenas tuvo un par de roces con ella, el actual parecía hacerlo todo mal. Los encontrones ocurrían principalmente porque Jaebyu había sido trasladado de puesto, ya que al reincorporarse a sus funciones se le pidió apartarse de Emergencias. Ante esta prohibición por parte del psicólogo, lo trasladaron al primer nivel para apoyar a los doctores en las consultas médicas. Y si bien sus nuevos compañeros fueron comprensivos con sus errores de novato, la paciencia se le acababa a cualquiera.

Y Jaebyu no era una excepción a la regla.

Él sabía que se había convertido en una molestia, estorbaba porque, en lo que llevaba de tiempo, se la vivía solicitando cambios de turnos y excusándose a mitad de jornada por culpa de sus hijos. También llegaba tarde, puesto que cada mañana libraba una batalla con los mellizos para que fueran al preescolar.

Y ante sus eternos conflictos, la gente dejó de entenderlo. Jaebyu ni siquiera podía culparlos. Sus compañeros de hospital padecían sus propios problemas y no se la podían pasar sintiendo lástima por un tercero.

Parecía una situación insostenible. Por lo pronto, Jaebyu seguía sin saber cómo lidiar con una vida que más bien sobrevivía.

Con un suspiro cansino le quitó la caja a los mellizos, recogió las mascarillas y las tiró a la basura, luego los llevó hacia las puertas que lo separaban de la sala de emergencias, un sitio que no pisaba hace tanto tiempo que empezaba a olvidar su olor. Como no podía ingresar, le suplicó a Somi que, por favor, vigilara a sus hijos nuevamente. Y ella aceptó, *nuevamente*.

Recién eran las diez de la mañana y ya se sentía agotado.

—Chaerin, Beomgi —pidió.

Ambos lo ignoraron, parecía serles mucho más entretenido seguir luchando hasta tirar al suelo al otro.

—Chicos —insistió.

Chaerin aterrizó en el piso. Primero pareció desconcertada, después vino el dolor y el llanto. Jaebyu la puso de pie con un brazo, mientras que con el otro agarraba a Beomgi e impedía que siguiera empujándola. Se arrodilló frente a ellos.

—Por favor —les suplicó—, necesito que se porten bien mientras finalizo el turno.

Los mellizos no eran los únicos que se encontraban a punto de ser expulsados. Jaebyu estaba seguro de que se hallaba a un error de ser despedido, algo que no podía suceder. Su frágil economía se tambaleaba entre una tarjeta de crédito que marcaba números rojos y un sueldo que le alcanzaba para pagar el cargo mínimo. Pagar el depósito de la nueva casa, más sostener dos arriendos —sin mencionar que ya no contaba con el salario de Minki que siempre había costeado la mitad de todo—, lo habían llevado a la quiebra total.

¿Pero por qué pagaba el arriendo de un departamento en el que ya no vivía? Porque Jaebyu seguía aferrándose a lo poco que le quedaba de Minki.

—Está bien —la voz aguda e infantil de Chaerin lo hizo regresar a la realidad. Su hija tenía la mejilla sonrojada y empezaba a hinchársele por el golpe, no obstante, parecía arrepentida, como si comprendiera que estuvo a punto de cruzar una línea invisible que marcaba el límite.

—¿Me prometen que se comportarán bien? Serán dos horas, por favor. Se quedarán en la sala de descanso con Somi. Si ella les pide algo, deben obedecer, ¿está bien?

Beomgi asintió.

—Está bien —Chaerin aceptó.

Jaebyu les dio otra larga mirada y finalmente se puso de pie. Somi regresó poco después con una compresa helada envuelta en tela para Chaerin. Jaebyu la acomodó en la mejilla de su hija.

—Pueden dormir si tienen sueño.

Las dos horas se convirtieron en tres.

Cuando logró marcar su salida pasado el mediodía, la cabeza le punzaba por el estrés. En algún momento de la extensa espera sus hijos se habían dormido en las sillas de la sala de espera, pues hasta Somi ya había finalizado turno. Los despertó con mucho cuidado. A pesar de que su cuerpo se hallaba cerca de la extenuación, cargó a cada uno en sus brazos y salió. Somi lo siguió y le abrió la puerta del automóvil para que pudiera acomodar a los mellizos, luego se despidió de ella tras agradecerle una vez más por la ayuda.

—Descansa, por favor —le pidió su amiga. Sus cejas se fruncieron—. Estás pálido y sudoroso. Si sigues así, vas a desmayarte.

No necesitaba verse en un espejo para saber que era cierto.

Se despidió de ella jurándole que dormiría una siesta y que al otro día haría faltar a sus hijos a la guardería para dormir hasta tarde.

Jaebyu sabía que eso era otra mentira.

Él nunca dormía, no podía, no se lo permitía. Cada sueño era con Minki y ya no soportaba despertarse con su boca añorando la suya.

Al llegar a casa, se percató que Beomgi olía a orina. Al palparle los pantalones para bajarlo del automóvil sintió la tela mojada. Nunca le había sucedido eso. Jaebyu sintió como si hubiera tragado piedras. Más aún al divisar en la calle a Goeun, una compañera de Minki. Parecía llevar bastante tiempo esperándolo, puesto que movía uno de sus pies con expresión adolorida como si se le hubiera dormido. Además, portaba una bolsa amarilla.

—¡Jaebyu! —lo llamó.

Se detuvo con los mellizos aún en brazos.

—Lo siento mucho, estoy con mis hijos. No puedo atenderte ahora —se excusó.

—Es corto —aseguró antes de pasarle aquel paquete—. Me pidieron que te entregara esto. Ya no lo necesitamos.

Con el pecho tirante, agarró la bolsa pero no la abrió.

—Lo veré después.

Goeun dio una afirmación seca con la cabeza.

—Por cierto... no hay novedades.

La tensión era tal en sus hombros que le dolían.

—Me lo imaginé —susurró—. Ahora nunca las hay.

—Lo siento mucho, Jaebyu. Te prometo que estamos haciendo lo mejor que podemos.

—No es suficiente.

Entonces, sin más, ingresó a la casa dejando a Goeun en la entrada. El lugar estaba solo y frío. Acomodó a los mellizos en el sofá al igual que la bolsa y encendió la calefacción. Luego regresó por el paquete y lo abrió, dentro había una única cosa: un zapato, el calzado que Minki perdió en la escena del crimen.

Un agujero se abrió a sus pies y fue devorado por la oscuridad, el descontrol, la pura y bestial desesperación. Que se lo estuvieran entregando significaba una cosa: estaban dejando el caso de lado.

La cabeza le zumbaba, los oídos se le taparon. Y su hijo, aún orinado, lo observaba desde el sofá.

—Ven, Beomgi, a bañarte —escuchaba su voz como si estuviera bajo el agua.

Este se negó.

—Beomgi —insistió.

—¡No!

Los ojos le ardían, la garganta se le cerraba.

Minki nunca más estaría en su vida.

—Beomgi.

—¡No quiero!

Se había escondido bajo la mesa para que no pudiera alcanzarlo.

—Beomgi, ven.

—No.

Se cayeron unas sillas en la persecución.

—Por favor, basta.

Se escondió detrás del sofá.

—¡Basta, Beomgi!

Finalmente lo alcanzó y sujetó por la muñeca. Beomgi le golpeó la mano para separarse, se movía de forma descontrolada.

—Beomgi —suplicó—, basta.

Su hijo gritaba como si lo estuvieran golpeando.

La vista se le empezó a nublar en los costados.

Beomgi lo mordió.

Su cabeza confusa no le permitió procesar la situación. Pero de pronto su mano ardía y Beomgi tenía la mejilla roja y la cabeza volteada. Entonces, lo entendió y el ruido regresó a sus oídos como una radio que había hallado su frecuencia.

Beomgi volvía a llorar, esta vez por miedo.

Y él había golpeado a su hijo.

Le había dado una cachetada.

Su respiración era agitada, su vista se empezó a aclarar.

—Beomgi... —susurró.

Su hijo se cubría el rostro con terror. Chaerin se había marchado al segundo piso para ocultarse de él.

Miedo.

Ella también le tenía miedo.

A él.

¿En qué se había convertido?

A mediodía de un lunes 4 de mayo, Jaebyu se convirtió finalmente en el monstruo que toda su vida temió ser.

20

En la madrugada comenzaron a ingresar las llamadas. Jaebyu se despertó como si hubiera buceado a metros de profundidad. Tenía la nuca transpirada y la respiración agitada. Estaba, además, en el suelo del cuarto de sus hijos. Ellos aún dormían, sus respiraciones sincronizadas. Mientras se preguntaba por qué se había despertado, notó sus mejillas todavía tiesas y los ojos pegajosos por haber llorado.

La culpa regresó a él junto al timbre de su teléfono. Miró una vez más a sus hijos, después salió del cuarto y contestó la llamada.

Era Eunjin, el jefe de Minki.

—Lo hemos encontrado.

Se desplomó con la misma facilidad con la que una brisa podía derrumbar un castillo de naipes. Sus rodillas estuvieron contra el suelo, sus palmas también. El teléfono se hallaba a unos centímetros con el vidrio de protección roto.

Eunjin seguía hablando, aunque apenas se escuchaba.

Con las manos temblorosas y los dedos torpes, tocó la pantalla para activar el altavoz. No lo logró. Lo cogió y se lo llevó al oído, apretándolo con tantas fuerzas contra su mejilla que sintió pequeños pinchazos por el vidrio.

—¿Dónde? —murmuró.

La cabeza le giraba.

De nuevo le picaba la nuca y las piernas, iba a desmayarse.

No.

No podía hacerlo.

Minki lo esperaba.

—Ve al hospital —le pidió Eunjin.

La pantalla rota anunciaba las cuatro de la madrugada, luego lo olvidó en la mesa. Jaebyu corrió hacia su cuarto, se detuvo ahí, regresó a la entrada y abrió la puerta.

Recordó a sus hijos.

Buscó su celular.

Mientras se colocaba sus crocs verdes y ponía un abrigo encima, fue a despertar a sus hijos. Los agarró todavía dormidos y les puso las primeras chaquetas que encontró en el ropero, seguido de gorros. Chaerin tenía la mejilla sonrojada por la caída, Beomgi por su culpa. Ambos lo observaron en silencio, seguían teniéndole miedo.

Pensaban seguramente que su padre se había vuelto loco.

Y quizás era así.

En su apuro alcanzó a agarrar las llaves del automóvil, nada más.

Se enfrentaron al frío nocturno, mientras Jaebyu intentaba recordar las reuniones con Seojun que buscaban prepararlo para ese momento. Apenas recordó detalles, ya que hace semanas que había dejado de asistir a ellas al no encontrarles sentido. ¿De qué le servía saber cómo comportarse con Minki en su regreso si no había indicio alguno de su paradero?

—¿Papá? —jadeó Chaerin contra su oído.

Los sujetó con más fuerza cuando empezó a correr. Se tropezaba con sus propias piernas.

—Se quedarán con su tío Daehyun y Jeonggyu unas horas —respondió en un silbido agotado, también extasiado.

Llegó a la casa de Sungguk y golpeó una.

Y otra.

Y otra.

Y otra.

Y otra.

Y otra.

Y otra vez, hasta que captó unos pasos apresurados al otro lado de la puerta.

—¡Soy Jaebyu! —aulló—. ¡Por favor, ábreme!

La entrada se abrió, aunque solo unos centímetros al trancarse debido a la cadena de seguridad. Pudo divisar el rostro adormilado de Daehyun, su cabello desordenado, su expresión agotada y sus ojos hinchados como si se hubiera dormido llorando al igual que él.

—Estoy con los niños, ábreme —insistió Jaebyu.

La mirada de Daehyun lo recorrió a él junto a los mellizos.

También debía pensar que se había vuelto loco y peligroso. Él tampoco le abriría a un demente que golpeaba su puerta mientras usaba pijama y cargaba a dos niños asustados que habían empezado a llorar.

Quizás el resto tenía razón en temerle.

—¿Jaebyu...? —lo escuchó preguntar con duda.

No podía culparlo.

Él también sentía miedo de sí mismo.

Perdía la cabeza, el control.

Ansioso, se lamió los labios resecos.

—Vamos, Daehyun, abre, por favor —su boca tembló, se secó, ansió otra—. Debo ir al hospital.

—¿A trabajar? Debiste llamarme primero porque...

—Lo encontraron.

Los ojos del chico se abrieron de par en par, entonces por fin quitó la cadena de seguridad y Jaebyu ingresó a la casa azotando la puerta con el hombro. Pasó hecho una furia por el pasillo y subió al segundo piso, directo al cuarto de Daehyun para despertar a Sungguk.

Se encontró una cama vacía y la cuna de Hanni a un costado, que contenía un bulto pequeño.

Su amigo no estaba por ningún lado.

Tampoco el papá de Daehyun, a pesar de que nunca lo dejaba solo.

Dae lo había alcanzado en la habitación justo cuando recostaba en la cama a los mellizos, aún asustados y llorando. Con la poca cordura que le quedaba habló:

—Estoy bien, no es nada malo.

No podía explicarles la razón de su aparente descompensación. No iba a ilusionarlos con algo que él mismo no había verificado. ¿Y si todo se trataba de un error? Sacudió la cabeza con energía para quitarse aquel pensamiento invasivo. Pareció un demente al tranquilizarse y sonreírles, su primera sonrisa en meses.

—Regresaré pronto, se los prometo —les dio una última caricia y salió de la habitación. Dae lo persiguió.

—Jaebyu —dijo cuando él corría hacia la puerta.

—Te llamaré apenas tenga noticias —dijo.

—Jaebyu...

No tenía energías para quedarse a escucharlo. Nada le importaba en ese momento, ni siquiera el hecho de que había olvidado llevar el bolso que preparó hace meses para esa ocasión.

Corrió de regreso a casa y sacó el automóvil a toda velocidad. Se fue tocando la bocina a los pocos autos que había en la madrugada. Pasó en rojo cada semáforo en su camino, ignoró cada señal de «pare».

Al llegar al estacionamiento, en su apuro en bajarse, se le enganchó el pie con el cinturón de seguridad. Se estrelló contra el piso, sus palmas recibieron lo peor del impacto.

Un guardia fue a interceptarlo, pero se detuvo al reconocerlo.

—¡Lo encontraron! —gritó con una felicidad ajena—. ¡Enfermero Yoon, lo encontraron!

Era real.

Entonces era real.

Con un gesto afirmativo, Jaebyu corrió por los pasillos hasta llegar a la sala de emergencias, que por primera vez se encontraba clausurada. Lo detuvieron en la entrada, Kim Seojun estaba entre las personas. Era el psicólogo que tenía la brigada, además era quien estuvo a cargo del tratamiento de Moon Daehyun cuando lo encontraron.

—Sabes lo que tienes que hacer —dijo Seojun sujetándolo por los hombros.

Jaebyu no entendió que temblaba hasta ese momento.

Asintió, intentó tomar aire.

—Lo sé —prometió.

Mintió, nunca podría estar preparado para algo así.

—Ingresarás conmigo —continuó Seojun—. No te puedes acercar, por favor. Sé que quieres hacer eso, pero no lo hagas.

Se le hizo un nudo en el estómago.

La sala de emergencias era su lugar de trabajo. Ese ambiente estéril y tenso fue por años un sitio seguro. Su sitio seguro. Conocía cada rincón, abrió cada cajón. Hace tiempo que no pisaba ese lugar.

Mucho tiempo.

Todo continuaba exactamente igual que la última vez, a excepción de un escuadrón de policías que utilizaban una de las camillas más aisladas; Sungguk no estaba entre ellos. Las dos habitaciones privadas mantenían las cortinas bajas y la puerta cerrada.

Seojun lo dirigió hacia una de ellas.

En la entrada captó el ruido que procedía del monitor de signos. Era un sonido pausado, sereno, etéreo y constante. Quien estuviera conectado estaba tranquilo.

Y a pesar de que Jaebyu mantenía la mano contra el pomo redondo, no podía girarlo.

—A su tiempo —le recordó Seojun.

Eso le dio la determinación necesaria para abrir con cuidado. Las bisagras protestaron. Había una sola camilla en el centro del cuarto. El respaldo estaba levantado para que la persona pudiera mantener una posición sentada.

El monitor de signos vitales se hallaba a un costado, todavía seguía el ritmo calmo de unas pulsaciones. Había un portador de suero a un costado, donde colgaba una bolsa conectada a un brazo delgado que se ubicaba sobre las mantas.

La persona en la camilla tenía las piernas recogidas y las mantas ordenadas y encajadas bajo sus brazos. Su cabello había crecido tanto que se le marcaba una raíz oscura que hacía contraste con las puntas rubias. Su melena iba desordenada, un mechón sujeto tras la oreja.

Lucía cansado, hasta que sus ojos se convirtieron en dos medialunas al sonreírle de felicidad.

—Yoonie —susurró.

Era Lee Minki.

Dio un paso hacia él, Seojun lo sujetó por el brazo para que no avanzara más.

—Yoonie, no te olvidé, te recuerdo —decía Minki sin aliento, su mano estirada hacia él buscando alcanzarlo y tocarlo a pesar de la distancia—. No te olvidé... ellos querían que lo hiciera, pero no pudieron, no pudieron...

Avanzó otro paso.

—Minki —sollozó.

Entonces, el monitor de signos vitales se aceleró marcando unas pulsaciones altas e inconstantes. El ruido era terrible en ese cuarto pequeño, aunque no tanto para generar esa reacción. Minki se llevó las manos a los oídos y cerró los ojos con fuerza, mientras se colocaba en posición fetal.

—No, no, no, no, no, no —repetía, golpeándose la sien.

Seojun corrió hacia Minki, Jaebyu se movió hacia la máquina y la apagó.

El ruido se disolvió.

Minki levantó la cabeza de inmediato, apoyándose en las manos para alzarse en la camilla. Su mirada fue directa hacia Jaebyu, que se ubicaba a su lado.

—Juju —dijo.

Su expresión brillaba en anhelo como si aquella crisis previa no hubiera existido jamás.

—Jaebyu, no —pidió Seojun desde el otro lado de la cama.

No acató su orden.

Acortó la distancia para abrazarlo, porque las ansias lo devoraban por dentro.

Quería besarlo, acariciarlo, estrecharlo contra él y olvidarse de que alguna vez existió ese tiempo. Quería olerlo y acurrucarlo contra él.

Sus manos rozaron los brazos de Minki.

Entonces, fue empujado con fuerzas.

Jaebyu retrocedió tambaleante.

—No, no, no, no, no, no —decía Minki sacudiendo la cabeza, de nuevo mantenía los ojos cerrados con fuerza.

Seojun alcanzó a Jaebyu y le hizo retroceder.

¿Qué le...?

Minki buscó su mirada.

Lloraba desesperado.

Quebrado.

Roto.

¿... hicieron?

—No —jadeó Minki, sus dedos temblorosos tocaban sus propios labios—. Ellos... ellos...

Sin entender lo que sucedía, Jaebyu preguntó.

—¿Qué cosa?

A pesar de que su novio lo observó, no se sentía como si realmente lo estuviera mirando.

—Ganaron.

Unas horas más tarde, Seojun le explicaría que existían muchas formas de olvidar a alguien sin hacerlo.

Al dejar de querer.

Al alejarse.

Al evitar una caricia porque se volvía ajena.

Y a Jaebyu no le quedó más que aceptar una verdad dolorosa.

Minki lo había olvidado.

21

Le habían permitido salir por primera vez en lo que llevaba de encierro. Aquel olor tan característico volvía a picarle la nariz, junto a un terrible aroma a quemado que se hizo más intenso a la medida que Minki recorría el pasillo hasta por fin salir por la parte posterior del edificio. La luz del día lo enceguecíó y tuvo que cerrar los ojos para adaptarse.

Dowan no estaba con él.

No lo había visto desde su visita al baño y por mucho que le había preguntado a Alexander por su paradero y gritado su nombre con la boca pegada al marco de la puerta metálica, no recibió ninguna respuesta ni explicación.

¿Habría logrado escapar?

Sintiendo un mar de sentimientos confusos avanzó a tropezones.

El sitio estaba rodeado por una muralla alta, de al menos tres metros de altura. En el pasado, Minki podría haberla escalado con una agilidad impresionante. Ahora era imposible.

Del exterior se lograban divisar unos árboles altos y un cielo celeste despejado, nada más. No había ruido, debían estar lejos de la ciudad. Probablemente a las afueras, sobre todo por ese olor a quemado. Las industrias de ese tipo únicamente podían localizarse fuera del anillo central de la urbe, ya que el uso de suelo de la ciudad no permitía instalaciones de ese tipo, tampoco así las normas primarias de calidad del aire.

¿De qué le servían sus deducciones?

Para mantener la cabeza activa, nada más.

Suspirando, se movió hasta un rincón del patio. Era amplio, tanto que al final se divisaba una batea para residuos industriales no peligrosos. En el fondo había una cámara de seguridad y al costado derecho un portón grande y cerrado. Debía ingresar un camión para sacar los escombros, pues se notaban las huellas hasta el final.

Pronto entendió a qué se debía la acumulación de esos restos. Al girarse vio que el edificio apenas tenía dos pisos de altura y que, en el tejado, se construía una ampliación. Considerando que Minki había subido escalones a tropiezos, estuvo encerrado en un subterráneo. El cuarto anterior debió estar en el segundo nivel, porque él había logrado ver la muralla que rodeaba el sitio junto a una selva de hojas.

Cuando el olor a quemado le picó nuevamente la nariz y percibía una fumarola de humo salir de una chimenea, metálica y estrecha, Alexander se le acercó. Su instinto le pidió alejarse, mas no lo hizo. Debía aprovechar esas pequeñas ventajas que le brindaba parecer un idiota sumiso.

—De rodillas, Minki, por favor.

—¿Para qué? —preguntó, a pesar de que hizo lo solicitado.

Como siempre, Alexander no respondió.

Se puso tras su espalda, después unas ataduras se deslizaron por sus muñecas. Cuando quiso moverse, se percató que los grilletes estaban enganchados a las esposas. Ahora ni siquiera podía cambiar de posición ni pararse.

Apenas finalizó el gesto, el portón se abrió e ingresó una camioneta pequeña a la que le cargaron unos sacos y desapareció, con ello alejándolo de su ansiada libertad.

El ajetreo duró menos de un minuto, pero fue suficiente para que Minki advirtiera el logo que tenía el automóvil. Era como si buscaran que se enterara con exactitud en dónde se encontraba para así destruir cualquier indicio de rebelión.

Y casi lo lograron.

Porque entendió que ese zapato que encontró a las afueras de los departamentos donde vivía la pareja desaparecida nunca olió a cloroformo como malinterpretó. Olía a formol, que era utilizado para embalsamar cuerpos.

¿Cómo podrían los perros de búsqueda y rescate rastrearlo cuando aquel aroma molesto, fuerte e irritante a putrefacción y a formol invadían el lugar? Iba a ser un trabajo imposible.

Porque Minki estaba encerrado en un crematorio.

22

El «principio de beneficencia» hacía referencia a la obligación de prevenir, aliviar el daño y hacer el bien por encima de intereses particulares; por tanto, siempre se debía procurar el bienestar del paciente. Jaebyu había estudiado eso en la universidad y respetado al pie de la letra en casi la década que llevaba ejerciendo su profesión. Nunca se lo había cuestionado hasta ese entonces.

A pesar de que las ansias por ver a Minki lo asfixiaban, abandonó la habitación cuando se lo solicitó Seojun y se quedó en el pasillo, donde se colaba la luz del cuarto a través de las cortinas. La puerta cerrada, no obstante, no le impedía escuchar la súplica urgente de Minki para que él regresara.

—¡Juju! —lloraba a gritos entre las palabras que Seojun compartía para tranquilizarlo—. ¡Juju, por favor, por favor, por favor! ¡Por favor, regresa!

Tragó saliva con dificultad. Le ardió el pecho pensar que, en el pasado, habría sido él quien calmara a su novio.

Los policías, que estuvieron rodeando una camilla, por fortuna habían desaparecido y la sala de emergencias se hallaba vacía. Con el latido de su corazón acelerado se mordió la piel entre el índice y el pulgar y cerró los ojos. Con las piernas débiles se apoyó en la pared y puso de cuclillas, sin soltar su mano.

Minki continuó llamándolo, el monitor de signos vitales de nuevo se había vuelto loco. Hubo un leve silencio, luego regresaron las súplicas.

No puedes ingresar, se dijo ahora con sus puños contra los ojos. *No puedes.*

Una mano suave y femenina en su cabello lo hizo reaccionar. Se puso de pie en un salto. Somi lo observó con el cuerpo paralizado. Parecía que la habían despertado en medio de un sueño reparador, llevaba el pelo rosa revuelto y todavía tenía una horquilla sujetándole el flequillo para apartarlo del rostro. Iba con lentes ópticos, de seguro no le había dado el tiempo ni para colocarse los de contacto. Su uniforme verde oscuro estaba desarreglado y no llevaba el reloj de pulsera negro. Además, no se había quitado la cinta de la nariz que le ayudaba con el ronquido.

—Me pidieron que me presentara de manera urgente —le explicó Somi, su expresión compasiva—. Me dijeron que Minki apareció, ¿es verdad?

Jaebyu asintió.

—¿Estás bien? —se corrigió con un movimiento de brazos—. Disculpa, por supuesto que no lo estás, más bien quería decir... ¿Qué puedo hacer para ayudarte?

Tragó saliva en varias oportunidades. Habló con un nudo en la garganta.

—¿Estarás... a cargo de... él?

—Sí —Somi aceptó—. ¿Te parece bien?

Cerró los ojos, también las manos. De manera brusca, se acercó a su amiga y apoyó la frente en su hombro delgado. El cuerpo de ella se mantuvo tenso al acariciarle la nuca y darle suaves golpecitos en la espalda.

—Estará bien —susurró contra su oído—. Los dos estarán bien.

—No me reconoce —confesó con dificultad—. ¿Cómo podremos estar bien así?

—¿Minki? —Somi dio un paso atrás para mirarlo, a pesar de que Jaebyu se centró en la ventana que lo separaba de su novio—. ¿Tiene amnesia temporal?

—No es eso.

Era difícil de explicar. Minki lo reconocía, sabía quién era; pero a la vez parecía no recordar la historia entre ellos, la misma que les permitía quererse y sentirse seguro con el otro. Como pareja, padecían el peor de los males: se rechazaban. Esos detalles Jaebyu se lo explicó a su amiga con dificultad y tropiezos.

—Ay, Jaebyu... —suspiró Somi. Con mucho tacto y lentitud midió sus palabras—. No sabemos lo que le ocurrió. Por ahora creo que debes evitar tocarlo.

—Solo quería abrazarlo. Han pasado meses.

—Lo sé —Somi afirmó a la vez que su *beeper* emitía dos pitidos continuos. Su amiga leyó la pantalla e hizo una mueca con los labios, luego colgó el aparato de la pretina elástica del pantalón y alzó la vista hacia él.

—Ve, él te necesita —le pidió Jaebyu.

Somi se movió hacia la puerta.

—Seguiremos esta conversación cuando tenga más información.

—Cuídalo por mí —suplicó.

—Claro. Lo cuidaré tan bien que la gente pensará que estoy enamorada de él.

Eso le sacó una sonrisa pequeña.

—Kim, todo el hospital sabe que todavía no superas a Sungguk.

—Me acordaré de esto, Yoon. Vigila tu espalda.

Somi se perdió al cerrar la puerta.

Sin saber qué más hacer, él se dirigió hacia la sala de descanso. Por suerte, tampoco había nadie. Tomó asiento en el sofá y analizó su pantalón de pijama.

Minjae y Taeri aparecieron poco después. Él parecía estar cerca del descontrol, ella lloraba. Dejó que la mamá de Minki lo abrazara muy fuerte, a pesar de que algo se había congelado en su interior.

—¿Te permitieron verlo?

Asintió.

Quiso darles una mejor explicación, sin embargo, de su boca reseca se coló un lamento. Cuando Taeri le secó las lágrimas con los pulgares, recién entonces Jaebyu entendió que lloraba.

—Está bien —Taeri aceptó con las manos huesudas sobre sus hombros—. Minki regresó, Jaebyu. La vida vuelve a estar bien.

No, la vida no estaba bien.

Minki lo rechazaba.

La vida no estaba para nada bien.

A pesar de ello, pudo explicarles lo ocurrido; recibió unas cejas fruncidas y una expresión desconcertada.

—¿Le hicieron algo? —musitó Taeri, aterrorizada.

Jaebyu no pudo contestarles, ya que en ese momento ingresó Seojun a la sala de descanso y le pidió a Taeri y Minjae que lo acompañaran para ver a Minki. Cuando fue a seguirlos, Seojun lo detuvo.

—Por ahora tú no, Jaebyu. Necesito que esperes un poco más.

Llevaba ansiando ese reencuentro por tres meses, él podía aguantar unos minutos más... ¿verdad?

No le quedó más que permanecer fuera del cuarto.

—Él está bien —Taeri le aseguraría con una sonrisa tras abandonar la habitación—. Minki nos recuerda.

—¿Lo abrazaron? —preguntó con un nudo tirante en el pecho.

—Por supuesto, ¿tú no?

No.

Minki lo había rechazado.

Pero las cosas iban a cambiar, tenían que, ¿cierto?

Cierto, se dijo.

El virus de la inseguridad le carcomió la mente.

¿Y si nunca cambiaba de opinión?

¿Y si Minki terminaba con él pues ya no lo soportaba?

¿Y si su vida se convertía en una donde únicamente lo veía dos veces por semana cuando le tocara ir a buscar y dejar a los mellizos?

¿Y si tenía que dejarlo ir?

No tenía la menor idea cómo iba a desarrollarse el futuro. Al final de cuentas era Minki la única persona que ahora tenía opinión en su relación. Y a Jaebyu no le quedaba más que aceptar y conformarse con lo que decidiera, fuera lo que fuera.

No obstante, él se había acostumbrado a eso, a ignorar la realidad. Lo aprendió de pequeño cuando su papá trataba mal a su mamá y Jaebyu fingía no enterarse de nada.

Él podía.

Claro que podía repetir patrones.

Su infancia, lamentablemente, había definido el adulto cobarde que era.

No pudo verlo hasta horas más tarde. Se sentía cansado, el dolor de cabeza había reaparecido. A pesar de ello, se mantuvo en la sala de descanso sin poder dormir ni tampoco hacer algo que le hiciera sentirse útil. No le quedó más que esperar. Ya sabía que no podía tocarlo, no iba a hacerlo. Pero necesitaba estar con él, empezaba a dudar de sus recuerdos y ya no sabía si realmente lo habían hallado o si se lo había imaginado. El hecho de que tampoco recibiera respuesta a cómo lo habían encontrado, dónde y quiénes, no lo ayudaba a mantenerse tranquilo.

Cuando la puerta se abrió, Jaebyu se puso de pie de un tirón. Era Seojun, quien se tocaba la nuca con obvio gesto de agobio.

—Minki sigue pidiendo verte.

—Prometo no tocarlo —rogó. Se acercó al psicólogo—. Prometo no acercarme más de lo que el monitor de signos vitales me lo permita.

—Lo silenciamos, su ruido lo altera.

—Sigo siendo un enfermero que puede leer los números en la pantalla.

Con un suspiro, Seojun retrocedió.

—¿No venías? —cuestionó. Antes de ingresar, le dio las últimas instrucciones—. Prohibido hablar o preguntarle sobre el tiempo que estuvo lejos. Minki hablará cuando tenga que hacerlo. No antes.

Dio otra afirmación corta, aun así Seojun le impidió pasar.

—Debes prometerlo —insistió.

—Nunca haría nada que le hiciera daño —respondió.

—No de manera consciente —corrigió el psicólogo.

—¿Cómo?

—Nunca le harías daño de manera consciente, aunque está la posibilidad de que sí lo hagas sin pretenderlo.

—No lo haré. Solo necesito verlo —se ahogó y boqueó desesperado—, por favor.

Seojun y él compartieron una mirada larga, luego los hombros del psicólogo se relajaron y se apartó. El cuarto mantenía las luces apagadas y las cortinas abiertas, lo que le permitía vislumbrar el tono anaranjado del amanecer. Tal como se le informó, el monitor había sido silenciado y mostraba unos signos vitales que ascendían. Eran las palpitaciones de un corazón nervioso y exaltado, cuyo dueño se ubicaba en el centro de la camilla con las piernas dobladas. Se había peinado el cabello rubio hacia un costado. Sus labios estaban coloreados como si se los hubiera mordido. Sus ojos oscuros lo persiguieron hasta que Jaebyu se detuvo en el centro del cuarto.

Según delataba la máquina, el corazón le seguía ansioso, pero al menos estable.

También notó cosas nuevas: los brazos de Minki tenían heridas al igual que su cuello y alrededor de las orejas, como si se hubiera rasguñado la piel hasta sacarse sangre. Sus uñas eran irregulares. Además, tenía un poco más oscuro el centro de la frente como si se hubiera golpeado en más de una oportunidad.

Tuvo que tragar saliva y recordarse respirar.

Entonces, recibió un cojín directo en el rostro.

—Por dejarme solo —le recriminó.

—Minki...

—Ni «Minki» ni nada —se cruzó de brazos. A pesar de su postura testaruda, su mentón temblaba.

—Querido —susurró. De pronto, Jaebyu sintió unas ganas descontroladas de llorar.

Minki le sonrió de lado.

Tan lindo.

Tan amado.

Tan suyo.

—Extrañaba esa palabra —respondió, nervioso. Jaebyu se sentía igual. No parecían una pareja que llevara a cuestas una relación de una década, más bien se asemejaban a adolescentes en su primera cita.

Recordó su promesa.

—¿Sigues todavía con nosotros, oficial Lee?

La mirada de Minki brilló y se inundó de lágrimas. Sonrió tan amplio que sus ojos se convirtieron en dos ranuras similares a medialunas. Y supo que Lee Minki lo seguía amando con la misma intensidad, quizás incluso un poco más.

La falta de amor nunca sería un problema para ellos.

—Siempre —murmuró Minki con las manos sobre el pecho.

Pero sí la confianza.

Podemos reconstruirla, Jaebyu se prometió. Estaba dispuesto incluso a enamorarlo de nuevo si era necesario. No una, ni dos, ni tres, las veces que fueran necesarias.

—Lo siento mucho —susurró Jaebyu.

Las bonitas cejas de su novio se fruncieron, después un sentimiento de horror nubló su mirada. Se apoyó en los codos para levantarse. El monitor mostró un corazón acelerado, una presión arterial en ascenso.

—Tú no tienes la culpa de nada.

—No es por eso.

Los latidos se mantuvieron en el mismo descontrol, aunque la tensión disminuyó en sus hombros.

—¿Por qué?

Por odiarte, se dijo.

También por culparlo de dejarse capturar para que su mejor amigo pudiera huir. Por ser fuerte y valiente. Por amar a alguien que no era de su familia. Por ser humano.

Por demasiadas cosas que finalmente se tragó.

—Por extrañarte.

—¿Y eso es malo? —la cabeza de Minki se ladeó. Su camisa de hospital se había desplazado de su posición y le permitían ver casi en su totalidad su hombro derecho. Las clavículas, esas que había recorrido a besos y mordiscos, quedaron visible como si buscaran atención.

—Depende.

—¿De qué?

—Casi me volví loco —confesó.

Los ojos de Minki se llenaron de lágrimas. Lo señaló con un gesto suave pero recriminatorio.

—Lo hablamos una vez, ¿lo recuerdas? —se refería a la conversación que mantuvieron tras oír la canción «In this shirt» de The Irrepressibles—. Me prometiste que ibas a llorarme solo un poquito, nada más.

¿Cómo le explicaba que no había roto su promesa? Las lágrimas eran para los que vivían, Jaebyu había muerto ese 31 de enero.

—Solo te lloré un poquito —lo tranquilizó.

Minki tenía un mohín desconfiado en los labios.

—Nadie cree tus mentiras, señor Yoon. Estás más delgado y ojeroso, te ves terrible —aseguró tras cruzarse de brazos. Si no fuera porque se ubicaba en una camilla casi podría haber fingido que esos meses nunca existieron—. Además, no se necesitan lágrimas para demostrar tristeza. Gente de mierda.

Eso último lo hizo tensar.

—¿Cómo...?

Su novio alzó un teléfono que había mantenido escondido entre las mantas.

—No me limitaron el internet —avisó con tono presuntuoso—. Todo el mundo sabe que tengo poco autocontrol, así que era lógico que iba a buscarme en internet. Como no bloquearon las búsquedas, concluí que podía hacerlo.

Así habría reaccionado el Minki de antes, el actual no lo conocía. Ninguno de ellos. ¿Cómo podrían entonces calcular su próximo movimiento?

—Y bien —Minki se apartó el flequillo de la frente—, ¿algo que tengas que decir en tu defensa?

—¿Sobre qué, querido?

Las mejillas del policía se sonrojaron, después dejó caer los brazos sin delicadeza.

—No cumpliste tus promesas.

Se le hizo un nudo en el estómago tan apretado que, si hubiera comido algo, lo habría vomitado.

—Lo siento —no tenía idea de lo que decía.

—Me prometiste que ibas a preocuparte por tus comidas, estuviera yo o no —lo acusó.

Bajó la mirada. Pensó en mentirle una vez más, no pudo. Tampoco valía la pena.

—Te extrañé como no tienes idea —confesó.

Vio su mohín aligerarse.

—Lo sé —su voz era suave, comprensiva. Se sentía como el Minki de antes, a pesar de que ya no lo era—. Sé que me extrañaste. Yo te lo dije, Yoon-*ah*, no puedes vivir sin mí.

—Puedo —admitió en otro ataque de sinceridad—, pero no quiero.

Sentía tal anhelo por tocarlo, abrazarlo, besarlo, que tuvo que esconder los puños en los bolsillos del pantalón. Un segundo de impulso podía acarrear una condena de meses, incluso años.

Ninguno dijo nada por un tiempo, no lo precisaban. Nunca habían sido necesarias las palabras cuando ellos siempre pudieron comunicarse tantas cosas con una simple mirada.

Minki rompió el silencio.

—Ya regresé —tenía los labios sonrojados y húmedos por habérselos mordido. Estiró la mano como si quisiera tocarlo, aunque la dejó caer de inmediato.

—No vuelvas a desaparecer, por favor —rogó esta vez—. No sé si pueda soportarlo.

—Lo siento por preocuparte.

—Recé —eso nunca se lo había confesado a nadie—. Cada noche.

Lo hizo cuando recostaba a sus hijos y se quedaba con ellos en la habitación hasta que se dormían. No sabía a quién le pedía las cosas, aunque lo hacía. No le importaba quién le concedería el deseo con tal de que ese alguien lo hiciera.

—Ya estoy contigo, Yoonie. Te prometo que sí.

Sí, había regresado.

Aunque no completo.

El pensamiento que le seguía a ese se esfumó de su cerebro en un instante al ver que Minki posicionaba las manos sobre el vientre. Debajo de las mantas no se percibía un vientre abultado de ocho meses.

Sintió que tragaba cemento.

No hubo ninguna explicación, ningún indicio de aquel tema. Como no hizo mención alguna, tuvo que tragarse el nudo de confusión y dolor, pues le había prometido a Seojun que no hablaría con Minki temas que podrían alterarlo.

Agónico, boqueó como si le faltara el aliento, a pesar de que sus pulmones estaban repletos. En ese momento, Minki se dejó caer en las almohadas. Pensó que hablarían de eso, no fue así.

Se trató de un ruego.

—Jaebyu, por favor —las manos se anudaron frente el rostro—, necesito verlos.

Por supuesto que entendió a quiénes se refería.

—Los traeré —prometió.

—Siento que estoy perdiendo la cabeza sin ellos —pestañeó y una única lágrima bajó hasta sus labios.

Dio un paso para acercársele. Chocó con una pared invisible.

—Minki...

—¿Me extrañaron mucho?

Sus uñas, un poco largas, rasparon el interior de las manos.

—Como no tienes idea.

Todos, no solo ellos.

Los tres.

—Seojun me explicó que estaban bien, pero él no es el papá de mis hijos —siguió.

—Lo están.

Minki lo observó un largo instante, luego chasqueó la lengua. Con los ojos cerrados le recriminó.

—Nunca has podido engañarme, Yoon-*ah*.

—Les mentí todo el tiempo que pude.

—¿Cuál es la versión que ellos saben?

—Que te habías perdido.

—No me parece una mentira.

Por fin relajó las manos, los dedos le punzaron.

—Aprendí a hablar con ellos —dio otro paso, estaba casi al alcance de su mano. Era una distancia tan estrecha y aun así ninguno de ellos pudo vencerla. Era obvio que ambos evitaban tocarse.

—Gracias —susurró Minki, a pesar de que él no había hecho nada para recibir ese agradecimiento.

—Ahora sé que el lápiz favorito de Beomgi es el azul y que Chaerin prefiere el negro. Beomgi no pisa las líneas en la calle, aunque todavía no averiguo la razón. Y sé que Chaerin mastica solo por un lado a menos que se lo recuerde y corrija.

La relación con sus hijos había mejorado, sin embargo, eso no suplió en lo más mínimo la ausencia de Minki. Si bien Jaebyu lo intentó y se esforzó por hacer menos dolorosa la ausencia, nunca pudo hacer reír a sus hijos cuando jugaban a las escondidas. Tampoco fue un buen rey en el universo de dragones y fuertes de batalla, ni mucho menos una locomotora eficiente. Tampoco sabía ser tramposo y los mellizos se habían hartado de esos juegos de mesas donde no estaba Minki para reírse con tono malvado, mientras lanzaba las cartas sobre el hombro para hacerlas desaparecer.

Jaebyu no era, después de todo, quien los abrazaba con fuerzas hasta que, riéndose, le pedían que por favor ya los soltara. Y si bien había aprendido a hablar con ellos, eso no significaba que sus temas de conversación fueran divertidos.

Minki era el padre favorito de sus hijos.

No él.

Porque si bien era Jaebyu quien más los cuidaba y siempre estaba atento a los pequeños detalles —como cocinarles, coser su ropa raída y ayudarles con las tareas—, era a Minki a quien buscaban primero si algo les ocurría. Jaebyu, a final de cuentas, era enfermero. Si sus hijos se caían, iba a limpiarles la herida, no a besarla y cantar que pronto se sanaría; y si se enfermaban, no iba a acostarse a su lado para leerles un cuento, les llevaría medicina y les obligaría a tragársela a pesar de su feo sabor. No era el padre que se reía y aseguraría que tampoco entendía nada cuando alguno de ellos no comprendía una tarea, más bien sería quien terminara sentado a su lado hasta que la tarea estuviera completa.

Jaebyu era el padre preocupado, Minki el amoroso.

Por eso, a pesar de que presentía un ataque de pánico por tener que alejarse y apartarlo de su campo de visión, se despidió de su novio con la promesa de que regresaría con los mellizos tan pronto pudiera.

Minki, en ese momento, necesitaba más a sus hijos que ser salvado.

Al salir del cuarto, se reencontró con el grupo de policías. Sungguk aún no aparecía, pero al menos Eunjin se hallaba entre ellos. Como Jaebyu pretendía irse de inmediato, aceleró el paso al notar que el oficial buscaba interceptarlo. No logró su cometido y fue alcanzado por este, quien le posicionó una mano en sus omoplatos.

—Ven, conversemos.

—Pero...

Eunjin malinterpretó su preocupación y angustia.

—Tienen prohibido ingresar al cuarto de Minki —le informó—. Solo su madre, hermano y tú pueden.

Lo hizo salir de Emergencias. Una vez fuera, se quedó frente a él.

—¿Cómo lo notaste? ¿Conversaron algo?

—Calmado —explicó Jaebyu ante la mueca ansiosa del oficial—, como si nada hubiera sucedido.

—¿Ah, sí? —cuestionó, extrañado—. Ya veo...

—¿Qué cosa?

Eunjin apartó la mirada.

—No creo que Minki vaya a aceptar un tratamiento psicológico.

Frunció el ceño.

—Pero tiene que.

—Lo sé, Seojun también. Pero estás olvidando lo terco que es.

Y tampoco le gustaba verse ni sentirse débil. Lastimosamente, en el país aún estaba vetado hablar sobre salud mental, mucho más preocuparse por ella. No era una locura pensar que Minki no quisiera tomar un tratamiento psicológico.

—Lo hablaré con Seojun.

—También lo haré —informó Eunjin. Entonces, cambió de tema—. ¿Ibas por los mellizos?

—Minki me pidió verlos.

—¿Seojun lo sabe?

—Sí —mintió—. Me permitió traerlos.

—No les menciones a Minki.

—¿Por qué no? —Jaebyu se había perdido.

—No sabemos si podrán verlo hoy, y son niños, no podrán entenderlo.

Tenía razón.

Cuando Eunjin se disponía a dejarlo ir, Jaebyu lo sujetó por el codo.

—Eunjin, ¿qué sucedió con mi hijo?

El oficial se notó un poco desconcertado.

—Eso deberías saberlo tú.

—No me refería a los mellizos.

Por fin le entendió.

—¿No te lo dijo Minki? —hubo una sonrisa suave—. Ve a Neonatología, tiene tu apellido.

Sintió que el alma se le caía a los pies y que regresaba con un golpe.

—¿Está bien?

—Perfectamente. Minki ingresó al hospital en labor de parto, pero lograron estabilizarlo por unas horas. Retrasaron el nacimiento lo que más se pudo. Por eso lo acomodaron en la sala privada de Emergencias, por ti, buscábamos que se sintiera familiarizado.

Iba a preguntarle más detalles, para al menos tener una noción de cómo lo habían hallado y realizado la maniobra de rescate, sin embargo, sus prioridades en ese momento eran otras.

Su cabeza estaba en otra parte.

Se despidió de Eunjin y corrió de regreso al hospital para dirigirse a Neonatología.

Los recién nacidos se alineaban en incubadoras ubicadas frente al ventanal enorme, para así permitirle a los padres angustiados ver a sus hijos sin la necesidad de entrar a la unidad. Había una serie de monitores marcando el ritmo de esos pequeños corazones, también tenían pegado sus nombres en la parte frontal del artefacto. Usaban ropa blanca que iba a juego con las mantas. A su ojo, se veían todos iguales. Lo único que cambiaba era el tamaño de cada uno.

Buscó su apellido tal cual Eunjin se lo indicó.

Yoon Minah
5 de mayo, 00:43
Sexo: F

Yoon Minah.

Era su hija.

Una niña, tal cual Minki había adivinado.

Con los brazos apoyados en el vidrio para sostenerse, Jaebyu bajó la cabeza y comenzó a llorar.

23

Para el cumpleaños número diez de Jaebyu, sus padres decidieron celebrarlo en Tokyo Disneyland. Recordaba estar en el aeropuerto y mantenerse en el asiento durante horas, ya que el vuelo se había retrasado. También recordaba tener ganas de orinar, pero saber a la vez que no podía ir al baño puesto que no quería ser el blanco de la furia de su papá. Si se quedaba lo suficientemente quieto, pensaba, dejaría de existir y nadie lo reprendería ese día. Su madre, no obstante, no corría la misma suerte. A pesar de que se mantenía con las manos sobre el regazo y la cabeza gacha, era acribillada con cuestionamientos, realizados en susurros mortales por su padre, por el mal servicio que había contratado y por ser una inútil que se la pasaba en casa el día entero haciendo nada, mientras el resto de la familia trabajaba o estudiaba.

Cuando Jaebyu finalmente fue al baño, tras ocho horas aguantando, tardó varios intentos en orinar. El ardor y el dolor que sintió era también otra de las cosas que recordaba. A raíz de ello, comenzó a mojar la cama con regularidad. Su madre lo descubrió unos días posterior al viaje. Con ojos enormes, que con los años entendió eran de pánico, lo levantó de la cama y le cambió el pijama. Después, como si nada hubiera pasado, lo tomó de la mano y fueron a la entrada para despedirse de su padre antes de iniciar la jornada laboral. Lo irónico de esa rutina impuesta era que su padre jamás se despedía de ellos, ni siquiera con un gesto de cabeza. Demasiado pronto Jaebyu entendería que era preferible esa indiferencia.

Por las tardes, no obstante, su padre acostumbraba a regresar entre las ocho o nueve de la noche. Afortunadamente, aunque también era una desgracia, desde el año anterior Jaebyu había comenzado a asistir a escuelas de reforzamiento para ser el mejor alumno de la clase. Por ello no volvía a casa hasta la once de la noche. Como interactuaba poco con sus padres durante los días laborales, le permitió aceptar su realidad familiar con un salvador desinterés. Si nada veía, nada existía. Y Jaebyu parecía nunca hallar cosas extrañas en casa, pues había crecido normalizando la violencia.

Jaebyu sabía que él era más que la crianza defectuosa de sus padres, sin embargo, no imaginó que ello iba a definir gran parte de su vida. En algunos aspectos fue así, aunque no en el resto, porque tenía a Minki y él había cambiado muchas facetas de su vida. Una de ellas era que Jaebyu jamás esperó con ansias a que su padre regresara del trabajo; más bien con miedo, pero ese sentimiento no se lo heredó a sus hijos.

La mañana del 5 de mayo no sería diferente. Al pasar por ellos a la casa de Daehyun, esperó con impaciencia que le abrieran la puerta.

—Soy Jaebyu, Dae —informó.

De inmediato escuchó un chillido sorprendido de Beomgi y la voz aguda de Chaerin.

—¡Es papá!

Unos brazos pequeños le abrazaron las piernas. Luego, los cargó con facilidad para ingresar a la casa y cerrar la puerta a su espalda. Los mellizos y Daehyun no eran los únicos despiertos esa mañana, también lo estaba Jeonggyu.

Sungguk no se hallaba por ningún lugar y la expresión de Dae parecía agónica. Tenía unas ojeras profundas y las manos irritadas por habérselas retorcido al igual que hacía su extraño padre.

—¿Y Sungguk? —preguntó; se le hacía extraña la desaparición. Se suponía que estaba preocupado por Minki, se suponía que llevaba esos tres meses casi sin dormir por buscarlo, se suponía era su mejor amigo.

Daehyun hizo un mohín con su boca.

—¿No lo has visto?

Comenzaba a entender que algo malo sucedía.

—No. ¿Tendría que? Por eso pregunté por él.

—¿Entonces no lo sabes?

—¿Saber qué?

—Sungguk era parte del operativo.

Jaebyu dejó a sus hijos en el sofá, le temblaron los brazos.

—¿El operativo?

Su amigo lo observó con los ojos enormes por el miedo.

—No ha regresado —explicó Dae.

Jeonggyu se movió como si pudiera sentir la tristeza y desconcierto de su padre y lo abrazó por la pierna.

—Dae está muy feliz de que Minki regresara —la sonrisa de Dae tembló—, te lo juro que sí. Te lo juro. Pero... pero Sungguk no ha regresado y nadie contesta mis llamadas.

—¿Y sabes quién estaba con él?

—Eunjin.

Se sintió de piedra. ¿Cómo le explicaba a su amigo que había visto a Eunjin en el hospital y estaba solo? Mintió, al igual que debieron hacer con él en su momento. Jaebyu sabía cómo era recibir noticias malas y no iba a ser el responsable de darlas.

—Lo buscaré en el hospital y le pediré que te llame.

Daehyun se restregó el ojo, aguantaba las ganas de llorar.

—Lo siento —dijo.

—¿Por qué?

—Dae arruinó todo.

No supo cómo desmentirlo sin que las palabras le pesaran, así que no lo hizo y agarró a los mellizos para llevárselos. Minki lo esperaba y, en ese momento, no tenía más cabeza cuando su vida empezaba por fin a reconstruirse.

—Te avisaré cualquier cosa —informó antes de marcharse.

Dejó a Daehyun con Jeonggyu abrazado a su rodilla. Y por fin pudo ir por ese bolso olvidado que todavía empolvado guardaba tantos recuerdos.

24

Aquel experimento no ocurrió una vez, fueron tres. Minki todavía se hallaba en posición fetal sobre la cama, drogado, cuando sonó la puerta al abrirse. El terror lo asfixió y empezó a temblar sin control, mientras se cubría la cabeza con los brazos y una súplica desesperada escapaba por sus labios secos.

—Por favor, no... de nuevo no.

Sentía que perdía el control de sus pensamientos.

La puerta se cerró, unos pasos se acercaron. Alguien lo abrazó por la espalda. Se sacudió, aterrado. Cerró los ojos con fuerza y contuvo la respiración, sin embargo, el monitor no sonó. Se recordó que ya lo habían desconectado y sacado del cuarto, por lo que el abrazo no tenía relación con el experimento. Eso, sin embargo, no era algo que su cerebro pudiera procesar con tanta facilidad.

No es él, se repitió.

No lo es.

Jaebyu jamás le haría eso.

Nunca.

—Soy yo, Minki. Dowan.

Confundido, se dejó caer de espalda para observar a su hermano. Era él. Llevaba el cabello mojado y olía a champú de vainilla.

—Soy yo —repitió Dowan.

Sintió un agradecimiento tan grande que se escuchó soltar un balbuceo torpe y por esencia cruel al desearle ese terrible destino.

—Gracias... por estar conmigo... aquí.

Hubo una sonrisa por su parte.

—¿Los hermanos no estamos para eso?

Hermanos, ellos eran hermanos.

Ahora Minki lo entendía.

Dowan, al contrario de lo que Minki siempre se imaginó, no tenía demasiado contacto con su padre. Padre que abandonaba una vez, lo iba a hacer una segunda, una tercera y tantas como lo considerara pertinente. Hasta el cumpleaños número trece Dowan lo había visto con regularidad. A pesar de que mantenía una relación con su madre, y se suponía vivía con ellos, desaparecía largas temporadas de su vida. Por tanto, ambos imaginaban que ese hombre debía tener una tercera familia, quizás hasta una cuarta.

Después de esa edad, se esfumó de su vida hasta sus dieciséis años cuando se puso en contacto con él para suplicarle perdón y olvido. A diferencia de Minki, Dowan parecía arrastrar una naturaleza mucho más compasiva que la suya. Lo perdonó pensando que había recuperado a su padre. Al final entendió que solo lo había buscado para pedirle dinero y desapareció luego de que le entregó lo pedido.

Tras ello, el hombre rompió contacto con Dowan hasta el año anterior, cuando de imprevisto lo fue a visitar a su casa para suplicarle, cómo no, una nueva oportunidad repitiendo el mismo patrón que usó con Minki. Ese actuar fue un claro indicativo para él: posiblemente había sido su padre el que había vendido la información de ambos.

No obstante, ese encierro no solo era el precio por tener como padre al peor de todos los monstruos, se debía además a esa característica que Dowan y él compartían.

Por ser m-preg.

¿De verdad hubo un momento en que Minki deseó ser eso? Sí, sin embargo, en sus inicios se debió más a un capricho que a un deseo genuino.

Todo eso se lo confesó a Dowan, pues era la sentencia que pagaba por tanta avaricia.

—Deseaba ser m-preg por Jaebyu —contó con la boca todavía drogada—. Al inicio su familia me odiaba por haberles arrebatado la oportunidad de tener nietos y un hijo casado. Adivinarás lo feliz que fui al enterarme que era uno de ellos. Ni siquiera pensé si Jaebyu quería o no tener hijos, yo simplemente quise dárselos.

No obstante, ¿se arrepentía?

Ni un poco, pensó mientras observaba a los mellizos abrir la puerta de su habitación en el hospital. Ellos corrieron a su camilla con gritos y lágrimas desesperadas. Minki nunca se arrepentiría de eso. Los tenía y amaba, se le hacía imposible imaginar una vida sin ellos. Por eso, a pesar de la cesárea que le inmovilizaba el tronco inferior, bajó los pies y tomó a Beomgi en brazos, seguido de Chaerin. Y los abrazó con fuerza e inspiró su perfume infantil.

Comenzó a llorar. Le bastó levantar la cabeza un instante para darse cuenta de que Jaebyu estaba en la entrada y hacerle un gesto para que se uniera a ellos. En ese momento estaba demasiado dolido para darse cuenta de que Jaebyu jamás lo abrazó a él, sino más bien apoyó su cabeza en la espalda de Beomgi y se quedó ahí.

Todavía entrelazados, besó las cabezas desordenadas de sus hijos y les pidió disculpas. Les aclaró que no volvería a desaparecer, así que ya no tenían nada que temer.

Recién cuando los latidos de su corazón aminoraron un poco, Minki los soltó para arrastrar una cuna vacía ubicada a su lado. Notó que Jaebyu leía la inscripción del nombre y fecha, aunque no parecía sorprendido.

—¿La conociste? —preguntó Minki, acariciando el cabello de los mellizos.

—Lo hice.

—¡¿Pero por qué?!

—¿No querías que la conociera? —Jaebyu alzó sus bonitas cejas.

—Quería presentártela yo —protestó.

—¿Y la ibas a mantener escondida? —la boca de Jaebyu se curvaba en una sonrisa poco contenida.

Minki se encogió de hombros en un claro gesto arrogante.

—Nunca he sido un ejemplo a seguir.

Estaba claro que no lo era ni tampoco lo sería en el futuro cercano. Mientras otros habrían buscado ayuda para superar y entender ese miedo que padecía ante la cercanía de Jaebyu —y que sabía que su novio notaba—, Minki prefirió ignorarlo.

Él no necesitaba ayuda.

No era Daehyun.

No tenía que ver a un psicólogo, no había nada de malo en su cabeza. Debía adaptarse, salir del hospital, regresar al departamento y retomar la rutina. Quizás le costara algo de tiempo, pero no había nada que este no pudiera curar.

Solo debía recordar cómo era ser él mismo y nada más.

Que no pudiera ni siquiera soportar la presencia de su novio eran apenas detalles vagos considerando la tamaña aventura a la que sobrevivió.

Nada más.

No había nada más grave, Jaebyu sabría entender. Y también su necio corazón.

25

Jaebyu conocía a Kim Somi desde la universidad. Al ser de años diferentes, no eran cercanos, ni siquiera se hablaban mucho. No fue hasta que coincidieron en la residencia de enfermería que se acercaron. Por ese tiempo, no obstante, Jaebyu deseaba especializarse como enfermero de quirófano, en tanto Somi siempre quiso llegar a la sala de emergencias. Por tanto, cuando Jaebyu fue trasladado a esa unidad tras rotar en otras, ella ya estaba instalada ahí.

En sus inicios, Somi no era más que una compañera de trabajo por mucho que ella se pasara casi el turno completo charlando con él; o más bien, teniendo monólogos a su lado. No fue hasta que Minki terminó con él hace cinco años que entendió que a Somi podía considerarla su amiga; la única, de hecho, que tenía.

—El futuro será mejor —ella le había asegurado aquel día, tras tenderle un *kimbap* y amenazarlo con que debía comérselo de inmediato—. Minki terminó contigo porque te ama y no sabe cómo quererte sin dañarse a sí mismo.

Con el tiempo, le había tocado a él consolarla cuando terminó con su pareja. Las razones fueron distintas; Minki le puso fin a su relación por amarlo demasiado, Somi porque no lo quería tanto. A pesar de ello, la chica lloró mucho y por varias semanas, sin embargo, esas lágrimas nada tenían que ver con su exnovio. Eran por Sungguk. Y si bien ella jamás le había admitido sus sentimientos, solo un ciego no se daría cuenta de la explosión de alegría que padecía la enfermera de ver al oficial. En sus inicios, Jaebyu imaginó que debía tratarse de un amor platónico, con los años dejó de serlo. El sentimiento nunca disminuyó, creció como la maleza en un jardín: poco deseada, pero duradera. Ni el saber que Sungguk se convertía en padre y se enamoraba locamente de otro hombre aplacó ese amor.

Al final de cuentas, pensó Jaebyu distraído al escuchar a Somi contarle a Minki algunos chismes, *no se puede elegir a quién se ama.*

Y aquello era algo que él tenía más que claro.

¿Se habría enamorado de Minki si hubiera tenido la opción de elegirlo?

Se disculpó para ir al baño. Aprovechó también para buscar a Eunjin y así hablar sobre Sungguk. Por fortuna, lo encontró en la salida de emergencias. Se fumaba un cigarrillo, algo que Jaebyu nunca le había visto hacer. Existió una época que él también tuvo esa dependencia, más cuando las manos le temblaban y el olor a flores le era persistente en la nariz. A pesar de que se había acostumbrado a ese aroma, rodeó la fumarola y se posicionó frente a Eunjin. Al notarlo, este lanzó el cigarrillo al piso y lo aplastó. Lo recogió y lanzó al basurero.

—Sé cómo son los protocolos, pero también conozco mis derechos civiles —dijo Jaebyu sin rodeos. Su comentario fue recibido con consternación—. Necesito saber cómo encontraron a Minki y por qué Daehyun está llorando en su casa. ¿Dónde está Sungguk?

Eunjin miró su reloj digital de pulsera, parecía esperar alguna notificación.

—No puedo explicar mucho —aceptó el hombre.

—Con lo básico bastará... por ahora —hizo hincapié en la última palabra.

Lo vio meditar unos instantes.

Jaebyu le ayudó a iniciar.

—¿Dónde los encontraron?

—Encerrados en un crematorio ubicado afuera de la ciudad.

—¿Un crematorio? —lo pensó con rapidez—. Para que no pudieran rastrear su olor, me imagino.

—Así lo teorizamos —afirmó Eunjin—. Por eso los perros perdían el rastro.

—¿Y cómo lograron saber dónde estaba?

—Un espía —obviamente no iba a mencionar su nombre—. Entenderás que no puedo explicarte mucho. Es suficiente que sepas que ayer por la tarde inició el operativo y Sungguk estaba con nosotros.

—Y si es así, ¿por qué no está aquí junto a Minki?

—Porque el operativo todavía no ha finalizado, lleva en curso más de doce horas.

Entendió aquellas señales que Eunjin evitó con tanta maestría.

—Dime que sabes cómo está Sungguk —susurró, dolido. A pesar de los roces debido al secuestro de Minki, el oficial era su amigo. Era un poco tonto y torpe, pero compasivo y preocupado y, por sobre todo, lo quería. Jaebyu no era una persona mala y vengativa, aunque se había terminado convirtiendo justo en eso. No se reconocía, tampoco se aceptaba así. Lo cierto era que era difícil saber lo que deseaba o no cuando había dejado de ser la persona que conocía ser.

—Hace dos horas lo estaba. Eso sí, no he recibido más noticias. Yo no estoy liderando el operativo, como lo habrás notado.

Eso al menos le dio un poco de alivio.

—Eunjin, una pregunta... Minki —dudó—, ¿cómo estaba cuando lo encontraron?

Los dedos de Eunjin se movieron como si estuvieran suplicando por otro cigarrillo.

—Supe lo que sucedió entre ustedes —de seguro se refería al rechazo de Minki ante su proximidad—. Si no fuera por eso, siendo sincero, no habría imaginado que algo le pasó. Lo sabe ocultar muy bien. De hecho —sonrió incrédulo—, lo primero que hizo al vernos fue reclamarnos. Según él nos tardamos demasiado tiempo en rescatarlo, somos unos idiotas y también damos vergüenza como unidad.

Entonces, el trauma que Minki había generado en el encierro parecía, de algún modo, estar ligado a Jaebyu.

Era algo exclusivo con él.

¿Le habrían... hecho... algo? Tragó saliva, intentando bloquear pensamientos oscuros. Aun así, asintió en agradecimiento antes de marcharse.

La habitación privada que usaba Minki permanecía vigilada por un policía. Somi se ubicaba en la mesa central con la cabeza ladeada y un lápiz mordido entre los labios. Debía estar haciendo cálculos, siempre ponía esa expresión al hacerlos. Somi no era una amante de las matemáticas. Por fortuna, Jaebyu se había acostumbrado tanto a hacer reglas de tres para calcular volúmenes y medidas que muchas operaciones se las sabía de memoria.

—¿Y Minki? —quiso saber.

Su amiga se sobresaltó y soltó el lápiz, que cayó sobre la mesa y al piso. La vio agacharse para recogerlo, casi se golpeó con el borde al levantarse con rapidez.

—Me pidió un tiempo a solas con los mellizos. Taeri y Minjae también están con él.

Jaebyu examinó la puerta cerrada. ¿Ese «a solas» lo excluía a él? Ese día todos parecían olvidar que ambos, más allá de ser novios, eran familia.

O al menos lo eran hace tres meses.

El Minki que había regresado con el que se había ido eran dos personas diferentes, por mucho que el resto enfatizara en el hecho de que se comportaba igual. Jaebyu lo conocía lo suficiente para saber que eso era mentira.

—Siempre puedes preguntar si puedes entrar —propuso Somi tras analizar su obvia expresión de anhelo.

Se masajeó el pecho, luego negó.

—Minki necesita estar con su familia.

—Eres parte de esa familia, Jaebyu —informó su amiga.

Se acercó a la ventana cubierta por una cortina interior e intentó mirarlos por una rendija. Localizó a Minki entre los mellizos, los tres estaban sentados con las piernas colgando por un lado de la camilla. Se abrazaban tan apretadamente que parecían una sola persona. Taeri y Minjae se ubicaban a un lado y los miraban.

Estaban bien.

Ellos van a estar bien, se tranquilizó.

Jaebyu regresó donde su amiga.

—¿Y? —quiso saber ella.

—Están bien —por fin lo estaba. Aunque sin él.

Somi revisó el computador y leyó algo con rapidez.

—Trasladarán a Minki al tercer piso. Quizás te lo comentaron, pero no lo hicieron antes porque a Minki se le hacía familiar este lugar —su amiga apuntó a su alrededor—. El psicólogo buscaba estabilizarlo emocionalmente. Así que voy a estar fuera de Emergencias mientras Minki esté en el hospital, me pidieron que fuera su enfermera de cabecera.

Estuvo tan agradecido que tuvo que contenerse para no besar las manos heridas y secas de su amiga. Tampoco lo necesitó, pues ella le sonrió como si entendiera lo que quiso hacer.

—Por cierto —Somi tamborileó el escritorio—, felicidades.

—¿Por qué? —ironizó Jaebyu, de brazos cruzados—. ¿Porque mi novio regresó? ¿Porque me rechaza? ¿Porque se comporta natural con el resto menos conmigo?

—Vaya, me haces sentir una idiota —musitó Somi con los hombros caídos.

—Lo siento, no quería decirlo así —Somi se miró aliviada—. Empecemos de nuevo, ¿por qué me felicitabas?

—Por ser padre —respondió ella con timidez—. Yoon Minah, su nombre es precioso.

Intentó relajarse. Lo logró de alguna forma.

—¿La conociste?

—Por supuesto que lo hice —aseguró Somi con un golpe de puño en la otra palma—. Es hija de mi mejor amigo, tenía que conocerla para hablar de ella con propiedad. Estuve también conversando con...

—Por supuesto que sí.

—... las enfermeras de Neonatología y Minah se encuentra bien. Un poco baja de peso al no cumplir las semanas totales de gestación, aunque nada anormal siendo Minki un m-preg. No tienes que preocuparte por ella, tiene a la mejor tía del mundo.

No pudo evitarlo, se le coló una sonrisa al rodearse por la emoción de Somi.

—Una tía que jamás mudó a los mellizos —le recordó.

—Detalles —Somi le restó importancia—, además...

Enmudeció por completo, su vista clavada en algo que ocurría a espaldas de Jaebyu. Al girarse, vio la puerta abierta del cuarto privado y a Minki en la entrada. Todavía sostenía el pomo y lo hacía con tanta fuerza que se le marcaban las venas del brazo. Además, se encontraba un poco encorvado por la reciente operación.

—¿Querido...?

No pudo terminar, Minki lo interrumpió.

—No regresabas y me preocupé por ti.

—Querido, no puedes estar en pie, te hicieron una cesárea.

Su novio, eternamente terco, chasqueó la lengua.

—¿Solo eso tienes que decir a tu favor?

Confundido, se rascó la nuca.

—Lo siento mucho. No quise interrumpir.

—Tú nunca interrumpes —lo reprendió Minki, después le hizo un gesto para que se acercara—. Así que ven.

Lo hizo de inmediato. Alcanzó a cruzar una mirada rápida con su amiga antes de cerrar la puerta. Minki regresó a la cama todavía con la espalda curvada por el dolor, Taeri se apresuró a socorrerlo. En el pasado habría sido él quien le hubiera ayudado a sentarse, acomodado las almohadas y cubierto con las mantas hasta la cintura.

—Si hubieras estado aquí —Minki le recriminó de mal humor—, sabrías que estuve conversando con los niños.

Minki... ¿acaso estaba celoso de Somi? En el pasado nunca lo estuvo. De hecho, era Somi quien siempre le había pasado a

Minki los rumores sobre Heeseo, una compañera que estuvo enamorada de él por más años de los que le gustaba admitir. Somi era su aliada, no su enemiga.

—Les conté sobre Minah —la voz de Minki le hizo regresar a la realidad.

—Nosotros ya la conocimos —Minjae apuntó a su mamá y a él.

—Es preciosa —dijo la mujer.

—¡Tengo una hermana, papi! —chilló Chaerin, ubicada a un lado de Minki—. Se llama Minah. ¡Papá dice que se escribe con el mismo carácter suyo!

—Yo quería un hermano —Beomgi no parecía tan feliz con la noticia.

Nuevamente Jaebyu habría deseado acercarse a Minki para apartarle una pelusa que se le había pegado a la mejilla. También necesitaba un abrazo. Su deseo era tan profundo que perdía a ratos la cabeza. Al final, se tuvo que conformar con agarrar una servilleta de la mesita de apoyo y hacer una grulla de papel. Con ella en la palma, se la tendió a Minki. Lo vio dudar antes de recogerla y acercársela al rostro para mirarla en detalle.

—Hice mil de ellas para pedir un deseo —confesó.

—¿Un deseo? —Minki tenía un mohín triste en los labios, como si el regalo lo hubiera apenado—. ¿Y qué pediste?

—Que regresaras.

Sus ojos de medialuna se ablandaron, abundaba la melancolía.

—Yoon-*ah*...

—Todavía no entiendes lo mucho que te amo, ¿cierto?

En presente.

Para Jaebyu ese sentimiento siempre estaba en presente.

Y a pesar de que esperó, Minki se mantuvo en silencio, mientras bajaba la barbilla y se quitaba esa pelusa negra de la piel.

—Iré a ver a Minah —dijo Jaebyu para romper la tensión. Comprobó a sus hijos y les hizo un gesto de mano para llamarlos—. ¿Quieren ir conmigo?

Ambos estrecharon el abrazo que tenían sobre Minki y negaron con la cabeza. Pasaría mucho tiempo antes de que quisieran despegarse de su padre. Tenían miedo de que desapareciera; Jaebyu compartía el temor. La diferencia consistía en que él podía gestionar mejor aquel sentimiento. Por eso, con una sonrisa temblorosa, abandonó el cuarto.

Se encontró a Somi y al guardia en el pasillo. A la vez que cerraba la puerta captó el sonido de una ambulancia. Sin poder controlarlo ni evitarlo, los latidos de su corazón se dispararon. El miedo lo inundó ante el recuerdo. Como Somi tenía a cargo a Minki, ella no se movió de lugar; fueron sus compañeros de ronda los que se dirigieron hacia la entrada para atender la emergencia. El ruido de la ambulancia era tan fuerte que parecía un llamado del infierno.

A continuación ingresaron dos paramédicos y el paciente que trasladaban; uno de ellos mantenía presionado un montón de gasas sobre la pierna de quien parecía ser un policía, al menos eso delataba el chaleco antibalas.

—Herido de bala en muslo superior derecho. Se ubica su orificio de salida en la parte posterior. Abundante sangrado. Paciente en estado de *shock*.

En el mismo instante que Jaebyu los perseguía para ser de utilidad, ingresó otra camilla a la sala. Entonces, escuchó que Somi daba una inspiración conmocionada.

—¡Sungguk!

El mundo se convirtió en una película con fotogramas discontinuos. Se vio moverse, alcanzar la primera camilla, llegar a la cabecera y mirar directo un rostro. La piel lucía pálida, iba a necesitar transfusiones de sangre urgente.

Sungguk.

La persona que se desangraba era Sungguk.

Alcanzó a sujetar a Somi, que iba directo a la habitación para intervenir en el procedimiento. Tenía las pupilas dilatadas por el terror y un leve temblor en la barbilla que Jaebyu le sujetó y apuntó hacia él. Con los dedos le dio unos toques en la mejilla para hacerla reaccionar.

—Somi, Somi, mírame.

Buscó alejarse y soltarse. Él no se lo permitió.

—N-necesito...

—No puedes —dijo Jaebyu—, eres la enfermera de Minki y él te necesita.

Somi agarró de igual forma el pomo.

—P-pero... Sungguk...

—No puedes atenderlo, tampoco yo —tuvo que darse unos segundos antes de hablar. Su mente era una nube de confusión.

Sacudió la cabeza para aclararla. Sujetó a Somi por los hombros antes de darle el último recordatorio.

—No podemos atender a personas con las que tenemos sentimientos involucrados.

Aquello estaba prohibido. No se trataba de un capricho, era más bien para salvaguardar al personal médico de que no tomara decisiones erróneas por la angustia y terror.

—Está bien —aceptó Somi con voz diminuta.

Ella se perdió en la habitación de Minki y Jaebyu quedó en el medio de la estancia todavía sin saber qué hacer. Eunjin no aparecía por ninguna parte, al igual que la segunda camilla.

¿Alguien le habría avisado a Daehyun sobre la situación?

Lo más probable era que no.

Le tocó asumir la parte más difícil: realizar la llamada que a nadie le gustaría recibir.

Daehyun contestó de inmediato y con tono acelerado, lo que le hizo sentir peor.

—Es Sungguk, ¿cierto?

—¿Me escuchas bien? —se aseguró antes de hablar.

—Estoy bien —aseguró, a pesar de que captaba sus dientes castañear—, ¿qué sucedió?

—Sungguk apareció en el hospital.

Hubo un alarido contenido, luego Daehyun comenzó a llorar.

—Dime que es mentira —suplicó con torpeza y a tropiezos. Dae tendía a estropear su habla en momentos donde perdía el lado racional para afrontar la situación.

—Está bien —mintió, a pesar de que recordaba la sangre y su estado de *shock*—. Recibió un impacto de bala en el muslo, lo llevarán al quirófano.

—¿Al q-quirófano? —tartamudeó.

Buscó no filtrar emoción en sus siguientes palabras.

—Es mejor que vengas, Dae.

Poco después, se abrió la puerta de la segunda habitación privada y pasaron corriendo los doctores y sus compañeros, que arrastraban la camilla de Sungguk en dirección al quirófano. Vio los párpados de su amigo moverse en sus intentos por despertarse.

—¿Cómo está? —preguntó.

—Tiene las tres orientaciones —el doctor Park se refería a que se reconocía, sabía dónde estaba y en qué tiempo—, pero ha perdido mucha sangre.

Llegaron al ascensor donde ingresaron la camilla junto al doctor Park y uno de sus compañeros. Jaebyu permaneció en el piso observando impotente que las puertas metálicas se cerraban.

No encontró la segunda camilla hasta unos minutos más tarde. Estuvo durante todo ese tiempo en el box cinco con las cortinas cerradas.

Tratar con cadáveres, para Jaebyu, no era desconocido; su trabajo no siempre finalizaba cuando la persona moría, sino que cuando aparecía alguien de la morgue para rescatar el cuerpo. En la universidad, además, era común estudiar con ellos. Por eso sabía a la perfección que a la media hora el cadáver comenzaba el proceso de *rigor mortis* y sus músculos se endurecían a tal punto que se tenía que pasar minutos enteros masajeándolos para acomodar alguna extremidad en otra posición. A las tres horas el cuerpo regresaba a una flacidez tratable, la cual se mantendría hasta las ocho horas posmuerte; lo anterior dependía de las condiciones climáticas.

Ese día Jaebyu, mientras se enteraba de lo ocurrido en el operativo, presenció algunas de las etapas mencionadas, hasta que los de la morgue se llevaron el cuerpo tras posicionar una ficha de identificación en su muñeca. Ahí iba escrito un nombre y un apellido, también la fecha de muerte, el número de identificación nacional y otra codificación propia de la morgue.

Seojun se quedó con Minki durante su ausencia. Cuando por fin logró ir a visitarlo, su novio ya había sido internado en el hospital y se ubicaba en maternidad. Antes, le preguntó al psicólogo si podía ser él quien le diera la noticia a Minki. Seojun aceptó tras dudarlo un poco. Mientras los mellizos se quedaban dormidos en el sofá del cuarto, Jaebyu por fin se acercó a su novio y tomó asiento en la punta más alejada de la camilla.

Minah descansaba en los brazos de Minki, por lo que se la pidió y la puso a dormir en la cuna. Entonces, Jaebyu anudó las manos sobre su propio regazo y por fin dijo esas fatales palabras.

—Finalizó el operativo, duró veinte horas —explicó con tanta tranquilidad como pudo—. Hubo negociaciones que no terminaron bien y tuvieron que ingresar a la fuerza al crematorio.

Los ojos de Minki se abrieron por el horror.

—¿Y? —susurró—. ¿Qué más pasó?

—Amenazaron con dispararle a las víctimas si la policía ingresaba —continuó explicando tal cual se lo contaron a él—. Y Dowan fue una de ellas. Pero cuando lograron ingresar al lugar, ya habían pasado horas y era demasiado tarde para hacer algo.

Minki entendió de inmediato. Se cubrió el rostro con las manos y el llanto quedó aplacado por sus palmas.

—Lo siento, querido.

Cuando Jaebyu revisó aquella placa de identificación, esta decía:

Lee Dowan
Fecha de fallecimiento:
4 de mayo.

26

En los días de encierro, Minki aprendió que Dowan sufría de un ligero ronquido si dormía boca arriba. Como ya les habían apagado las luces del cuarto, él asumía que debía ser de noche; o al menos para ellos lo era. Mientras su hermano descansaba, Minki padecía de insomnio. Así que, carente de paciencia, le dio un ligero golpe en las costillas para despertarlo. Del pasillo se colaba la luz artificial, lo que le permitió divisar el rostro asustado de Dowan.

—No es nada malo —quiso tranquilizarlo—. No podía dormir por tus ronquidos.

Dowan inspiró profundo.

—Lo siento —balbuceó en sueños.

Ahora carente de bullicio, Minki intentó dormir. Dio vueltas por el colchón hasta que su hermano le acarició el hombro.

—¿Qué pasa? —quiso saber.

Se dejó caer de espalda y posicionó sus manos anudadas sobre su abultado vientre. Palpó uno de los diminutos pies y, en respuesta, hubo un leve movimiento. Ese pequeño gesto en parte lo serenó.

—No puedo dejar de pensar en los mellizos —confesó.

Habría jurado percibir un diminuto golpe contra la palma. Podría ser su imaginación, Minki estaba perdiendo la cabeza. No solo pensaba en sus hijos, también Jaebyu rondaba en sus cavilaciones. Había llegado a ese punto donde se cuestionaba todo: principalmente, si había sido correcto salvar a Daehyun a costa de su propio encierro.

Él no lo habría soportado, se dijo una vez más.

Así es, se repitió.

—Cuando seamos libres —Dowan propuso—, ¿podría conocerlos?

En el pasado se habría puesto furioso ante la sola idea de acercar a sus hijos a Dowan. Pero en aquel instante una sonrisa ilusionada se coló en su boca.

—Por supuesto.

Otra cosa que había aprendido de Dowan era que, de encontrarse nervioso, tendía a restregar los pies contra las mantas. Y eso fue justo lo que hizo en ese momento.

—Les compré regalos —confesó—. Quería dártelos ese día… bueno, el día que nos vimos en la estación de policías.

—Han pasado… —Minki se forzó a bromear, la culpa la sentía como un tirón—. ¿Cuánto, cuatro años? No creo que esos regalos les queden bien.

—¿Tú crees? —preguntó, con la voz diminuta. Parecía triste, Minki imaginó que había malinterpretado la respuesta.

—Puedes comprarles algo nuevo —aseguró.

—¿En serio? —de nuevo estaba animado e ilusionado—. ¿Y qué les gusta?

—Son fáciles de complacer. Con tal que les des dulces, ya te ganaste su amor eterno.

—¿Dulces?

Minki jugó con sus dedos, otra sonrisa se le coló en la boca ante el recuerdo de ello.

—Jaebyu los tiene restringidos —puso los ojos en blanco—. Eso sucede cuando te enamoras de alguien que trabaja en el área de la salud.

—Podría ser peor.

—Ah, ¿sí?

—Los padres de una amiga son doctores y siempre piensan que finge sus síntomas cuando enferma.

—Al menos ella no es acusada de ser infiel por tener una mancha de kétchup en la corbata.

Dowan se puso de costado y se acomodó sobre el codo.

—Lo siento por preguntar, pero ¿es mala tu relación con Jaebyu?

Aquello lo desconcertó lo suficiente para morderse la lengua.

—Para nada —dijo sin siquiera detenerse a pensarlo—. Jaebyu es un excelente padre y también novio.

Le dolió el corazón ante su recuerdo.

Yoonie...

¿Se habría cortado el cabello o lo habría dejado crecer? En su último encuentro lo llevaba a la altura del mentón. Minki calculaba que ya debía tenerlo a mitad de cuello, no se imaginaba a Jaebyu, a su Jaebyu, haciendo algo tan burdo como ir a una peluquería considerando la situación que atravesaba.

Si Minki pudiera asociar un defecto a Jaebyu, más allá de la voz sabionda con la que algunas veces le respondía y su obsesión con recetarle multivitamínicos, sería su facilidad para olvidarse de sí mismo cuando amaba. Entregaba tanto que, si Minki lo descuidaba un segundo, se agotaba a tal punto que comenzaba a padecer ataques de pánico por la falta de sueño. En sus once años de relación lo único que había descubierto para aliviar sus síntomas de insomnio era cantarle. Y si bien Minki no era un cantante virtuoso, su voz siempre había ayudado a Jaebyu a conciliar el sueño.

Yoon-*ah*...

Volvió a preguntarse cuántos días llevaría sin dormir ahora que no estaba con él.

—Lo siento —dijo Dowan—. Me imaginé otra cosa.

Dio una larga inspiración y acomodó las manos tras la nuca. Se quedó observando la oscura baldosa.

—Jaebyu me ama tanto que se preocupa de que mis exámenes de sangre salgan bien todos los años —contó, a pesar de que no había razón para hacerlo. Pero quería decirlo porque hablar de él también era su manera de dar cariño—. En el ropero tiene un archivador con mi historial médico completo y se preocupa demasiado por mi colesterol alto. Por eso me dice infiel. Según él, todo lo que me cocina es saludable, así que es imposible que mi colesterol siga saliendo alterado.

La risa de Dowan lo distrajo lo suficiente para mirarlo.

—Parece una buena persona.

—Lo es —aceptó Minki—. A diferencia de mí, lo es. ¿Te gustaría conocerlo?

—Por supuesto —dijo Dowan con ilusión.

—Cuando salgamos de aquí.

—Cuando salgamos de aquí.

A pesar de que tenía prohibido levantarse de la cama por la reciente cesárea, Minki ignoró la orden una vez más. Jaebyu le había conseguido una silla de ruedas, porque había entendido que él iría a ese lugar aunque fuera arrastrándose.

Era el último adiós, también la última oportunidad para cumplir con su promesa.

La mano de su hermano ya se había puesto fría y rígida. A pesar de ello, Minki continuaba buscando su calor en la palma. Le habían descubierto el brazo donde tenía anudada una pequeña ficha plástica en la muñeca. Decía su nombre completo y su fecha de muerte. Nada de eso fue suficiente para convencerlo de lo sucedido.

Una única cosa lo haría.

Con cuidado, tiró de la manta blanca que lo cubría, la que se deslizó por la camilla metálica y quedó colgada de una esquina. Miró el rostro pálido, los labios sin color, los ojos cerrados. Tenía una expresión relajada, la misma con la que se durmió la noche en la que Minki le prometió que conocería a su novio.

Las cosas no se habían dado como lo había esperado ni mucho menos de una forma que aceptara.

Pero al menos estaba ahí.

Por eso sujetó la mano cálida de Jaebyu y le pidió que se acercara.

—Dowan —dijo Minki. Su voz temblaba—, este es Jaebyu. Te prometí que ibas a conocerlo.

Jaebyu no tuvo que recibir instrucción alguna para saber lo que debía hacer. Con una inclinación solemne de respeto, mantuvo la cabeza gacha al hablar.

—Hola, Dowan. Un gusto.

Se quedaron ahí tanto tiempo que finalmente la mano de Dowan se ablandó por la caricia y se amoldó a la perfección a la suya.

Semanas más tarde, Minki recibiría en su casa los regalos que Dowan les compró a los mellizos hace cuatro años y que no pudo entregárselos en persona por su culpa.

Antes de eso, cuando aún permanecían en la morgue, Minki dibujaría con el dedo el hanja de «amor» en aquella palma fría que se le hizo tan familiar en los últimos tres meses. Aquel carácter se trazaba desde la parte superior del ideograma para después pasar a la parte central que significaba «corazón» y que estaba compuesta por tres puntos. Hace muchos años, Jaebyu le había explicado que, en un libro que leyó en su época como residente, esos tres puntos se habían asociado a tres personas: al protagonista, a su madre y a su abuela.

A su familia.

Desde ese día para Minki esos tres puntos fueron Beomgi, Chaerin y Minah.

Pero también Minjae, Dowan y él.

27

La tranquilidad en un paciente era incluso más preocupante que identificar signos de dolor. Esa etapa era conocida como «lucidez terminal», donde el enfermo comenzaba a caminar, tener hambre y sed, para morir instantes después. Si bien Minki no se encontraba en estado grave, Jaebyu lo trataba como tal. En las últimas veinticuatro horas había pasado por mucho: fue rescatado, dio a luz una hija, se reencontró con él, vio a su familia y también había recibido la noticia de la muerte de su hermano. Al menos Jaebyu había logrado evitar hablar de su mejor amigo, por lo que Minki desconocía que Sungguk se hallaba en el quirófano.

A pesar de los golpes emocionales, su novio acunaba a Minah con un cuidado y un amor que se le reflejaba en el rostro entero, en tanto hablaba con los mellizos y su mamá.

No era un enfermo terminal, divagaba Jaebyu, aunque debía ser tratado como tal. El problema era que Jaebyu parecía ser el único que entendía la situación. Seojun se limitaba a estudiarlo en silencio y a prepararse para su inminente caída; según él, nada evitaría que Minki se enterara de la verdad. Al final de cuentas, también le había explicado el psicólogo, Minki creía fehacientemente que no había nada que curar en él. Y a Jaebyu la vida le había enseñado que no se podía atender a un paciente si este no se consideraba uno, ya que recién se convertía en este cuando solicitaba ayuda. Y eso no era algo que Minki hubiera hecho.

Hasta que no llegara ese momento, Jaebyu no podía hacer mucho más que el propio Seojun: ayudarlo en la caída para que esta no lo destruyera. Por eso se le acercó con lentitud, para que Minki pudiera procesar la situación. Al notarlo, este dejó de mecer a Minah y también de hablar. Su barbilla se ladeó, parecía curioso, mientras sus ojos se abrían tan grandes que podrían romperse. Jaebyu estiró los brazos al llegar a su lado para que entendiera lo que buscaba. Tardó en reaccionar y temblaba al entregarle a Minah. Sus manos se rozaron, y si bien fue un instante fugaz, Minki se apartó con tanta brusquedad que Jaebyu casi no alcanzó a agarrar a su hija.

No quería asumir que esa sería su nueva rutina como pareja, pero Minki no le daba más opciones. Al contrario que Minjae y Taeri, que observaban la situación con cautela y con obvias expresiones de incomodidad, Jaebyu fingió que nada ocurría. Minki intentó aligerar la situación y arrastró un mechón largo detrás de su oreja, también atrajo a Beomgi para un abrazo rápido.

¿Las cosas entre ellos serían así para siempre?

Jaebyu esperaba que no. No quería tener una vida sin Minki. Era probable que no lo soportara.

Dejó de pensar en ello al captar una voz proveniente desde el corredor. Hablaba casi a gritos: era Daehyun. Si bien usaba implantes cocleares para ayudarlo con su hipoacusia, no siempre oía a la perfección, por lo que aún no lograba regular el volumen al hablar. Además, se debía conversar a su alrededor con un tono más alto y calmo, de lo contrario se perdía palabras enteras.

Minki también reconoció la voz y estiró el cuello.

—¿Dae? —dijo.

Parecía ser Seojun quien no lo dejaba ingresar a la habitación, lo que había derivado en un grito agudo y dolido.

Minki estiró el brazo hacia la puerta e hizo un gesto de mano.

—Juju...

Sintió el estómago pesado.

—¿Abro? —preguntó.

Su novio afirmó solemnemente.

—Por favor —añadió.

Abandonó el cuarto todavía con Minah en brazos. Necesitaba hablar con Daehyun antes. Se lo encontró frente a Seojun, lloraba tanto que los dientes le castañeaban. Al notarlo en el pasillo, Dae se secó el rostro con rapidez y susurró hacia él, su tono de disculpas.

—Solo quería verlo.

—No lo recomiendo —avisó Seojun con gesto seco—. Estás alterado y vas a asustar a Minki.

—Me puedo tranquilizar —aseguró Daehyun, esta vez en un chillido agudo.

Esa discusión iba a ser un tira y afloja, el único que podía detenerlo era Minki.

—Quiere verlo —intervino Jaebyu.

A pesar de que ese era su cometido, Daehyun se vio desorientado al apuntarse el pecho.

—¿Minki quiere... quiere ver a Dae?

Era obvio el esfuerzo que hacía para aguantarse las lágrimas.

—Sí —aseguró Jaebyu para calmarlo.

Fue en ese momento que su gesto cambió al percatarse del bulto que él cargaba en brazos. De la sorpresa, Daehyun dejó de llorar y se llevó las manos a la boca. Sus ojos se abrieron inmensos, luego se ablandaron por la ternura y amor.

—¿Es...?

—Minah —la presentó Jaebyu. Se inclinó para mostrarle aquel rostro redondo y sonrojado por la siesta. Minah era tranquila, en el transcurso de la mañana únicamente había emitido un quejido de hambre y nada más.

—Es preciosa —murmuró Dae—. ¿La puedo...?

No logró finalizar la oración, ya que Jaebyu se la tendió con cuidado. Como el experto que era, Dae sujetó a Minah con maestría.

—Serán las mejores amigas —aseguró Dae. Se refería a Hanni y Minah.

No por primera vez se preguntó qué se sentiría tener una amistad desde la niñez. Él ya no hablaba con ninguno de sus compañeros con los que cursó la primaria y secundaria; y de la universidad apenas tenía a Somi. Se sentía bien poder darle a su hija algo que él mismo careció.

Recuperó a Minah cuando Daehyun, impaciente, quiso ingresar al cuarto luego de oír a Minki conversar. Lo detuvo antes de que cogiera el pomo.

—Minki no sabe lo de Sungguk —Dae siempre había tenido los ojos grandes y bonitos, pero ese día brillaban incluso más. Entonces, dio una afirmación seca con su cabeza—. Si pregunta, dile que sigue en el operativo.

Si bien Daehyun le prometió a Seojun que podría controlarse, no pudo cumplir su palabra. Al abrir la puerta y ver a su amigo en el centro de la camilla, con su rostro cansado, con la raíz del cabello negra y su piel reseca por el descuido, comenzó a llorar. Logró con dificultad llegar donde Minki y lo abrazó con tantas fuerzas que escuchó a su novio emitir un quejido ahogado, para después también cerrar los ojos por el alivio y regresarle el abrazo.

—Perdóname —decía Dae contra su frente, cabello, mejilla, oído—. Perdóname, todo fue culpa de Dae... todita mía.

Cuando Minki se soltó del agarre para sujetar el rostro de su amigo entre las manos, Minjae y Taeri abandonaron el cuarto para darles privacidad. Jaebyu se mantuvo en una esquina meciendo a Minah y vigilando a los mellizos. Hasta ellos se calmaron y se mantuvieron quietos ante el llanto intranquilo, doloroso y desesperado de Dae.

—No es tu culpa, Dae —dijo Minki.

—Yo... Dae...

—No es culpa tuya que alguien hubiera intentado secuestrarte —siguió Minki—. No es tu culpa ser una víctima.

Víctima.

En su desesperación, furia y desconsuelo por señalar a alguien y así sentirse menos asfixiado por la culpa, Jaebyu había olvidado que Daehyun era un amigo, alguien a quien amaban.

—Lo siento —dijo Dae a pesar de ello—. Dae lo siente mucho... por todo.

Minki le dio un beso en la mejilla para eliminar el rastro de lágrimas.

—Ya olvídalo.

—Pero...

—¿Y el idiota de mi mejor amigo? —su novio cambió el tema con una sonrisa que reservaba para las personas que amaba.

Eso trajo otro nuevo río de lágrimas que Dae, no obstante, pudo controlar mejor. Con un temblor ligero en los hombros se mordió el labio con fuerza y respondió:

—Ya viene, el operativo no ha terminado del todo, falta cerrar unos detalles —dijo con tremenda convicción.

Minki le alzó una ceja, sin embargo, no lo discutió. Jaebyu lo conocía lo suficiente para saber que esa respuesta lo contentaría solo un tiempo.

O quizás no fuera así.

Él olvidaba que ese Minki, el que era abrazado por su amigo en una camilla de hospital, no era el mismo que dejó en su departamento un 31 de enero.

Por fortuna, no tuvieron que prolongar la mentira con respecto a Sungguk, pues, como rara vez sucedía, Minki lo dejó estar.

A la hora, apareció Somi con los ojos irritados como si hubiera llorado. Con un mal presentimiento, Jaebyu abandonó el cuarto antes de que su amiga lo invitara a hacerlo. Alcanzó a dar un único paso antes de que una mano, pequeña y con un par de durezas en las palmas por el uso de armas, sujetara su muñeca. Había tocado esa piel lo suficiente para saber que le pertenecía a Minki, quien lo soltó de inmediato. Aun así, fue el tiempo suficiente para que su piel ardiera rogando por más de ese toque. Formó un puño apretado y lo soltó antes de mirar a Minki por sobre su hombro, todo en él ansiando a alguien que no podía tener.

Se encontró al oficial con el rostro volteado hacia la ventana, tenía la punta de las orejas tan coloradas que se divisaban entre su cabello mal tinturado.

—¿Sucede algo? —quiso saber.

—No quiero que te vayas —fue su sencilla explicación.

El corazón le dio un vuelco.

Somi permanecía en la entrada de la habitación.

—Serán unos minutos —aseguró.

—Lo sé —por fin lo miraba, sin embargo, mantenía la barbilla baja—. Pero aun así no quiero que te vayas.

Era la segunda reacción que tenía por parte de Minki la que coincidía nuevamente con la presencia de Somi.

—Lo siento, regresaré de inmediato —se excusó.

Minki giró la cabeza hacia el ventanal y bufó. No le insistió, así que Jaebyu le hizo otro gesto a Daehyun para que fuera tras él. El chico, que había ocupado los pies de la camilla, se puso de pie de un salto. Salió del cuarto antes que él ante sus ansias por noticias. Por fortuna, Taeri y Minjae habían regresado y se quedaron junto a Minki y los mellizos, quienes descansaban en el sofá.

Afuera, Somi tenía una sonrisa un poco tensa al lado de Daehyun. No era que ella odiara al chico ni que no lo soportara: lo envidiaba, que era muy diferente. Tampoco lo hacía con un sentimiento nacido desde la maldad, más bien desde la necesidad. Por eso su expresión se ablandó ante el nerviosismo de Dae y le acarició el brazo.

—Sungguk ya salió de cirugía —Somi no alargó el sufrimiento— y está bien. Quedó hospitalizado en el segundo nivel.

Las rodillas de Daehyun bailaron, luego detuvo el movimiento. Su mirada se dirigió hacia las escaleras. Jaebyu le dio un ligero empujón por la espalda.

—Ve —lo apremió—, después puedes regresar con Minki.

Dudó un poco antes de marcharse casi corriendo.

Una vez solos, Jaebyu habló con su amiga.

—¿Has averiguado algo sobre el operativo?

—Nada, apenas me enteré de que terminó —Somi se cruzó de brazos—. Seojun se fue detrás de los oficiales para averiguar más.

—Está bien —retrocedió un paso, se detuvo—. Somi, ¿te puedo pedir un favor?

—El que sea —respondió.

—¿Podrías contratar un camión de mudanzas? Que sea para hoy.

—¿Regresarás al departamento?

—Minki debe retomar su rutina.

Revisaba su cuenta bancaria al ingresar al cuarto. A su línea de crédito todavía le quedaban algunos wones, no obstante su tarjeta ya no tenía cupo. Se preguntaba si Minjae le prestaría algo de dinero para pagar el camión de mudanzas cuando Minki chasqueó la lengua.

—¿Qué pasa?

No había necesidad de mentirle.

—Sungguk estaba en cirugía —la actitud fastidiada de Minki se esfumó al instante. Sus brazos anudados cayeron a su regazo, la boca se entreabrió por la sorpresa—. Recibió un impacto de bala en el muslo.

Minki dio un suspiro.

—Maldito bastardo —mascculló a la nada—. Deberían darle de baja por idiota, ¿no puede participar en un operativo sin salir herido? —entonces, se dirigió a él—. ¿Cómo está?

—Nada grave —informó.

—Un completo inútil —bufó entre dientes. Y luego a él—. ¿Sabes algo más?

—Ya despertó de la anestesia —contó—. Me imagino que intentará venir a verte pronto.

—Dile que no se apure —contestó Minki—, voy a salir hoy del hospital.

—Querido...

—No eres tú quien debe darme la alta médica, Yoon Jaebyu —informó Minki.

—Pero...

—Estoy bien —aseguró. Lo miró a los ojos y repitió—. Estoy bien.

Ese era el problema.

Minki no estaba bien. Pero era tan convincente con el personal médico que no le extrañaría si le autorizaban la salida ese mismo día, así que sacó su celular otra vez para coordinar el camión de mudanzas con Somi. De la nada, recibió un segundo impacto de almohada. Esta vez aterrizó en el centro de su pecho y cayó al suelo.

—¿Hoy hay algo más importante que yo? —le recriminó su novio.

Consentido.

Un poco tóxico.

No debería darle felicidad esa clase de comportamientos, claro que no. En una situación normal eso no le habría dado ni una pizca de gracia. Pero ese día era diferente. Un paréntesis.

—No hay nada más importante que tú —dijo Jaebyu.

Las mejillas delgadas de Minki se sonrojaron. Lo escuchó chasquear la lengua, también volteó la cabeza hacia la ventana en un gesto seco y arrogante.

—No lo parece.

Se acercó a él con la necesidad picando en sus dedos. Se detuvo a un paso de la camilla como si se hubiera estrellado contra un vidrio.

—Querido, mírame —le pidió.

Así lo hizo.

—¿Me veo como alguien que estuvo bien sin ti? —preguntó.

Sus ojos le recorrieron el rostro, después se ablandaron ante lo que encontró.

—No —susurró Minki, su labio inferior prominente—. Te ves como alguien que me extrañó cada noche.

—Cada noche, cada mañana. Te extrañé siempre. Casi perdí la cabeza.

Como Minki no podía hacerse una idea.

—Yo también —confesó su novio—. Pero regresé.

Así era.

Había regresado.

¿Pero se quedaría?

Más bien, ¿se quedaría con él?

—No te vuelvas a ir —suplicó.

No importaba qué le depararía el futuro. En el ahora se encontraban juntos y eso era lo que importaba. El futuro dependía del presente, no del pasado. Y esa convicción era a lo que debía sujetarse.

—No lo haré —prometió Minki.

Jaebyu no iba a soportar perderlo una vez más.

—¿Entiendes ahora cuánto te amo?

—Siempre lo he entendido —aseguró Minki.

No parecía convencido.

Pero no importaba, algún día lo haría.

—¿Todavía estás con nosotros? —quiso corroborar.

Entonces, Minki estiró el brazo para alcanzarlo. Pero estaban demasiado lejos.

—Siempre —respondió Minki.

Quizás en ese presente no tuviera más que la sombra de lo que fue su amor, pero al menos todavía había algo.

Cuando logró escaparse unas horas del hospital, Jaebyu regresó a la casa que lo recibió en su peor momento y recogió las cajas de mudanza que había guardado con tanta esperanza. Comenzó a meter las pocas pertenencias que había logrado desempacar y luego se sentó en el suelo de la sala de estar con una libreta vieja y raída, donde en el pasado llevó un resumen del estado de salud de su familia. Luego, abrió una página en blanco e hizo algo que jamás pensó que le tocaría hacer.

Anotó:

Avances
5 de mayo.
Recuerda: Minki todavía te ama.

Y eso siempre valdría la confección de otras mil grullas de papel.

28

En 1919, el psicólogo John Watson llevó a cabo un cruel experimento con un pequeño de once meses llamado Albert, cuya madre era nodriza en el hospital donde el doctor trabajaba. El experimento consistía en probar sus hipótesis conductistas donde señalaba que el miedo podía ser condicionado.

En sus inicios, Albert era un niño sano y alegre que reaccionaba con curiosidad ante las nuevas experiencias. Por eso, para lograr su objetivo, el doctor realizó ciertos cambios en su rutina. Cada vez que le acercaba al niño una rata blanca, golpeaba una barra de metal cerca suyo para producir un estruendo ensordecedor. Bastó repetir el procedimiento un par de veces para que Albert comenzara a reaccionar con susto al observar la rata.

Zanjado el primer objetivo, el doctor inició la segunda etapa y le presentó a Albert diferentes animales y objetos inanimados que se asemejaban a la rata blanca. El niño les tuvo miedo a todos ellos. Entendió, entonces, que Albert había generado un terror tanto por el roedor como por objetos y animales parecidos a este; llegó incluso a temerle a un simple algodón.

No obstante, el experimento no logró cumplir con el fin último, pues no estudió cuánto tiempo podía persistir el miedo tras generarlo y, lo más importante, si con algún tratamiento se lograría eliminar aquella respuesta emocional. De todas formas, no eran criterios que le importaran, pues su experimentación ya había fortalecido su teoría de que el miedo podía ser condicionado.

Algo similar era lo que buscaba lograr el doctor Kim.

Las cámaras uno y dos le mostraban a Ryu Dan acurrucado en el centro de la cama, en tanto se cubría el rostro con las manos. En las tres y cuatro veía a Lee Minki intentando retroceder por el colchón. Sus brazos se movían con vehemencia a la vez que el monitor de signos vitales se disparaba y su infernal sonido llenaba la sala.

—Yoonie... Yoonie... Yoonie, no... no... —suplicaba Minki cubriéndose los oídos y gritando desesperado. Perdía la cabeza, lo que el doctor Kim estuvo buscando.

Una de las particularidades más importantes en los m-preg eran los ciclos de calor. Es decir, no podían embarazarse a menos que estuvieran en uno, pero para lograr aquello debían antes enamorarse. Era una primicia que se antojaba eternamente romántica, aunque en exceso molesta para los laboratorios. Si bien el deseo del doctor Kim era exterminarlos, la mitad de los accionistas que subvencionaban sus experimentos codiciaba quedarse con una de esas abominaciones y hacerlos parir. Por eso, cada cierto tiempo, le tocaba demostrar sus avances con relación a los ciclos de calor, a pesar de que él, en lo particular, no estuviera interesado en ello.

—Yoonie... basta —suplicaba Minki, ido. Totalmente perdido en la fantasía—. Basta, por favor... tú no eres así.

Los miedos podían ser condicionados, había teorizado y probado el doctor Watson. Kim quería postular algo más grande, ambicioso. Con el sonido de unas pulsaciones enloquecidas de fondo el doctor abrió la ficha médica de Minki en su laptop y anotó.

28 de febrero del 2026, día 28 de estudio.
¿El miedo puede condicionar el amor?

29

A pesar de que era pasada la medianoche, Jaebyu permanecía en el hospital. Sus hijos eran otros que no habían aceptado marcharse. Si bien Minki necesitaba espacio y tiempo para retomar sus rutinas, ningún miembro de la familia Yoon pudo acatar esa orden. Como los mellizos se habían dormido en el sofá, los había cubierto con unas mantas que robó de Emergencias, mientras que él se había medio acurrucado en una silla. Se prometió no dormir, sin embargo, dormitó en algún punto de la velada. Cuando se despertó, de inmediato apareció un nombre en sus labios.

—Minki.

—Estoy aquí —le respondió.

A diferencia de él, Minki no parecía haberse dormido. Tenía a Minah en los brazos y se encontraba recostado contra el respaldo alzado. Se veía cómodo en esa posición donde lo podía observar de frente, algo que parecía haber hecho hasta ese instante.

—Ahora roncas —comentó Minki con ligereza, a pesar de que su expresión no concordaba con sus palabras.

—Es el cansancio —confesó. Se restregó el rostro para quitarse el sueño devastador de encima.

—Tú nunca habías dormido con la boca entreabierta —bajó los brazos para que Jaebyu pudiera ver a su hija—. Me preguntaba de quién lo había heredado.

Minah descansaba con un puchero en los labios, el que se formaba por una boca entreabierta que deslizaba con lentitud el aire entre unos labios húmedos y sonrojados.

Si bien se encontraba más calmado, Jaebyu tuvo que dar varias respiraciones largas para desacelerar las pulsaciones enloquecidas de su corazón. Una vez más había soñado con la desaparición de Minki.

Pero él ahora está aquí, se dijo.

Regresó.

Está bien.

Todavía cansado, regresó al asiento porque se había levantado del impulso por dejar atrás aquel perverso sueño. Se peinó los cabellos para apartarlos de su frente sudada.

—¿Fue una pesadilla? —quiso saber Minki. Sus bonitas cejas le interrogaban.

—Sí —admitió.

Hubo una afirmación seca por parte de su novio. Se quedó en silencio por un largo instante.

—¿Puedo pedirte un favor, Juju? —dijo, de pronto.

Extrañado, asintió.

—Por supuesto.

Las mejillas de Minki se sonrojaron antes de hablar.

—¿Podrías solicitar un periodo de vacaciones cuando abandone el hospital?

Para que estés conmigo.

No era necesario que lo dijera para que él lo entendiera.

—Estuve con licencia médica —informó—. Con todo esto es probable que me den otra.

Sus ojos se abrieron enorme ante su comentario.

—¿Licencia? —susurró Minki—. ¿No estuviste trabajando?

—No podía —aceptó con los labios entumecidos. Sus manos toquetearon sus rodillas nudosas y evitó el escrutinio de este, a pesar de que no existía nada que debiera esconder—. Lo intenté, lo prometo, pero no pude. Retomé parte de mis funciones hace apenas una semana. Ahora estoy con horario administrativo y me sacaron de Emergencias.

Además, Jaebyu había regresado porque el seguro médico llevaba semanas atrasando sus pagos. Estaba cerca de la quiebra y sus hijos tenían necesidades que Jaebyu ya no tenía cómo cubrir con una tarjeta de crédito sin cupo.

—¿Por qué? A ti te encanta tu trabajo —preguntó Minki—. Nunca ha sido para ti una dificultad, más bien una distracción... yo... yo me imaginé que estarías haciendo más horas extras que nunca, no que... No esto.

Por supuesto que Jaebyu había intentado estar bien, ya que, tal como mencionó Minki, su trabajo le gustaba tanto que nunca fue una carga para él. Pero ahora... se le había hecho imposible ejercer porque le volvía loco el sonido de la sirena de la ambulancia; y considerando que trabajaba en Emergencias, aquel pánico ocurría con una vergonzosa regularidad. Como no podía explicarle aquello, se encogió de hombros y desvió el tema.

—Todo lo que hice este tiempo fue armar grullas de papel.

Y buscarte, aunque eso último no lo mencionó. No había necesidad. También lo anheló y extrañó como se añoraban tus zapatos más cómodos, a tu persona favorita, a tu mejor amigo, a tu amante, a tu cómplice, a tu compañero. Diez años de relación se traducían en varios sentimientos. El más grande, la comodidad, la costumbre, la familiaridad.

El cariño.

Pero también contaba con cosas malas. No fue hasta que Minki desapareció que Jaebyu entendió que no recordaba quién era él sin su novio. Llevaba tantos años con Minki que ambos se habían adaptado al otro para sobrevivir, por lo que parte de su personalidad y su persona se habían mimetizado. Era otro Jaebyu y al mismo tiempo el mismo.

—Beomgi me contó algo —continuó Minki.

Por varios segundos no tuvo idea de qué podría ser.

—Me dijo que lo golpeaste.

El horror lo cubrió como una manta pesada y asfixiante, una que lo sofocaba y de la que quería huir. Sintió las orejas calientes y las manos picar.

—Lo siento —fue lo primero que soltó a la vez que cerraba los ojos con fuerza y bajaba la barbilla—. Fue una cachetada.

Padeció la humillación.

La vergüenza.

—Me cuesta aceptar que algo así haya sucedido —confesó su novio. Su tono era suave, como si lo estuviera arrullando al igual que a Minah—. Tú no eres así, Juju.

No lo era.

Esos tres meses habían sacado lo peor de él. Ese monstruo que tanto se esforzó por esconder se había liberado con el transcurso de las semanas. También estaba la posibilidad de que hubiera florecido su verdadera naturaleza, su auténtico yo. Lo cierto era que no tenía idea cuál de las dos hipótesis era la acertada, parecía ya no entender nada de él. Se había convertido en un extraño, apenas se reconocía frente al espejo, en sus pensamientos, en sus comentarios.

Él no era así.

Pero por alguna razón también lo era.

—Lo siento —repitió—, perdí el control.

—Me gustaría reírme y recordarte que no puedes vivir sin mí —su boca se frunció, triste—, pero ahora entiendo que debes ser capaz de vivir sin mí por mucho que me ames.

¿Se sentía como un final?

Últimamente vivía rodeado de puntos finales.

A pesar de ello, afirmó con la cabeza. No era la primera vez que escuchaba un comentario así. Su psicólogo, Go Taesoo, se lo había mencionado en más de una oportunidad.

—¿Podemos no hablar de esto ahora? —dijo.

Nunca le había gustado exponer sus sentimientos. Por fortuna Minki lo dejó estar.

—Por cierto, me darán de alta mañana —avisó.

—¿Mañana? —Jaebyu se imaginó que era un permiso puntual para salir e ir al funeral de su hermanastro—. ¿Regresarás luego?

—¿Para qué? —Minki mantenía la cabeza ladeada.

—No estás bien, querido.

—Estoy perfecto.

—Tuviste una cesárea.

Y te secuestraron.

—Es nada en comparación al nacimiento de los mellizos. Estoy bien —aseguró con plena convicción.

—Pero...

—¿Sí?

—¿Al menos sabes quién será tu psicólogo?

—No hay ningún psicólogo, Yoon-*ah*.

Su boca se abrió, de la nada se tragó sus pensamientos y la cerró como si nunca hubiera intentado debatirle. Creía conocer a su novio lo suficiente para saber que, si insistía con algo, este iba a hacer justo lo contrario.

Pero...

Asimismo, debía recordarse que ahora no sabía si lo conocía realmente o no. Era la persona a la que más secretos le sabía, a la vez que se había convertido en un completo desconocido.

—Minki, fuiste secuestrado —dijo pausado, débil.

—Y regresé.

Los segundos que siguieron a aquella respuesta fueron agónicos. Minki, sin una mayor preocupación, reacomodó a Minah en los brazos. Jaebyu se le acercó y se la quitó. Procuró no tocarlo. Después, le dio una mirada disimulada y avergonzada, en tanto Jaebyu dejaba a su hija en la cuna. Ambos fingieron que nada había sucedido.

—¿Me ayudarías en algo, Yoon-*ah*?

—No tienes que preguntarlo —contestó.

Se ganó una mirada amable de Minki.

—Quiero ir a visitar al idiota de mi mejor amigo, ¿me acompañas?

Examinó a los mellizos. No pensaba dejarlos solos considerando que por una situación similar Minki terminó lejos de él.

—Despertaré a Somi para que los cuide.

Su amiga dormía en la sala de descanso, así que fue por ella ante la afirmación seca de su novio. Se la encontró acurrucada bajo las mantas. Llevaba el flequillo sujeto a un tubo para así mantenerlo crespo y apartado de la frente.

—¿Qué pasó? —preguntó Somi, a la vez que apartaba las mantas y se colocaba de pie en un salto. Su mirada precavida se clavó en él, que se mantenía sentado en el borde de la cama.

—Minki quiere visitar a Sungguk, ¿podrías quedarte con los mellizos y Minah?

Somi inspiró.

—¿Pero Minki está bien?

—Tan bien como podría estarlo.

Abandonaron el cuarto. Como no sabía si aquel tubo se trataba de un accesorio de moda o no, Jaebyu no se atrevió a decirle que mantenía el tupé sujeto a este.

—Me debes varias horas de sueño, Yoon —le recriminó. Se ajustó las gafas con el dorso de la mano.

—Le hablaré a Sungguk de ti —bromeó.

—¿Y convertirme en una destruye hogares? —Somi rio. Subían la escalera—. En muchas facetas de mi vida seré mala, pero no en este tipo de cosas. Además, a la larga, todo se devuelve. Sin embargo —y se sonrojó al tocarse la nariz con nerviosismo—, avísame si Sungguk necesita algo.

Los mellizos y Minah aún dormían. Acostumbrado a cargar a los pacientes para trasladarlos de camilla, Jaebyu se dirigió hacia Minki decidido a hacer lo mismo. Su paso flaqueó ante la mirada de pánico de este. Por suerte, Somi entendió de inmediato la situación y le arrebató la silla de ruedas que él había rescatado de camino. La acomodó a un costado de la camilla y ayudó al oficial a sentarse en ella. Le desbloqueó las ruedas y se le acercó a Jaebyu para entregarle el mando.

—Me quedaré con los chicos —le avisó Somi.

Jaebyu dudó. ¿Tenía sentido que él lo acompañara si Minki parecía no soportar su proximidad?

—Creo que deberías ir tú, Somi.

Su amiga los analizó a ambos.

—Sungguk estaría agradecido de verlos a los dos —ella sonrió en compasión.

Con indecisión, Jaebyu sujetó la silla de ruedas para maniobrarla.

—Vamos, Yoon-*ah* —Minki dio por zanjado el tema—. Somi tiene razón.

Enfilaron por el largo corredor. Si bien Jaebyu podía considerar a Somi su única amiga dentro del hospital, se llevaba bastante bien con el resto del personal médico. Como conocía a la gran mayoría, nadie le cuestionó qué hacía a esa hora trasladando a un paciente por el hospital. En el ascensor el silencio fue incluso más denso. No por primera vez habría deseado presenciar el incesante parloteo que Minki siempre tuvo a su alrededor. Anhelaba su voz, su forma de ser, su relación de antes.

Extrañaba el pasado.

Mucho.

Llegaron a la habitación de Sungguk. Las luces estaban bajas y apenas se escuchaba el monitor de signos vitales. A pesar de ello, el ruido era suficiente para que los hombros de Minki se tensaran y arrastrara las manos hacia los oídos para cubrírselos, a la vez que cerraba los ojos con fuerzas.

Daehyun dormía en una silla con la parte superior del cuerpo apoyada a un costado de los pies de Sungguk, quien también descansaba. Jaebyu dejó a Minki en la entrada e ingresó a la estancia. Silenció el monitor y revisó a Minki que permanecía con los oídos cubiertos y los párpados apretados. Con cuidado para no asustarlo, rozó su muñeca con delicadeza. De igual forma su novio dio un brinco asustado y le dio un manotazo para apartarlo.

Jaebyu retrocedió un paso.

De inmediato, Minki bajó los brazos con un atisbo preocupado.

—L-lo siento —balbuceó—. Yo...

—No te preocupes —quiso restarle importancia.

Para no alargar la situación, rodeó a Minki para maniobrar la silla de ruedas. La acercó a la camilla y se alejó. De inmediato su novio se estiró hacia Sungguk y le tomó la muñeca.

Jaebyu miró las manos entrelazadas.

El sentimiento de rechazo fue tan poderoso que el pecho le pesó. Los observó hasta que Minki se dio cuenta y apartó el brazo.

¿Por qué el problema era solo con él? Ansiaba una respuesta con la misma desesperación con la que deseaba nunca enterarse de nada. La vida muchas veces era más feliz y cómoda en la ignorancia plena.

—Idiota —llamó Minki a Sungguk—. Despierta.

El policía tenía las mantas hasta la cintura y los brazos por encima, Daehyun debió habérselas acomodado antes de que el agotamiento lo venciera. Además, a Sungguk le habían enrollado una venda en la cabeza que le alzaba algunos mechones del cabello. Su pómulo tenía un hematoma hinchado.

Con Minki todavía sujeto a la mano de Sungguk, Jaebyu retrocedió otro par de pasos. Estorbaba, aunque no solamente él. Sobraban en la fotografía tanto Daehyun, que mantenía apagado sus implantes cocleares y no se enteraba de la situación, como él.

Su pecho tiraba.

Con otra caricia de Minki en su brazo, los ojos de Sungguk reaccionaron. Se despertó lento y con pereza. La confusión conquistó su rostro, luego se fijó en Minki y una sonrisa inestable apareció en sus labios.

—Estás bien —susurró, su voz áspera—. Estaba muy preocupado.

—Del único que debiste haberte preocupado es de ti mismo —le recriminó Minki, a pesar de que también le regresaba la sonrisa—. ¿Por qué eres tan idiota? ¿Cómo es posible que fueras el único policía que se accidentó en el operativo? Con razón Eunjin no nos tiene fe como equipo: a mí me secuestraron y a ti te dispararon, merecemos una condecoración por inútiles.

Familiaridad.

Había una familiaridad en el ambiente que, en su caso, se había perdido.

Sungguk debió recordar algo, ya que su cara se ensombreció y se lamió los labios resecos por la anestesia y operación.

—Dowan... —susurró, con la vista fija en Minki—. Lo siento, Minki, Dowan...

—Lo sé —lo interrumpió este, las manos se entrelazaron con más fuerzas—. Ya lo sé.

Hubo una pausa.

—¿Y cómo estás?

—No muy bien —confesó Minki.

Para Jaebyu había estado perfecto.

—¿Cuándo son los funerales?

—Mañana.

—¿Irán juntos? —esta vez, la pregunta de Sungguk iba dirigida a él.

Jaebyu, que estuvo en la entrada con la espalda apoyada en la pared y los brazos cruzados sobre el pecho, cambió de pose cuando Minki lo comprobó por sobre el hombro. No era una decisión suya la de acompañarlo o no, era de Minki.

—¿Quieres que vaya contigo? —lo interrogó.

—Por supuesto —respondió Minki de inmediato. El alivio tiró de su alma—. No te pregunté porque lo di por hecho.

Como en el pasado.

Una sonrisa se colocó en sus labios, Minki se la regresó tras lanzarle un beso que Jaebyu olvidó atrapar.

30

Propio de la cultura, los hospitales contaban con una sala funeraria que daba a un comedor pequeño para que los asistentes pudieran merendar. Jaebyu y Minki fueron muy por la madrugada, este último todavía siendo trasladado en silla de ruedas. En el centro del altar había un cuadro grande con una bonita fotografía a color de Lee Dowan, quien sonreía a la cámara. Junto a esta se ubicaban los respectivos platos ceremoniales con alimentos. La habitación estaba repleta de coronas de flores enviadas por compañeros de escuela, de universidad, del trabajo, amigos de toda la vida y también de los familiares más cercanos.

La madre de Dowan se situaba en una esquina del cuarto sentada sobre los tobillos. Mantenía la barbilla baja, el rostro por completo destruido, sin vida. Se asemejaba mucho a un muñeco sin articulaciones olvidado en un rincón donde juntaba polvo. El señor Lee no se divisaba ni en aquella estancia ni en la contigua donde los comensales probaban bocado entre susurros quedos.

Minki llevaba una única flor blanca en las manos que Jaebyu le compró a las afueras del hospital. Lo ayudó a llegar hasta el altar para que pudiera depositarla.

—Querido... —dijo con preocupación cuando Minki intentó levantarse.

A pesar de la reciente cesárea que lo obligaba a mantener reposo completo, se puso de pie para después doblar las piernas y arrodillarse con cuidado frente a la foto de Dowan. Su frente tocó el piso, a la vez que extendía los brazos sobre la cabeza.

—Dowan, Minah nació bien —dijo con tono roto— gracias a ti.

No fue hasta que captó su sollozo que entendió que su novio lloraba.

—Adiós —Minki susurró manteniendo esa posición—. No me esperes, hermano, prometo que voy a encontrarte llegado el momento.

Hermano.

Ya no era un desconocido, Minki había perdido a un hermano.

Sin embargo, pasaría mucho tiempo antes de que Minki lograra entender lo mucho que le afectó su perdida. En aquel presente ingenuo, no obstante, su novio le pidió que se marcharan, a pesar de que llevaban apenas unos minutos. Le dio una última y larga mirada a aquella fotografía, como si quisiera grabársela a fuego en su memoria. Cuando finalmente volteó el rostro, una lágrima solitaria bajó por su mejilla, que su dueño secó con la muñeca.

Se marcharon del lugar con una despedida leve y cortés a la mamá de Dowan, quien ni siquiera pareció recaer en ellos. La sala se ubicaba en una parte retirada del hospital. Recorrían aquel largo pasillo cuando divisaron a un hombre alto, delgado y guapo. Iba con una flor blanca en sus manos nerviosas, parecía decidido a entregársela a Dowan.

Era Moon Minho, el papá de Daehyun. Jaebyu no lo había visto hace tanto tiempo que incluso se le hizo extraña su presencia, más aún cuando los alcanzó y Minki le sujetó la muñeca para detenerlo. Entonces, su novio le besó la mano al hombre y la dejó ir. Ambos se dieron una larga mirada. Hubo un mensaje que Jaebyu no pudo entender, ya que Minki lo había convertido en un personaje secundario en esa historia.

—Gracias por rescatarme —dijo Minki finalmente.

Minho cerró y abrió el puño, nervioso.

—No, Minki —respondió con un movimiento seco de cabeza—. Tú salvaste a Dae, yo pagaba una deuda.

Más tarde, su novio le explicaría que había sido Minho quien descubrió el lugar dónde estuvo secuestrado. Y, por primera vez en meses, Jaebyu sintió que parte del rencor que había gestado contra la familia Moon desaparecía. Después de todo, Minho había cumplido la promesa de encontrarlo. Y si bien su novio no había regresado completo, al menos ya estaban juntos.

31

El «principio de autonomía», otro de los cuatro pilares fundamentales de la bioética, refería a la capacidad de los pacientes para decidir y expresar así su deseo. Y la solicitud de Minki fue abandonar el hospital con la idea de cumplir reposo en casa. Fue evaluado por un grupo de médicos, además de Seojun. El psicólogo rechazó el alta, por lo que Minki fue derivado a otro especialista de la brigada quien aprobó su salida.

—Lo siento, Jaebyu, hice lo que pude —se disculpó Seojun más tarde—. A Minki le juega a favor ser policía. Tomaron el secuestro como parte de un operativo fallido.

Sin más alternativas, aprovechando que Taeri se había llevado a los mellizos por unos dulces, le pidió a su novio que entrara en razón.

—Querido, no estás bien.

—Estoy perfecto —refutó.

Como lo ignoraba al estarle acomodando la ropa a Minah, que se iba de alta junto con él, Jaebyu se acercó de manera repentina para cargarla y que así dejara de usarla como excusa para evitar la conversación. Minki no alcanzó a procesar el movimiento, por lo que Jaebyu recibió un empujón en el centro del pecho. Retrocedió unos pasos para recuperar el equilibrio. La respiración de Minki se hizo errática.

Se tocó justo donde recibió el golpe.

—¿Lo estás? —susurró.

Recuperado del susto, Minki sacudió la cabeza, contrariado.

—Estoy bien —repitió.

—¿Entonces qué fue esto?

—Me asustaste, eso es todo.

—¿Todo? —se exaltó.

Sus hombros cayeron derrotados.

—Hay cosas que cambiaron —explicó con lentitud, medía sus palabras con cuidado—. Pero el psicólogo dijo que era una cosa de rutina.

—¿Seojun dijo eso? —cuestionó.

—Go, el otro psicólogo de la brigada.

El mismo que le había autorizado la salida. El señor Go era un hombre mayor —que estaba cerca de jubilar— que consideraba a las nuevas generaciones de «cristal» y cuyo discurso señalaba que los traumas se superaban enfrentándose a ellos, no escondiéndose. Era, además, el psicólogo favorito de la jefatura de Minki, ya que era un hombre con una clara falta de criterio y ética profesional que casi nunca entregaba licencias ni daba a los policías de baja.

Iba a protestar, no obstante, Minki dio un largo suspiro, se acomodó el flequillo fuera del rostro y le dio una de esas miradas que lo derretían. Sus piernas se aflojaron, su corazón se aceleró. Él también empezaba a rendirse en esa discusión.

—Juju, por favor —le pidió, el labio inferior sobresalía en su boca—. Estoy cansado. Estuve tres meses lejos, lo único que deseo es regresar a nuestro hogar y estar contigo y mis hijos.

Hogar.

Minki llamaba hogar al departamento que Jaebyu abandonó hace poco más de un mes. Para Jaebyu ese sitio había dejado de ser uno en el instante en que Minki no estuvo para habitarlo. Ahora era un lugar simple, demasiado pequeño para una familia tan grande.

Sin embargo, se sintiera o no bien en aquel sitio, Minki quería regresar a él. Por eso gestionó parte de la mudanza tras lo de Dowan, mientras Taeri y Minjae acompañaban a Minki y a los mellizos en el hospital. Daehyun y el doctor Jong le ayudaron a acarrear los muebles y las decenas de cajas ya armadas. Logró acomodar la cama principal, armar la litera de los mellizos y la cuna de estos, que por fortuna habían guardado y podría usar Minah. Todo el resto, como los platos, ropa, se mantuvieron en esas cajas que Jaebyu le impidió tocar a Daehyun y al doctor.

Apático.

Así se sintió durante el resto del día.

También estresado y angustiado a un punto que iba a quebrarse si alguien lo movía con demasiada brusquedad. El agobio era como una mano grande sobre la nuca; el dolor de cabeza, en tanto, le punzaba en la sien.

Aun así, a pesar de su negativa y protestas quedas, ese jueves 7 de mayo se firmó el alta médica de Minki. Sus compañeros del hospital no pudieron hacer nada para retenerlo, Minki estaba bajo la jurisdicción policial. El personal médico no eran los que mandaban, no al menos en esa ocasión.

Si bien fue algo que él mismo solicitó, Minki parecía abatido; la tensión se le marcaba alrededor de los ojos, más aún cuando la familia completa enfiló hacia la salida. Taeri llevaba la silla de ruedas de Minki, quien sostenía a Minah. Minjae cargaba a Beomgi en los brazos y Jaebyu a Chaerin. No obstante, al alcanzar el automóvil, Minki cedió a la presión y soltó una exclamación irritada ante las conversaciones a su alrededor.

—Muchas gracias —dijo, contenido—. Pero nos iremos solos con Jaebyu. Estoy muy agradecido con la ayuda y el cariño. Los amo, mamá, Minjae, y los extrañé y todo eso... pero necesito estar con mis hijos y Jaebyu, espero que puedan entenderlo.

Quisieron protestar, por supuesto, pero terminaron cediendo.

A un costado del automóvil nació una nueva discusión. Los mellizos habían generado apego ansioso con Minki, por lo que se negaban a despegarse de él al punto que lo acompañaban hasta el baño. En sus inicios, Minki se había reído y les había permitido que revolotearan a su alrededor. Pero en ese momento, en el que su paciencia pendía de un hilo, empezaba a sentir un agobio asfixiante que soportaba porque amaba a sus hijos.

Minki alcanzó a los mellizos y los atrajo hacia sí. A cada uno le dio un beso estruendoso en la mejilla y los sostuvo cerca de él hasta que los cuerpos de Chaerin y Beomgi se relajaron y le regresaron el abrazo. Luego, le dio a Jaebyu una mirada por sobre sus cabezas pequeñas y, exagerado, puso los ojos en blanco, mientras él instalaba la silla de Minah.

—Yo también los amo mucho y los extrañé con mi vida —juró contra sus cabellos, sus frentes, sus mejillas—. Son lo más importante que tengo, no lo olviden nunca.

Con aquellas palabras tranquilizadoras, Jaebyu pudo acomodarlos en los respectivos asientos. Luego, le abrió la puerta a Minki y fue a asistirlo. Se detuvo a mitad de movimiento. No supo si su novio se percató o no, ya que mantenía la barbilla baja a la vez que hacía fuerzas con los brazos para sostenerse y alzarse. Se sentó sin su ayuda y acomodó el cinturón de seguridad.

—¿Sucede algo? —interrogó Minki, confundido.

Que no puedo tocarte, pensó.

No obstante, sacudió la cabeza y se esforzó por relajar los hombros.

—No —fue su simple respuesta.

Dio la vuelta y tomó asiento detrás del volante.

—Me gusta tu cabello largo —confesó Minki, de pronto.

Encendió el motor.

—Pensaba cortarlo pronto —se sinceró.

—¿Para qué? —frunció sus bonitas cejas—. Me gusta así.

—No es cómodo para trabajar —recordó Jaebyu.

—No estás precisamente trabajando —observó Minki, un puchero apareció en sus labios sonrojados—. Vamos, Yoonie, déjate el cabello largo por mí. Complace mis caprichos.

Por él haría lo que fuera, cosas malas, cosas buenas.

—Está bien —aceptó como si hubiera existido una decisión que tomar.

Minki sonrió. Estiró la mano para tocarle el muslo, una costumbre que tenía desde hace años cuando Jaebyu conducía, pero se frenó a medio camino. Quiso pasar desapercibido y simuló comprobar la palanca de cambios.

Se preguntó cuánto tiempo más iba a extenderse esa mentira en la que ambos aparentaban que nada extraño ocurría entre ellos.

Finalmente, llegaron al condominio departamental en un silencio atípico, que por fortuna fue roto por los mellizos que parecían estar decididos a contarle a Minki todo lo que había acontecido en su ausencia. Si bien Jaebyu no era un gran conversador, Minki siempre habló lo suficiente para suplir su voz. Esa era otra cosa que habían cambiado en él, ahora pensaba más que decía y no sabía si realmente le gustaba esa nueva faceta. La voz de Minki siempre le ayudó a sentirse menos solo.

Jaebyu, antes de Minki, siempre se sintió así.

Incomprendido.

Alguien demasiado hosco para ser querido.

Minki le había hecho sentir lo contrario, apreciado.

Importante.

Sus pensamientos se esfumaron cuando Minki abrió la puerta sin esperarlo y se bajó con lentitud, en tanto él se dedicaba a soltarle los cinturones a los mellizos. Cargó a Minah junto a su silla adaptable. Bastó dejar a los mellizos libres para que estos corrieran hacia Minki.

—¡Nosotros te llevamos, papi! —chilló Chaerin.

Minki se rio, lo que le hizo detenerse para admirar su rostro feliz.

—Está bien —respondió—. Ayuden a su padre convaleciente e inútil.

Ellos emprendieron la marcha, Jaebyu los siguió a unos pasos. Revisó la calle con atención y ubicó una patrulla a unos metros, quienes protegían y vigilaban a Minki dado la solicitud de Eunjin. Aparte de ellos, la calle parecía vacía. El sol se había ocultado en la ciudad y eran iluminados por las luces artificiales de los faroles y la luz central que escapaba del *hall* del edificio.

El conserje Han aún no se marchaba a casa, a pesar de que el horario laboral ya había finalizado. La inclinación de cabeza se convirtió con rapidez en un sobresalto.

—¡Oficial Lee! —exclamó, los ojos abiertos por la sorpresa.

—Creo que a alguien no le llegó la noticia —dijo Minki con buen humor—. Y sí, soy yo. He regresado. No en gloria, tampoco en majestad, aunque estable en mi gravedad.

El señor Han estuvo desconcertado unos segundos, el mundo no estaba preparado para el humor averiado de Minki.

—Lo vi en el noticiario nocturno —aseguró el hombre—, pero no imaginé que volveríamos a verlo.

—Qué poca fe me tiene —Minki se soltó de Chaerin para hacerle un gesto a regañadientes con la mano.

Por fortuna, el señor Han no agregó más. Su conversación no era referente a la desaparición de Minki, sino que al hecho de que Jaebyu ya no vivía ahí.

Se despidieron con una inclinación respetuosa, que en el caso de Minki se trató de un movimiento simple de cabeza. Después, emprendieron la lenta y tortuosa subida de las escaleras. Minki incluso tuvo que soltarse de los mellizos para sujetarse del pasamanos. A Jaebyu le picaba la piel ante el deseo de sostenerle por la cintura y ayudarlo. Como no podía, le pidió a Beomgi que lo hiciera.

—¡No tan fuerte, no tan fuerte! —aulló Minki al recibir el primer empujón.

Chaerin apartó a su hermano y usó su lugar.

—¿Así, papi? —preguntó muy orgullosa.

Minki tenía un rictus de dolor en los labios, a pesar de ello le sonrió por sobre el hombro.

—Sí, mi vida, así está bien. Pero un poquito más lento, por favor. Su padre está viejo y convaleciente.

Beomgi se había quedado atrás en una evidente pataleta infantil.

—Ven —Jaebyu le hizo una seña—. Ayúdame a llevar a tu hermana pequeña.

Sus ojos redondos brillaron de ilusión.

—¡Yo ayudo a Minah! —exclamó—. Y esto es un trabajo muchísimo más difícil, porque Minah es chiquita chiquita.

—Así es —aseguró Jaebyu para contentarlo.

Le arregló un mechón sucio. Debía mandarlos a bañar antes de que se durmieran, lo necesitaban con urgencia. Él también.

Tras varios minutos, por fin llegaron a la puerta 501: su departamento.

—¿Es nueva? —dijo Minki, tras percatarse de la nueva cerradura.

—La anterior se averió —le restó importancia. No quería decirle que la policía la había roto.

Su novio arrugó la nariz, sospechando. Lo conocía lo suficiente para saber que él nunca cambiaba nada en el departamento hasta que se rompía. Y una cerradura no era algo que se pudiera caer ni golpear de manera accidental. Como Minki no replicó, Jaebyu abrió la puerta y divisó el desorden que había dentro. La mesa del comedor se ubicaba en un rincón, las sillas volteadas sobre ella. La cocina tenía una decena de cajas, la sala de estar lo mismo. No había televisión, el sofá también se hallaba mal posicionado pues Jaebyu únicamente tuvo cabeza para apartarlo de la pasada. Su caja de herramientas, que usó para armar el camarote metálico y atornillar la cuna, se ubicaban en el centro del lugar y su interior desparramado por el suelo.

Sobre la mesa, además, había una canasta grande envuelta con papel decorado y una cinta. Contenía pañales, leche en fórmula, biberones, muda de ropa e incluso paños húmedos junto a limpiadores bucales. Una nota pequeña iba amarrada a ella, a la que se le distinguía el nombre.

Lo necesitarán.
Con cariño,
Daehyun.

Jaebyu tocó el papel con cuidado y afecto.

—¿Qué pasó...? —la aguda voz de Minki lo hizo regresar a la realidad.

—Lo siento por el desorden, no alcancé a guardar las cosas —se excusó.

—¡Yo duermo arriba! —Chaerin interrumpió la conversación.

—¡Esa es mi cama! —protestó Beomgi.

—¡Dormiré con papá! —aseguró Chaerin.

—¡Yo quiero dormir con papá!

—Niños, niños —Jaebyu aplacó la discusión. Dejó la silla de Minah sobre la mesa a un costado de la canasta y alcanzó a sujetarlos para separarlos. Les dio un empujón gentil por la espalda para llevarlos al cuarto matrimonial—. Vayan a la cama grande, los dos dormirán con papá.

—¡Pero queremos a papá Minki! —protestó Chaerin.

—Sí —Jaebyu les dio otro impulso gentil—, lo sé.

Por fin desaparecieron en el último cuarto y se subieron a la cama desnuda para saltar en el colchón y convertirlo en un cuadrilátero. Recién entonces Jaebyu observó a Minki, que permanecía en la entrada. Se había quitado los zapatos al igual que ellos, aunque no se movía. Sus ojos recorrían el departamento, estaba pálido por lo que se presentaba ante él.

—¿Ibas a mudarte? —preguntó con un hilo de voz.

Jaebyu se tocó la nuca, ansioso.

—Nos mudamos —corrigió.

—¿Se mudaron? —su barbilla temblaba, se aguantaba las ganas de llorar—. ¿Por qué?

Extendió las manos al costado de su cadera.

—No podíamos vivir aquí —admitió Jaebyu.

—¿No? —la voz de Minki cada vez era más baja y entrecortada. Se veía diminuto en aquel sitio.

—Pensamos que nunca más te veríamos —continuó Jaebyu, por alguna razón sentía que iba a ahogarse si no explicaba lo sucedido—. Y este lugar estaba repleto de ti.

—Y tenían que seguir con sus vidas —Minki asintió. Buscó no verse herido, fue justo lo contrario—. ¿Y dónde vivieron?

—Minki, deberías sentarte...

—Estamos hablando —le cortó.

Dejó caer los hombros.

—Cerca de Sungguk.

Minki asintió con la vista perdida.

Pensó que el tema se había zanjado tras verlo dirigirse al cuarto, sin embargo, se detuvo en el corredor antes de voltearse.

—¿Hace cuánto fue?

—¿Cómo? —se quedó desconcertado.

—¿Cuándo se mudaron?

—Menos de un mes. Minki...

No terminó, ya que el oficial ingresó a la habitación. Jaebyu fue de inmediato hacia él. Notó la negativa al enfrentar su espalda delgada.

—Minki...

—Hoy no, Jaebyu.

Lo miró con el corazón en la mano, luego regresó a la sala de estar y buscó la caja etiquetada «ropa de cama». Sacó unas mantas y regresó al cuarto. Les pidió a sus hijos que le ayudaran y entre los tres dejaron la cama lista. Al finalizar, buscó a Minki con la mirada.

—¿Tienes hambre? Puedo cocinar algo para ti.

Minki negó con suavidad. Ya no parecía desconcertado, sino que triste.

—Estoy bien.

Mientras este se recostaba en la cama con la ayuda de los mellizos, Jaebyu fue por Minah. Revisó que el pañal estuviera limpio, luego la acunó en sus brazos cuando su boca se frunció en el inicio de un llanto.

—Estoy aquí —susurró—. Papá está aquí.

Aún se le hacía extraño cargarla, más porque hubo un instante que ella dejó de existir para él. Le besó la mejilla, y contra su piel suave le pidió perdón. La acunó todo el tiempo que sus cansados brazos se lo permitieron. No se percató que Minki estuvo contemplándolo hasta que terminó de darle un biberón a Minah y alzó la cabeza. Minki apartó la vista apenas sus ojos se encontraron. Su mueca infeliz fue algo que el propio Jaebyu replicó con los labios.

Como Minki y él eran fieles creyentes de que los niños debían dormir en su propio cuarto, por mucho que eso significara levantarse varias veces en la noche para calmarlos, la cuna de Minah la acomodaron en la habitación de los mellizos.

La tranquilidad casi se había apoderado del departamento hasta que los mellizos se dieron cuenta de que Minki no podía recostarse en el centro de la cama para que cada uno de ellos estuviera a su lado. Antes de que la discusión escalara, y despertaran como efecto colateral a Minah, Minki escondió la mano bajo la manta antes de categorizar:

—El ganador será el que adivine cuántos dedos tengo alzados.

Ganó, por extraña vez, Beomgi. Minki debió haber hecho trampa, ya que Chaerin tendía a concentrar las atenciones por ser más demandante.

Tras darles una ducha corta, el cansancio les pasó factura a sus hijos al igual que al propio Jaebyu. Su cabeza no dejaba de doler. Necesitaba dormir, pero ¿cómo le hacía entender a su cerebro que debía desconectarse?

Sudado por el esfuerzo, se bañó a pesar de que los ojos se le cerraban. Mantuvo la puerta abierta por si lo llamaban. Se vistió y secó el cabello lo mejor que pudo con la toalla, después fue al cuarto matrimonial. Minki, acomodado sobre varias almohadas, observaba a los mellizos con una sonrisa, no hacía más que eso.

Era un poco irónico que, entre todos los pijamas que ambos tenían, ese día justo se pusieran el que tenían a juego. Era un diseño de corazones de color verde.

—Dormiré en la cama de Chaerin —avisó.

Minki acarició la mejilla de Beomgi, también la de Chaerin.

—Está bien —dijo Minki.

Retrocedió un paso.

—¿Estás seguro de que no necesitas nada?

La mirada de Minki le recorrió el rostro.

—Necesito muchas cosas, pero ninguna que puedas darme ahora.

Se le calentaron las orejas ante el repentino nerviosismo. Se turbó tanto que no pudo pronunciar palabra por varios segundos.

—Minki —logró hablar.

—¿Sí?

—Vamos a estar bien, ¿verdad?

—Nosotros siempre logramos estar bien, Yoon-*ah* —aseguró.

Asintió, todavía con un peso en el pecho.

Retrocedió otro paso más.

—Juju —lo llamó esta vez Minki.

—¿Sí, querido?

—Te amo, recuérdalo.

La molestia se diluyó un tanto, sus hombros se relajaron.

—También te amo.

Se fue a acostar con una sensación de alivio que lo envolvió, pero no pudo conciliar el sueño en la siguiente hora a pesar del cansancio que le impedía moverse con fluidez. El departamento estaba en silencio, apenas se oían las respiraciones de los niños.

Jaebyu clavó la vista en la litera de arriba.

Un nuevo miedo le cerró la garganta. Se puso de pie. Comprobó a Minah, seguía bien. Se dirigió a la sala de estar y revisó la puerta, permanecía cerrada. Fue a las ventanas, lo mismo. Examinó el departamento, luego agarró una silla y la movió a la puerta.

La cruzó en el cerrojo para que de abrirse topara con el respaldo. La revisó una vez más, el sudor le perlaba la frente y nuca.

—¿Qué haces? —dijo Minki desde la habitación.

Jaebyu se detuvo en el pasillo.

—Me aseguraba que todo estuviera cerrado —confesó. Las cortinas del departamento se encontraban corridas hacia los costados, lo que le permitía ver a los mellizos recostados a un lado de Minki. También pudo mirar la expresión compasiva de su novio.

—Juju, hay policías resguardando el departamento. No me pasará nada.

Esa era la misma promesa que le hizo por años y que al final no pudo cumplir. Como no quería debatir ni tampoco afirmarle, Jaebyu cambió de tema.

—¿Te duele la operación? —malinterpretó la falta de sueño—. Sé que no te gustan las agujas, pero podría inyectarte algo.

Minki negó.

—No puedo dormir, es solo eso—confesó.

Avanzó hacia el cuarto, se detuvo en la entrada.

—¿Ansiedad?

—Tengo miedo —su atención fue al cielo raso, a las paredes, al pasillo, a su espalda—. ¿El departamento siempre ha sido así de pequeño?

Claustrofobia.

¿Minki la estaba padeciendo? Si alguien era encerrado por mucho tiempo, se podían dar dos situaciones: se provocaba un miedo a los sitios abiertos o, por el contrario, a las estancias cerradas.

¿Claustrofobia o agorafobia?

Lo sabría si tan solo Minki hubiera aceptado ayuda psicológica.

—¿En serio estás bien, Minki? —preguntó.

Hubo un chasquido de lengua y unos ojos en blanco.

—Tú tampoco estarías tranquilo si hubieras pasado tres meses encerrado —al finalizar la oración pareció arrepentirse—. Pero no es eso... es solo que... el departamento es demasiado pequeño.

—Siempre ha sido así —respondió.

—Y por eso nunca me ha gustado —le debatió.

A la vez que Minki ponía el brazo en una postura incómoda para alcanzar la mesita de noche, Jaebyu dio un paso dentro del cuarto para ayudarlo. Algo parpadeó en el rostro de Minki, quien intentó llegar a la luz mientras alzaba el otro brazo y lo movía frente suyo con énfasis.

El foco cayó al suelo y se astilló, aquel ruido fue acompañado por las respiraciones agitadas de Minki. Apenas un hilo de voz se coló entre sus labios.

—No... no... por favor, no... aléjate, vete...

Jaebyu se quedó a medio camino con los puños apretados, luego regresó su razón y encendió la luz central. Tuvo que pestañear un par de veces para aclarar la vista. Los mellizos permanecieron en el mundo de los sueños, demasiado cansados para despertarse. No obstante, captó el quejido bajito de Minah en el otro cuarto.

—Minki —lo llamó.

Se había cubierto el rostro con los brazos y temblaba. Jaebyu tuvo miedo de acercársele y empeorar la situación.

—Minki, soy yo, soy Jaebyu —apoyó las manos en el colchón—. Minki... mírame, por favor.

Por fin movió las manos lo suficiente para hacerlo. La respiración se suavizó con lentitud, al igual que se relajaron sus músculos agarrotados por el terror.

—Soy yo —repitió Jaebyu—. Solo soy yo.

Minki aguantó el llanto.

—Ese es el problema.

32

Cuando Minki comenzó a apartar los restos de comida que tenían sabor agrio, cambiaron de táctica con él y empezaron a suministrarles los somníferos en el agua. Cuando dejó de beberla, cerraron la llave de paso para que no pudiera sacar agua del lavamanos ni del desagüe. Le obligaban, entonces, a probar el vaso que siempre iba en la bandeja de comida.

Con un terror que pocas veces había experimentado en su vida, Minki soportó hambre y sed. Ya no le importaba su plan de verse tonto e indefenso, ni tampoco su propia salud. Se estaba volviendo loco y de nada le serviría escapar de ese lugar si su cordura se quedaba ahí para siempre.

En la habitación dejaron la bandeja de comida junto a un vaso repleto de agua. Como siempre, Dowan no estaba con él. Siempre que salía del cuarto significaba que iba a ocurrir *eso*. Por eso, cuando Alexander lo llamó hace unas horas para que abandonara la habitación, Minki se aferró a su muñeca y le suplicó que no se fuera. No sirvió de mucho, porque Alexander cargó a Dowan en el hombro como si no pesara nada y lo sacó de ahí, a pesar de las protestas de su hermano.

Y Minki lo intentó.

Vaya que lo intentó.

Resistió una hora.

Dos.

Tres.

Un día después, el dolor de cabeza era terrible y los labios se le habían agrietado. Hecho un ovillo en la cama abrazando su embarazado estómago, le pidió perdón a su hijo.

—Debemos resistir —decía en balbuceos—. Lo siento mucho, lo siento mucho, lo siento mucho...

Sin embargo, sabía que su lucha era inútil. Fue el pánico lo que le permitió aguantar un poco más.

Y un poco más.

Y un poco más, hasta que sus manos desesperadas rodearon el vaso con agua y tragó el contenido con tanta vehemencia que hilos surcaron su boca y garganta. De inmediato, la puerta se abrió y le dejaron un segundo vaso. Se arrastró de rodillas, también lo bebió como si fuera el más codiciado elixir.

Debido a la deshidratación y su estómago vacío, el efecto del somnífero fue devastador. La mente se le nubló casi al instante. Las paredes oscilaron y se acercaron, su realidad ahora era cubierta por una bruma de confusión. Logró gatear de regreso a la cama, donde se cubrió el rostro con los brazos y cerró los ojos con fuerzas.

—No es él, no es Yoonie —se recordó—. Juju no es así. Él te ama, nunca te haría algo así.

Por favor, recuérdalo.

Por favor, no lo olvides.

No te confundas, no te confundas, por favor.

Pero cuando la puerta se abrió de nuevo y las luces descendieron, Yoon Jaebyu apareció en la entrada. Iba con el uniforme verde oscuro de enfermero y con las crocs que tanto odiaba, apestaba también a desinfectante de hospital.

Se golpeó la frente con la mano.

—No es él —golpe, golpe, golpe—. No es él, no es él.

En algún momento entre los temblores, suplicas y confusión le conectaron el monitor de signos vitales al brazo. Se rompió la piel en los múltiples intentos por arrancarse el aparato, sin embargo, sus dedos torpes no tuvieron la fuerza suficiente para lograr su cometido.

Jaebyu dio un paso hacia él, su rostro apenas se veía.

Golpe, golpe, golpe.

Olía como él, una mezcla de antiséptico y perfume que Minki le regaló para un cumpleaños y que se había convertido en su favorito.

Con la ayuda de los tobillos hizo presión para deslizarse y así alejarse de él. Sus piernas resbalaron en las mantas, Jaebyu le sujetó el tobillo.

—No-es-él-no-es-él-no-es-él-no-es-él —se juró.

Sin embargo, ese era justo el problema.

No importaba si ese hombre realmente era o no Jaebyu, porque era a él a quien Minki reconocía de todas formas.

Cada vez que la puerta se abrió, en cada oportunidad, solo lo vio a él.

Solo a Jaebyu.

Al hombre cuyo amor por él parecía desvanecerse al igual que sus recuerdos.

33

—¿Sabes algo irónico?

Jaebyu, que esperaba, negó con la cabeza. No se creía capaz de hablar sin insistir con un tema que Minki no quería tratar. Notó también que las heridas en los brazos de su novio habían comenzado a curarse y ahora eran casi imperceptibles. Lo mismo sucedía con el golpe en la frente.

—Los exámenes salieron mejor que nunca —el mohín en su boca era tembloroso. Buscaba sonreírle, aunque no le alcanzaba para finalizar el gesto—. Ya no tengo problemas de colesterol. Puedes solicitar los resultados en el hospital por si quieres guardarlos en tu archivador y sentirte orgulloso de mí.

—Ya no existe.

—¿Cómo? —Minki pestañeó con confusión—. ¿Qué es lo que no existe?

Mantenían la luz encendida, por fortuna los mellizos aún dormían y Minah ya no se quejaba en el otro cuarto.

—Ya no existe —repitió y aclaró—. El archivador.

—¿Por qué? —se quejó Minki, incrédulo—. Era tu tesoro más preciado.

¿Por qué? Esa pregunta se la había hecho a lo largo de esos tres meses. ¿Por qué la había destruido? Porque por esencia era inútil. De nada le había servido tener una tonta carpeta con el historial médico de Minki, cuidar de su salud ni de limitarle los alimentos ultraprocesados, porque se lo habían llevado y él tuvo que quedarse en esa vida destruida con un archivador enorme y mil grullas de papel que no cumplían deseos.

—Lo tiré a la basura durante la mudanza.

—Podemos empezar otro desde cero —aventuró Minki.

—Es inútil.

—No estoy de acuerdo.

—¿Me ayudó conocer tu colesterol para evitar tu secuestro?

No solo habló en tono alto y molesto, también sus palabras fueron lo suficientemente cortantes para que Minki dejara de insistir. Con las manos sobre el regazo y Jaebyu aún en la entrada, ambos se asemejaban mucho a dos desconocidos.

—Está bien —aceptó Minki, dócil—. De todas formas, no me gustaban los exámenes anuales.

Bromeaba para aligerar el ambiente, lo que hizo que Jaebyu por fin se calmara y relajara la postura.

—Lo siento —se sinceró—. No era necesario que te respondiera así.

—Descuida —Minki se encogió de hombros—. Tampoco dijiste una mentira. De nada sirve cuidar mi salud si me muero pronto, ¿no?

En sus inicios fue lo que quiso decir, sin embargo, le sentó horrible ahora que lo había escuchado desde otra persona.

Sonó cruel.

Casi despectivo.

—No me hagas caso —suspiró, luego buscó el interruptor—, estoy siendo un idiota.

Antes de apagar la luz evidenció el terror en el rostro de Minki. Entonces, el cuarto quedó a oscuras.

—Buenas noches, Minki.

No le respondió.

Regresó a la habitación de los mellizos y revisó a Minah que dormía con la boca entreabierta. A pesar del cansancio, la adrenalina, la preocupación, el estrés y la angustia le impidieron conciliar el sueño. Dio vueltas por la cama.

Hubo un movimiento brusco, el colchón acompañó el ruido.

—¿Minki?

Se levantó en el mismo instante que Minki cruzaba la sala de estar. Alcanzó a sujetarlo por su cintura delgada, pero en consecuencia recibió un golpe directo en la nuca que lo lanzó de rodillas al suelo. Había sido un necio al olvidar la preparación física de su novio por ser policía.

—Minki... Minki —lo llamó. Se levantó a tropezones y lo alcanzó. Con dificultad logró colarse entre la puerta principal y el oficial y estiró los brazos para interrumpir sus intentos de abrirla.

—No, no, no, no, no, no —repetía Minki entre dientes. El aire se colaba entre sus labios apretados—. Déjame salir, no puedo estar aquí, no puedo, no puedo, ¡no puedo, Jaebyu!

—Estás en casa —le recordó.

Minki negaba con violencia, mantenía los ojos cerrados a la vez que sus manos tiraban de la cerradura.

—No, no, no, no, no, no... por favor, no.

Lo sujetó por las mejillas. Minki dio un chillido aterrado y se apartó de él; le dio un golpe tan fuerte que mandó su mano contra la puerta y se estrelló con ella. Sus nudillos latieron de dolor.

—¡Minki, Minki, Minki! —repetía su nombre sin cansancio.

—Estás en casa —continuaba.

—Estás de regreso.

Al insistir una tercera vez, Minki le sujetó la muñeca y se la torció con vehemencia. Un nuevo dolor estalló en él.

—¡No me toques, no me toques, no me toques, no! —suplicaba—. ¡Déjame ir! Por favor... déjame ir.

Cuando el llanto de Minki subió en intensidad, con su mano funcional le sujetó el hombro y lo sacudió antes de repetir:

—¡Saliste de ese lugar! ¡Estás en casa, Minki! ¡En el departamento que llamas hogar! Vas a despertar a los mellizos... a tus hijos, Minki. Y también a Minah. Los vas a asustar.

Minki se desplomó de rodillas. Con las manos contra el piso lloró desesperado sin levantarse. Tranquilizando los latidos enloquecidos de su corazón, Jaebyu se agachó a su lado.

—Estás bien —susurró cuando Minki alzó la barbilla y buscó su mirada—. Estás conmigo, de regreso. Estás a salvo. Estás bien, Minki.

Negó con suavidad. La luz de la luna y los faroles artificiales de la calle le permitían divisar su rostro húmedo.

—No estoy bien, Yoon-*ah* —murmuró—. No estoy bien.

—Lo estarás —le respondió.

Y si bien se moría por abrazarlo, consolarlo, sabía que la cercanía iba a empeorar la situación. Por eso se sentó frente a él y lo arrulló con su voz como lo hacía con sus hijos cuando padecían una pesadilla.

—Vas a estar bien. Vamos a estar bien.

Minki se dejó caer sobre los talones. Parecía un juguete descompuesto.

—¿Me lo prometes? —preguntó.

Sus ojos estaban en él, pero Jaebyu no sabía si realmente lo miraba.

—Te lo prometo.

Esperaba que las piezas que le faltaban no fueran las esenciales para funcionar, porque no se creía capaz de encontrarlas en un universo preparado para escondérselas.

—¿Regresemos? —le pidió.

Minki asintió, aunque apenas fue un movimiento vacío y leve.

Jaebyu se puso de pie, su mano izquierda latía. Su novio le imitó segundos después. Se encaminaron en penumbras a la habitación, Minki tomó asiento en la cama y se recostó sobre las almohadas, la vista perdida en las sombras de la estancia. Jaebyu lo tapó y ordenó las mantas a su alrededor, después se quedó a su lado.

—Ellos querían que te olvidara —confesó Minki, su voz extraviada en un recuerdo agrio—. Y lo lograron, ellos lo lograron.

—No sé lo que te hicieron —respondió Jaebyu—. Pero vamos a estar bien, te lo prometo.

—¿Tú crees? —susurró Minki.

—Nosotros siempre logramos estar bien —repitió las mismas palabras con las que Minki lo consoló el día anterior.

Minki se acomodó en la cama y subió las mantas para cubrirse hasta el cuello.

—Puedo dormir aquí si quieres.

Su comentario le trajo tristeza a su novio.

—Es mejor que te vayas, Juju.

El corazón le punzó, le dolió muchísimo.

—Está bien —susurró.

Jaebyu recordaba haber regresado a la habitación de los mellizos a dormir, pero horas más tarde se despertó en el suelo, a un costado de la cama matrimonial, con una almohada bajo la cabeza y una manta encima. Recién amanecía, la estancia se había coloreado de amarillo y naranja. Un brazo de Minki colgaba del colchón y le acariciaba el pecho con la punta de los dedos. Él aprovechó que dormía para besar esa mano, luego la dejó ir y volvió a dormirse en aquel lugar.

Saziev

34

Unas voces suaves lo despertaron. El sol había salido por completo y el cuarto se encontraba iluminado y claro. Observó la cama, que crujía con ligereza ante los movimientos. Percibió la espalda de Minki, también sintió la muñeca acalambrada. Su mano izquierda estaba inflamada y roja, debió habérsela doblado la noche anterior ante la torcedura que le dio Minki.

A pesar de ello, no se movió porque Minki conversaba con los mellizos. Entre sus oraciones se colaba una queja infantil, de bebé, una que debía pertenecerle a Minah, aunque no podía asegurarlo ya que nunca la había escuchado.

—¿Y Soo, Beomgi?

¿Soo? ¿Se refería a algún amigo del parvulario? El nombre no le sonaba de nada.

—No está —respondió su hijo.

—¿No? Pero si antes siempre estaba con nosotros.

—Se aburrió.

—Qué tristeza —Minki dio una inspiración pequeña—. ¿Y sigue verde?

—Es azul, papi.

Minki chasqueó la lengua.

—Cierto, mi amor, lo olvidé, lo siento mucho. ¿Y sus cuernos?

—Aureola, papá.

—Tu padre hoy está más idiota que nunca, ¿no lo crees?

Resonó un beso, y a ese sonido de felicidad le siguió una risa de Beomgi.

Soo debía ser un amigo imaginario de su hijo, pero ¿por qué en esos meses Beomgi jamás se lo había mencionado?

—Y tú, mi vida —Minki continuó con Chaerin—, ¿todavía quieres para tu cumpleaños esa máquina de coser?

Chaerin soltó un gruñido descontento.

—¡No, papá! —exclamó ella en un tono agudo—. Ahora quiero un taladro.

—¿Un taladro? —se alarmó Minki—. Eres demasiado pequeña para eso.

—Pero yo quiero uno.

—No creo que sea posible —se sinceró Minki—. ¿Y ese videojuego que querías a principio de año?

—¡Ay, sí! —a Chaerin parecía habérsele olvidado ese detalle—. ¡Para mi cumpleaños!

—¿Y el taladro?

—Ya no lo quiero.

Minki se rio.

—Está bien.

Cuando Chaerin soltó un grito de emoción, Minki la silenció con un silbido.

—Mi vida, más bajito, que tu papá sigue durmiendo.

Su hija enmudeció. Jaebyu ya no pudo fingir que descansaba, ya que Minki, con lentitud y un gruñido de dolor, se giró en la cama y lo observó desde arriba.

—Hola, tú —dijo Minki.

—Hola.

La espalda le sonó al levantarse. Por fortuna, el dolor de cabeza se había esfumado. Al sentarse, su rostro quedó muy próximo al de Minki, pero este no se apartó.

—¿Cómo estás? —preguntó Jaebyu tras recordar la noche anterior.

Minki se encogió de hombros.

—Estable dentro de mi gravedad —la atención del oficial se centró en su mano inflamada—. Sé que no soy el enfermero en la relación, pero estoy seguro de que eso necesita un vendaje. Lo siento mucho, ¿fui yo?

Jaebyu intentó moverla, pero no pudo ante el dolor y la hinchazón.

—Sí.

Los ojos de Minki revolotearon por el cuarto y regresaron a él.

—Tengo otras malas noticias —informó.

Se puso de pie de un salto. Minah se encontraba despierta a un lado de Minki. Los mellizos también estaban en la cama, ambos con las piernas cruzadas.

—¿Qué sucedió? —comprobó a sus hijos. Minah dormía a la vez que babeaba; Chaerin y Beomgi no hacían nada especial, por fortuna.

—Creo que ayer se me soltó un punto —parecía apenado mientras se rascaba el costado de la nariz—. Eso pasa cuando te vuelves loco unos minutos. ¿Crees que puedas suturarlo con tu muñeca así?

—Soy diestro —respondió, a pesar de que debía sujetar los instrumentos con ambas manos. Pero podría soportar un poco de dolor, lo que le preocupaba era el temblor involuntario producto de este.

—Perfecto, no quiero regresar al hospital por un tonto punto —al notar su rostro preocupado, Minki le alzó las cejas—. ¿Qué?

—Te va a doler.

—Menos que ir a ese hospital del demonio.

—Y tengo que tocarte.

—¿Cómo? —sacudió la cabeza.

—Para suturarte tendré que tocarte.

Minki frunció la nariz.

Por supuesto que le lastimó su vacilación.

—No importa —al final respondió—. Tenemos tres hijos, me has tocado un millón de veces. Ya no existe piel virgen en mi cuerpo y lo sabes.

Como no quería retomar un problema que no tendría solución a menos que Minki aceptara que existía uno, fue al cuarto de baño para buscar el kit de suturas. Lo desinfectó con cuidado y a profundidad, luego se colocó los guantes. Regresó al cuarto donde todo permanecía igual.

—Niños, vayan a su habitación unos minutos —les pidió.

Por supuesto, hubo protestas y quejas. Bastó con que Minki reiterara la petición para que ambos hicieran caso.

—Y cierren la puerta —ordenó Minki.

Así lo hicieron.

—Al menos todavía me obedecen —comentó, encogiéndose de hombros.

Jaebyu se acercó con el kit de suturas.

—Eres su padre favorito.

—¿Yo? —se rio Minki—. Vamos, si eres tú el que vive consintiéndolos.

—Ellos no hablan conmigo, no me cuentan nada —confesó. Y si bien pensó que aquello no le dolía, su voz dijo lo contrario—. Además, siempre te buscan a ti si les ocurre algo.

Minki lo meditó, a la vez que se subía la camiseta y se bajaba el pantalón para dejar al descubierto el parche que tenía gotitas de sangre seca.

—Son dignos hijos míos —comentó Minki—. Somos como un chicle masticado que se pega a la primera zapatilla que lo pisa.

—¿Fui esa zapatilla? —preguntó con humor para aligerar el ambiente, pues había empezado a desprender despacio el parche para que el adhesivo no le irritara la piel.

—Más que zapatilla, fuiste un camión que me arrolló. Te recuerdo que me rechazaste casi un año.

Ambos se rieron ante el recuerdo.

—No me gustaban los hombres —le recordó Jaebyu—. Y tú eres uno.

—Y sigo agradecido por haberte hecho cambiar de opinión. Sabía que al final no podrías resistirte a mí.

—Me alegro de que lo hayas hecho —Jaebyu respondió. Bajó la barbilla, por lo que no alcanzó a apreciar la reacción de Minki.

Analizó la herida con detención evitando tocarla. Con gasas limpias y una pinza, limpió la piel con antiséptico. El brazo izquierdo le temblaba de dolor y se tuvo que morder la parte interior de la mejilla para no soltar un gruñido en cada movimiento.

—¿Y?

Se desconcertó ante la voz de Minki. Alzó la cabeza y vio sus ojos atentos, que no pestañeaban para no perderse un segundo de cercanía.

—Están todos los puntos intactos —aseguró. Sacó más gasas esterilizadas y le cubrió la herida con ellas—. El sangrado fue por el movimiento excesivo.

Soltó las pinzas, que generaron un ruido metálico en la bandeja, y se quitó los guantes envolviendo las gasas sucias con ellos. Iba a agarrar el kit de suturas, pero Minki le interrumpió.

—Tus manos —dijo.

Pensó que se refería a la hinchazón.

—Ya pasará —aseguró.

—No es eso —aquellos ojos oscuros subieron por su cuerpo hasta llegar a su rostro—. Están muy bonitas.

Las estiró delante de sí. Antes, su piel siempre estaba irritada y enrojecida. Llevaba tres meses sin los productos de desinfección hospitalario, por lo que la dermis se había recuperado y restaurado en parte.

—Lo siento —dijo Minki de manera sorpresiva. No alcanzó a preguntarle a qué se refería—. Por tu muñeca.

—Está bien —le restó importancia.

—No lo hice apropósito —insistió su novio.

—Lo sé.

—Te duele.

—Solo un poco, no te preocupes.

—Pero...

—Está bien, Minki. En serio.

A pesar de ello, su boca se frunció en tristeza.

—No está bien —lo escuchó susurrar—. No lo justifiques.

—No lo hago —debatió—. Simplemente entiendo que fue un accidente.

En el pasado, habría acunado su mentón para acariciarle la mejilla con el pulgar y así eliminar aquel mohín descontento. En el presente, ajustó el agarre en su rodilla huesuda para distraerse y hacer algo.

Minki ya se había acomodado la ropa, sus brazos ahora reposaban sobre la cadera. Por eso pudo ver sus dedos juguetones enrollar la tela del pijama y después acercarse a él con indecisión, como si tocaran las teclas de un piano. Cuando sus manos estuvieron separadas por pocos centímetros, Minki estiró el índice para rozar el suyo. Entonces dudó y finalmente se alejó.

—Querido —lo llamó Jaebyu.

Pudo captar su vistazo de reojo, demasiado tímido y temeroso para hacer otro gesto.

—¿Crees que deberíamos mudarnos? —preguntó Jaebyu.

Por fin recibió atención plena.

—¿Por qué?

Jaebyu tardó en responder.

—¿Olvidaste lo de anoche?

—No —Minki se encogió de hombros, ahora jugaba con los pies de Minah—. Ya te dije: solo debo regresar a la rutina.

Derrotado, Jaebyu agarró el kit y la basura y se puso de pie. Minki recién pareció entender que se había equivocado con su respuesta, ya que soltó el aire de golpe y le habló.

—¿Por qué tienes que ser tan negativo?

Contó hasta cinco, aun así, no se atrevió a encararlo.

—No se trata sobre ser negativo.

—¿Entonces de qué?

—De ser realistas.

En el baño limpió los instrumentos, los secó bien y los guardó. También buscó la muñequera ortopédica y se la colocó. Le costó tanto ajustar las cintas que tuvo que ayudarse con los dientes.

Con dificultad, le envió un mensaje a Somi para que le compartiera sus turnos en el hospital. Le tocaría hacerse una radiografía y no quería recibir ni responder los cuestionamientos de otros compañeros. Su amiga le respondió casi al instante: «Mañana». Jaebyu estiró su mano mala, al menos ya estaba inmovilizada.

Cuando abandonó el baño, los mellizos habían regresado a la cama junto a Minki y hablaban tanto que parecía más un enjambre de abejas que voces infantiles. Minki parecía abrumado, apenas desviaba los ojos de uno al otro. Jaebyu aprovechó la distracción para cocinar el almuerzo junto a un montón de *kimchi*, que le costó hacer por su muñeca mala, y que dejó fermentar en el refrigerador.

Picaba verdura cuando captó pasos detrás suyo, entonces unos brazos lo rodearon por la cintura con fuerza. Dejó el cuchillo en la encimera, su corazón latía con tanta fuerza y velocidad que le dolía cada palpitación, más todavía al sentir la respiración de Minki contra su cuello. No se atrevió a regresarle el gesto. Se contuvo todo el tiempo que pudo, en algún instante la necesidad fue tan imperiosa que tocó aquellos brazos en su cintura y apegó su espalda a él. Sintió de inmediato que el cuerpo de Minki se tensaba, a la vez que el agarre se ajustaba.

—Te dije que solo debíamos regresar a la rutina —susurró Minki contra su nuca.

Se le erizó la piel.

Al parecer tenía razón.

No era más que ausencia de rutina, nada más que eso.

Aun así, se giró hacia él con precaución. Minki no le dio espacio. Su nariz le hurgó la tela de la camiseta y luego su expresión se paralizó. Minki lo soltó y sus brazos cayeron a los costados de su cuerpo como dos hilos sin vida.

—Yoon-*ah* —alcanzó a susurrar, antes de cubrirse la nariz con las manos. Sus ojos aterrados, sus músculos sufrían convulsiones.

—Minki...

Este retrocedió un paso.

Intentó alcanzarlo.

—Minki... ¿qué...?

Los mellizos dejaron la construcción de un castillo a medio camino, se asustaron. Minki había llegado al baño y hurgaba el mueble debajo del lavado. Se oían cosas caer, productos cerámicos romperse. Jaebyu llegó a la entrada.

—Querido...

Los movimientos eran maniacos, sus ojos también. A continuación, encontró el perfumen que Jaebyu usaba hace años y lo agarró. A pesar de la cesárea, se levantó sin mayor dificultad y lo golpeó en el hombro en su apuro por abandonar el cuarto. También asustado, Jaebyu se quedó en la sala de estar, en tanto Minki llegaba a la ventana del departamento y la abría de par en par. Lanzó su perfume desde ahí. Al segundo, escuchó el sonido de un cristal romperse.

—Niños, vayan a nuestro cuarto, cuiden a Minah —les pidió Jaebyu cuando Minki giró sobre los talones.

Su sonrisa era quebrada.

Perdida, absolutamente desorientada.

Los mellizos hicieron caso.

Minki chocó con el castillo, las torres se desarmaron con facilidad.

Hubo un golpe en su frente, dos, tres.

Jaebyu le sujetó la muñeca antes de que viniera uno más.

—Minki...

Este intentó con su otro puño.

Desesperado, estrechó los brazos de Minki contra su cuerpo y lo abrazó para sujetárselos. La muñeca le latió por la presión. Minki buscó liberarse, un jadeo aterrado se colaba entre sus dientes en un silbido entrecortado.

—No, no, no, no —repetía.

Al no poder soltarse, sacudió la cabeza con los ojos cerrados.

—Minki —hacía lo posible por sacarlo de ese trance—. ¡Minki, Minki!

—Aléjate, aléjate —suplicaba, aterrorizado.

Por el movimiento de los cuerpos, la tela de su camiseta se subió y captó el aroma de su perfume, ese mismo que Minki había lanzado por la ventana instantes antes.

¿Era eso?

No lo sabía, aunque tampoco tenía claro qué más hacer. Dejó ir a Minki. Se quitó la camiseta por sobre la cabeza y la lanzó por la ventana. Su novio no se movió, su pecho subía a gran velocidad y tenía la piel perlada por el sudor. Sus manos se abrían y cerraba a los costados del cuerpo, como si estuviera esforzándose por no golpearse otra vez. De algún modo logró decir una simple palabra.

—Gracias.

Que le siguió a una protesta.

—No uses más ese perfume.

Y una promesa.

—No te compres ningún otro, yo lo haré. Te elegiré uno nuevo.

A Jaebyu no le quedó más que aceptarlo como venía haciéndolo con todo lo que trajo esa nueva vida.

—Está bien.

Y lo repitió porque no creía que ninguno de los dos hubiera entendido eso.

—Está bien, Minki. Está bien.

Pero él sintió todo excepto ese «está bien».

35

El problema iniciaba cuando el falso Yoon Jaebyu abandonaba el cuarto y Minki se quedaba en medio de la cama intentando recuperar la respiración y la cabeza, ya que, cada vez que se cerraba la puerta, se abría instantes más tarde e ingresaba otra persona, quien lo observaba hasta que Minki tenía la fortaleza suficiente para alzarse y recibir el vaso con agua y azúcar que le tendía.

En todas esas oportunidades fue siempre el mismo hombre: Alexander, quien dejó de esperarlo en un rincón y empezó a acercársele, hasta que llegaron las caricias en su espalda, al igual que las palabras suaves y compasivas.

—Estás bien —le repetía—. Lo lograste, ahora estás bien.

Si había algo que hicieran bien en esos laboratorios era experimentar con ellos y volverlos locos. Y una noche Minki olvidó que no era más que eso y su realidad dejó de serlo y pasó a convertirse en parte de ese plan tan bien ideado.

Porque Minki, en sus inicios, se apartó del toque de Alexander, hasta que se hizo rutina y comenzó a ansiar ese instante en que la puerta se cerraba para que Yoon Jaebyu se fuera y anhelaba lo que venía después. Porque Minki empezó a levantarse apenas escuchaba el pestillo destrabarse y recibió a gusto las caricias en su espalda.

En ese lugar perdió la cabeza y, con ello, sus sentimientos.

Y se convirtió en lo que con tanto cuidado moldearon.

Se volvió su sujeto de estudio y olvidó que era justo eso, su experimento.

Nada más que un pobre experimento necesitado.

36

La vida no era justa, por lo menos con sus hijos no. El nacimiento de los mellizos había sido un evento esperado por meses y ansiado por años. Minki se preparó, lo anhelaba tanto que incluso el recuerdo de ello se le hacía doloroso por estar tan cargado de sentimientos. Por eso, cuando llegaron a su vida, retrató cada pequeña situación y confeccionó con fotografías un álbum al que le dedicó hojas completas de emociones. Si lo revisaba en la actualidad, todavía podía leer sus deseos impresos y aquella felicidad tan esporádica.

Con Minah no fue así.

Cuando se enteró de su embarazo, su primer pensamiento fue negativo. No era algo ameno, ni buscado, ni deseado. Era una complicación en una rutina cómoda y ya instaurada. La situación tampoco mejoró al contárselo a Jaebyu; por el contrario, los sentimientos negativos se acrecentaron, porque, además, estaba el riesgo innecesario.

El aborto, no obstante, no fue una idea. De hecho, no lo fue hasta que Minki estuvo encerrado en aquel cuarto y comprendió que no quería estar solo en ese lugar, pero tampoco deseaba que su hijo naciera ahí, en esas condiciones.

De igual forma, el primer pensamiento que tuvo cuando le acercaron, ensangrentada y llorando, a ese bulto pequeño y le anunciaron que era una niña, no fue felicidad.

Fue horror.

También confusión. Porque recordaba a la doctora anunciándole con claridad que sería niño, al igual que recordaba las ecografías donde era evidente que la información era correcta.

Por eso, la segunda emoción que tuvo Minki por su hija fue rechazo. Alguien le había cambiado a su hijo. No, peor, toda esa situación se la había imaginado y no era libre, continuaba en ese cuarto y le habían robado a su hijo para criarlo lejos de él.

Así que todavía en ese quirófano lloró y suplicó por él.

Pidió por Jungmin, nombre original de Minah que había elegido junto a Dowan.

Como hace unos años se había promulgado una ley que obligaba a los hospitales a mantener CCTV en los quirófanos debido a recientes estafas con los afamados doctores fantasmas, el equipo médico le mostró las grabaciones del nacimiento. En las imágenes no se evidenciaba un intercambio por más que revisó la hora buscando algún segundo perdido. La escena era continua y fluida, así que ese bulto pequeño y congestionado era su hijo.

Su hija, más bien.

Minah, la misma pequeña que usaba las cosas viejas de los mellizos, la misma que tenía leche en fórmula y pañales ya que Daehyun fue el único que se acordó de ella, la misma que en ese instante movía los pies y botaba burbujas por la boca ante su primer baño. La misma que los mellizos observaban con asombro, la misma que Jaebyu enjabonaba con una toalla y le quitaba el resto con otra. La misma que olvidaban con tanta naturalidad, porque no estaban acostumbrados a ella, porque nunca se quejaba, pues parecía saber que tenía un cariño robado.

Por eso, el tercer pensamiento que tuvo Minki por su hija fue la culpa, por descuidarla, por rechazarla y no estarle dando ni la mitad de lo que hizo por los mellizos.

Jaebyu debió adivinar sus pensamientos o quizás los entendió al también padecerlos, así que terminó de bañarla y, mientras la vestía, no dejó de tararear una melodía baja.

—Minah —cantaba. Y aprovechando que Chaerin había ido por unos juguetes a la sala de estar, agregó en tono confidente—. Minah, la princesa de sus papás.

Minki no podía cambiar el pasado ni el nacimiento de Minah, sin embargo, siempre tenía la posibilidad de corregir errores y no perpetuarlos. Al tener a la niña de nuevo en brazos, la arrulló y corrigió las palabras de su novio.

—Minah, el angelito de sus papás.

Minutos más tarde, como si Jaebyu hubiera leído sus pensamientos, este rebuscó la cámara instantánea y la llevó a la habitación, después fue por el libro álbum donde retrataron la primera semana de los mellizos. No le quedaban más que tres páginas de espacio, pero en ese momento fue suficiente.

Minki le sacó una fotografía a Minah para inmortalizar su recuerdo, esperó a que la imagen se revelara y la pegó en la página. Luego, la rellenó con su día y hora de nacimiento y tituló:

«Mi más amada princesa, mi más añorado angelito».

37

Minki se despertó horas después con un jadeo estrangulado. La cortina del cuarto se encontraba abierta, lo que le permitió divisar a los mellizos durmiendo a su lado. La misma situación se repetía en la sala de estar, por lo que el departamento completo era bañado por la luz de la luna.

Con dedos nerviosos, se puso de pie con rapidez y se dirigió al otro cuarto. Jaebyu usaba la cama de Chaerin, la cuna se hallaba pegada al camarote. Todavía con el corazón acelerado, se acercó al corral. Minah descansaba tranquila. Dormía de lado y con una almohada en la espalda, para así evitar que se volteara y se asfixiara con su propio reflujo. Jaebyu la había vestido con un conjunto que desconocía, se preguntó si acaso había llegado en la encomienda que el enfermero fue a buscar por la mañana. Era blanco y tenía dinosaurios dibujados y pintados en tonos verdes y marrones. Usaba además un gorro negro con orejitas.

La admiró descansar con tanta atención que no notó que Jaebyu estaba despierto hasta que escuchó su voz.

—Minah duerme bien.

No alzó la vista. Sabía que el rostro de Jaebyu estaría repleto de sombras por la escasa luz y no quería darse cuenta de ello.

—¿Los mellizos fueron alguna vez así de tranquilos? —preguntó.

—No —Jaebyu parecía sonreír, aunque no podía estar seguro—. Lo bueno es que se despertaban juntos.

—No sé si eso era bueno —Minki continuó la broma—, porque a los dos nos tocaba levantarnos.

—Al menos nos desvelábamos juntos —y mientras lo hacían, habían mantenido cientos de conversaciones. Minki no recordaba haber hablado tanto en su vida como en aquella época, de la misma forma que ahora no recordaba de qué habían tratado dichas conversaciones. Lo importante no habían sido las palabras, más bien oírlas, expresarlas, estar juntos.

—Puedes irte a dormir —dijo Jaebyu—, la veo yo.

A diferencia de ahora.

En ese momento el rostro de Jaebyu era borroso y peligroso, a pesar de que su voz le decía con claridad que era su Jaebyu y no *ese* Yoon Jaebyu, el de los laboratorios, el que desconocía, el que odiaba.

Aborrecía.

No.

Era su Jaebyu, al que le gustaba cocinar porque no sabía expresar sus sentimientos. El que podría llegar cansado y malhumorado, pero dejaba ambos sentimientos fuera del departamento. El que se dormía en el suelo a un costado suyo si Minki no le perdonaba.

Por eso Minki no quería continuar viendo sombras en su rostro cuando lo miraba, a pesar de ello las sombras ganaban terreno y él retrocedió hasta que estuvo en el pasillo iluminado de su edificio. Tomó asiento en la escalera, se sujetó la cabeza con los brazos y cerró los ojos con fuerzas.

La puerta se abrió en una segunda oportunidad. Los pasos no se acercaron, pero estuvieron ahí, a la espera. Si Minah había aprendido de uno de ellos a ser paciente y no exigir lo que se creía no merecer, era a Jaebyu.

—Algún día... —las palabras se enredaban en su lengua torpe y entumecida.

—Sí —fue la respuesta corta y concisa que Minki oyó.

Dejó caer los brazos. Una ventisca le enfrió el rostro, recién entonces notó que había llorado.

—No terminé —dijo.

—¿Va a pasar? —adivinó Jaebyu.

Frunció los labios, se mordió el interior de la mejilla.

—Lo siento —susurró.

—Minki —Jaebyu no dijo nada hasta que lo miró—. Cuando nos conocimos me esperaste casi un año. Yo también puedo hacerlo. Confía en mí.

Cerró los ojos, se tocó la nuca.

Ese era otro de sus problemas.

No sabía si un año sería suficiente.

Ningún periodo de tiempo parecía serlo, sobre todo porque regresó al departamento y se quedó esperando con unas ansias enfermizas a que se abriera la puerta una vez más, tal cual sucedía en los laboratorios.

38

Sus padres habían fallecido hace unos años en un accidente automovilístico. Iban juntos a una cena en la mansión Ha. Jaebyu conocía lo suficiente a su madre para saber que ella habría deseado no asistir, sin embargo, no sabía cómo desobedecer a su marido. Jaebyu se había salvado de aquel trágico final por encontrarse de turno en el hospital, pues él tampoco sabía cómo negarse a las obligaciones de su padre. Se enteró del fallecimiento horas después, cuando fueron ingresados y clasificados en la morgue.

La llamada la recibió desde el celular de su padre, mientras completaba el turno nocturno. No la atendió, pero regresó el llamado más tarde. Recibió la noticia en la estación de enfermería del tercer nivel.

—¿Es el hijo del matrimonio Yoon?

Hubo apenas una breve afirmación.

—Lo sentimos mucho, debemos comunicarle que ellos fallecieron en un accidente automovilístico.

Se recordó perdido, más aún al no hallar sentimientos tristes en él. Fue en esa oportunidad que se preguntó si había algo mal en su amígdala, porque no le parecía normal haber soltado un:

—Ah.

Para luego solicitar la dirección de la morgue y colgar el teléfono. No era para nada normal fingir que nada sucedía ante la mirada interrogante de uno de sus compañeros.

—Estoy bien —tampoco se le hacía normal su sonrisa al hablar—. Aunque necesito ausentarme por unas horas.

Aquella solicitud la oyó su jefa

—No puedes ausentarte, cumples turno —le dijo ella.

—Mis padres murieron, lo siento mucho.

No, no era para nada normal. En ese momento, su única preocupación fue ser catalogado como una molestia, un problema que otra persona tendría que solucionar, pues su falta de profesionalismo los llevó a eso.

Le permitieron marcharse, a pesar de que insistió que estaba bien. El destino de sus padres ya estaba cerrado, nada cambiaba en la historia si él asistía a la morgue a reconocer los cuerpos una hora antes o después. Así que se quedó mientras era seguido por la mirada atenta de su profesora. En un momento, ella se acercó a hablarle.

—Serás un gran profesional.

¿Por no sentir nada?, se preguntó.

¿Por continuar con la vida como si nada hubiera ocurrido?

¿Por preferir su trabajo en vez de una familia disfuncional que nunca apreció?

No estuvo seguro de ninguna de sus preguntas y por eso aceptó el comentario como un cumplido.

Y habría seguido así si no fuera por Minki, quien de alguna forma se enteró del deceso y fue a visitarlo al hospital. Iba aún con el uniforme de policía, llevaba el cabello húmedo por la lluvia veraniega y su pecho estaba acelerado como si hubiera corrido kilómetros para verlo.

—Mi amor —le dijo, sus zapatos embarrados ensuciaban el pasillo. Tenía la gorra arrugada en las manos y una expresión de temor y preocupación.

Por él.

Era extraño, nunca nadie se había sentido triste por algo que le había sucedido solo a él.

—Me acabo de enterar —continuó en un susurro.

—Deberías estar en turno —había sido su respuesta, la que Minki rechazó con un chasquido de boca.

—Sungguk me excusará con Eunjin a cambio de una semana de papeleo.

—No deberías estar aquí —insistió, pero Minki ya lo había alcanzado y lo rodeaba por la cintura para apegarlo a su cuerpo.

—No te voy a dejar solo —le dijo contra su cuello tras recibir un beso en la piel—, no insistas.

Recién entonces Jaebyu logró cerrar los ojos con fuerza. Y sintió un nudo en la garganta que nada tenía que ver con la muerte de sus padres y todo con Minki.

La persona que aseguraba que el amor era apenas un sentimiento y, por tanto, no podía palparse, nunca había sido amado con sinceridad. Ese día Jaebyu lo sintió, sintió el amor de Minki rodeándolo y cobijándolo, protegiéndolo como nadie lo había hecho.

Y fue entonces que comprendió que también lo amaba. Amaba a ese chico irritante que nunca hacía nada bien. A ese impertinente, a esa valla mal colocada en medio de una carrera de cien metros libres.

Minki le ayudó a recuperar la sensación agradable que se anidaba en su cuerpo a veces, que perdió en algún punto de esas largas y silenciosas cenas con su familia donde las críticas y abusos abundaban y nadie hacía nada para detenerlas.

¿Se arrepintió alguna vez de amarlo?

Antes, nunca.

En la actualidad no estaba seguro.

¿Todavía me amas?, habría ansiado preguntar. No se creía capaz de aceptar una vida donde Minki no estuviera en ella. No podía soltarlo, no sabía cómo. No quería hacerlo tampoco, pero ¿debía? ¿Había llegado el día en que tendría que dejarlo ir? Si él pudiera hacer algo para evitarlo, sería capaz de dormir el resto de su vida en el suelo con tal de despertar cerca de su sonrisa y escuchar el cariñoso saludo que siempre era igual:

—Hola, tú.

Que ahora le seguiría a la pregunta:

—¿Dormiste de nuevo ahí?

Jaebyu se desvelaría para confeccionar otras mil grullas de papel si con ello se le concediera el deseo de nunca perderlo.

Ya no sabía cómo ser un Jaebyu que no amara a Minki, por eso no supo cómo responder cuando fue a visitar a Somi al hospital. Los ojos de ella se desviaron de inmediato a su brazo izquierdo y la preocupación ensombreció su rostro.

—¿Qué sucedió?

No sabía mentir, así que dijo la verdad.

—Minki me golpeó sin querer.

—Los golpes nunca son «sin querer» —comentó, mientras le quitaba la muñequera y tomaba su mano con cuidado.

—Lo asusté —se excusó.

Los labios de su amiga se estiraron en un gruñido desagradable.

—No puedes justificarle los errores simplemente porque lo amas.

Esas palabras rondaron por su cabeza el resto de hora en la que esperaron la radiografía de su muñeca. Al revisarla, Somi estaba dispuesta a conversar con alguno de los doctores del hospital para que le dieran una licencia médica, aunque no fue necesaria. Con la aparición de Minki, a Jaebyu le habían otorgado una nueva licencia psiquiátrica por una semana.

Al regresar al departamento, Minjae y Taeri —que fueron de visita— ya se habían marchado. Minki, no obstante, no estaba solo. Lo acompañaba su jefe de la estación de policías. Ambos estaban en medio del caos de lo que era su sala de estar y usaban el comedor. Eunjin tenía una botella de soju que compartían. Jaebyu la observó y se las quitó tras saludarlos.

—Minki acaba de salir del hospital —reprendió al policía, a pesar de ser el jefe de su pareja—. No tiene autorización médica.

—No seas aguafiestas, yo no bebía —refunfuñó Minki. Y casi al instante, su mueca cambió a una expresión preocupada—. ¿Cómo te fue con lo de la mano?

—Está bien, necesita reposo.

Parecía que iba a agregar algo más, pero Jaebyu se dirigió a la habitación de los mellizos. Sus hijos habían confeccionado una fortaleza con mantas y con cada toalla que hallaron en el departamento. Cubrieron incluso la cuna de Minah para que fuera parte del fuerte. Tuvo que agacharse para ingresar por una pequeña abertura. Los encontró en la cama de Chaerin, con las cabezas juntas mientras jugaban con la consola portátil. Minah descansaba en la cuna. Saludó a cada uno con un beso suave en la mejilla y una caricia en el cabello.

—Gracias —les dijo con sinceridad.

Beomgi, quien esperaba su turno en ese momento, lo miró sin entender.

—Por incluir a Minah en su fortaleza —explicó.

—Minah es hermana —fue su concisa respuesta.

Lo era.

¿Pero por qué sus propios hijos debían recordárselo?

Les dio otra caricia. Eunjin y Minki no platicaban en tono bajo, así que desde ahí alcanzaba a captar sus voces. Tal como lo imaginó, conversaban sobre el caso. Parecían llevar un tiempo hablando, ya que la conversación llegó a un punto que Jaebyu no entendió. Eunjin acababa de responderle que no habían arrestado a un tal doctor Kim, que las evidencias del caso se hallaban en la estación de policías y que estas estaban siendo revisadas por los detectives y oficiales encargados de la investigación. La voz de Minki parecía dudosa y también temblorosa, como si tuviera miedo de hablar, como si se cuestionara por qué lo hacía.

—Había un guardia —dijo entonces.

—Alexander —adivinó Eunjin.

Jaebyu memorizó ese nombre.

—Sí —respondió Minki tras una pausa—. ¿Lo atraparon?

—Tampoco se encontraba en las instalaciones aquel día.

Por un largo instante Jaebyu pudo oír únicamente el videojuego de los mellizos.

—¿No estaba? —preguntó Minki.

Su tono...

Ese tono...

¿Por qué le angustiaba tanto?

—No —insistió Eunjin—, lo estamos buscando con el retrato hablado que nos entregaste.

—¿Y Ryu Dan?

¿El chico que había desaparecido el año anterior? ¿El que había iniciado la investigación?

—Con su familia —explicó Eunjin.

—¿Y su prometido?

Por alguna razón Eunjin bajó la voz. A pesar de ello, Jaebyu pudo escucharlos. Minki pareció olvidar el detalle de que en esa casa se escuchaba todo.

—Pidió no verlo. Su familia recuperó sus pertenencias de la casa de Park Siu y regresó a vivir con sus padres.

Jaebyu sintió que caía por un precipicio.

—Me imagino que ambos recibieron diferentes tratos en su encierro —conjeturó Eunjin—. Me refiero a Ryu Dan y tú.

La respuesta de Minki fue un suspiro.

—Me imagino.

El nudo en el estómago lo sintió tan apretado que dolió. ¿Ese era el futuro que le deparaba a ellos? ¿Les sucedería lo mismo que a Ryu Dan y su prometido?

Otra pausa de Minki, otra vacilación.

—Eunjin, hay algo que no mencioné ese día —avisó.

—¿Qué cosa?

—¿Recuerdas que el padre de Moon Daehyun antes de morir estuvo en unos laboratorios?

La información de que Minho estaba con vida la manejaban pocas personas. El propio Jaebyu no lo sabría de no ser por Minki.

—Sí —aceptó Eunjin.

—Alexander fue guardia en esos laboratorios.

Eso significaba que...

¿Sería posible?

—¿Quieres decir...?

—Creo que Alexander es el otro padre de Daehyun.

39

Entre policías existía la creencia: «No le confíes a tus hijos a alguien a quien no le dejarías tu tarjeta de crédito». Lo irónico era que Minki le confiaría todo a Jong Sunggguk excepto su tarjeta de crédito. No había nada más peligroso en el mundo que el oficial con algo de cupo en la cuenta del banco. Una vez incluso le habían rechazado la compra de un ramen en una tienda de conveniencia, así de crítica era su situación. Por eso, en el pasado, la bancarrota de su amigo siempre fue un tema de burla constante entre ellos. En la actualidad, no solo no podía burlarse de él, sino que además le tocaría pedirle consejos para saber cómo sobrevivía con tantos problemas monetarios.

Lo anterior, no obstante, no lo supo hasta la tercera noche que Minki pasó en el departamento con insomnio. Sin embargo, ese día habían tomado la decisión de ver una serie hasta que le ganara el sueño. Ya habían llegado al quinto episodio y él sentía una angustia tan apremiante en el pecho que ya sabía que no podría dormir esa noche.

Mientras observaba de reojo la puerta, soltó aquello que se negó a aceptar.

—Creo que deberíamos mudarnos.

La mitad del rostro de Jaebyu estaba iluminado por la televisión.

—¿Todavía está disponible esa casa a la que se cambiaron? —persistió ante su ausencia de respuesta.

—Podría escribirle a la dueña.

Se le debieron encender las alarmas en ese momento, sin embargo estaba tan centrado en esfumar las sombras en la expresión de Jaebyu que no pensó en nada más.

Era todavía temprano, por lo que el enfermero le escribió de inmediato a la empresa de mudanzas. Leyó en la pantalla que le exigían un adelanto. Entonces, Jaebyu ingresó a la cuenta de su banco.

Minki soltó un jadeo horrorizado. De la impresión, le quitó el teléfono y lo miró como si se tratara de una bomba.

—¿Estamos en quiebra, Yoon-*ah*? —balbuceó.

La cuenta bancaria de Jaebyu tenía menos de mil wones, eso quería decir que ni para un ramen le alcanzaba. La línea de crédito estaba liquidada y el cupo en la tarjeta marcaba otros miserables mil wones. Y recién iniciaba el mes.

—No puede ser...

¿Cómo habían llegado a ese estado? Lo examinó para exigirle explicaciones.

—Nos quedamos con un único sueldo —contestó Jaebyu avergonzado. Minki había visto en contadas ocasiones las mejillas del enfermero sonrojadas, una lástima que en esa oportunidad fuera por la humillación—. Nos liquidó el depósito para el arriendo de la casa, me pidieron dos años de adelanto.

—Pero la dejaste, ¿no piensan devolvernos nada? —alzó la voz, no la podía controlar.

Su peor pesadilla se había hecho realidad: se había convertido en su mejor amigo. No podía ser cierto. Sungguk iba a molestarlo hasta que se muriera o, en su defecto, dejaran de ser amigos. Tendría que adelantar su enemistad, no se creía capaz de tolerar su expresión de conejo sabiondo.

—Estábamos llegando a un acuerdo —explicó Jaebyu—, pero pensé que deseabas mudarte.

—No en estas condiciones —se quejó Minki. Soltó un bufido, su semblante no era precisamente el mejor—. Hemos vivido siete años aquí, no nos pasará nada por quedarnos un tiempo más.

—Pero... —Jaebyu esperó a que lo mirara para seguir—. No puedes dormir aquí, querido.

—Lo haré —zanjó—. Espera que regrese a trabajar y llegue liquidado por tener que soportar a Sungguk tantas horas. Ni un tractor me despertará.

—Querido...

—Estamos en quiebra, Yoon Jaebyu. Desaparezco tres meses, apenas tres meses, y mi familia se fue a la bancarrota —se llevó las manos al rostro y se tiró de las mejillas—. Tendré que pedirle consejos monetarios a Sungguk, ¿sabes lo humillante que será eso?

A pesar de que la conversación no era para nada agradable, por alguna razón Jaebyu sonreía. No era un gesto completo, sin embargo su boca algo delataba.

—¿Y ahora qué te pasa a ti? ¿Te parece graciosa nuestra situación?

Jaebyu sacudió la cabeza, después se tocó los labios y los masajeó con los dedos para eliminar el gesto feliz.

—No es nada.

A los pocos segundos desbloqueó el celular de Jaebyu y le echó otro vistazo a la cuenta bancaria. Gimió, miserable.

—Tres meses, Yoon Jaebyu. Solo tres meses. Si me ausento más, de seguro encuentro el departamento embargado y a ti en la cárcel —entonces, suspiró—. No eres nada sin mí, ¿cierto?

Jaebyu negó con suavidad. Se sintió abrazado incluso cuando el enfermero no lo tocó.

—No —aceptó—. No soy nada.

Se sonrojó, así que apartó la vista y la dirigió a la televisión. Luego, agarró su propio celular y marcó al dueño de todas sus bromas.

—Oye, idiota —dijo.

El rostro de Sungguk apareció en la pantalla. Notó de inmediato sus mejillas un poco más abultadas de lo común, debía estarse dando la gran vida. Daehyun de seguro lo consentía demasiado, al igual que el doctor Jong Sehun. Sungguk tenía muchas personas que lo amaban.

A lo lejos se escuchaban los ladridos de Roko, como también un ruido metálico que debía pertenecerle a Terminator, la mascota 4x4 de la familia. Además, a pesar de ser un perro, Nugget, el caniche que le perteneció a la pareja que continuaba desaparecida, se ubicaba sobre el respaldo del sofá tras la cabeza del policía.

—Hola, mejor amigo —dijo Sungguk—, por fin llamas para preguntar por mí.

Minki le mostró los dientes.

—No soy tu mejor amigo y no te llamé para saber de ti.

—¿Me vas a presentar a Minah entonces?

Había olvidado por completo que Sungguk no la conocía. Se horrorizó medio segundo, después mintió.

—Qué comes que adivinas, *lagotomorfo*.

—Lo habías olvidado, ¿cierto? —Sungguk tenía una mirada sabionda.

—Por supuesto que no —se hizo el desentendido—, si Jaebyu me trae ahora mismito a Minah.

Y con disimulo le dio un golpe con el pie a su pareja para hacerlo reaccionar. Sin protestar, Jaebyu se puso de pie y fue al cuarto de los mellizos, que parecían estarse asesinando. Desde que aprendieron a caminar que Minki se había acostumbrado a las peleas. De hecho, su estado más peligroso siempre sería el silencio.

—Por cierto, ¿cómo sigues de la pierna?

—Estable... en mi gravedad.

Minki frunció el ceño.

—No me robes mis frases célebres. ¿Y te dieron fecha de regreso?

—Un mes y luego ingresaré a hacer trabajo administrativo. Prefiero recibir otro disparo, desangrarse duele menos.

—Creo que tendré el mismo destino.

—No pregunté.

—¿Quieres morir?

Sungguk se rio. Detrás captó una carcajada más, debía ser Daehyun. No alcanzó a agregar algo más, ya que Jaebyu llevaba a Minah en brazos. Todavía tenía la mano izquierda con una muñequera, por lo que cogía a la niña en una posición muy incómoda. A pesar de ello, el enfermero se sentó a su lado y se inclinó para meterse en el video.

—Es preciosa... —Sungguk tosió—. O eso diría si pudiera verla.

Mantenían las luces del departamento apagadas. Por fortuna, la última vez que los mellizos rompieron las ampolletas en uno de sus juegos, Jaebyu las había cambiado por unas inteligentes. Minki le quitó el teléfono e ingresó a la aplicación para encenderlas. La luz amarilla lo dejó sin visión unos segundos.

—Hanni y Minah serán las mejores amigas —aseguró Sungguk—. O novias. Piénsalo, podríamos ser familia.

—¿Y que sus hijos hereden tu cerebro de roedor? No, gracias. Me basta y me sobra demasiado contigo.

Daehyun se reía.

—Los roedores son muy inteligentes —comentó este.

—No me ayudas, mi amor —protestó Sungguk—. Además, podrían salir a Jaebyu o a Daehyun.

—Hay un cincuenta y cincuenta de probabilidad, demasiado riesgo.

—Yo tampoco quiero que mis nietos hereden algo tuyo —picoteó Sungguk.

—¿Algo como mi fabulosa condición física, mi belleza o simpatía?

—No quiero que mis nietos vivan cayéndose de murallas.

—¡Fue una vez! —protestó.

—La segunda fue de una reja, gran diferencia.

Minah se quejó ante su tono elevado. A Minki de inmediato le cambió el semblante. Dejó el celular a un lado para agarrarla y acunarla en brazos.

—Te cortaré —anunció.

Así lo hizo, a pesar de no haber cumplido el cometido de la llamada.

No habían transcurrido ni diez minutos cuando su celular vibró. Como tenía las manos ocupadas, apuntó el aparato con la barbilla.

—¿Puedes contestar, por favor?

Jaebyu así lo hizo y dirigió la pantalla hacia él. Era Sungguk, aunque su expresión relajada había desaparecido. Tenía los mechones del cabello levantados como si se hubiera pasado las manos por el flequillo.

—¿Qué quieres ahora, *lagotoformo*? ¿No ves que cuido a mi hija?

—¿Te enteraste?

—No leo mentes de roedor.

—Los conejos son lagomorfos —suspiró Sungguk—. Llevamos cinco años con la misma broma.

—Qué tristeza. Ahora, ¿qué quieres?

Sungguk puso los ojos en blanco, aunque se rindió.

—Esto es serio.

Acomodó mejor a Minah para prestarle atención.

—¿Qué sucedió?

—Hay un incendio en la estación de policías.

—¡¿Cómo?! —se alarmó.

Jaebyu revisó el *beeper* en busca de notificaciones por si debía regresar al trabajo.

—Ese no es el problema —corrigió Sungguk.

—¿No? —se oyó preguntar en voz baja.

Su amigo negó con la cabeza. ¿Había algo peor?

—Minki, el incendio comenzó en la sala de archivos.

Donde se guardaban las evidencias de los casos, de todos ellos. Eso incluía el suyo.

40

Si pudieran elegir pacientes, tanto un genetista como un psicólogo escogerían al mismo: los gemelos idénticos. El estudio en ellos le había permitido a la sociedad entender las relaciones entre la herencia y el medioambiente y en cómo estas dos variables daban forma a las características humanas. Uno de los experimentos más controversiales en este tema, aunque también más relevantes a pesar de sus resultados, era el caso de Bob.

Corría 1980 cuando Bob ingresó a la universidad y, en su primer día de clases, las cosas empezaron a ser extrañas. Por alguna razón todos en el establecimiento parecían conocerlo. Lo saludaban con compañerismo y cariño, aunque le llamaban erróneamente Eddy. Bob no le dio importancia hasta que un compañero se le acercó y volvió a decirle Eddy. Al corregirlo, este le preguntó si era adoptado. Fue así como Bob se enteró que tenía un hermano gemelo, Eddy, que había asistido a la misma universidad el año pasado.

Por supuesto, la historia de los gemelos separados al nacer fue una noticia de alcance nacional. En una de sus célebres apariciones en televisión, una tercera persona hizo contacto con la producción del programa. Resultó ser un joven llamado David, que aseguraba ser exactamente igual a Eddy y Bob. Entonces los tres entendieron que no solo eran hermanos, sino un triplete.

Lo que pareció en sus inicios una bonita historia de reencuentro terminó siendo una película aterradora, ya que ninguna de las tres familias adoptivas había sido informada que su hijo adoptivo era parte de un triplete. Lo único que se les había indicado en el proceso de adopción era que eran parte de un proyecto psicoanalista de origen austriaco, por lo que, cada cierto tiempo, los padres adoptivos debían participar en sesiones de seguimiento.

Dicho experimento había sido creado por el doctor Peter Neubauer, un destacado psicólogo infantil que durante su carrera empezó a cuestionarse cómo los genes y el ambiente contribuían e influían en nuestra apariencia física, personalidad y preferencias. Buscaba resolver si nuestras características eran dadas por la naturaleza o por la crianza. Pero, para que el experimento fuera exitoso y tuviera sentido, solo podían hacerlo estudiando a gemelos idénticos, ya que compartían los mismos genes; así, de existir una diferencia entre ellos, se podía concluir que se debía al ambiente.

A raíz de esto, el doctor solicitó que los gemelos idénticos que estuvieran en adopción fueran adoptados por familias distintas. Y en el caso del triplete, fueron dados a tres familias que presentaban un contraste socioeconómico muy distinto. Una de ellas era de clase baja, la otra de clase media y la última de clase alta. El plan, por tanto, era investigar de qué manera influía crecer en ambientes socioeconómicos distintos.

Lamentablemente para Kim, antes de morir en 2008, Neubauer dejó la información del estudio guardada con acceso restringido hasta el año 2065.

En la actualidad se creía que entre naturaleza y crianza existían puntos medios. Albert Bandura creía que el lenguaje se trataría de un caso claro de aprendizaje, pues consideraba que las personas aprendían por imitación. En cuanto a genética, el psicólogo Francis Galton pensaba que la inteligencia era el resultado de esta.

Por eso, el doctor Kim necesitaba unos gemelos idénticos si quería continuar con el estudio que Neubauer dejó inconcluso. Más específicamente, él necesitaba y buscaba que fueran gemelos idénticos y además m-preg.

Pero no podría lograrlo si Lee Minki continuaba aferrado a su antigua pareja. Yoon Jaebyu se estaba convirtiendo en una molestia que no dimensionó. Al menos, iban por buen camino.

Uno muy bueno, se dijo.

La cámara tres y cuatro le mostraron a Lee Minki recostado en la camilla, que se golpeaba la cabeza y lloraba. Sin embargo, su expresión cambió en un instante al captar el ruido de la puerta. Entonces, el cuerpo se le paralizó y alzó con timidez la cabeza.

—Alexander —susurró.

Cuando se predispuso a darse un nuevo golpe en la frente, Alexander se le acercó y alcanzó a sujetarle el puño.

—No te lastimes más, por favor —le pidió el guardia.

—Estoy perdiendo la cabeza —murmuró en una confesión íntima, necesitada.

—Lo estás haciendo bien —y para sorpresa del doctor Kim, Alexander le tocó el cabello al oficial y este no se apartó. Sus ojos fijos se quedaron en el hombre por un largo rato, también la caricia se alargó.

Fue en ese momento que Lee Minki dijo algo que él no comprendió, ya que habían transcurrido décadas desde ese hecho. No pudo interpretarlo, y su error fue tampoco darle una relevancia necesaria para investigarlo.

—Minho.

La mano del guardia por fin se alejó. No respondió, pero ambos se miraron hasta que Alexander retrocedió y dejó a Lee Minki solo en aquella habitación.

41

La tarde en la que Yoon Jaebyu asistió a la morgue para reconocer los cuerpos de sus padres —y a pesar de que era mal vista cualquier demostración pública de cariño entre una pareja homosexual—, Minki sostuvo su mano en todo momento y con fuerzas, como si le dijera «estoy aquí, no te dejaré solo». La palma de su novio estaba pegajosa por el sudor, en tanto la suya se mantenía fría como aquel sitio; más cuando llegaron a las bóvedas metálicas y abrieron dos de ellas. Primero vio la tela blanca sobre el cuerpo de su padre, siguió el de su madre.

El funeral lo organizó Minki, a quien le habían dado unos días de baja en la estación de policía. Su novio se pasó la noche en vela tomando citas, mientras Jaebyu permanecía en el sofá frente a la televisión viendo absolutamente nada.

En algún instante de aquella extensa noche que se negaba a dar el paso hacia el amanecer, Minki se sentó a su lado y lo abrazó por la cintura, apoyando la mejilla en su hombro.

—Estoy todavía contigo —dijo.

Lo estuvo por más que sus familiares, durante la ceremonia privada, sacudieron la cabeza desconcertados ante sus manos unidas y lanzaron comentarios malintencionados. Los susurros fueron desde lo mucho que sus padres habían deseado que se casara con una buena mujer y tuviera hijos, hasta cómo ese sueño se había truncado por culpa de Minki.

A parte de ello, esa no fue la única sorpresa. Cha Jinni, quien fue la mejor amiga de su madre durante la infancia completa del enfermero, apareció. No se le hizo difícil reconocerla, se veía prácticamente igual que en sus recuerdos. A pesar de lo mucho que había crecido y que la última vez que se encontraron Jaebyu no era más que un preadolescente, ella se le acercó y le acarició la mejilla con un amor inimaginable, tal cual hizo en el pasado. Luego, analizó su mano anudada a la de Minki y Jaebyu imaginó que escucharía otra reprimenda

—Sé que Yeri nunca te lo dijo, pero ella estaba muy orgullosa de ti —y como si supiera que Minki también anhelaba oír sus palabras, lo mencionó—: Y a ti te quería muchísimo. Decía que hacías feliz a Jaebyu como ella nunca pudo hacerlo.

—Gracias por estar siempre ahí para mi mamá —intentó retribuir en palabras décadas de cariño.

Años de aquel recuerdo, en su cuarta noche en el departamento, fue Jaebyu quien tomó asiento a un lado de un Minki que contemplaba el vacío y repitió con exactitud las palabras que dijo en el funeral.

—Estoy todavía contigo.

Minki salió de la ensoñación y le dio una sonrisa pequeña, que no alcanzó a llegar a sus ojos preocupados. Recién entonces Jaebyu notó que tenía una grulla de papel en la mano, una de las mil que confeccionó durante esos tres meses.

—Las encontré —comentó Minki—, estaban en una bolsa en el ropero.

—Iba a tirarlas —confesó.

Minki jugó con el origami. Lo giró frente el rostro, después lo desarmó e intentó retomar la forma.

—Me extrañaste mucho, ¿verdad?

La observación era del todo errónea. Extrañar era para las personas que contaban los días para un reencuentro. Jaebyu había dejado de creer que encontraría a Minki. No lo había extrañado, lo había añorado. Él no pensaba que fuera a recuperarlo, para nada.

Nunca.

Jamás.

Jaebyu había hecho esas grullas para acallar el grito que le era imposible soltar.

Todavía se sentía así, carente.

Pero Minki no preguntó por ello y Jaebyu no lo confesó.

Como no deseaba continuar con el tema, se dirigió al baño para buscar el kit de curaciones. Tomó unas gasas estériles, cinta, un apósito y limpiador de heridas. Desinfectó con dificultad las pinzas al tener aún un brazo inmovilizado. Regresó a la sala de estar, la mirada atenta de Minki lo siguió hasta que se arrodilló frente a él, casi entre sus piernas. Su novio alzó una ceja, la boca curvada en esa travesura que siempre amó de él.

—Me vienen pensamientos muy interesantes en esta pose —aseguró, mientras recostaba la espalda contra el sofá y abría un poco más las piernas.

En tanto Jaebyu dejaba el kit de limpieza a su lado, Minki soltó un sonido que pareció una risa irónica. Luego, con expresión perezosa y consentida, le tocó el hombro con el pie cubierto de un calcetín blanco.

—Pensamientos realmente interesantes —susurró Minki.

De lejos podían captar a los mellizos viendo un programa infantil en su propio cuarto, Minah en silencio. Ni en el pasado ni en ese presente nefasto lograban tener privacidad, pero ambos estaban acostumbrados a aprovechar las pequeñas oportunidades que les daban sus hijos para tocarse, besarse y más mientras acallaban sus gemidos en la boca del otro.

Por eso, cuando el pie de Minki se deslizó por el pecho y tocó la pretina de su pantalón, para después reposar la planta contra su pene, Jaebyu le quitó el calcetín con la mano libre y le alzó la pierna. Ambos se miraron por largo tiempo, la respiración de Minki temblorosa y ansiosa. Tenía las pupilas dilatadas cuando Jaebyu se acercó el pie al rostro y rozó la piel con los labios.

Notó también que las heridas en los brazos de Minki y también por el rededor del cuello y orejas se habían curado del todo, a pesar de que la irritación en su frente parecía un poco más notoria que antes.

El pulgar bailaba cerca de su boca cuando escucharon un golpe seguido de un llanto. Jaebyu dejó ir la pierna que Minki recogió contra su pecho antes de dar un suspiro cansado.

—Ve —lo apremió Minki—, nuestros amados ángeles nos buscan.

Se encontró a Beomgi en el suelo y a Chaerin observando con miedo la cuna de Minah, donde la bebé se movía intranquila.

—Yo no fui —aseguró Chaerin—, Beomgi se cayó solito.

—¿Fue así? —preguntó al arrodillarse al lado de Beomgi. No supo si fue real o un trato que tenían de no culparse, pero ambos asintieron. Le habló a su hijo—. ¿Te golpeaste la cabeza?

—Dolió el codo —contestó con los ojos brillantes.

Lo revisó, por fortuna no había nada más que irritación. Lo ayudó a ponerse de pie con su brazo bueno y a subirse a la cama de Chaerin, quien lo abrazó como si se hubieran separado un siglo completo. Jaebyu se dirigió a Minah y le acarició la mejilla. La arrulló hasta que su rostro se relajó y durmió.

—Sean más cuidadosos —pidió, a pesar de que sabía no iban a tomarlo en cuenta—. Su hermana Minah se puede asustar con sus juegos, ahora no están solos.

Ambos asintieron. Cuando querían, podían comportarse muy bien.

Al regresar a la sala de estar se encontró a Minki casi en la misma posición, aunque se había enderezado en el sofá. Como el momento había muerto, se sentó a su lado y le pidió que se subiera la camiseta para hacerle curaciones.

—Antes al menos me besabas si querías desnudarme —protestó Minki de buen humor.

—No sería yo el que rechazaría el beso —respondió, con cierto rencor.

—Bueno —Minki se subió la camiseta y se bajó un poco el pantalón—, eso me pasa por quejarme.

Se concentró en las curaciones, ya que notaba la tensión en los músculos del oficial y sabía que se esforzaba para no huir de él. Al finalizar, tiró la basura y desinfectó las pinzas.

Como se acercaba la cena y tardaba el doble de tiempo en cocinar debido a su brazo malo, Jaebyu se dirigió a la cocina. Podía sentir en la nuca los ojos de Minki siguiéndole, también percibió su presencia al acercársele. Se mantuvo estoico al encender la sartén y abrir la lata de spam para cocinar el jamón. Lo picó en rodajas largas.

—¿Vas a preparar *kimbap*?

Minki estaba a su espalda, un poco inclinado hacia la derecha. Su aliento cálido le rozó el oído y le provocó escalofríos por el cuerpo. Sujetó con más fuerza las tenazas y volteó las tiras de spam.

—Sí —fue su sencilla respuesta.

—No sabes cuánto extrañaba tu *kimbap*. ¿Lo hiciste por mí?

El tono era meloso, incluso un poco arrogante. Era el comentario presuntuoso de alguien que sabía lo que le pertenecía. Y Lee Minki era dueño de él, el propietario absoluto.

—Sabes que sí —contestó.

Minki ronroneó. Sintió un pequeño roce en su hombro sobre la camiseta. El aliento le hizo cosquillas en la piel.

—¿Y le vas a agregar huevo? —quiso saber.

—Sabes que sí —repitió.

Se imaginó que sonreía, al menos así le sonó su voz pomposa.

—No queda nada del Yoon Jaebyu que se jactaba de ser heterosexual y que me rechazó con tan poco tacto.

—Pareces muy orgulloso de eso —debatió con buen humor.

—Lo estoy. Hasta los panqueques son más difíciles de voltear.

—Si fuera así —dijo Jaebyu con una afirmación, a la vez que sacaba el jamón del fuego y echaba el huevo batido—, ¿por qué solo lo has logrado tú?

—Ay, Yoonie, no te hagas. No eras virgen cuando nos acostamos por primera vez.

Sonrió.

—No lo era —Minki le hundió un dedo en las costillas en un acto infantil—. Pero me refería a los últimos diez años.

Hubo una pausa tan extensa que Jaebyu tuvo que mirar sobre su hombro para asegurarse que Minki permanecía con él. Recibió un ceño fruncido.

—¿Sabes? —comenzó el oficial—. Siempre tuve esa duda.

—¿Cuál? —no pudo evitar que sus ojos se prendaran de los labios enrojecidos de Minki.

—Si estuviste con otra persona.

Eso lo desconcertó lo suficiente para apagar la cocina y girarse del todo.

—Nunca te he sido infiel.

Minki puso los ojos en blanco, a pesar de que sus hombros habían cedido ante el alivio.

—No me refería ahora, más bien a cuando recién comenzamos a salir. Te recuerdo que tardaste siglos en pedirme ser novios, además de que lo hiciste de una manera bastante roñosa. El tema es que nunca nos juramos exclusividad antes de eso, así que me quedé con la duda. ¿Estuviste con alguien más en ese tiempo?

—Querido, eso pasó hace diez años.

La expresión de Minki se crispó.

—No quiero hacer hincapié en que acabas de evitar responder, pero será justo lo que haré. Me estoy irritando y poniendo celoso, Yoon Jaebyu.

—¿Por qué habría estado con otra persona?

Minki cruzó los brazos.

—Y sigues sin responder.

—Minki.

—¿Qué? —contestó sin cortesía. Le temblaba una vena en la frente, que en el pasado Jaebyu habría besado hasta eliminarla bajo su piel.

—No tenía razones para estar con otras personas —Jaebyu se encogió de hombros—. Te quería solo a ti, no quería ni deseaba estar con alguien más. No quería reemplazarte, quería estar contigo.

La sonrisa perezosa regresó a Minki. La situación lo relajó lo suficiente para acercar su torso a él, siendo ahora separados por apenas unos pocos centímetros.

—¿Ah, sí? —quiso saber.

—Te lo prometo —susurró.

—¿Y desde cuándo? Nunca tuve claro cuándo empecé a gustarte.

—Desde que apareciste oliendo a mandarina podrida.

—¡¿Qué?! —Minki se puso recto—. Hay momentos humillantes en la vida y luego está ese.

Jaebyu se rio. Al estirar la mano para esconder un mechón de cabello rubio tras su oreja, se arrepintió a medio camino y dejó caer el brazo hasta su posición original.

—La verdad, mentí —aclaró.

—Evidentemente —respondió Minki—. ¿Desde cuándo? Siempre he pensado que ocurrió ese día que interrumpí tu cita en aquella cafetería.

Negó con la cabeza.

—No —reforzó.

—¿No? —jadeó Minki, su expresión perdida se iluminó ante un recuerdo—. ¿Desde que me fracturé la rodilla?

Otra negación.

Minki estiró los labios, desconcertado.

—Busqué tu habitación en el sistema —explicó Jaebyu—, evidentemente ya me gustabas.

Vio aparecer una mirada pícara.

—Te lo tenías bien escondido —meditó unos segundos—. ¿Antes de mi segunda aparición?

Jaebyu por fin asintió.

—Desde que confesaste tenerle miedo a tu propia sangre —especificó.

—Otro momento humillante más, ¿te gusté por ser un subnormal o qué?

—Me pareciste gracioso.

Y guapo. Todavía podía recordar a aquel aspirante a policía, con el hombro zafado, el cabello rubio decorando su rostro como un halo y su expresión malhumorada.

—¿Te gusté porque te hice reír?

—Antes no tenía muchas razones para ser feliz —confesó en un susurro.

—Yoonie... —sus ojos se habían ablandado, su cuerpo se acercó al suyo como si una fuerza de atracción tirara de ellos.

—No reía mucho —continuó—. Pero cuando te conocí, de pronto lo hacía más de lo que pensé que sería posible.

—Mi amor —murmuró Minki, ahora apenado—. Nunca me lo habías contado.

Tragó saliva, sintió la manzana de Adán moverse.

—Por eso, Minki... ¿podría pedirte algo?

—Lo que sea —aseguró, las manos apegadas a su propio pecho para más énfasis.

—Por favor —suplicó—, asiste a tus sesiones con el psicólogo y psiquiatra. Te necesito conmigo de nuevo.

—Pero ya regresé —refutó Minki, confundido.

—No lo has hecho —Jaebyu negó con suavidad. Entonces, alzó el brazo y fue a tocarlo. Minki reaccionó de puro instinto y retrocedió.

Entre ambos corrió un viento que sabía a tristeza, culpa.

Arrepentimiento.

Y también vergüenza.

—Te amo, Minki —le recordó—. No me dejes solo en este mundo donde no puedo estar contigo.

Minki se quedó congelado por sus palabras.

—Lo siento —susurró con torpeza—. Estoy haciendo lo mejor que puedo.

Jaebyu no supo si se lo decía por no asistir a terapia o por lo que hizo hasta ese momento. Minki, después de todo, mantenía aún sus pensamientos ocultos y muy alejados de él.

—No —refutó con cuidado—. No estás haciéndolo lo mejor que puedes. Te escondes.

—Yo no...

—Minki —no necesitó agregar más para finiquitar la protesta.

Recordó la noche anterior cuando Minki había logrado dormirse a saltos, también cómo a él se le hacía imposible conciliar el sueño en la habitación de los mellizos y por eso regresó donde Minki para dormir en el suelo. Recordó escucharlo sufrir una pesadilla, pero no alcanzó a tocarlo para despertarlo porque Minki abrió los ojos de par en par y de inmediato sus manos se ajustaron en torno a su propio cuello para tirar de la camiseta.

Había pronunciado el nombre de su hermano entre jadeos y un aullido de dolor que escapaba entre sus labios resecos. Repitió su nombre hasta que por fin notó a Jaebyu a su lado. Entonces, lo vio negar con la cabeza luchando con sus recuerdos. Todavía llorando, Minki se recostó contra las almohadas con los ojos perdidos en el cielo del departamento. Habría deseado tener la valentía suficiente para preguntarle qué sucedía, en vez de vigilarlo mientras caía en otro sueño intranquilo.

—Me asustas, Minki —confesó Jaebyu tras salir de sus recuerdos—. No te pido que lo hagas solo por mí, también por nuestros hijos.

Sobre todo porque Jaebyu había llegado a un estado tal de desesperación que no le quedó de otra que hablar con Taeri y Minjae sobre la situación. En Corea se necesitaba que dos familiares directos estuvieran de acuerdo con internar a una persona en un hospital psiquiátrico para que esta fuera admitida.

No iba a forzarlo ni hacer un complot para engañarlo. Jaebyu no quería llegar a tal extremo. Pero Minki no le estaba dando más alternativas.

—Te extraño y te estoy esperando —tocó su camiseta suelta y lo instó a mirarlo—. Regresa a mí, por favor.

Recién en ese instante, Minki aceptó aquello que venía negando durante tanto tiempo. Afirmó suave, después unas palabras que le acariciaron el alma.

—Regresaré. Espérame, porque regresaré contigo.

Más tarde, Jaebyu buscó aquella libreta que de pronto se había convertido en un tesoro invaluable y abrió una página en blanco. Anotó:

Avances
10 de mayo.
Recuerda: Minki sigue contigo.

Minki estaba todavía con él.

42

La mudanza inició al día siguiente. Por tercera vez en pocos meses, sus pertenencias regresaban a estar en cajas. Taeri y Minjae, por supuesto, ayudaron en el proceso. Taeri cuidaba y veía a los mellizos y a Minah, en tanto ellos cargaban el camión. Por fortuna, Daehyun los recibió en la casa cuando trasladaban los muebles. También ayudó limpiando el lugar y moviéndose ansioso alrededor de Minki, pendiente hasta de su gesto de dolor más pequeño.

El doctor Jong debía vigilar a sus nietos, porque, poco después, apareció Sungguk con muletas. Avanzaba con una agilidad increíble para haber perdido tanta sangre y haber sido operado recientemente. Su piel tenía un toque casi dorado, como si se hubiera pasado los últimos días tomando el sol.

—Hola, vecinos nuevos —celebró el policía.

Por supuesto, Minki dejó de mover cajas apenas escuchó su voz. Se quedó a la espera hasta que este lo alcanzó y les dio una de esas sonrisas que dejaban al descubierto sus dientes centrales.

—No pensé en esto —dijo Minki de brazos cruzados.

Ambos no tenían la costumbre de saludarse, parecían atrapados en una historia donde el día nunca terminaba.

—¿Qué cosa? —quiso saber Sungguk.

—Que ahora tendré que soportarte en el trabajo y como vecino.

—Soy yo quien tendrá que soportarte, no cambies los roles.

—Sí, claro —Minki chasqueó la lengua.

—Y además, ¿qué dices? Soy una persona agradable, por eso tengo tantas buenas evaluaciones como policía.

—Te califican bien porque... no eres precisamente una *abominación*.

—¿Estás diciendo que soy guapo?

Minki puso los ojos en blanco.

—Por otro lado —continuó—, ¿quién te mintió tanto? Agradable no eres.

—Lo soy —discutió Sungguk.

—Daehyun apaga sus audífonos cuando lo hartas y no quiere seguir escuchándote.

El interpelado, quien justo bajaba una caja liviana, se sonrojó y de vergüenza casi dejó caer las cosas que trasladaba.

—Ya no hago eso —se defendió.

Sungguk lo observó con dolor.

—¿Entonces hubo un tiempo que sí lo hacías?

—Yo... —fingió que la caja pesaba una tonelada—. Iré a dejar esto, ¡hasta luego!

—¿Ves? —lo interrogó Minki con regocijo total.

—Sigo contando con mejores evaluaciones que tú —debatió Sungguk.

—Eso es porque la gente no entiende mi humor, pero Jaebyu sí. ¿Cierto, mi amor?

—Sí, querido —respondió como un autómata. A pesar de que ingresó a la casa para dejar la bolsa que cargaba, pudo continuar oyendo la discusión.

—Por cierto, me enteré por ahí que estás en la quiebra —comentó Sungguk con maldad.

Había sido una pésima idea conseguirse un par de wones con Sungguk para la mudanza, Jaebyu creyó que sería el más comprensivo con su situación. No recordó que Minki y Sungguk se comportaban como el perro y el gato, a pesar de ser mejores amigos; algo que él nunca iba a entender en la vida era la amistad de esos dos.

Minki jadeó tan alto que decidió mantenerse dentro de casa unos instantes más.

—No estamos en quiebra —negó—. Solo... debemos hacer unos ajustes en nuestro presupuesto.

—Tanto que por eso Jaebyu me pidió dinero a mí. ¿Quién hubiera imaginado que un día me convertiría en el banco de mi mejor amigo?

Minki casi se ahogó.

—Mi novio no haría eso y no somos amigos, somos meros conocidos —aseguró, después hubo una pausa—. Jaebyu, entre tanta persona en el mundo, ¡¿tenías que pedirle dinero a este idiota?!

Salió de casa, no sacaba nada con esconderse.

—Es tu mejor amigo —resumió—, ¿qué hay de malo?

—¡Que es Sungguk! —chilló Minki con el brazo extendido hacia el otro oficial—. Y es simplemente mi compañero de rondas.

—No es así —intervino Sungguk.

—¿Cómo no?

—Ya no somos compañeros de rondas.

Como Sungguk parecía demasiado contento con su respuesta, Minki tuvo que continuar.

—Miren, les explico: en una sala de clase siempre habrá una persona inteligente, dícese de mí —aseguró, para luego apuntar a Sungguk—. Y también está el más tarado, dícese de ese de ahí. Pedirle dinero a alguien como él es como solicitarle ayuda con una tarea. Por esencia ridículo e inútil. No hay posibilidad de un final feliz.

Jaebyu frunció los labios, disgustado.

—Ese comentario está mal en tantas formas que ni siquiera sé por dónde empezar.

Los oficiales lo observaron como si no se enteraran de nada.

—En fin —Minki resumió—, nuestra mala economía finalizará cuando nos llegue el depósito gubernamental por el nacimiento de Minah.

—Yo tampoco estoy en quiebra —Sungguk asintió—, también estoy esperando el depósito por Hanni.

Minki se llevó las manos a las mejillas y tiró de ellas.

—¿Desde cuándo mi vida se asemejó tanto a la tuya? Ahora únicamente falta que me disparen.

Exasperado contra su mejor amigo, Minki se dirigió a la casa excusándose de que iba a ayudar a Daehyun. Cuando Sungguk y él quedaron a solas, Jaebyu no pudo evitar agradecerle.

—¿Por qué?

—Por hacer que Minki sea Minki.

—¿Y no es eso lo que evitamos? —bromeó Sungguk—. Sacamos lo peor del otro, no sé si deberíamos ser amigos. No es una relación muy sana que digamos.

—A pesar de eso estuviste casi tres meses sin dormir por buscarlo.

Sungguk estaba más acostumbrado a los ataques verbales de Minki que a palabras de aliento, así que se sonrojó y se tocó el codo con cierto aire incómodo. Al no saber cómo responder, cambió de tema.

—¿Qué te sucedió en la mano?

—Me la doblé.

—Tú eres la persona menos torpe que conozco.

Sintió, una vez más, que justificaba a Minki.

—No estoy en mi mejor momento —resumió.

—Ninguno —Sungguk asintió—. Un secuestro y dos lisiados. Espero que no sigamos así, deberíamos visitar a un chamán. A Dae no le gusta mucho la que vive cerca de su departamento, pero al menos es alguien conocida.

Como Jaebyu tenía una mano mala, Minki no podía cargar cosas, Daehyun no tenía mucha fuerza por su reciente embarazo y Sungguk usaba muletas, Minjae era quien hacía casi todo el trabajo pesado de la mudanza. Por fortuna, Somi apareció poco después. Se sonrojó al ver a Sungguk y tartamudeó al hablar con Dae. Cuando Jaebyu se le acercó a saludarla, ella se limitó a decir:

—Te prometo que no sabía que Sungguk estaría aquí.

A lo que Jaebyu respondió:

—No había preguntado.

Humillada, se encerró en la cocina a ordenar, a pesar de que observaba con anhelo a Sungguk cada vez que ingresaba a la estancia.

Ya por la tarde, Somi se despidió y, sudoroso y exhausto, el hermano de Minki se durmió en un sofá, mientras Jaebyu y Sungguk apilaban las cajas contra una pared para al menos tener un poco de espacio.

El resto del día, Jaebyu apenas tuvo energía y fuerzas para atornillar la cuna de Minah y la litera de los mellizos, que ya no tenía sentido que compartieran. La casa contaba con tres habitaciones, pero Chaerin y Beomgi llevaban una vida completa juntos y no querían separarse, así que se quedaron con una. La habitación de Minah quedó al lado de la suya. En tanto Minki, por alguna razón, limpiaba con ahínco el suelo del cuarto matrimonial dándole mayor atención a la zona que rodeaba la cama. Sungguk además había encontrado el monitor de bebé que usaron con Jeonggyu y se los entregó, ya que el de los mellizos hace años había sufrido una caída desde un quinto piso.

La casa, al llegar la noche, estaba silenciosa y tranquila. Los visitantes se habían marchado, los mellizos estaban acostados y Minah bebía su biberón en los brazos de Minki, quien observaba el nuevo hogar con atención.

—Es linda —dijo.

La distribución se parecía un poco a la de Sungguk: contaban con un antejardín delantero semicerrado por piedras y cemento y un patio trasero bastante extenso que iba en subida al estar cerca de un monte. La casa le había pertenecido a alguien de edad, ya que aún permanecía enterrada una vasija de fermentación al frente, justo a un lado de una mesa subida a un atril. El piso era de madera por dentro y la cocina grande.

Si bien contaban con un sofá, tal como era común en su país, Minki descansaba en el suelo con la espalda apoyada en el mueble. Sus largas piernas se escondían bajo la mesa central, donde además podían merendar. Sungguk esa mañana había colgado la televisión, y por suerte habían comprado un soporte que podía nivelarse, porque Jaebyu estaba seguro de que el anclaje estaba ladeado.

Cuando Minki le señaló el piso para que se sentara junto a él, Jaebyu dudó, ya que aún había mucho por hacer. Finalmente terminó a su lado. Para sorpresa suya, fue Minki quien empezó a hablar.

—Mañana comenzaré la terapia —se lamió los labios, ansioso. Además, había apegado a Minah contra su cuerpo en un claro mensaje de protección, de refugio.

—Me alegra mucho —susurró Jaebyu, el corazón le dio un vuelco ante la noticia.

—Pero... —Minki ladeó apenas la barbilla, lo observaba de reojo aún cohibido—. ¿Podría pedirte un favor?

—El que sea —juró.

Jaebyu se estaba imaginando lo peor.

—¿Podrías acompañarme?

Se relajó. Cambió de posición y se sentó de costado.

—Por supuesto, querido.

—Sé que no puedes entrar conmigo —continuó Minki—, pero me ayudará saber que estarás ahí cuando salga.

Habría deseado poder apartarle el mechón de cabello decolorado que había crecido demasiado y le molestaba entre los ojos, pero su mano mala —y el miedo— se lo impidió.

—Estaré esperándote cuando salgas —prometió.

Minki dio un suspiro aliviado.

—Gracias —murmuró.

Minah ya se había dormido por completo. Se parecía mucho a Minki, compartían las cejas y los ojos sin doble párpado. Su boca también se curvaba de la misma forma consentida. Se la imaginó ya de grande, con la misma tonalidad de cabello que Minki se tinturaba. Se iban a parecer mucho, aunque Minah era la versión femenina de su padre.

—También tengo que decirte algo —se aventuró Jaebyu.

Se alzaron esas cejas que estuvo contemplando. Minki acomodó a Minah en su regazo.

—¿Qué sucede?

—El miércoles debo regresar a trabajar.

—¿El 13? —Jaebyu asintió—. ¿Pero por qué?

El sábado por la madrugada, mientras Minki dormía, Jaebyu había tenido su sesión semanal con su psicólogo. Su licencia se había extendido más de lo necesario debido al estrés postraumático. Con el regreso de Minki, Go Taesoo consideraba pertinente que se fuera reincorporando a su antigua rutina. Si bien no podría trabajar turnos extensos por su mano inmovilizada, al menos tendría que cumplir horario administrativo.

—No me extendieron la licencia —sin embargo, resumió.

Era gracioso apreciar la misma expresión descontenta tanto en Minah como en su padre.

—¿Y no tienes vacaciones?

Jaebyu apoyó la mejilla en el sofá.

—Nunca podremos retomar nuestras rutinas si seguimos atascados aquí.

La mirada de Minki le recorrió el rostro.

—Detesto cuando tienes razón.

—Te enamoraste de mí por ser un *sabiondo* —quiso bromear.

Minki puso los ojos en blanco.

—Nadie se enamora de los sabiondos. Yo caí por ti porque eres guapo, luego me tocó soportar tu parte sabionda.

Ambos sonrieron, entonces Minki frunció los labios.

—¿Qué pasa? —se alarmó.

—Se me durmió el pie —respondió Minki en un silbido.

Jaebyu cambió de posición y movió la mesa de centro hasta que los pies de Minki estuvieron al descubierto. Le quitó el calcetín, y antes de que este pudiera protestar o apartarse, le sujetó la pantorrilla y la apoyó sobre sus muslos. Le masajeó el músculo.

El rostro de Minki pasó por diversas emociones, la que más duró fue la alarma. Le siguió el sonrojo, uno tan fuerte que incluso tuvo que apartar la vista ante el sofoco.

—La gente pensará que no tenemos tres hijos juntos —Jaebyu aligeró la situación, sus dedos amasaban el músculo agarrotado—, ni que te he desnudado tantas veces que conozco tu cuerpo mejor que el mío.

—Ah, ¿sí? —cuestionó Minki, todavía avergonzado.

—Por supuesto —como quería distraerlo, de a poco fue tocando partes diferentes en su pierna y las nombró—. Este es tu gemelo externo, este el interno. El peroneo largo, el tibial anterior, el soleo. Aquí continúa el peroneo corto, el extensor largo de los dedos y del pulgar...

—Jaebyu —lo interrumpió Minki.

—¿Sí?

Minki tragó saliva con un jadeo en extremo tembloroso.

—A nadie le gustan los sabiondos —susurró.

—¿Entonces no te gusto?

Sus ojos le recorrieron el rostro completo antes de responderle.

—Yo soy ese «nadie».

Esa noche, si bien Jaebyu se fue a dormir a la cama de Chaerin, ya que los mellizos se negaban a soltar a Minki, amaneció una vez más en el suelo de la habitación matrimonial. Se encontraba a un costado de la cama con una almohada bajo la cabeza y estaba cubierto con una manta que la tarde anterior él no había alcanzado a sacar de las cajas de mudanza.

43

Desde que Lee Minki apareció en su vida, Jaebyu se malacostumbró a muchas cosas. Su cumpleaños era un claro ejemplo de ello. Pasó de ser una festividad sin importancia, donde su padre apenas lo saludaba y su madre se esforzaba por traerle un pastel de crema y frutilla, a ser despertado por besos incesantes mientras Minki le cantaba. En los más de diez años que llevaban juntos, Minki jamás olvidó un 2 de marzo, incluso en el inicio de su relación cuando tuvo que averiguar la fecha con uno de sus compañeros.

Ese año, por supuesto, fue diferente. Jaebyu, junto con Taeri y Minjae, se lo pasaron pegando carteles por la ciudad y preguntándole a la gente si habían visto a Minki por alguna parte. Los mellizos ya dormían en la casa de Sungguk cuando fue a buscarlos por la tarde. A pesar de que Hanni no tenía un buen dormir, había un gran silencio en el lugar.

Por eso, esperaba en la sala de estar a que los mellizos despertaran cuando Daehyun apareció en la estancia, lucía tímido. Su mirada era baja, el último tiempo siempre era así. Su relación se había fracturado aquel 31 de enero, porque ambos sentían culpa, aunque por razones distintas; Dae por ser salvado y Jaebyu por responsabilizarlo de la desaparición de Minki. Los dos se habían equivocado, sin embargo ninguno quería comenzar la conversación al no saber cómo hacerlo.

—¿Podrías venir... un momento a la cocina? —le pidió Dae, sus palabras se enredaron como en el pasado.

Al ingresar a la estancia, comenzó la cancioncita que por diez años solo Minki le había cantado. En la mesa había un pastel pequeño y deforme, que claramente era casero por lo desarmado que estaba. Sungguk y el doctor Jong se encontraban ahí. Los tres, entre aplausos leves y medidos, le desearon el feliz cumpleaños. Al terminar, Jaebyu se mantuvo en silencio observando las dos velas del pastel quemarse y la cera caer sobre la crema.

—Sé que... —Daehyun se veía tan diminuto que no se parecía en nada al hombre en el que se había convertido, sino más bien a ese chico desnutrido que estuvo encerrado en el ático por responsabilidad de su abuela—. Sé que no... no son momentos para celebrar —la frase se perdía—, pero... pero a Minki no le habría gustado que olvidáramos tu cumpleaños.

Una nueva ola rauda de culpa lo atacó.

—Dae cocinó el pastel —esta vez fue Sungguk el que habló.

Se preguntó cuántas horas se había pasado en la cocina horneando, ya que Dae no destacaba por ser un gran cocinero. Y aun así... aun así... le había hecho aquel detalle.

Como todavía esperaban, Jaebyu apagó las velas sin pedir nada. No quería sobrecargar al universo con más deseos de los que este podría cumplirle.

—Muchas gracias —su mirada se encontró con la de Dae, quien dio un pequeño brinco por la sorpresa—. En serio, muchas gracias. El pastel está precioso, Dae.

Sungguk por fin sonreía, en tanto Daehyun se tocaba el codo viéndose tímido y pequeño. Aliviado, a pesar de que nunca le recriminó su comportamiento contra él, simplemente lo aceptó como si pensara que se lo merecía. Jaebyu no había sido justo con él, ni con Sungguk, con ninguno de los dos en realidad. Y a pesar de ello, ambos estaban ahí, frente a él con un pastel casero para que no se sintiera solo. Les debía una disculpa y más que eso, pero sus padres nunca le enseñaron a hacerlo. Así que se comió sus sentimientos como lo llevaba haciendo su vida entera.

Sin embargo, cuando aquel día por la mañana Minki le preguntó por su cumpleaños, ya que no estuvo presente en él, resumió la anécdota y evitó explicar esa miseria de sentimientos que padeció y que le hizo tratar de tan mala forma a una persona que amaba.

—Eso es malo —comentó Minki.

Por supuesto, malinterpretó su reacción, ya que ambos se ubicaban en diferentes montañas emocionales.

—¿Por qué? —preguntó.

—Porque ahora tendré que cocinarte un pastel para estar a la altura.

¿Cómo decirle que le bastaba despertarse sabiendo que se encontraba bien? Ni siquiera le importaba si el año entrante continuaba o no durmiendo en el suelo a un lado de su cama, con tal de tenerlo con él.

Iba a explicárselo, o al menos intentarlo, pero la conversación murió con el sonido de una notificación: era el recordatorio de una cita. Tal como le había indicado Minki, ese 11 de mayo tenía la primera sesión con la psicóloga Sun Jian, una especialista en terapia de parejas que había sido secuestrada en el extranjero por error y que, a contar de eso, decidió especializarse en trauma. La conocían por recomendación de Seojun y de la brigada policial. Por eso, a pesar de la codiciada agenda, ella había hecho un cupo ante la solicitud de Seojun.

Taeri ya había llegado a casa cuando Minki estuvo listo para partir, todo en su rostro una grave negativa. Antes de salir, Jaebyu dejó activado el nuevo sistema de seguridad que la tarde anterior Sungguk estuvo instalando. La mayoría de las cámaras estaban atornilladas mal, aunque al menos funcionaban. Sin embargo, esa no era la única seguridad con la que contaban. Al otro lado de la calle se estacionaba una patrulla policial que resguardaba a diario la vivienda. Debían ser compañeros de Minki, ya que este los saludó con un gesto amplio de mano. Encendieron el coche para seguirlos, pero, en ese instante, Sungguk abandonó su vivienda y dio un grito de guerra como si se ubicara a kilómetros y no en el mismo vecindario.

—¡Iré con Minki, ustedes quédense vigilando el barrio!

Saltaba más que apoyaba el peso en las muletas. Sungguk era demasiado impaciente e hiperactivo para hacer un buen uso de ellas.

—No irás conmigo —dijo Minki.

—Los mejores amigos acompañan a sus mejores amigos a terapia —contestó sin aliento.

—No eres mi mejor amigo —debatió Minki.

Antes de poner los ojos en blanco, Jaebyu abrió las puertas y le hizo un gesto a Minki para que se subiera. Este lo hizo con mucho cuidado, en tanto Sungguk lanzó las muletas en el asiento trasero y luego se tiró él mismo. Debió golpearse en la herida, ya que por el espejo retrovisor divisó su boca fruncida de dolor.

—Traje pañuelos y dulces, los necesitarán —anunció el policía—. Háganme caso, tengo experiencia con Dae.

Había olvidado por completo que, en efecto, Sungguk tenía experiencia.

—Yo no lloro —aseguró Minki, pero se corrigió casi al instante—. Bueno, miento, sí he llorado, pero solo por Jaebyu y los niños.

—Eres un oficial rudo y malote —se burló Sungguk.

—¿Sabes qué? —preguntó Minki.

—¿Qué? —el inocente Sungguk.

—Cállate.

—No seas descortés —lo reprendió Jaebyu.

Minki bufó, aunque no contestó ni tampoco se disculpó.

La oficina de la psicóloga se ubicaba en el mismo edificio donde Seojun tenía sus consultas, o al menos así les informó Sungguk. Subieron hasta el quinto nivel en ascensor. Llegaron a un pasillo estrecho que carecía de inmobiliaria a excepción de una banca apoyada contra la pared. El piso contaba con dos oficinas, en una anunciaba el nombre de Sun Jian y en la otra a un *staff* de abogados.

Park Sonha
Abogada de familia

Sungguk siseó entre dientes al leer el cartel.

—Esperemos no tener que visitar nunca esa oficina —comentó con tono casual. Procesó tarde lo que dijo y se alarmó—.

No me refería a ustedes, lo decía por todos. Me incluyo. Ojalá nunca ninguno de los tres tenga que visitar a la abogada Park Sonha.

—No arreglaste el error —informó Minki.

Jaebyu tocó el timbre.

Los recibió la asistente personal de la psicóloga. Al notar a tres personas en el corredor, a pesar de que se evidenciaba un recinto amplio con asientos, aconsejó que, por el bien de la terapia y para que se respetara la sensación de sitio seguro, los acompañantes esperaran afuera. Minki se movió ansioso, empezaba a rascarse el cuello como si tuviera urticaria.

—Esperaremos fuera —aceptó Jaebyu.

Con el ruido metálico de las muletas se dirigieron hasta la banca. A Sungguk se le cayeron los bastones al suelo, sin embargo, los empujó con el pie para apartarlos y dejar libre la vía de evacuación.

—¿No crees que es una gran estrategia de marketing? —dijo Sungguk.

—¿Qué cosa?

El oficial apuntó la oficina de la abogada y luego la de Sun Jian, que anunciaba en su cartel la terapia de pareja.

—Si no resultan las cosas aquí —comentó Sungguk señalando a la psicóloga y después a la abogada—, puedes pasar allá. Muy astuto.

—No me ayudas a sentirme tranquilo.

Sungguk se sorprendió.

—¿Y no lo estabas? —sacudió la cabeza, consternado—. ¿Minki nunca te ha dicho lo poco expresivo que eres?

—Siempre.

—No puedes culparme entonces.

Minki abandonó la oficina dos horas más tarde en un silencio atípico. Jaebyu le dio una mirada rápida a Sungguk, quien afirmó con la cabeza. *Es normal*, se dijo para tranquilizarse.

Unos minutos antes, Jaebyu había ido a comprar café por si su novio lo necesitaba. Como Minki estaba distraído contemplando un punto inexistente en el suelo, le acercó el vaso y habló.

—Bébelo.

Con un pestañeo desorientado, Minki por fin lo observó sin alzar la barbilla. Inspeccionó la taza desechable y a él, luego la cogió y le dio un largo sorbo.

Sungguk y Jaebyu se volvieron a mirar.

—Sé que es difícil, Minki, pero ya verás que tiene frutos —dijo Sungguk—. Recuerda que Daehyun también pasó por algo similar.

—Eso no me consuela —fue su descortés respuesta, que por fortuna no amainó a Sungguk.

—Entiendo el disgusto —Sungguk asintió—, a nadie le agrada hablar de sus emociones. Pero, por favor, no te frustres. Si la terapia fuera sencilla, todos estaríamos bien.

Minki mantuvo la barbilla baja, por lo que su afirmación fue casi imperceptible.

Durante el viaje de regreso a casa, Sungguk utilizó el tiempo para contarle a su amigo que Jeonggyu estaba aprendiendo lengua de señas con videos en internet. *¿La razón?*, preguntó Minki en determinado momento. Jeonggyu no quería que Dae se sintiera solo, tampoco excluido.

—Así que yo también estoy aprendiendo —concluyó Sungguk—. Voy lento y mal, aunque me esfuerzo mucho.

Si bien Minki tuvo oportunidad para burlarse de su amigo, no lo hizo. Sus pensamientos y emociones permanecían en la oficina de Sun Jian.

Al estacionar fuera de casa, Sungguk se despidió de ellos. Taeri los esperaba en la sala de estar. Tras un saludo seco por parte de Minki, este subió al segundo piso y se encerró en su cuarto.

—Sabíamos que podía pasar algo así —Taeri calmó los ánimos.

Jaebyu intentó sonreír, no obstante no dio resultado.

—Yo lo cuidaré, no te preocupes —le aseguró a la mujer—. Muchas gracias por ver a los niños.

Como se acercaba la hora de la cena, Jaebyu comenzó a prepararla tras la partida de la mujer. Beomgi estuvo sobre una silla a su lado para observarlo, ya que los últimos días le había empezado a interesar la cocina. Chaerin, al sentirse sola, vino poco después.

Comieron los tres juntos. Con los platos aún calientes preparó una bandeja especial para Minki y fue a dejársela. La habitación matrimonial se encontraba vacía, sin embargo del cuarto de Minah se colaba un rayo de luz. Con cuidado y equilibrando la bandeja con su mano derecha, empujó la puerta con el hombro.

Minki estaba recostado en un sofá reclinable que Taeri les había regalado, mientras sostenía a Minah en sus piernas. Ella estaba despierta y gorgoteaba divertida ante los gestos de Minki. Jaebyu se quedó quieto en la entrada, de pronto sintiéndose ajeno; un tercero que arruinaba el momento y con ello la tranquilidad. Todavía decidía qué hacer cuando Minki habló.

—Me moría de hambre, muchas gracias.

Por fin ingresó y apoyó la bandeja en la mesita de noche. Aprovechó de cargar a Minah para que Minki pudiera cenar. La paseó por la estancia fingiendo que era un piloto de avión. Su hija era de sonrisa fácil y movía las piernas exaltadas al subir y bajar.

—Comandante Minah —dijo con tono solemne—, ¿lista para su aterrizaje?

Se reía de su propio juego cuando observó a Minki. Parecía demasiado interesado y prendado en sus movimientos para hacer algo más que mirarlo. Escondía, además, una sonrisa pequeña con la mano. Su expresión era serena, muy diferente al rostro angustiado y preocupado que tenía al abandonar la consulta.

—¿Pasa algo? —quiso saber Jaebyu. También quería sonreír.

—Nada —Minki se encogió de hombros.

Minah se quejó por su inactividad, así que la meció con cuidado.

—No he perdido tanto la práctica, ¿o sí? —preguntó malinterpretando la situación.

—Para nada —aseguró Minki.

—¿Entonces?

—Me alegro de que no estés de acuerdo contigo mismo.

Se perdió en la conversación.

—¿Por qué lo dices?

—El año pasado tuvimos una discusión por Minah, ¿lo recuerdas? —Minki por fin había agarrado la cuchara y se llevó una bola de arroz a la boca junto a un poco de sopa de alga.

—No fue por ella, fue por la situación.

—De todas formas —Minki lo apuntó—. ¿Ves que las cosas salieron bien?

Jaebyu dejó de balancear a Minah.

—¿Bien?

—Ignora lo del secuestro —pidió Minki.

Era ese justo el problema. Mientras su novio quería fingir que aquellos tres meses jamás existieron, Jaebyu no podía olvidarlos. Simplemente, por mucho que se esforzara, no podía. Era un pensamiento constante, casi como si se tratara de su propia respiración: estaba en él incluso cuando creía no pensar en ello.

Sin embargo, se recordó que debía ceder, que no podía presionarlo porque, después de todo, no era su conflicto. Lo afectaba, por supuesto; pero no podía decidir cuándo y qué contar sobre una historia que no le pertenecía.

—¿Sabes algo curioso? —Minki advirtió su incertidumbre y cambió el tema—. Pensaba que Minah sería un niño.

—¿Por qué?

Cambió de posición a su hija para recostarla contra su hombro y golpearle la espalda con cuidado.

—Me hicieron ecografías... allá —Minki evitaba mirarlo; para ello se centraba en la comida—. Y me dijeron que era niño.

—¿Se habrán equivocado?

Minki jugó con la sopa antes de darle otro sorbo.

—Ese es el problema, no creo que haya sido una equivocación.

Jaebyu apegó a Minah un poco más a su hombro. La ansiedad le hizo olvidar lo que hacía.

—Querido, ¿esto lo sabe Eunjin?

—Por supuesto.

—¿Y qué suponen ellos?

—Que se equivocaron.

—¿En leer la ecografía?

—Sí.

El rostro de Minki brillaba impaciente. Era obvio que no consideraba esa opción válida, ya sea porque escondía información importante o porque existían detalles en su memoria que no podía desglosar y explicar.

—Tú no crees eso —analizó Jaebyu.

Hubo duda.

—No.

—¿Puedo saber por qué?

Las uñas de Minki volvían a irritar la piel del cuello, la cuchara quedó olvidada en la mesa junto a los cuencos ahora vacíos.

—A ellos no les servía que yo tuviera una hija.

Entendió con tanta certeza la situación, que de puro instinto apretó a Minah contra él como si con ese gesto pudiera salvarla de su pasado.

—¿Es posible que alguien te ayudara? —aventuró Jaebyu.

—No hay más respuestas que esa —murmuró Minki.

—¿Pero quién?

La tercera duda fue la más dolorosa, pues comprendió que iba a mentirle.

—No lo sé —dijo Minki.

—Querido... con respecto a eso...

—No —cortó Minki incluso antes de iniciar el debate. Sacudió la cabeza un par de veces como si se hubiera desconfigurado. Al quedarse quieto apretó las rodillas con fuerzas como si buscara anclarse a la realidad—. Mi psicóloga me dijo que hablaré del tema cuando esté preparado. Y te amo, Jaebyu, y lo siento mucho, pero no lo estoy. En este momento no estoy preparado para hablar.

—Yo...

—No —Minki fue tajante otra vez. Tras ello, soltó un largo suspiro cansado y triste, mientras se apartaba el cabello del rostro. Observaba sus propios pies al continuar—. Sé que es difícil para ti, lo sé y lo entiendo. Pero necesito que aceptes mis decisiones sin cuestionarme, por favor.

Jaebyu dejó caer los hombros. Con una sensación tirante en el pecho acostó a Minah en su cuna. Acomodó unas almohadas delante y detrás para que no se pudiera voltear en la noche. Al enderezarse y hablar, aún observaba a su hija.

—No iba a cuestionarte —susurró—, iba a decirte que está bien.

—Juju... —la voz de Minki sonó arrepentida—. Lo siento, pensé otra cosa.

—Está bien —lo dejó estar—. Te di motivos para que imaginaras eso.

Sus palabras no lo consolaron. Jaebyu iba a abandonar el cuarto para darle su espacio, sin embargo, se lo impidió.

—Hay otra cosa que me explicó la psicóloga.

Jaebyu intentó relajar la postura.

—¿Cuál?

—La violencia no se da solo por el que golpea, también por el que ignora.

Hubo una pausa. Jaebyu recordó aquellas cenas silenciosas con sus padres, donde su madre mantenía la mirada baja ante las pocas oraciones que intercambiaban.

—Y lo siento —la barbilla de Minki temblaba—. Sé que no te he contado lo que me pasó y que eso te está matando, pero no estoy listo. No tiene que ver contigo ni con nuestra relación... o quizás sí, realmente no lo sé. Siento que ya no sé nada de mí.

Jaebyu dejó escapar con lentitud el aire de los pulmones. Como Minki evitaba mirarlo, se acercó a él y se arrodilló a su lado. Cuando sus rostros quedaron al mismo nivel, le dio una pequeña sonrisa.

—No digo que no duela ni lastime, pero entiendo.

Los ojos de Minki brillaban. Su boca, no obstante, era afligida.

—Juju.

—Te prometo que voy a esperar.

El labio inferior de Minki quedó apresado entre los dientes.

—Juju, hay algo más.

¿Por qué unas palabras tan sencillas provocaban tal caos en él?

—¿Qué cosa? —se obligó a preguntar.

—Mentí en algo —confesó entonces.

Su alma se desplomó a sus pies.

—¿Sobre qué? —murmuró.

—Extraño a Dowan —lloró Minki—. No estoy bien con su muerte, quería que conociera a Minah y a los mellizos. Era mi hermano y aprendí a quererlo quizá demasiado tarde... y lo extraño mucho, como nunca pensé que podría... yo...

—Eso no es algo malo, ¿por qué crees que sí? —se extrañó Jaebyu.

Minki bajó la mirada.

—Soy un monstruo por fingir que nada pasaba, ¿cierto?

Hace unos años Jaebyu se había sentido exactamente igual, aunque por razones distintas. Sus padres habían muerto hacía poco y él era incapaz de sentirse triste. Todos lo juzgaron por ello. ¿Por qué la gente obligaba a otros a sentir algo que no les nacía? Minki no podía extrañar a alguien que apenas conoció tres meses y Jaebyu debía extrañar a sus padres porque vivió su vida entera con ellos.

Pero ninguno de los dos se sentía así y Jaebyu se lo hizo entender.

—Yo no extraño a mis padres. ¿Y sabes por qué?

Minki ladeó la cabeza, sus lágrimas estaban por desatarse.

—¿Por qué? —susurró.

—El tiempo no implica cariño.

—Juju...

—Así que está bien que tú extrañes a Dowan y que yo no extrañe a mis padres. Eso no nos convierte en monstruos.

O quizás sí, no lo sabía.

Jaebyu estaba cansado de excusarse.

44

Era necesario que al finalizar el turno los uniformes se dejaran en el hospital para que los lavaran y desinfectaran. Jaebyu acostumbraba a llevárselo a casa por simple descuido. Que se hubiera quedado con uno de ellos, en esa oportunidad, no se debía a ello. Tenía ese traje verde desde aquel 31 de enero, el que permaneció en lo más profundo de su ropero y después dentro de una caja que se negó a abrir por semanas.

Pero ahora lo necesitaba, así que, mientras terminaba de ordenar la casa tras la mudanza, lo encontró en el mismo lugar. Lo lavó y secó. Cuando se lo probó para ver si necesitaba planchado, notó la diferencia de color en la tela. Había una parte más oscura en el bolsillo superior, donde él colgaba la credencial y las fichas ayudamemoria que había perdido ese día.

Quiso quitárselo para guardarlo cuando escuchó unos pasos en la escalera y se distrajo. Era Minki. Parecía perdido en sus pensamientos.

—Mañana regreso a trabajar —le recordó Jaebyu con tono ligero, los mellizos y Minah dormían.

Minki se había quedado paralizado, su mano aún sujetaba con fuerzas la baranda de madera.

—¿Querido...? —no alcanzó a agregar nada más, ya que su novio se dirigió directo al baño. La puerta resonó al cerrarse en el silencio hogareño. Y Jaebyu se quedó ahí, en medio del vacío, mientras procesaba lo sucedido. Reaccionó poco después y se dirigió hacia el baño. Golpeó la madera con los nudillos.

—Estoy ocupado —respondió la voz ahogada de Minki, como si bordeara un ataque de pánico.

Jaebyu se observó las manos, el corazón le latía con fuerzas. Entonces actuó. Caminó a la cocina y buscó un cuchillo de punta roma. En un sitio que era más habitado por niños que por personas adultas, para ellos era indispensable que cada cerradura pudiera abrirse desde afuera.

—Minki —dijo—, voy a ingresar.

—¡No! —lo escuchó moverse por el cuarto.

—Minki, por favor.

No respondió, pero a los segundos captó el ruido del pestillo. Con cuidado y lentitud, metió la cabeza dentro del cuarto.

—¿Querido?

Minki estaba sentado en el borde de la tina con los codos en las rodillas, en tanto se cubría el rostro con las manos. Sus hombros temblaban.

—Solo soy yo, Jaebyu —dijo.

Ingresó, dejó el cuchillo punta roma en el lavamanos y cerró la entrada.

—Minki, mírame, por favor.

Este negó con la cabeza. Su cabello caía por las mejillas y frente, lo que le impedía observar su rostro.

—Minki, mírame —suplicó.

Primero bajaron las manos para dejar al descubierto su cara, después los hombros se tensaron al obligarse a alzar la barbilla. Aun así, mantuvo los ojos bajos. Sus pestañas brillaban por las lágrimas y sus dientes apresaban su labio inferior para contener el llanto.

—El problema es este traje, ¿verdad?

Minki se paralizó unos instantes. De a poco, y de forma casi imperceptible, asintió. En el pasado Minki solo lo había detestado, pero no temido. Jamás le tuvo miedo a nada que estuviera relacionado a él.

—Está bien —susurró Jaebyu.

Iba a salir para quitárselo y guardarlo en lo más profundo del ropero, pero se detuvo. Volvió y se le acercó hasta detenerse a unos pasos de él.

—Si el problema es mi uniforme, entonces quítamelo.

Su comentario sorprendió tanto a Minki que lo oyó resoplar.

—¿Qué dices?

—Quítamelo —repitió—. Desnúdame.

—¿Para qué? ¿Qué sentido tiene?

—Que te des cuenta de que, debajo de este traje, sigo siendo yo.

Por fin Minki lo observó. Sus ojos brillaban por las lágrimas, aunque también por el temor.

Terror, más bien.

—Ven, ponte de pie —pidió.

Estiró el brazo para que lo cogiera.

—Vamos —instó.

Con timidez y la mano recogida en un medio puño, Minki lo hizo. La punta de sus dedos se rozaron. Minki retrocedió, repleto de dudas. Luego volvió a intentarlo hasta que sus manos se entrelazaron. Notó aquella palma sudorosa, la suya en cambio estaba cálida por el volcán de emociones que habitaba bajo su piel.

De forma cuidadosa, Jaebyu tiró de él para ayudarlo a levantarse. Minki hizo un poco de presión, sin embargo cedió y se abrazó a él mismo con el brazo libre. La mano de Jaebyu quedó vacía y estirada cuando Minki recuperó la suya, que masajeó en la cadera como si buscara eliminar la picazón que él también padecía.

—Desnúdame —le recordó.

Minki lo miró de reojo.

—Lo he hecho miles de veces —protestó.

—¿Entonces a qué le temes?

La provocación sirvió. Minki gruñó molesto y finalmente agarró su camiseta por la parte baja y tiró hacia arriba hasta arrancársela por la cabeza. Dejó caer el pedazo de tela al piso. Respiraba pesado y sofocado.

—Ahora el pantalón —le recordó Jaebyu.

Vio sus dientes en forma amenazante y en extremo disgustada. Al menos también funcionó, ya que sujetó la pretina y la deslizó hacia abajo; el movimiento completo lo hizo mirándolo directo a la cara.

—Se enredó en mis crocs —avisó cuando la tela quedó en sus tobillos.

Como todavía estaba delicado por la cirugía, Minki se arrodilló con cierta torpeza. Lo instó a levantar primero una pierna, después la otra. Una vez que tuvo el pantalón en la mano, también lo lanzó al suelo con un claro rencor. Incluso tiró lejos las crocs.

—¿Contento? —dijo, aún de rodillas.

No pudo evitarlo. Le tocó la barbilla con la punta de los dedos y se la alzó. Las pupilas de Minki eran negras y dilatadas y sus labios húmedos y sonrojados por la lengua nerviosa.

—No —fue su sencilla respuesta.

—¿No? —repitió Minki.

Negó con la cabeza, dejó ir su barbilla terca para enseñarle la ropa desperdigada por el baño.

—Ahora vísteme.

Minki bufó.

—No.

—¿Por qué no?

Lo vio lamerse los labios, otra vez. Estaba seguro de que iba a negarse para marcharse furioso, sin embargo, con gesto testarudo, se estiró para recoger el pantalón. Todavía de rodillas, le acarició la parte interior del muslo.

—Levanta —le pidió Minki.

Lo subió por sus piernas, los nudillos rozaron su piel todo el viaje hacia arriba.

—Falta que lo anudes —avisó.

Minki lo fulminó con la mirada, aun así agarró las tiras y les hizo un nudo simple.

—Ahora la camiseta.

—No me des más órdenes —gruñó Minki. Y si bien sus palabras habían sido unas, obedeció.

Jaebyu estiró la mano para ayudarlo a ponerse de pie, pero Minki no aceptó. Prefirió sujetarse de sus caderas y así incorporarse. Debido al movimiento, el pecho de Minki rozó su piel desnuda. Esta vez, como si vistiera a uno de los mellizos en vez de a su novio, le metió con brusquedad la camiseta por la cabeza y luego le movió los brazos para que hiciera lo mismo con las mangas. Una vez vestido, soltó un resoplido arrogante.

—¿Feliz?

—Mírame —sin embargo, Jaebyu respondió.

Eran casi de la misma estatura, por lo cual sus ojos se nivelaron.

—¿Qué ves? —preguntó Jaebyu.

—A un idiota —resopló Minki.

—Pero no mi uniforme.

Su rostro pareció un caos por un momento, después se aligeró.

—Eso no cambia mi odio por él.

—No quería que lo dejaras de odiar, solo de temer.

Cuando Minki estaba de buen humor siempre buscaba ganar las discusiones.

—¿Recuerdas que te dije que a nadie le gustaba los sabiondos?

—Sí —Jaebyu sonrió.

—Siguen sin gustarme, Yoon Jaebyu.

Tras ello, abandonó la estancia dejándolo solo en medio de aquel cuarto frío.

45

Desde que se habían ido a vivir juntos, a excepción de las veces que discutieron, Jaebyu y él jamás durmieron separados. Y si bien ahora no estaban en un mal momento romántico, la incomodidad se venía repitiendo hace días. Minki estaba cansado de fingir que no ansiaba ese momento de la noche cuando Jaebyu se movía, sonámbulo, por la casa para irse a dormir a un lado de su cama en el suelo. Deseaba durante horas oír sus pasos por el corredor y luego fuera de la habitación, sobre todo porque era incapaz de dormir hasta que eso sucedía.

Deseaba vivir en el pasado donde no existía una razón de peso para estar separados. Y si bien lo que iba a hacer era arriesgado ya que podía salir mal en muchos aspectos, esa tarde, mientras esperaba que Jaebyu regresara del trabajo, fue al cuarto de los mellizos. Ambos estaban recién bañados y en pijama. Sus movimientos eran cansados y torpes. Les secó el cabello en intervalos para captar si Minah se despertaba. Cuando estos se preparaban para acostarse, Minki los sujetó por las muñecas y les hizo sentarse en la litera de Chaerin.

—Hijos —a pesar de que seguía adolorido por la cesárea, se puso en cuclillas frente a sus rostros de infantil expectación—, hoy no van a dormir conmigo.

Por supuesto que Chaerin fue la primera en responder.

—¿Por qué no? —protestó.

—Porque con su papá queremos dormir juntos.

—¡Durmamos los cuatro! —propuso Beomgi.

Minki le acarició la mejilla con una sonrisa.

—Astuto, pero no. Ustedes van a dormir aquí para que su papá y yo podamos usar nuestra habitación.

—Solo si Minah tampoco —continuó Beomgi, un poco celoso.

—Minah está descansando en su propio cuarto —aseguró Minki—. Ustedes dos son los únicos que están desconociendo la regla n.º 5 de la familia.

—¿La que dice que debemos dormir en nuestras camas? —preguntó su hija.

—Exacto.

Chaerin tenía una expresión triste en los labios.

—Pero quería dormir con ustedes —susurró.

—Eso ya lo hicimos muchos días, y por ello su papá Jaebyu y yo no hemos podido descansar juntos. ¿Y es eso justo para nosotros? —cuestionó con tono firme, aunque también compasivo—. No, ¿verdad?

—No —aceptó Chaerin.

—Si ustedes duermen aquí —observó primero a Beomgi y luego a Chaerin—, pueden ir a mi cama cuando su papá se marche por la mañana.

Sonó un chillido de victoria. Agradeciendo que lo entendieran, Minki por fin se estiró con un ligero crujido de su rodilla. Al dar la vuelta dio un brinco.

—¡Jaebyu! —chilló.

No lo había escuchado llegar. Lucía cansado, aunque también tranquilo. El rictus en su boca se había suavizado.

—Lo siento —dijo Jaebyu—. Te hablé, pero no me respondiste.

Minki sintió que se sonrojaba. ¿Cuánto habría escuchado de su conversación? Peor que eso, ¿por qué estaba avergonzado por algo así? Padecía la misma timidez de un adolescente que se enamoraba por primera vez.

Fuera cómo fueran las cosas, no pudo ocultar sus mejillas rojas y se las acarició al colocar un mechón de cabello tras la oreja.

—¿Cuándo llegaste? —quiso saber.

—Hace un rato.

En resumen, era obvio que había oído la conversación completa. Sintió que la sangre se le iba a las orejas. ¿Cómo era posible que se estuviera comportando como un adolescente? Más aun considerando que entre ambos casi no conocían la palabra «privacidad». Eso último le hizo recordar un tema que ambos tenían pendiente y que ni siquiera sabía si podría tocarlo considerando los nervios actuales. Posiblemente fuera a morirse desangrado por la vergüenza cuando empezaran a hablar.

Minki finalmente se alejó de los mellizos y se dirigió a él.

—¿Tienes hambre? —quiso saber.

El enfermero vestía una chaqueta que hace meses no veía, ya que este acostumbraba a olvidarla en el hospital.

—Un poco —admitió.

Como Jaebyu descendió delante suyo, Minki pudo captar ese olor al que se había acostumbrado tanto. En el pasado, de solo percibirlo, sus piernas se habían vuelto débiles. Necesitado, porque esa mezcla de perfume con desinfectante de hospital siempre había significado Yoon Jaebyu. En el presente también se sintió flaquear, aunque no por la misma emoción. Tropezó en los peldaños. Jaebyu alcanzó a sujetarlo antes de que se desmoronara por la escalera. Su mano quedó posicionada en la cintura de Minki.

—Quítatela —le pidió. Su pecho era errático.

—¿Querido...?

—Quítatela.

Por fortuna entendió lo que sucedía y Jaebyu se sacó la chaqueta para después lanzarla escaleras abajo. Aún olía a desinfectante de hospital y a ese perfume que antes amó, pero ahora en menor medida. Era obvio que Jaebyu antes había pasado al baño para lavarse las manos y que estas olieran al jabón de casa.

—Lo siento —susurró Minki, apenado—. Todavía tenía rastros de aquel perfume.

—Descuida —fue su sencilla respuesta, a pesar de que sus ojos regresaban a ser tristes.

—Te prometo que te compraré otro que huela increíble.

—No me importa.

—¿No? —Minki sentía una vez más las piernas débiles.

—Solo quiero que te guste a ti.

—Me encantará —prometió.

Ambos se dieron una sonrisa suave, cómplice.

Con un toque en su espalda apremió a que Jaebyu bajara primero.

—Vamos, debes tener hambre.

Una de las razones por la cual Minki regulaba no cocinar no se debía a su inexperiencia como cocinero. Más bien, sus comidas no eran del todo deliciosas como tampoco repulsivas. A pesar de ello, Jaebyu nunca se quejaba. En esa oportunidad, cuando le sirvió el plato, este alzó la mirada como si buscara decirle algo. La negativa debió ganar en su pelea mental, pues se mantuvo en silencio mientras agarraba la cuchara metálica.

—Puedo comer solo, no te preocupes —dijo entonces con mucha dificultad.

—Ambos sabemos que no es así.

—¿Qué cosa?

—Que no puedes comer solo, Juju.

Uno de los principales problemas de Jaebyu, y una razón por la que habían discutido a lo largo de la relación, era que nunca se quejaba, tampoco transparentaba sus sentimientos. Que Jaebyu no comiera si estaba solo era algo que Minki tardó al menos tres años en descubrir. En sus inicios, imaginó que eran coincidencias y también parte de su cortesía, ya que Jaebyu siempre acostumbraba a esperarlo. Con el tiempo, notó que la olla mantenía la misma cantidad de comida al salir de sus turnos, a pesar de que algunas veces pasaba casi veinticuatro horas fuera de casa. No supo que era realmente un problema hasta que fue llamado a mitad de una cena para presentarse de inmediato en la estación de policías y, al llegar al otro día, descubrió que los platos estaban a medio comer en el refrigerador.

—*Te estaba esperando* —se excusó en su momento.

Para Minki fueron señales claras de que algo malo sucedía, así que le prestó mayor atención. Jaebyu no admitió la verdad hasta que lo acorraló.

—*No puedo comer solo* —sus orejas habían estado tan rojas por la humillación, que hasta el presente Minki sentía una sensación extraña en el estómago al recordar aquella escena. Era como si se hubiera enterado de algo terrible, a pesar de no serlo. Más todavía cuando Jaebyu continuó y, con la barbilla baja, le confesó—: *Siempre cené con mamá. Pero un día ella dejó de estar conmigo en la mesa y yo simplemente no pude soportar el silencio.*

Por eso prefería comer en el hospital incluso si eso significaba volver a casa más tarde. Cuando Minki le preguntó si alguna vez había conversado aquello con su madre, Jaebyu le observó como si no se le hubiera ocurrido esa solución hasta que la escuchó de él.

—*En mi familia nunca hablamos* —sentenció.

No solo tenía inconvenientes para comer solo, también si lo hacían en silencio. Que Minki fuera un gran conversador, incluso si Jaebyu no le respondía, fue la razón principal por la que el enfermero quiso seguir viéndolo. Era increíble cómo una actitud aparentemente desagradable para algunos, otros la aceptaban con añoranza y también como virtud.

En el presente, al percatarse que Minki no iba a moverse y que se había instalado a su lado en la mesa, Jaebyu por fin le dio un bocado a la comida. Y si bien él estaba seguro de que el *galbitang* no debía ser tan espeso como el que probaba, Jaebyu casi parecía feliz al inspeccionar la sopa.

—No me pasé con la sal, ¿cierto? —quiso saber, ansioso.

—Está perfecto —aseguró su novio.

—Es el halago más lindo que he recibido en estas últimas veinticuatro horas que me las pasé limpiando pañales.

Jaebyu se rio de su broma tonta.

—¿Por eso decidiste cocinar? A ti no te gusta.

—¿Te estás quejando, Yoon Jaebyu?

—¿De ti? Jamás.

—¿Entonces?

—Decía una verdad.

Con un bufido corto, respondió:

—No te acostumbres. Cociné porque mamá me estaba volviendo loco con su excesiva preocupación. Y lo sé, sé que debo ser comprensivo porque perdió a su hijo por tres meses y bla, bla, bla. Y también sé que, si yo fuera ella, este sería el momento en que me convertiría en la abuela de Daehyun... Pero me colapsa, no puedo negarlo.

—No es gracioso.

Minki alzó un dedo en reprimenda.

—Mis traumas, mis bromas.

Jaebyu sacudió la cabeza y siguió comiendo.

—¿Cómo te fue en el trabajo? —Minki buscó conversación. Estaba un poco oxidado en la materia, ya no recordaba cómo era capaz de tener esos extensos monólogos frente a Jaebyu. Ahora estaba tan ávido por su aceptación que no podía pensar en nada más que en eso.

—Somi me puso al día con los chismes —explicó el enfermero.

Jaebyu tenía uno de esos rostros cincelados para mantener una expresión seria. O más bien, su personalidad tranquila había configurado su cara de esa forma. Era guapo con la boca estirada, los ojos atentos, las cejas un poco fruncidas cuando estaba desconcertado por algo. Para Minki, no obstante, su versión preferida siempre sería aquella sonrisa, una pequeña que apenas estiraba la comisura de sus labios y que le ablandaban la mirada.

—¿Algo que deba enterarme?

—Heeseo se cambia de hospital.

Por instinto lanzó la silla hacia atrás, a la vez que alzaba los brazos al aire en victoria. Su reacción hizo que Jaebyu dejara de comer y soltara lo que pareció el inicio de una carcajada.

—La guerra terminó —cantó victorioso, mientras se movía de felicidad.

No era que Minki tuviera conflictos con las compañeras de Jaebyu, pero ella en particular no era de su agrado. ¿La razón? Llevaba años enamorada de su novio y le había importado bien poco declarársele aun sabiendo que Jaebyu tenía pareja y, además, hijos.

—¿Y eso? —preguntó el enfermero.

—Nada, simple alegría —más contento, tomó asiento de nuevo. Pero estaba tan emocionado que terminó en el borde de la silla en su afán por acercarse a la mesa y al propio Jaebyu—. ¿Somi te contó la razón?

Para Minki era obvio cuando Jaebyu no deseaba hablar sobre algo, ya que intentaba aplazar su respuesta como si esperara que algún evento interrumpiera la conversación. Por eso, no le extrañó que probara bocado un par de veces antes de hablar.

—Por mí.

Minki alzó las cejas. Si se movía más al borde de la silla, se caía.

—¿Por ti?

—Le mencionó algo a Somi.

—¿Qué cosa? ¿Que no podía olvidarte y, para superarte, decidió cambiarse de trabajo para no verte otra vez?

Hubo varios sorbos a la sopa.

—Algo así —confesó Jaebyu.

Minki bufó y se dejó caer contra el respaldo, a la vez que cruzaba los brazos sobre la cintura.

—Al menos fue consciente. Demasiado sospechoso, ¿no lo crees?

—Está siendo madura.

—¿Estamos hablando de la misma persona que te confesó sus sentimientos porque pensaba que le correspondías?

Jaebyu se rascó el costado de la nariz.

—No recordaba eso.

Minki se estiró sobre la mesa y agarró el plato ya vacío para llevarlo al fregadero y lavarlo.

—Al menos estará fuera de nuestras vidas —comentó.

—No seas malo.

—No lo sería si ella hubiera finalizado ahí, pero se te declaró dos veces más. Y una de ellas fue tras el nacimiento de los mellizos, porque esperaba que te confundieras ante tu agotamiento familiar.

—Sí que tienes buena memoria cuando quieres —murmuró Jaebyu a su espalda.

Minki cortó el agua y se secó las manos antes de girarse y mantener los brazos apoyados en el lavaplatos.

—Soy rencoroso, pero eso nunca te había molestado —increpó.

Los ojos de Jaebyu le recorrieron el rostro completo.

—No es que me guste, es que estoy enamorado de ti —corrigió.

Su corazón dio un vuelco.

—¿Hay diferencia? —Minki se lamió los labios.

—Que no lo apruebo, pero te amo tanto que lo acepto.

Le sonrió.

—Me consientes demasiado.

—Quiero hacerlo.

Tragando saliva con anhelo, ese que tiraba hasta ser insoportable, Minki recordó la conversación que ambos tenían pendiente.

—Juju, una cosa...

El llanto asustado de Minah les hizo saltar y salir al instante de la ensoñación. Jaebyu fue el primero en moverse.

—Voy yo —avisó.

Mientras los pasos de Jaebyu se perdían por la escalera y luego en el segundo piso, él se quedó en la cocina haciendo respiraciones pausadas para aliviar el dolor que le provocaba la añoranza. Mucho más medido y tranquilo, Minki subió. Antes apagó las luces y revisó dos veces que cada ventana y puerta estuviera cerrada, como también de que el sistema de seguridad estuviera encendido y que la patrulla policial siguiera en su sitio.

Los mellizos dormían, la tranquilidad en la casa era inigualable. Se encontró a Jaebyu paseando por el corredor con Minah en los brazos, que se negaba a dormir y observaba ensimismada a su padre tararearle. Parecía muy encariñada, tenía ojitos de admiración. Minki no era el único en esa casa que perdía la cabeza por ese hombre.

—No es hambre, tampoco está sucia —comentó Jaebyu al detenerse a unos pasos de él.

—¿Solo quiere ser mimada por su papá? —aventuró Minki.

El enfermero observó a Minah y su expresión se ablandó de inmediato. Cuando Jaebyu amaba, se le notaba en todo el rostro. No era una persona que supiera controlar sus emociones: las tenía o no. Nada de puntos medios. Su infancia de silencios y palabras hirientes lo habían condicionado. No sabía qué hacer cuando sentía, por lo que tampoco sabía cómo reaccionar. Por eso era un desastre si se salían de su área de confort.

—Así parece —susurró Jaebyu.

—Es igual a ti —comentó.

Recibió una mirada antes de regresar a su hija.

—Yo creo que se parece a ti.

De seguro. Minah tenía la misma expresión de cariño con la que Minki debía mirarlo, por eso hallaba similitudes.

—Voy a dormir —anunció.

Apenas juntó la puerta de la habitación para cambiarse de ropa. Al acostarse y revisar las notificaciones, captó los pasos suaves y pausados de Jaebyu yendo al cuarto de Minah. Lo escuchó dejarla en la cuna, arrullarla y después ir donde los mellizos. Reapareció poco después al asomar la cabeza dentro de la estancia.

—Dormiré abajo —anunció.

Ese día Minki se había asegurado de estirar la cama y ordenarla. Si bien no entendía aun lo que él pretendía, había ansiado ese momento.

—¿Por qué? —cuestionó.

—Los mellizos usan el camarote.

Se retorció las manos, se quedaba sin aliento ante la exaltación y antelación del momento.

—Duerme aquí —murmuró.

—¿Aquí? —Jaebyu le había escuchado.

—Sí.

Conmigo, pero eso no pudo decírselo.

Hubo un silencio tan extenso que Minki tuvo que finiquitarlo por el bien de su pobre corazón.

—De igual forma terminarás durmiendo aquí —Jaebyu se sorprendió—. Te escucho venir cada noche.

—¿Lo sabes? —Jaebyu tragó saliva.

—Lo sé —Minki asintió—. Vienes cuando piensas que estoy dormido y te levantas antes de que amanezca.

—Intenté que no notaras que todavía lo hacía —se veía arrepentido y culpable—. Lo siento mucho.

—¿Por qué?

—Por incomodarte.

—No lo haces.

—¿No? —susurró Jaebyu.

—Te espero cada noche, Yoonie.

Era extraño que Jaebyu se sonrojara, por lo que Minki se regodeó al haberlo logrado. Lo vio cambiar de posición. Sabía que su mente era un desastre. Estuvo a punto de confesarle que, además de eso, se preocupaba cada noche de limpiar esa área del suelo, pues sabía que Jaebyu terminaría durmiendo ahí, y que esa manta extra a los pies de la cama la mantenía a mano para cubrirlo apenas lo veía dormido.

—Dormir en el suelo no le debe estar haciendo bien a tu espalda —Minki intentó salvarlo de sí mismo—. Y ambos sabemos que, aunque te duermas hoy en el sofá, vas a despertar aquí. Es mejor que nos ahorremos eso, ¿no crees?

Jaebyu por fin ingresó a la habitación, la puerta entreabierta bailó en sus manos.

—¿Estás seguro?

Tanto que no podía respirar.

—Sí —jadeó, deseoso.

—Está bien.

Salió una última oportunidad para cambiarse de ropa y lavarse los dientes. Regresó limpio, así que asumió que también se había bañado para quitarse de la piel los restos del aroma a desinfectante.

Jaebyu acostumbraba a dormir al lado izquierdo de la cama, pues en el departamento ese sector se ubicaba más cerca de la puerta y de la ventana. Para esa oportunidad, Minki le dejó al descubierto la otra posición, porque era ahí donde solía dormirse en el piso para estar más cerca de él.

Pero el enfermero no se recostó, se quedó detenido a un costado con la duda brillando en su rostro.

—Puedo dormir en el suelo.

—Somos adultos y tenemos tres hijos en común, Yoon Jaebyu. Duerme conmigo.

—Pero...

—Te dejo el lado izquierdo si así lo quieres.

—Ese no es el problema.

—¿Entonces cuál es? —se exasperó.

A pesar de que fue casi imperceptible, pudo advertir que su labio inferior tembló.

—Que me tienes miedo, Minki.

Nunca unas palabras le habían dolido tanto, más aún al entender que tenía razón.

—Pero ya no quiero tenerlo —murmuró—. Duerme conmigo, por favor.

Lo vio dar un paso hacia él, dudar y finalmente decidirse. Se movió hacia el costado derecho de la cama y abrió las mantas.

Se recostó en la parte más alejada, todo su cuerpo se tensó por la situación.

Su relación... ¿qué había pasado con ella?

—Deberíamos dormir con la lámpara de noche —propuso el enfermero—. He notado que el problema se acentúa con poca luz.

Minki había intentado que su novio no se diera cuenta de ello, pero era claro que había fallado miserablemente. Se preguntó cuántas horas, cuántos días, había gastado Jaebyu procesando aquello.

No quería hacerle pasar de nuevo por una situación así, por eso empezó.

—Jaebyu.

—¿Sí, querido?

—Hay algo que debemos hablar.

Lo vio girarse en la cama para apoyarse de costado. Sus bonitos ojos oscuros estaban nuevamente tristes.

—¿Qué sucede?

—La psicóloga me hizo recordar algo —comenzó—. Y es que soy un m-preg.

—Minki...

—Me pidió que esto lo conversara contigo, porque debemos prevenir futuros conflictos y... otras cosas más.

La expresión de Jaebyu era cada vez más y más triste.

—Puedo marcharme de casa —propuso.

—¿Cómo?

—Cuando tengas tu ciclo —ratificó Jaebyu—, puedo marcharme de casa para que estés tranquilo.

—No —logró balbucear—. No quiero eso.

—¿No? —parecía impresionante que la voz de Jaebyu se oyera tan diminuta.

—No sé cuándo vaya a tener un ciclo de calor, pero quiero tenerlo contigo, Yoonie.

—Minki…

—Por favor. Siempre amé esos momentos… los sigo amando, por eso quiero estar contigo. Eso no ha cambiado, nunca cambiará para mí. ¿Pero para ti? ¿Quieres pasarlo conmigo?

Jaebyu dio una inspiración que le hizo saltar el pecho.

—Siempre.

Le sonrió.

—Juju…

Pero no terminó ahí, Jaebyu quiso aclarar sus intenciones:

—Mis sentimientos por ti no han cambiado, ni en lo más mínimo.

Se tuvo que morder el labio para aguantar la lluvia de emociones.

—Me alegra mucho saber eso —logró decir.

Jaebyu lo miraba con una expresión que brillaba por amor.

—Dudo que alguna vez mis sentimientos cambien por ti. Que estés en mi vida es lo más importante que tengo.

46

Aquella vez, hace muchos años, cuando Minki y él discutieron y este se marchó de casa, fue de las pocas veces que no pudieron arreglar el conflicto debido a que ninguno quiso ceder. Por lejos, era la pelea más grande que habían tenido como pareja, a pesar de que ninguno de ellos alzó la voz en lo que esta duró. Minki lloraba mucho sentado al otro lado de la mesa. Y entre ellos, una prueba de embarazo. Su solitaria línea parecía burlarse como si supiera que su discusión había iniciado por eso. Mientras Jaebyu era incapaz de entender por qué aquello era tan importante, Minki no podía hacerle comprender por qué para él si lo era.

—Nos queremos y estamos juntos, no me importa nada más —le había asegurado Jaebyu.

Sus palabras, en vez de consuelo, conllevaron una expresión angustiada de Minki antes de que se cubriera el rostro con las manos para romper en llanto.

—Ese es el problema —había susurrado—. Que yo quiero algo más y tú no lo entiendes.

Claro que lo hacía, la diferencia era que no le daba la importancia necesaria. Por supuesto que sería feliz si lograba agrandar su familia junto a Minki, pero tampoco era infeliz si aquello no ocurría.

—Yo quiero tener una familia contigo —había continuado.

—Ya somos una —le respondió.

Minki recibió sus palabras con una negativa suave. Para que lo fueran, según él, debían ser más de dos personas. El diccionario tampoco ayudaba demasiado, pues definía a la familia como «un grupo de personas emparentadas entre sí». Pero, tal como mencionó el oficial poco después, dos sujetos no conformaban un grupo. Para Jaebyu sí, claro que sí, no necesitaba a nadie más para sentirse completo: solo a Minki. Por eso insistió en su punto, lo hizo tanto que finalmente Minki dejó de llorar y entre ellos hubo un silencio que a Jaebyu le hizo recordar su antigua casa, esa en la que nunca se hablaba ni se convivía. Fue entonces que Minki dio su sentencia y a Jaebyu le tocó pagar la condena.

—Es mejor que me vaya por un tiempo.

—¿Un tiempo? —alcanzó Jaebyu a susurrar—. ¿Pero por qué?

Minki lo observó con un gesto tan dolido que él comprendió que se había equivocado en formular las preguntas.

—Porque no entiendes lo importante que es esto para mí.

—Lo entiendo, claro que lo entiendo.

Pero Minki ya había sacado sus propias conclusiones. Cuando se puso de pie y empezó a ordenar el bolso, él lo siguió como una abeja a lo dulce.

—Minki —insistió, angustiado.

Empezaba a comprender la decisión que había tomado Minki.

—Minki, por favor, no.

Continuó guardando sus pertenencias, mientras una nueva hilera de lágrimas descendía por sus mejillas que, por ese tiempo, estuvieron demasiado delgadas. Lo vio guardar más ropa y luego dirigirse al baño.

—Podemos seguir intentándolo —lo acorraló.

—Lo harías solo por mí.

¿Y eso es algo malo?, se preguntó. Se quedó tan desconcertado que permitió que Minki lo apartara y pasara por su lado para ingresar por última vez al cuarto.

—Minki —jadeó a su alrededor.

Los movimientos de Minki no flaquearon, al menos no lo hicieron hasta que cerró el bolso y se lo colgó al hombro. Recién entonces ambos entendieron que el problema había escalado a límites insospechados. Jaebyu no quería dejarlo ir, aunque tampoco iba a retenerlo.

—Será un tiempo —aseguró Minki cuando llegó a la entrada—. Estaré donde Sungguk. Por favor, no me busques.

—¿Y puedo llamarte al menos?

—Necesito estar un tiempo sin ti.

—Pero...

—Por favor, Jaebyu. Te lo estoy pidiendo.

Se quedó en la entrada del departamento viéndolo bajar las escaleras hasta que lo perdió de vista. Al cerrar la puerta, el silencio fue tal que incluso captó un ruido ligero en la ventana producto del viento al colarse por un recoveco. Fue hacia ella para cerrarla bien y también para mirar a Minki alejarse del edificio, de él, de su cariño.

¿Habrían tomado las decisiones correctas?

Jaebyu no lo sabía.

Esa tarde se quedó en el sofá tanto tiempo que no supo cuándo se hizo de madrugada.

A pesar de que esa noche no iba a dormir en el sillón ni tampoco en el suelo, Jaebyu se sentía igual que en aquel recuerdo pasado. Minki estaba de su lado de la cama y él en el otro rincón. Entre ellos había un abismo tan monumental que parecía como si una cordillera completa se hubiera levantado entre ambos.

Como era ilógico fingir que dormían, Minki miraba sus redes sociales en el celular. En algún instante, en tanto los videos pasaban y las canciones cambiaban, Jaebyu se puso de pie. Minki se alarmó de inmediato.

—Juju —dijo, su tono tan sombrío que le dio un vuelco al corazón.

—No me iré —lo tranquilizó.

—¿No? —se había sentado en la cama, el cabello rubio decolorado rodeaba sus mejillas sonrojadas.

Jaebyu abrió su cajón de calcetines y buscó en su interior. Sus dedos rasparon una libreta y la sacó. Se la mostró.

—Necesitaba esto.

Minki no se recostó en las almohadas hasta que él regresó a la cama y se cubrió con las mantas. Había dejado el teléfono apartado, sus ojos curiosos seguían sus movimientos al abrir la libreta y sacar el lápiz.

—¿Estás estudiando? —preguntó con sincera curiosidad.

—No, es un diario.

—¡¿Tienes un diario?! —jadeó Minki—. ¿Desde cuándo?

—Desde hace unas semanas.

—¿Y por qué? —Minki movía los pies bajo las mantas.

—Solicitud de mi psicólogo.

Se detuvo de golpe. Jaebyu le echó un vistazo rápido para encontrarse con su ceño fruncido.

—¿Psicólogo? ¿Vas al psicólogo?

—Minki —dijo, en tono serio—. Desapareciste, por supuesto que me asignaron un psicólogo.

—Pero regresé —insistió, como si aquella oración pudiera resolver cualquier problema. Minki debía considerarlo así, porque no hacía más que repetir esas palabras como si fueran la solución a todo.

—No hay nada de malo en asistir a un psicólogo —replicó.

El oficial se quedó en silencio meditando sus palabras. Jaebyu aprovechó para activar el lápiz y comenzar a hacer su tarea diaria a solicitud del psicólogo.

—¿Y qué escribes?

—Es privado.

Minki gruñó.

—¿Sabes que eso me da más curiosidad?

—Lo sé —Jaebyu por fin lo observó—, pero desearía que dejaras tu curiosidad a un lado porque esto es privado.

—Está bien —Minki exhaló—. Al menos dime cuál es el tema o si no voy a pensar en ello durante semanas.

—Tú —fue su sencilla respuesta.

Minki volvía a mover los pies bajos las mantas.

—¿Yo?

—Sí.

—¿Y son cosas malas?

—Minki —lo detuvo.

Se dejó caer de espalda resoplando y cruzó los brazos sobre el pecho.

—Está bien —aceptó a regañadientes.

Regresó a ver videos en internet. Entre ellos no hubo más que el lápiz raspando la hoja y el ruido proveniente del teléfono de Minki. Cuando Jaebyu finalizó la tarea, cerró la libreta y la dejó en el velador. Al girarse, la atención de su novio estaba en él.

—Lo admito, sigo muriendo de curiosidad —confesó Minki como si estuviera soltando el secreto más esperado del año—. Así que es mejor que le pongas llave a ese cajón, porque me conozco y soy débil a la tentación.

Eso le hizo reír.

—Lo sé —respondió.

—¿Me estás autorizando a leerlo?

—Poniendo a prueba.

—Sabes que también sé mentir y puedo fingir que no lo leí cuando sí lo hice —analizó Minki.

—Sabré si lo haces.

Vio sus cejas fruncidas.

—Te detesto —dijo Minki—. Ahora tengo más curiosidad.

Jaebyu también se apoyó de costado. La luz de noche seguía encendida y les daba un tono dorado a sus pieles y cabello. Los ojos de Minki brillaban y eran sinceros y expectantes.

—¿No me digas que la tarea de tu psicólogo es poner a prueba mi confianza? —insistió.

—No es eso —se rio.

—Sea o no eso, quiero pedir de antemano que, si no supero la prueba, no me juzguen en sus reuniones. Soy humano, y uno bastante corrompible.

No le respondió.

Al poco rato, Minki volvió a hablar.

—¿Qué estás pensando?

Se quedó desconcertado unos instantes, como si recién comprendiera que lo estuvo haciendo.

—Frunces el ceño cuando lo haces —continuó Minki—. Cuando un pensamiento te está dominando, frunces el ceño. Así que, ¿qué estás pensando?

—No puedo decirlo —confesó Jaebyu.

Exasperado, Minki puso los ojos en blanco.

—¿Desde cuándo no podemos contarnos nada?

Desde que te fuiste y no regresaste, se respondió Jaebyu. No obstante, no fue eso lo que dijo.

—Es sobre tu secuestro —palpó la situación.

—Lo sé —a pesar de la posición, Minki se encogió de hombros.

—¿Cómo...?

—Es el único secreto que tenemos entre nosotros, no es difícil de deducir.

Jaebyu se acomodó al lado de la cama y contempló el cielo de la habitación.

—Puedes decirlo —la voz de Minki lo sorprendió.

—¿Puedo? —dudó.

Minki había escondido las manos bajo la mejilla.

—Pregunta y yo veré si puedo responder.

—Me dijiste que no estabas preparado para hablar.

—Estoy empezando a entender que nunca vamos a salir de esta situación si tú no preguntas y yo no intento responder.

Punto a su favor, aunque no lo suficiente para hacerle olvidar la situación y lo mal que podría salir esa conversación. Quizá guardó silencio demasiado tiempo, ya que Minki le dio un empujón en la cadera con el pie para sacarlo de sus pensamientos.

—Estoy listo —avisó.

Jaebyu no.

A pesar de ello, formuló esa pregunta que le venía torturando desde el momento exacto que Minki lo rechazó:

—En ese lugar —comenzó de a poco—. ¿Ellos te hicieron algo?

—No me golpearon, si te refieres a eso.

Jaebyu había sacado los brazos del confinamiento de las mantas y se rascó la palma de la mano por la ansiedad que le roía por dentro.

—Y... ¿algo más? —de pronto, no supo si realmente quería saberlo. ¿Hacía una diferencia?

Sí, se dijo.

No se podía curar a un paciente si se desconocía su enfermedad, porque nunca iba a dársele el tratamiento pertinente.

—Nos mantenían encerrados el día completo en una habitación —comenzó Minki—. Nos visitaban para dejarnos alimentos, autorizarnos para salir al baño y para...

No continuó. Jaebyu se quedó a la espera con el corazón en el puño.

—Minki, no tienes que responder.

—Lo sé —aseguró con algo de arrogancia. De inmediato su expresión se ablandó—. Pero quiero hacerlo.

—¿Por qué? —susurró Jaebyu.

—Porque te amo —contestó con el mismo tono confidente—. Y quiero que entiendas.

Jaebyu afirmó. Las manos de Minki permanecían escondidas bajo su mejilla.

—Continúa —le pidió.

Inspiró profundo.

—Ellos no abusaron sexualmente de mí —contó despacio, cada palabra dudó antes de ser pronunciada.

El nudo en la garganta no desaparecía. Entendió la razón cuando Minki prosiguió.

—No había necesidad.

—¿No?

—Yo ya te tenía miedo.

Fue como si una garra lo hubiera sujetado por la espalda y lanzado lejos. Como si se hubiera estrellado contra la pared, el suelo, contra un abismo que en sus inicios fue eterno y después demasiado finito.

—¿Me tienes miedo? —se escuchó preguntar.

Y si bien era algo que siempre supuso, escuchar su confirmación fue diferente. Se había cumplido su peor pesadilla y no sabía qué hacer con ello. Habría deseado ser un niño para esconderse bajo las mantas y fingir que el mundo exterior no existía.

—Eso ya lo sabías —observó Minki.

—Lo imaginé —fue su respuesta. Tenía los labios paralizados y a la vez resecos.

—Detesto tu perfume y el olor a desinfectante, porque... usaron eso para que te temiera.

—Condicionaron tus miedos.

Minki afirmó, sus ojos eran tan brillantes que parecía tener un cielo estrellado.

—Por eso mi cerebro se confunde cuando la oscuridad aparece.

Hizo una pausa para ordenar sus pensamientos y sentimientos, como también para respirar. Los corazones de ambos iban tan acelerados que dolían.

—Ellos querían que me olvidaras —Jaebyu quiso su confirmación.

—No podría embarazarme de otros si todavía estabas en mis pensamientos.

—¿Y lo sigo?

El cuerpo de Minki se acercó al suyo de manera involuntaria.

—Siempre estás en mi mente.

—¿Por cosas malas?

Vio su sonrisa, sus ojos se convirtieron en dos medialunas.

—Porque te amo. Estás en mi mente porque te amo. Ellos querían que te olvidara, pero no lo lograron.

Intentó regresarle la sonrisa. Sentía los labios tirantes y temblorosos.

—Me alegro de que ellos no lo hayan logrado. Y, Minki...

—¿Dime, mi amor?

—Sé que es difícil recordar esos días, así que gracias por ser sincero.

Minki sacó las manos de debajo de su mejilla y las acomodó sobre la almohada a medio camino entre ambos. Con la mirada atenta de Minki sobre él, Jaebyu movió las suyas para acercarlas.

—Minki.

—¿Sí? —murmuró.

Sus dedos se rozaron, Minki con el pulgar le hizo cariño en la piel, también en el borde de la muñequera que aún usaba. No necesitó más que ese gesto para ser feliz.

—Nací en esta vida para amarte.

Su sonrisa se amplió.

—Lo sé.

—Y quiero casarme contigo.

La caricia se detuvo unos instantes antes de que Minki entrelazara sus dedos y los mantuviera anudados.

—Lo sé —fue su sencilla respuesta—. Pero sin anillo no hay propuesta.

Ambos se rieron.

Jaebyu besó sus manos unidas, se quedó así unos segundos con los ojos cerrados.

—Lo habrá —prometió.

—Quiero una roca tan grande que me pese el dedo.

Se volvían a reír.

—¿Qué tipo de roca? ¿Granito? ¿Una obsidiana? ¿Un basalto? ¿Cuarzo?

Recibió una patada suave en el muslo.

—¡Juju! —protestó Minki—. No te atrevas a darme un anillo con una roca.

—El diamante es una roca —corrigió.

—Bueno —Minki parecía desconcertado—, si así lo dices...

Sus risas descendieron de a poco hasta que finalmente se detuvieron.

—Juju —lo llamó Minki una última vez.

—¿Sí, querido?

—Sabes que te aceptaría incluso un anillo de papel, ¿cierto?

Se acercó un poquito más a él.

—Lo sé, querido.

Poco después, con las manos aún entrelazadas, se quedaron dormidos.

47

Esa noche, Minki se despertó sintiendo que le faltaba el aire. Era como si una mano le cerrara la garganta. Tomó asiento en la cama de golpe. Su boca jadeaba, sus ojos recorrieron el cuarto. La luz de noche permanecía encendida, lo que le daba un tono dorado a la habitación. Jaebyu, a su lado, se había despertado y su mano desorientada buscaba tocarlo para tranquilizarlo.

—Estás en casa —recordó Jaebyu—. Estás conmigo.

Transpiraba por la pesadilla. Una corriente de aire le enfrió la piel. Dio otra respiración y se dejó caer de espalda con lentitud. El toque de Jaebyu aún estaba en su brazo, lo acariciaba de arriba abajo para darle calor, como también compañía.

Al fijarse en el despertador, se dio cuenta de que no había dormido más de una hora. Debió gritar al despertar, ya que Minah comenzó a quejarse en la habitación contigua. Luego vino la voz de Chaerin llamándolo.

—¿Papá? —preguntaba asustada antes de estallar en llanto, lo que hizo despertar a su hermano.

—Voy —dijo Jaebyu antes de colocarse de pie y correr fuera de la habitación. Lo vio pasar primero donde Minah. La mecía en sus brazos y tarareaba palabras calmas, mientras se dirigía donde los mellizos.

Minki no pudo moverse.

Con la vista clavada en el cielo raso intentó recuperar su cordura ya que la había perdido en algún instante de ese sueño. Había tenido una pesadilla con Dowan. En ella todavía vivía, tal cual aquel día que lo rescataron de ese lugar. No necesitaba cerrar los ojos para revivir ese momento donde Dowan permitió ser capturado para que Minki pudiera escapar, al igual como lo hizo él con Dae.

Si no lo hubiera hecho, quizás su hermano seguiría con vida.

¿Eran entonces el responsable de su muerte?

Unas lágrimas cayeron por la comisura de sus ojos y bajaron por sus pómulos hasta morir en el nacimiento de su cabello. En la estancia de al lado Jaebyu consolaba a los mellizos y a Minah. Les hablaba a los tres con ese tono bajo, tranquilo, seguro y pausado. Ese mismo que usó al prometerle por siempre ser amado.

Sus hijos se calmaron mucho más rápido que él. Aún lloraba cuando Jaebyu abandonó el cuarto de los mellizos, fue a dejar a Minah a la cuna y regresó. Se detuvo en la puerta.

—Querido... —susurró.

Lo oyó moverse por la estancia hasta que estuvo a un lado de la cama.

—¿Qué puedo hacer para ayudarte?

No pudo responderle, se concentraba en morder su labio para mantener dentro de sí aquel grito de dolor. Jaebyu había apoyado los puños sobre el colchón.

—Querido...

Minki estiró la mano. Quería tocarlo, a la vez que deseaba correr muy lejos de él, de esa casa, de esa vida, de esa historia que tenía aquel final tan cruel.

Jaebyu se le acercó de a poco. Primero tomó asiento en la cama, después buscó su toque. Sus dedos se rozaron, los de Minki fueron codiciosos y se enrollaron con los suyos para tirar de él. Las manos del enfermero eran delgadas y largas, huesudas. Como si le pertenecieran a un pianista. Su piel ya no estaba sedosa como hace unos días. Su reincorporación en Emergencias había traído consigo la dermatitis habitual. En el pasado, Minki habría estado minutos enteros aplicándole cremas cicatrizantes y calmantes para aliviar la irritación. Su pulgar rozó las raspaduras que eran un recuerdo latente de Jaebyu. A quien tocaba era a su novio, a su Yoonie, a Juju, a Yoon-*ah*. No a ese otro sujeto, ese que siempre tuvo manos suaves como un oficinista, no alguien que vivía y daba vida con ellas.

—¿Mejor? —le preguntó Jaebyu.

Había dejado de llorar, lo notó al observarlo y no sentir los ojos humedecidos. Se secó los restos de lágrimas en las mejillas y se restregó la nariz.

—Sí —murmuró.

Jaebyu hizo un ademán de acercársele para finalmente retroceder hasta su lado.

—Por favor —le suplicó Minki.

Lo vio perdido en su necesidad.

Así que se lo explicó.

—Hazlo.

Jaebyu siguió sin entenderlo.

—Tócame.

Por fin el brazo del enfermero se adelantó. Lo observó acercarse hasta que los dedos huesudos rozaron su cabello. Minki se encogió para que el toque fuera más profundo, duradero.

Suyo.

—¿Mejor? —repitió Jaebyu.

Asintió.

Deseó que ese momento se extendiera hasta el infinito, sin embargo, las caricias cesaron y Minki se obligó a aterrizar en la realidad. Sus pestañas revolotearon al abrirse.

—Necesito pedirte algo —dijo Minki. Y por alguna razón, se oyó necesitado, suplicante.

—Lo que sea —respondió Jaebyu.

Retrocedió hasta su lado de la cama y golpeó el colchón.

—Ven.

La atención del enfermero fue de las mantas a su rostro.

—¿Estás seguro? Puedo dormir abajo.

—Pero yo quiero que duermas aquí, conmigo.

Jaebyu se aclaró la garganta. Entonces, apartó las cobijas y metió las piernas. Se dejó caer contra las almohadas con lentitud y cuidado, alerta. Cuando estuvo con el rostro hacia el cielo, lo miró.

—¿Así?

Minki negó con un movimiento de cabeza.

—Dame la espalda.

Cumplió con su solicitud. La espalda de Jaebyu era ancha por su profesión, sus músculos definidos a pesar de ser delgado. Su cuerpo era cálido, exudaba una comodidad que había anhelado por tres meses.

Tocó con la yema su columna cubierta por el pijama. Sintió que los músculos de Jaebyu se estremecían bajo su caricia. Y Minki simplemente no pudo soportarlo más.

Con los ojos cerrados, se adelantó hasta que su mejilla quedó pegada a la espalda de Jaebyu. Lo sintió tenso y caliente bajo su tacto, más cuando su brazo le rodeó la cintura delgada para apegarlo a él. Jaebyu olía a cariño cálido, familiar. Como las toallas secadas bajo el sol de verano. Olía como su cosa favorita del mundo, a pesar de que no podía describir con exactitud el aroma. Era una mezcla entre piel y el jabón que usaban en casa, también al detergente y suavizante de la ropa.

En su afán por acercarse, estrechó su agarre en la cintura de Jaebyu. Su rostro completo se aplastó contra aquel pijama, a la vez que su pecho y cadera colisionaban contra el otro cuerpo. Minki se acomodó contra él hasta que su entrepierna quedó en la curva del trasero del enfermero.

Minki lo escuchó suspirar, también lo sintió relajarse entre sus brazos. Jaebyu buscó sus manos para tocarlas con las suyas y también se apegó más, deseando ese contacto tanto como él. Su boca anhelante, ansiosa y desesperada buscó la nuca de Jaebyu y se la besó. En respuesta, el enfermero se estremeció y soltó un jadeo entrecortado y deseoso.

—No te muevas —suplicó Minki.

—No lo haré —prometió Jaebyu.

Sus ojos se entreabrieron para divisar la tela del pijama. Tenía una mejilla apoyada en la espalda de Jaebyu, por lo que apenas tenía visión. Se apegó nuevamente al enfermero hasta que su nariz quedó enredada entre la tela. Suspiró, su cuerpo se relajó.

—Gracias —susurró.

Y antes de que se durmiera, su boca buscó por última vez la nuca de Jaebyu y le dio un beso, que se prolongó por el resto de piel. Lo sintió relajarse en sus brazos, y no se apartó incluso cuando le rozó el cuello con la nariz como si quisiera impregnarse de su esencia.

Unos minutos más tarde, Jaebyu se quedó dormido y su respiración se hizo suave.

¿Era posible enamorarse nuevamente de la misma persona?

Minki creía que sí.

Por segunda oportunidad en su vida, él se estaba enamorando del mismo hombre.

48

Cuando Jaebyu y él se separaron hace unos cinco años, Minki se fue a vivir con Sungguk unas semanas. Juntos atravesaron una de las peores épocas de sus vidas. Daehyun se había ido a Seúl poco después del nacimiento de Jeonggyu y Minki se negaba a ver al amor de su vida. En su cabeza, era razonable dejarlo para que fuera libre y pudiera tener la familia que él no podía darle, pero que Jaebyu jamás se la pidió. Y si bien por esa época no se veían, Jaebyu lo llamaba cada mañana y noche estuvieran o no en turno. Algunas veces le contestaba, en otras oportunidades se quedaba a un lado de un celular que no hacía más que vibrar.

Una noche, mientras aún dormía, recibió una llamada. Contestó atontado. Su voz quebrada lo había asustado lo suficiente para levantarse, colocarse un abrigo encima y correr fuera de casa pensando que Jaebyu había tenido un accidente. Se lo encontró en la calle con las rodillas en el suelo. Lloraba tanto que los estremecimientos se habían terminado.

—Minki, por favor —había suplicado—, regresa conmigo.

¿Qué le había hecho? Esa fue la primera inquietud que padeció. ¿Qué le había hecho a la persona que más amaba en el mundo justo porque la amaba demasiado? Lo había arrastrado a una vida que nunca quiso vivir, a un sufrimiento que jamás debió existir porque Jaebyu jamás le pidió nada, por mucho que Minki se empecinó en dárselo. ¿Qué sentido tenía liberarlo de su relación para que tuviera una familia con otra persona si Jaebyu no quería esa vida para sí mismo? Quería estar con él, simplemente con él.

—Podemos seguir intentándolo —había continuado Jaebyu ante el eterno silencio—. Pídeme lo que sea y yo intentaré dártelo.

¿Qué le había hecho?

¿Qué había hecho con su relación?

Esa misma pregunta con la que se torturó en el pasado una vez más lo devoraba por dentro, mientras miraba el rostro sereno de Jaebyu. Dormía bien y profundo, como si llevara meses sin poder hacerlo. Conociéndolo, sabía que la realidad no se alejaba de ello.

Su Jaebyu...

¿Qué había hecho Minki con él?

Destruirle el corazón, como también repárarselo. Minki curó heridas que no le había provocado, pero también le hizo otras que con el tiempo intentó enmendar.

Las relaciones, después de todo, no eran perfectas.

Y la suya no era la diferencia.

Pero a Minki le gustaba así y no quería cambiar nada de ella, a pesar de que, sin planearlo, lo hacía.

—¿No descansaste? —la voz aún adormilada de Jaebyu le hizo sonreír. De la emoción movió los pies contra las mantas para hacer fricción y eliminar tanta emoción del cuerpo.

—No.

—Querido... —volvía a preocuparse por él.

—Pero es algo bueno —aseguró—. No dormí, pero tampoco me levanté de la cama.

Sus palabras no lo aliviaron.

—Debes descansar.

—Dormir es para débiles —bromeó.

Aún era temprano, la alarma todavía no sonaba para anunciarle a Jaebyu que debía cumplir con su horario laboral. Habría deseado que su novio continuara con licencia médica, lo que era absurdo de pensar ya que sabía lo mal que le hacía a Jaebyu estar sin trabajo.

—¿Qué harás hoy? —quiso saber Jaebyu. Era obvio que se preocupaba por su vacía agenda.

—¿Además de llevar a los mellizos a la escuela?

Por solicitud de la psicóloga infantil sus hijos también debían retomar su rutina. Ninguno de los dos parecía muy contento con la idea, aunque al menos no se negaban a asistir. Sus ansias por no perder de vista a Minki se diluían, mientras que aumentaban sus ganas por ver a sus compañeros.

—Creo que pasaré el día donde Sunggguk. Sé que no quieres que me quede solo en casa.

—Sí —suspiró Jaebyu—, lo preferiría así. No es porque no confíe en tus capacidades...

—Me secuestraron —Minki puso los ojos en blanco para aligerar la conversación—, es evidente que mis capacidades ahora mismo son bastante mediocres. Quizás deba quedarme como funcionario público y ayudar con el papeleo de la estación de policías, al menos eso es algo que hago bien. Lo odio, sí, pero nadie se queja de mi administración.

—Ayudabas a tu amigo —corrigió Jaebyu con amabilidad.

Le dio una sonrisa suave.

—Lo dices solo porque me amas demasiado.

—También —Jaebyu le regresó el gesto—. Pero no me gustaría que vivieras encerrado.

—A mí tampoco —admitió Minki, su cabeza volteada hacia él—. Iremos viéndolo con el tiempo, ¿te parece?

—Está bien.

El celular del enfermero comenzó a sonar anunciando la primera alarma. Su dueño la apagó y se estiró. Al tomar asiento, lo revisó nuevamente.

—Minki, una cosa —dijo cuando también se sentó—. ¿Me prometes que hoy irás al psicólogo?

Buscó sus ojos antes de hablar.

—Lo prometo, no te preocupes.

Muy pocas veces Jaebyu se vio así de aliviado.

—Gracias.

Minki notó la muñequera en su brazo izquierdo.

—¿Puedes trabajar con tu mano así? —quiso saber.

—No tengo muchos problemas, a excepción para canular —explicó.

—Eres enfermero —frunció el ceño—, ¿no es eso lo que haces con mayor frecuencia?

—Somi se está encargando de eso por mí.

—¿Qué me estás ocultando?

Para evitar el escrutinio, Jaebyu soltó y ajustó la muñequera.

—No sé qué dices.

—¿Saben en el hospital que tienes la mano mala?

Sus orejas tomaron coloración.

Así que ese era el problema.

—Somi lo sabe —evadió.

—¿Por qué no avisaste? —le rehuyó su escrutinio todo el tiempo que pudo—. Jaebyu.

—He cometido muchos errores —confesó con la voz tensa, como si estuviera saboreando algo desagradable—. No puedo dar más problemas.

—Una licencia médica no lo es.

—Sí lo es cuando llevas más de tres meses regresando y saliendo del trabajo por nuevas licencias médicas. No podemos darnos el lujo de que me despidan.

—Tú eres excelente en tu trabajo —cuestionó Minki, sin entender.

—Ya no —admitió Jaebyu. Y se veía tan humillado por reconocer eso que Minki fue incapaz de detenerlo cuando abandonó el cuarto para escapar tanto física como emocionalmente de esa sensación.

Se quedó unos instantes más en la cama analizando sus palabras. Se puso de pie con tranquilidad para ir a buscarlo. Se lo encontró despertando a los mellizos. Chaerin ya lo estaba, Beomgi siempre daba algo más de trabajo.

—Ve a bañarte —le pidió—, yo continúo con ellos.

Todavía evitando su escrutinio Jaebyu se dirigió al segundo cuarto de baño que se ubicaba en ese nivel. Una vez estuvo solo con sus hijos, Minki llevó las manos a la cintura.

—¿Quién está preparado para regresar a la escuela?

No obtuvo respuesta, aunque eso no lo desanimó. Los ayudó a vestirse y les preparó el desayuno. Se comían unos cereales sin azúcar, los único que Jaebyu autorizaba en casa, cuando fue a despertar a Minah. También estaba despierta, se babeaba el puño y movía las piernas al escucharlo.

—Miren quién ya despertó —cantó.

La acurrucó contra su pecho unos instantes antes de cambiarle el pañal y darle el biberón.

Los mellizos extrañaban a sus compañeros mucho más de lo que se imaginaban. Al llegar a la guardería y bajarlos del auto, ambos corrieron hacia sus amigos. Mientras sostenía a Minah contra su cadera, Minki quedó con el brazo en alto para despedirse esperando a que se giraran, lo que no sucedió.

—Al menos están animados —bromeó Minki.

—Así parece —Minah dormía en los brazos de Jaebyu.

—Siguiente parada, ¿el hospital? —preguntó.

A lo lejos divisó a la maestra de los mellizos nadando contra el mar de niños para alcanzarlos. Minki dudó medio segundo en marcharse y fingir que no había notado su llamado desesperado, porque ver a esa mujer siempre significaban malas noticias. Por lo tenso que se puso Jaebyu a su lado, supo de inmediato que en su ausencia sus hijos habían empeorado su comportamiento.

—¿Los mellizos fueron expulsados? —quiso saber Minki antes de ser alcanzados por ella.

—Casi... —aceptó Jaebyu.

Suspiró, luego sonrió cuando la maestra se detuvo frente a él.

Al final, solo buscaba hablar y celebrar la noticia de que lo habían encontrado (una hurra para él). Minki se vio en la obligación de ser cortés los cinco minutos que duró el intercambio de palabras. ¿Por qué la gente asumía que una víctima querría hablar de lo ocurrido? No se trataba de un robo sin violencia, había sido secuestrado y todos no hacían más que recordárselo.

¿Estás bien?, le preguntaban como si no fuera evidente.

¿Cómo voy a estar bien?, quería responder.

Pero se contenía. Parecía ser una persona más evolucionada de lo que siempre imaginó que era.

—Debí venir solo —comentó Jaebyu regresando al automóvil.

Minki conducía. Como llevaba un tiempo sin estar detrás del volante se sentía un poco torpe y frenaba con más brusquedad de lo que debía.

—Olvídalo —dijo—. No es tu responsabilidad que otros tengan un tacto de mierda.

Jaebyu no respondió, aunque percibió indicios de incomodidad y ansiedad. El enfermero tendía a estirar y apretar las manos sobre sus rodillas huesudas al ser desbordado por esas emociones.

Al estacionar en el ingreso a Emergencias, divisó de inmediato el cabello corto de Somi. Debía haberle dado una reciente crisis de identidad, ya que su pelo vibraba en un rojo fuerte y artificial. Si no tuviera su melena tan maltratada por años de abusos con el peróxido, se habría visto increíblemente bien. El color favorecía su piel blanca y hacía ver sus ojos más grandes. Ella les alzó el brazo al pasar por su lado en el automóvil. Minki se estacionó lejos. Tras detener la marcha, Jaebyu no hizo ningún intento por bajarse, a pesar de que Somi lo aguardaba en la entrada.

—¿Sucede algo?

Jaebyu se acarició las piernas. Abrió la boca, dudó. Su entrecejo se frunció. Cuando por fin habló, sus mejillas estaban sonrojadas y rehuía su mirada con tan poca delicadeza que llegaba a ser gracioso.

—Llega bien a casa de Sungguk, por favor —pidió.

Su corazón dio un vuelco en su pecho.

—Juju, no se va a repetir.

—Me prometiste que jamás iba a sucederte algo y no fue así —su voz era suave para palabras tan rudas.

—Ahora siempre porto mi arma de servicio —y para probarlo, se abrió la chaqueta donde quedaba al descubierto tanto su pistola como el arnés donde la cargaba—. Y no voy a repetir errores.

—Minki —Jaebyu se lamió los labios con ansiedad—, si llegara a suceder...

—No va a pasar —insistió.

—Pero si llegara a suceder —persistió con su idea—, ¿me prometes que te vas a escoger?

—Juju —fue a tocarlo. El movimiento quedó a medio camino, ya que Jaebyu retrocedió el torso para no ser alcanzado. Cerró su mano y la apegó a su propio pecho como si se la hubiera lastimado—. Sería diferente esta vez.

—¿Y cuál sería la diferencia?

—Que esta vez no dejaría que me atraparan.

Los ojos de Jaebyu mostraban miedo a diferencia de la expresión neutra que casi siempre acarreaba.

—Te prometo que quiero confiar en ti —admitió.

Pero dicha confianza se había quebrado en el instante que él no cumplió su promesa.

Sin poder resistirse, Minki le tocó la barbilla con cariño.

—Ve, tu turno espera —recordó.

Jaebyu se puso en movimiento y se bajó del automóvil. No cerró la puerta, se quedó afirmándola mientras inclinaba su cuerpo para ver el interior.

—Querido —lo llamó una vez más.

—Espero que sea para decirme que me amas —dijo coqueto.

Vio su sonrisa cohibida y eso le dio mil años de vida.

—Te amo —dijo. Y Minki pudo saber que estaba luchando por seguir su día cuando todo le decía que se quedara a su lado.

—También te amo —apuntó fuera—. Ahora ve o llegarás tarde.

La puerta por fin se cerró. Se quedó en el estacionamiento observándolo llegar al acceso y saludar a su amiga revolviéndole el cabello, después se giró una última vez para decirle adiós. Somi también se despidió de él con un movimiento de brazo amplio, era evidente que no había buscado acercarse para darles un momento a solas en el auto.

Ambos permanecían en el mismo sitio cuando pasó por su lado en el coche.

—Cuídalo bien —pidió Minki.

Somi puso los ojos en blanco con obvio gesto burlesco.

—Está bien grandote para cuidarse solito.

Finalmente ingresaron al hospital y se perdieron tras las puertas abatibles.

Había poco tránsito de regreso. Tal como se lo había prometido a Jaebyu, fue a la casa de Sungguk con Minah en el asiento de bebé. Tras oír el ruido metálico del perro 4x4 de la familia, los ladridos de Roko y un golpe seco, la puerta por fin se abrió. Apareció Sungguk apoyado en una pierna.

—Contraseña de ingreso —pidió.

—¿Te das cuenta de que vas por los treinta y te comportas aún como un subnormal?

—Contraseña incorrecta —y le cerró la puerta en la cara.

—Si me pasa algo porque no me dejaste entrar, Jaebyu te va a matar.

Se abrió de inmediato y, con gesto galante, Sungguk le invitó dentro.

—Molestarte es la única entretención que tengo —se quejó— y ni eso me dejas hacer.

—Una pena —dijo con falsa comprensión—. ¿Y Daehyun?

—Pintando en el tercer piso.

Con Minah, que dormía en sus brazos, se dirigió a la escalera.

—Puedes acostarla al lado de Hanni —ofreció Sungguk.

La casa del oficial era más grande que la suya. Era evidente que el doctor Jong Sehun había recibido un buen sueldo por sus funciones como director en el hospital. El costo inmobiliario en Corea era alto, más aún en las ciudades. Las nuevas generaciones crecían sabiendo que jamás podrían optar a la vivienda propia. Si no heredaban una propiedad, no les quedaba más que arrendar para toda su vida tal como le sucedía a Minki y Jaebyu. Además, para conseguir arriendos exigían grandes depósitos que debían cubrir varios años de pago, así que hasta para arrendar era difícil. Sungguk era un afortunado por no tener esa clase de preocupaciones. Tenía muchos conflictos monetarios, aunque no de vivienda.

Llegaron al cuarto de Hanni donde la bebé dormía. Minki dejó a Minah a su lado con mucho cuidado para no despertar a ninguna. Su hija se movió inquieta por un instante, así que la tranquilizó tocándole la mejilla y susurrándole palabras de consuelo.

—Nunca pensé verte así —se burló Sungguk.

—Cállate, ¿no ves que le hablo a mi hija?

Cuando Minah se quedó quieta con su mano enredada en las mantas de Hanni, Sungguk afirmó con algo de alegría.

—Serán novias —anunció.

—Que la vida me salve de tenerte como pariente.

—Soy tu mejor amigo, ¿no debería ser lo mejor?

—No.

Se hallaban en el corredor del segundo piso, al final se avistaba la escalera que subía a lo que había sido un entretecho pequeño y estrecho, el que en la actualidad ampliaron para que Daehyun tuviera un estudio de artes. No vendía muchas pinturas al año, pero cuando lo lograba, Dae era tan feliz que pasaba semanas de buen humor.

Quisiera aceptarlo o no como amigo, Sungguk lo conocía demasiado bien y pareció notar su inquietud, que también denotaba un gran nerviosismo, por lo que no lo acompañó para que pudiera conversar a solas con Dae. Mientras Minki subía al altillo, Sungguk regresó al primer nivel para finalizar una extensión de galpón que llevaba construyendo décadas en el patio trasero. Ambos sabían que esa tarde poco y nada iba a avanzar considerando que aún se recuperaba de la lesión en su pierna.

Se encontró a Dae de pie frente a un cuadro enorme. Tenía el pincel en la mano y analizaba la pintura con el entrecejo fruncido.

—¿Crees que le falte rosa? —le preguntó al notarlo en la escalera.

Si bien era un cuadro en tonos pasteles, Minki afirmó:

—Nunca es suficiente rosa.

A Dae debió parecerle razonable la conclusión, porque dio una serie de pincelazos que Minki no reparó entre tanto desastre. El arte y él no eran conceptos que fueran compatibles.

Como Dae mantenía un colchón en el rincón, donde tomaba siestas de vez en cuando, Minki se acomodó en este con la espalda contra la pared. Le costó sentarse, ya que esa posición hizo que su cicatriz de la cesárea se estirara demasiado. Su amigo dio una serie de pincelazos más, después lanzó la brocha a un vaso que debía tener agua.

—¿Y Minah? —quiso saber Dae.

—La dejé con Hanni.

Dae suspiró.

—No le des más ideas a Sungguk —pidió.

—¿Te refieres a que cree que nuestras hijas serán novias?

—Está segurísimo de que será así —Dae negó con la cabeza—. Está siendo un bobo y le está imponiendo sus ideales. No quiero que Hanni crezca pensando que debe estar con Minah para que su padre sea feliz.

La conversación se había tornado demasiado profunda para ser recién las ocho y media de la mañana, y eso que todavía no lograba beberse un café.

—Lo dice de broma —lo defendió Minki.

Dae se apuntó la sien.

—Lo conozco, y no creo que esté bromeando tanto.

Cuando la conversación tomó un plano llano, se cuestionó si ya había llegado la instancia adecuada para hacer la pregunta.

Aunque la verdad nunca existiría un buen momento para hablar de eso, así que simplemente empezó:

—Daehyun, ¿tú crees que estás bien?

Dae terminó sentado en aquel banquillo pequeño con aire perdido. Tenía las piernas abiertas y, entre ellas, las manos sujetando el asiento.

—Mmm, no sabría decirlo. Yo supongo que sí. ¿Por qué lo preguntas?

Minki se rascó el costado de la nariz, de pronto deseaba tener algo en las manos para destruirlo.

—Estoy yendo a terapia —confesó.

—Yo sé —avisó.

—Y no hago más que preguntarme si tiene una utilidad.

Los ojos de su amigo eran sinceros al encontrarse con los suyos.

—La tiene —aseguró.

—¿Tú crees? —insistió en su negativa.

—Minki, yo no hablaba hace cinco años.

No solo eso. Dae había crecido sin muchos estándares sociales, por lo que hizo y cometió un montón de errores en su proceso de crecimiento. Había tenido que aprender lo que era la autonomía, como también forjar su independencia. Además, había sido tan ingenuo que fácilmente podía ser tomado por idiota, uno que carecía del mínimo conocimiento sobre la vida. No habían sido años fáciles, pero Dae había logrado salir adelante.

Más importante que eso...

—Soy feliz con las decisiones que tomo —Minki se quedó tan desconcertado que únicamente fue capaz de ladear la cabeza—. Y no sabría hacerlo si no fuera por la terapia, Minki.

Sin embargo, su historia era diferente a la de él. ¿Le serviría realmente asistir al psicólogo a alguien como él? No era Dae, nunca lo sería. ¿Era por tanto necesario?

—Sé que hablando se solucionan muchos problemas —exploró Minki sus pensamientos—, pero no van a resolver los míos. Conversar no me va a ayudar a borrar los últimos tres meses de mi vida.

—No hay que eliminarlos, pero sí gestionarlos.

—No entiendo —confesó—. ¿Cuál es la diferencia?

—Que por un tiempo vas a seguir padeciendo de esas pesadillas, pero si no vas a terapia, no sabrás cómo reaccionar ante ellas.

—¿Y eso es malo? —cuestionó, tozudo.

—Sí —susurró Dae, sus ojos grandes y sinceros, también preocupados—. Podrías hacerte daño o hacerle algún daño a otros, a Jaebyu especialmente.

Hace tres meses se había ido una versión de Minki completa, pero había regresado un muñeco desarticulado. Jaebyu no lo había averiado, aunque pagaba las consecuencias de ello intentando reparar algo que no había roto.

—En sus inicios será difícil que veas cambios —continuó Dae poniéndose de pie y yendo a su lado—. Pero una mañana te vas a despertar y, si bien aún tendrás ese nudo en la garganta que no te deja respirar, lo sentirás menos apretado. De vez en cuando necesitamos una guía, Minki. La terapia es eso, un hilo delgado y casi transparente que te ayudará a salir del bosque en el que a veces nos extraviamos.

—Yo podría encontrar la salida solo —debatió, a pesar de que su voz se perdía en aquel ático.

—Sí —Dae se encogió de hombros—. Nadie dice que no podrías salir sin ayuda, pero ¿cuánto te tomaría hacerlo? Que puedas hacer algo por tu cuenta no significa que tengas que estar solo.

Se quedó en silencio, clavando la vista en sus manos que jugaban con sus rodillas. Daehyun respetó su espacio para que pudiera procesar sus palabras. Tras un largo rato, insistió.

—¿Por qué sientes un rechazo tan grande por la terapia?

Nunca nadie en su familia había asistido. No era algo naturalizado en su cotidiano, más bien lo contrario.

—No quiero perder la guerra —al final confesó.

—¿Qué guerra? —quiso saber Dae.

—Contra mí mismo.

—Pedir ayuda no es perder una batalla; de hecho, podría marcar la diferencia entre perderla o no. Difícilmente puedas ganar una guerra si nunca has usado una espada. Y no empieces con que podrías entrenarte solo, porque insistiré con lo mismo que ya mencioné —hubo una pequeña pausa donde Dae tomó aire con abundancia y adelantó su cuerpo para poder mirarle el rostro por completo—. ¿Cuál es el problema, Minki? ¿Por qué se te hace tan difícil aceptar la ayuda?

Minki estiró las piernas frente suyo para darse tiempo.

Su ausencia de respuesta fue todo lo que Dae necesitó para dar otro largo suspiro. No cansado, no irritado, compasivo.

—Tu familia es un ejemplo —dijo Dae lo suficientemente alto para irrumpir en sus pensamientos.

—¿A qué te refieres?

—Ni tu mamá ni tu hermano han asistido jamás a un psicólogo. ¿Y consideras que son personas que estén bien?

Su mamá nunca sonreía, tampoco le contaba nada. Era como si estuviera presente sin estarlo realmente, sus pensamientos perdidos en alguna parte de sus eternos recuerdos. Si se mantenía ahí, con ellos, era porque no conocía otra forma de vivir o de no hacerlo. Vivía porque no podía morir, era así de sencillo.

Y su hermano... si bien había madurado los últimos años, seguía siendo un adolescente encerrado en un cuerpo de adulto. No era maduro ni responsable, razón por la cual hace seis años se había peleado con su mamá y había terminado viviendo con él. Con el tiempo a Minki también le había tocado pedirle que se fuera de su departamento. Minjae había sido la clase de persona que había intentado emborracharse con sus amigos en su propio hogar mientras Minki agonizaba en una cama por el dolor. Había pecado de una inmadurez que lo llevó a carecer de empatía. Por fortuna, había cambiado, aunque no lo suficiente.

Nunca era suficiente.

—No —al final Minki aceptó.

—¿Y crees que yo esté bien?

—Por el bien de nuestra amistad me limitaré a...

—Minki —lo cortó Dae.

—Algunas veces —respondió a regañadientes—. Pero tienes también tus momentos malos.

Dae asintió sin sentirse afectado.

—Eso es porque soy una persona dañada, Minki, y toda mi vida lo seré. La terapia no va a eliminar mi pasado, pero me ayuda a que no repercuta en mi presente. No siempre lo logro, porque es una pelea diaria y constante, aunque la mayoría del tiempo lo hago. Estoy bien, amo y me aman. Soy feliz.

—Eres bonito —susurró Minki.

Dae le sonrió.

—Soy bonito —aceptó—. Gracias a Sungguk, a mis hijos, a ustedes, a mis demás amigos... por ustedes me siento bonito, Minki. Muy bonito. Y gracias por eso.

Apoyó su cabeza contra el hombro de Dae.

—También quiero sentirme así.

Le acariciaron el cabello.

—No dejes de asistir a terapia —pidió Dae.

Cerró los ojos.

Entonces, asintió.

—No la dejaré.

Bonito.

Él quería sentirse así, muy bonito.

¿Pero podría lograrlo considerando lo sucedido?

Dae debía estar pensando algo parecido, ya que hizo la pregunta que parecía llevar tiempo perturbando su mente.

—¿Minki se arrepiente?

—¿De qué?

—Sobre... —su voz disminuyó hasta casi hacerse imperceptible. De eso estaba acostumbrado, Dae no tenía un tono estable al hablar. Y cuando se ponía nervioso, ese mal empeoraba—. Sobre salvarme.

Se alejó, Dae jugaba con una costura suelta de su ropa. Tenía una expresión tan preocupada y triste que Minki no pudo contenerse y le dio un beso suave en la mejilla a la vez que lo abrazaba.

—Nunca —aseguró.

Sintió el cuerpo de su amigo relajarse contra el suyo aceptando ese abrazo que tanto se merecía.

—¿Seguro? —sus ojos se aguaban y agrandaban a medida que avanzaba—. Minki puede decir la verdad.

—Esa es la verdad, Dae.

—Porque Dae sí —admitió analizándose las manos—. Yo sí me arrepiento de haberme salvado.

—Dae —dijo para que le prestara total atención—. Eras una víctima.

—Pero...

—¿Es por Jaebyu?

No necesitó su respuesta para entenderle.

—Jaebyu me había perdido —explicó el contexto—. No solo al padre de sus hijos, también a la persona que ama. Posiblemente dijo varias cosas fuera de lugar que espero me expliques para conversarlo luego con él. No lo justifico, pero sí entiendo por qué podría haberlo hecho.

—Jaebyu no dijo nada —se apresuró Dae a aclarar.

—No mientas.

—Lo prometo —dijo, nervioso.

Minki entendió. No habían sido sus palabras, sino más bien acciones.

—Lo que menos hace Jaebyu es hablar, pero a la vez logra decir todo sin realmente hacerlo. ¿O me equivoco? —su mirada esquiva fue la respuesta—. Voy a tener una conversación seria con él.

—No, por favor —pidió Dae tocándole el brazo—. No es necesario.

—Sí lo es.

—Minki...

—Posiblemente sepa que hizo algo malo y, ¿la verdad?, no sé si me molesta más que lo sepa y no se haya disculpado o que ni siquiera esté enterado de que hizo algo mal. Debemos tener una conversación, esto va más allá de ti.

Dae había aprendido a canalizar su malestar pintando. Por eso no le sorprendió que se pusiera de pie y se dirigiera directo al lienzo que finalizaba. Lo dejó que diera un par de pincelazos en tanto su respiración se normalizaba hasta que la tensión se le esfumó de los hombros.

Dudó, porque no quería volver a perturbar a su amigo, así que esperó a que metiera el pincel al agua.

—Dae —lo llamó para asegurarse que lo oía.

—¿Mmm?

—¿Todavía la extrañas?

No tuvo que mencionar su nombre para que entendieran a qué se refería. Hubo un tiempo que preguntarle sobre ella habría implicado un gran desastre mental para Dae, ahora las cosas habían cambiado, tal cual le mencionó este. Con terapia, comenzaba a entender, esos conflictos disminuían.

—Sí —aceptó Dae.

—¿Por qué?

—¿Por qué la extraño? —Minki asintió—. Creo que la pregunta correcta es por qué no lo haría.

—Ella te hizo algo terrible —le recordó como si Dae alguna vez pudiera olvidarlo.

—Pero también me cuidó y amó a su manera, me quiso cuando nadie más lo hizo, se preocupó de mí, se quedó a mi lado cada vez que me enfermé, me preparó un pastel para cada cumpleaños simplemente porque sabía que me gustaban. Su error no fue amarme, Minki, eso lo hizo muchísimo. Fue quererme de forma incorrecta. Y sí, también la odié. Un sentimiento no anula a otro.

Dae había regresado a su lado y tomado asiento en el colchón, sus piernas en posición de mariposa rozaban con las suyas. Como mantuvo la barbilla baja, sintió un codazo suave en el brazo para que reaccionara, para que soltara eso en lo que tanto pensaba.

—Extraño a Dowan —confesó Minki.

—¿A tu hermano? —afirmó—. ¿Y eso por qué es algo malo?

Minki se encogió de hombros.

—No es necesariamente malo, tampoco algo bueno. No lo sé, es difícil de entender.

—Así es el luto.

—Ese es el problema, que se supone que no debería estarlo. No debería estar en luto porque casi no lo conocía. Era mi hermano, pero no crecí con él. Lo único que compartimos alguna vez fue a un padre horrible y una habitación por tres meses. Pero ya está, no era una persona relevante en mi vida y lo extraño tanto... tanto... que... me falta algo. Sin él siento siempre que me falta algo.

No pudo continuar, su voz se había quebrado del todo. Observó la pintura de Dae y pestañeó con fuerzas para eliminar ese irritante escozor en los ojos.

—Una vez Jaebyu me dijo algo.

Minki soltó un bufido que casi no sonó.

—¿Juju? —logró decir. La garganta se le cerraba.

—Ajá —Dae asintió—. Me dijo que el cariño no implica tiempo como el tiempo no implica cariño. Se puede amar a una persona que conociste en apenas tres meses, como también odiar a alguien que amaste durante años. Puedes incluso no sentir nada, a pesar de haber compartido una vida completa.

Se escuchó chasquear la lengua, recuperó también la voz.

—El amor de mi vida no habla mucho, pero cuando lo hace casi siempre dice verdades. Lo odio por eso —entonces, se retractó de inmediato con los ojos clavados en el cielo—. Mentira, lo amo, así que no te atrevas a alejarlo de mi lado.

Dae no le preguntó para quién iba esa amenaza, apenas se limitó a soltar una carcajada suave.

—Deberías dormir algo —propuso Dae tras un rato.

—Debo tener unas ojeras terribles —adivinó Minki.

—Algo así —fue sincero—. Duerme un poco, te despierto para almorzar.

Revisó la hora en su celular, también las notificaciones. No había llamadas perdidas de la profesora de los mellizos ni mensajes de Jaebyu. Tenía uno de Sungguk, que ignoró al igual que la noche anterior.

—Está bien —aceptó.

Dae fue por una manta que guardaba dentro de un baúl viejo de madera. Minki no pudo evitar preguntarse si aquel mueble se lo había llevado de la casa de su abuela antes de que esta fuera desarmada y el terreno puesto en venta.

El amor.

¿Por qué era tan difícil de entender?

Se recostó en el colchón y dejó que su amigo lo cubriera. Lo escuchó bajar las escaleras, pasar a la habitación de Hanni para comprobar a los dos bebés y seguir su camino al primer nivel. Escuchó la voz baja y alejada de Sungguk, después nada.

Minki revisó el ático. Era de un tono pastel. Tres paredes eran beige y una verde. Estaba alfombrado y había un gran espacio ocupado por un enorme lienzo en blanco. En un rincón estaban las pinturas, que iban desde tarros grandes a sets compactos. El sitio le pertenecía a Dae. Sungguk tenía por toda la casa construcciones a medio empezar; considerando que había construido ese tercer piso en un tiempo corto, y además lo había finalizado, decía lo mucho que su tonto amigo amaba a ese chico.

¿Sunggguk hacía sentir a Dae bonito?

Minki extrañaba que Jaebyu lo hiciera sentir así.

Extrañaba muchísimo a Jaebyu, a pesar de que continuaban juntos.

Lo extrañaba muchísimo.

Tanto, que no pudo decírselo.

Después de todo, el silencio era el ruido que más sonaba en un alma solitaria.

49

Lo despertó un quejido bajito de bebé que era casi imperceptible. Si no tuviera «poderes arácnidos» de padre posiblemente no hubiera alcanzado a oírlo. Se puso de pie de un salto y bajó con suavidad las escaleras para no generar más alboroto. Ingresó al cuarto para encontrarse a Minah moviendo las piernas y brazos con algo de inquietud; era ella quien había despertado, en tanto Hanni permanecía dormida.

—Mi bebé —la arrulló tomándola en brazos—, ¿qué sucedió?

Por lo caliente que se sentía el pañal, debía estar sucia. Se acercó a su trasero para olerla. Alcanzó a inspirar una vez antes de alejarla con la nariz fruncida.

—Mi amor, ¿te hiciste y por eso lloras? Lo sé, lo sé, a nadie le gusta estar sucia, ¿no?

Le cambió el pijama y el pañal, después la paseó por el cuarto. Rápidamente sus ojitos atentos pasaron a ser somnolientos. A diferencia de los mellizos que fueron un caso de caos y pataletas consentidas —situación que no se alejaba mucho a la actualidad—, Minah era tranquila. Su pasatiempo era dormir y tomarse un biberón, también era de sonrisa fácil. Bastaba con cargarla y decirle algo con tono gracioso para complacerla, justo como lo estaba haciendo en ese momento.

Le tomó menos de media hora quitarle los gases y hacerla dormir. La recostó de nuevo contra Hanni, que no se había enterado de nada. Revisó que el monitor de bebé estaba encendido y grabando. Se extrañó de que Dae o Sungguk no la hubieran oído ni visto llorar desde la pantalla portátil que manejaban en la cocina.

Bajó al primer nivel pisando suave, aunque con precaución. No estaban en la sala de estar. La puerta de la lavandería y del baño se encontraban abiertas, donde tampoco los vio. Al ingresar a la cocina frenó en seco.

Daehyun estaba sobre la encimera con las piernas abiertas y sujetaba con los muslos a Sungguk, que lo besaba con una mano en la garganta y la otra en la rodilla para instarlo a mantener esa posición. Del puro placer, Dae tenía la espalda curva y su cadera se rozaba contra la entrepierna de Sungguk. Ambos compartían un beso largo, acalorado, el roce de sus labios resonaba en sus oídos al igual que el gemido que empezaba a salir de la garganta de Dae.

Al romper el beso vino lo peor.

—¿Me harás sentir bonito esta noche? —quiso saber Dae.

Por supuesto, ninguno de los dos se percató que Minki estaba en la entrada de la cocina.

—¿Quieres que te haga sentir bonito? —murmuró Sungguk contra sus labios.

Minki aguantó una arcada.

—Contigo siempre quiero sentirme así.

Dios.

Definitivamente no quería estar ahí ni mucho menos que esos dos supieran que los había visto compartir algo tan íntimo.

—Te quiero dentro de mí —suplicó Dae.

Minki se giró para escapar, sin embargo, estaba acelerado y también repleto de envidia, por lo que no midió su movimiento. Sus dedos desnudos se azotaron contra el marco de la puerta. Su grito de dolor los hizo por fin advertirlo. Dae se sonrojó tanto que su cabeza parecía que iba a estallar. Sungguk, por otro lado, solo parecía molesto por la interrupción.

—Por culpa de ustedes casi quedo ciego —se quejó Minki, mientras se colocaba en cuclillas y acariciaba los dedos golpeados—. Y también cojo.

—No empieces, porque tú eres peor con Jaebyu —lo encaró Sungguk.

—Mentira, ¿yo? Nunca jamás.

—Lo hacen en el hospital, eso es incluso más asqueroso y exhibicionista.

—No tenemos privacidad en casa —se excusó Minki. Entonces, se puso de pie y se percató de aquel pequeño pero enorme detalle—. Y vete arreglar esa cosa al baño, idiota, que le vas a sacar el ojo a alguien.

Por fin logró que Sungguk se sonrojara de vergüenza. No quiso admitir que disfrutaba en demasía incomodar y burlarse de él. Y sí, rondaba los treinta y tenía tres hijos, no podía ser tan infantil... al menos no siempre; se permitía ciertas libertades como esa.

—Voy a estar con nuestros bebés y fingiré que nada de esto sucedió —anunció, emprendiendo camino de regreso donde Minah y Hanni. Como se las encontró en la misma situación, tomó asiento en la silla mecedora y soltó una risa de incredulidad al recordar la escena de la cocina. Debía ser sincero, apestaba a envidia. Mientras él no soportaba ver a su novio en penumbras, sus amigos disfrutaban sus escasos minutos de libertad. Quería reprocharlos, pero sabía que lo haría únicamente por envidia.

Soltó otra carcajada irónica que despertó a Hanni. Se apresuró a agarrar y mecerla para que no turbara a Minah, que acababa de hacerla dormir, por el amor a Dios. Casi al instante percibió los pasos apresurados de alguien en la escalera y luego en el corredor. Ingresó Sungguk con expresión preocupada.

—¿Es Hanni?

—¿Te quitaste esa cosa? —le preguntó, a la vez que lo esquivaba para que no pudiera alcanzar a la bebé.

Avergonzarlo siempre iba a valer la pena el esfuerzo.

—S-sí —tartamudeó.

Le alzó las cejas, frunció los labios.

—No lo sé.

—Si sientes tanta curiosidad, mira y compruébalo.

—Tengo suficientes traumas para estar agregando uno más, así que no, gracias.

Sungguk puso los ojos en blanco y le arrebató a Hanni, quien pareció adivinar de inmediato cuál de sus padres la sujetaba. Su boca se abrió, su rostro se arrugó y estalló en un llanto bajito, aunque dolido. Por mucho que Sungguk la meció, no pudo tranquilizarla. A ninguno de los dos le sorprendió captar unos pasos en la escalera. Poco después apareció Dae en la estancia y pidió a Hanni con un gesto de manos. La niña se silenció apenas cambió de brazos.

Por supuesto que Minki se rio de la situación.

—Hanni tiene un padre favorito y no eres tú, Sunggukie bobo.

—Lo sé —admitió—. Jeonggyu me prefería a mí, pero Hanni es totalmente de Dae. Y no te rías que tú estás en las mismas.

—¿Yo? —bufó—. Sueña, yo soy el favorito de mi hija.

Lo cual era una gran mentira, pero eso no tenía por qué saberlo Sungguk. Minah amaba a Jaebyu y lo prefería a él, fin de la historia.

Como las voces entorpecían las maniobras de Dae por hacer dormir a Hanni, ambos abandonaron el cuarto. Se dirigieron al jardín trasero, donde Sungguk todavía no finalizaba la terraza que llevaba construyendo al menos unos cinco años. Aún era puro palo y tornillos, aunque al menos ya la había barnizado. Calculaba que en dos años tendría techo y en seis podría ser habitable.

Su zona preferida era la hamaca, por lo que fue a descansar en ella. Sungguk lo imitó. El sol de primavera les calentó la piel. Era un día agradable y soleado, ideal para tomar una de esas siestas eternas y reparadoras. O lo habría sido si Sungguk no hubiera hablado.

—Tengo algo que contarte.

Con un bostezo gigante, colocó los brazos por detrás de la cabeza y se meció con la ayuda del pie.

—¿Sobre qué?

—El incendio que hubo en la estación de policías.

Tuvo su total atención.

—¿Y me lo vienes a decir ahora? —se sentó recto.

—No consideré que fuera buena idea contártelo antes.

—¿Qué sabrás tú? —lo encaró.

—No estabas precisamente bien —recordó Sungguk.

—¿Por qué todo el mundo insiste en decir lo mismo? —se exasperó—. Estás igual que Jaebyu.

—¿Será porque hemos visto algo que tú te niegas a aceptar?

Casi gruñó.

—En fin, solo dilo. Tengo psicólogo en una hora y no puedo faltar, Jaebyu se enojaría mucho conmigo.

Sungguk le resumió la situación: si bien aún no encontraban al culpable, al menos gran parte de las evidencias se habían logrado salvar al estar respaldadas. También le explicó que las cámaras habían alcanzado a grabar a uno de los presuntos culpables antes de que el fuego las calcinara. No se habría alertado por la información de no ser por el cambio en la expresión de su amigo al mencionar eso último.

—¿Tienes el video? —adivinó.

Sungguk era demasiado curioso y entrometido para no saberlo.

—Por supuesto que sí —y mientras sacaba el teléfono y lo buscaba en la galería, agregó—. Antes de que lo olvide, escuché una conversación de Eunjin con sus superiores y mencionó un nombre —entonces, una mirada disimulada—. Al parecer, se trata de alguien que estuvo contigo... allá.

—¿Qué dijo?

—Que lo siguen buscando.

Minki recibió el celular.

—¿Cuál es su nombre? —preguntó a regañadientes, a pesar de que ya conocía la respuesta.

—Un tal Alexander.

De inmediato sintió que las entrañas se le retorcían a la vez que un nerviosismo ansioso se apoderaba de su tonto corazón.

—Era quien nos cuidaba, es un guardia —y de pronto dudó, porque aquella hipótesis no la había compartido con nadie a excepción de Eunjin. Midiendo sus palabras, explicó—. Creo que es el padre de Dae.

Sungguk se sorprendió unos instantes. Su rostro pasó a la comprensión como si de un rompecabezas se tratara.

—¿Lo sabías? —encaró Minki.

—No —aseguró—, pero ahora todo empieza a tener sentido.

Dicho eso, le puso *play* al video.

En la grabación era posible ver una figura cubierta de negro irreconocible, más bien se asemejaba a una mancha que se movilizaba por la lugar derramando lo que parecía combustible. Poco después, prendió fuego al lugar y la grabación se acabó.

Regresó un par de segundos al video justo al instante cuando la estancia se vio iluminada por el fuego, lo que le permitió darle una silueta clara a la figura. Por lo alto que era, y por su complexión, debía tratarse de un hombre. Y mientras observaba las llamas consumir el lugar, tenía posicionadas las manos al frente del cuerpo y...

Se las retorcía.

Se las retorcía de la misma forma maniaca que él solo había visto en una persona antes.

—¿Es...? —se escuchó preguntar.

Sungguk recuperó su teléfono y lo bloqueó.

—Sí.

—¿Y Dae lo sabe?

—No —su amigo enfatizó la palabra con un movimiento de cabeza—. No quiero apresurarme en deducciones, así que tengo que hablar con él antes de acusarlo de algo. Pero hace semanas que no visita a Dae.

Después de todo, se lo debían a Daehyun. Era lo mínimo que podían hacer por él.

—¿Entiendes ahora por qué empieza a tener sentido la historia?

La sensación que lo embargó no fue bonita.

Para nada bonita.

¿Qué hacía Moon Minho quemando evidencia de los casos y por qué?

50

Minki ya estaba en la vida de Jaebyu cuando este comenzó a hablarle sobre aquella irritante residente de enfermería que hacía guardia en Emergencias y que además tenía la costumbre de estar siempre al pendiente de los chismes. En sus inicios, le había parecido gracioso que dos personas tan diferentes pudieran ser compatibles; le recordaba en cierto punto su propia relación. Pero de un momento a otro Jaebyu dejó de hablar de Somi con molestia para pasar a unos ojos de sincero afecto. ¿Aquello le dio celos en su momento? Por supuesto. Minki era la primera relación homosexual que Jaebyu había tenido en su vida, por tanto, el mismo orgullo que le causó ser el primero le dio la misma inseguridad. Porque, ¿qué sucedía si Jaebyu se terminaba dando cuenta de que lo suyo había sido un error? No era de extrañar entonces que a Minki le empezara a molestar dicha amistad.

Pero Jaebyu por alguna razón la quería y aceptaba como su única amiga, por lo que Minki se obligó a ceder terreno ante ella. El único pecado que Somi había cometido era ser mujer. También ayudó que Somi se derritiera cada vez que Sungguk aparecía por Emergencias. Notar la forma diferente en la que se comportaba con el oficial y con su novio le hizo darse cuenta afortunadamente de la gran idiotez en la que estuvo encerrado.

Somi era su aliada, no su enemiga.

Sin embargo, las inseguridades eran grandes y atacaban el punto más débil de cada persona. Y el de Minki siempre sería cualquier hecho que se entrometiera en su relación con Jaebyu.

Somi, después de todo, era quien había quedado en la vida de Jaebyu tras su desaparición. Era ella quien le había traído comida y permanecido a su lado hasta que se terminara el plato, quien lo había escuchado llorar, quien le había acompañado a pegar carteles de búsqueda por toda la ciudad, quien había cuidado a los mellizos cuando Jaebyu no podía.

Era Somi, siempre ella.

Somi poseía tres meses de recuerdos que Minki jamás tendría por mucho que la gente se esforzara en llenar ese tiempo con anécdotas. Y desearía que fuera sencillo odiarla, pero Somi también era la mejor amiga de Jaebyu y él tenía que recordarse eso. Si su novio era capaz de aceptar su amistad con Sungguk sin protestar jamás, ¿por qué para él era tan difícil hacer lo mismo?

—Eso es porque Jaebyu, a diferencia de ti, es inteligente —le aseguró Sungguk cuando se permitió por fin expresar su miedo. Ambos estaban en el automóvil de Jaebyu, que realmente era de la familia. Los mellizos ya habían salido de la guardería y se habían quedado junto a Daehyun y el doctor Jong. Sungguk había decidido acompañarlo al hospital, ya que se había impuesto el título de guardia personal.

—No, es porque yo le he dado esa seguridad como novio —debatió de mal humor.

—¿Y Jaebyu no ha hecho eso?

No tuvo cómo responder, era tal cual Sungguk le increpaba. Jaebyu nunca había hecho algo para que esos celos, enfermos y tóxicos, nacieran y crecieran. Estaba siendo un idiota, Minki lo sabía, aunque tampoco lograba silenciar esa irritante voz en su cabeza.

Como quería alejarse de la conversación, puso en aprieto a su amigo. Esa era la única forma de que este dejara de escarbar, Sungguk algunas veces podía comportarse como un gran *golden retriever* desesperado por un hueso escondido.

—¿Vas a postular este año?

—¿A qué? —Sungguk no entendió—. ¿A un subsidio?

—A la escuela de investigaciones.

Su boca se abrió apenas unos centímetros y se cerró de golpe.

—No.

Si bien Sungguk y él se habían conocido en la academia de policías, no se hicieron amigos hasta que lo designaron como su compañero. Por ese tiempo, todo lo que salía de esa boca dientona era lo mucho que deseaba continuar sus estudios para transformarse en un gran detective.

—¿Por qué no? —cuestionó—. Eres fisgón por naturaleza, lo que te haría irónicamente un buen detective.

Sungguk lo miró con mala gana.

—¿Será posible que algún día me digas un comentario bonito?

—Para eso tienes a Dae —se encogió de hombros—. Se te puede subir mucho el ego si yo también lo hago.

—No eres gracioso.

—No pretendía serlo —al darse cuenta de que su amigo había desviado el tema de conversación, lo retomó—. ¿Por qué ya no quieres postular?

—No es que no quiera —aclaró—, decidí no hacerlo.

—¿Puedes responderme de una buena vez por qué no?

—Tengo una familia.

—Tener una familia no te limita como persona.

—Lo sé —aceptó Sungguk—. Pero estudiar implicaría pasar tiempo fuera de casa y quiero pasar más tiempo con mi familia que ser detective.

—Sungguk, no es sano postergarse tanto, de lo contrario nace el rencor.

—Ese es el tema —su expresión era sincera—, no siento que me esté postergando. Mi vida cambió y mis gustos y decisiones también.

—Pero...

—¿Sabes algo? —lo interrumpió—. Dae me enseñó algo.

—¿Qué cosa?

—Que puedo ser feliz con las decisiones que tomo, porque justamente soy yo quien las toma.

No alcanzó a responderle, ya que Jaebyu acababa de cruzar las puertas de Emergencias. Iba con ropa de casa: unos jeans sencillos con un abrigo que le quedaba algo grande. A su lado estaba Somi, cuyo cabello permanecía en el rojo fantasía encendido.

Les tocó la bocina para indicarles dónde se ubicaba, a la vez que Sungguk se bajaba del automóvil para pasarse a los asientos traseros. Somi fue la primera que lo advirtió, Minki lo supo por la forma brusca en la que se detuvo mientras afirmaba el brazo de Jaebyu para también detenerlo. Era evidente dónde se hallaba el interés de la enfermera, ¿por qué entonces Minki seguía sintiéndose celoso por ella? Por ser un tremendo idiota, nada más que eso.

Jaebyu abrió la puerta del copiloto. En el pasado siempre se habría asegurado de ser besado incluso antes de que lo saludara, ahora tuvo que conformarse con una sonrisa cansada.

—Somi, ¿quieres que te lleve a tu departamento? —ofreció Minki obligándose a ser amable.

La mujer sonrió nerviosa cuando la atención de Sungguk recayó sobre ella. Se acomodó un mechón detrás de la oreja y se tocó el codo.

—No se preocupen, estoy bien.

—Deberías venir. Daegu no es seguro como antes, *noona** —aseguró Sungguk. Minki casi sintió compasión por Somi, claramente las rodillas se la habían derretido por el uso de aquel honorífico.

—Estoy bien —se rio ella.

—Insisto —dijo Minki.

De algún modo terminó en el asiento trasero a un lado de Sungguk. Por fortuna, había recuperado la suficiente personalidad para preguntarle al policía sobre Hanni y Jeonggyu, incluso por Dae. Somi parecía ser mejor persona que el propio Minki, ya que no se creía capaz de oír cómo el amor de su vida formaba una familia donde él no fuera parte de ella. ¿Podría soportar que Jaebyu hablara sobre su pareja y los hijos que tenía con ella? No se creía capaz, pero...

Sentía que lo estaba perdiendo, que Jaebyu se alejaba tanto que su mano ya no alcanzaba a tocarlo.

---

* Honorífico coreano usado por un hombre menor hacia una mujer mayor.

¿De ese lugar podrido vendrían sus inseguridades y celos? ¿Qué haría si llegaba a suceder el peor de sus temores? ¿Qué pasaría con ellos si Minki no lograba superar ese miedo que sentía por Jaebyu?

Esa noche cuando el silencio se apoderó de la casa y ambos se encerraron en el cuarto, que ahora siempre mantenía encendido la luz nocturna en el velador, Jaebyu regresó de la cocina con una serie de frascos de variados colores y los posó en la mesita de noche.

Eran multivitamínicos.

—¿Y eso? —quiso saber Minki, tan nervioso como debió sentirse Somi al lado de Sungguk.

—Quiero que estés saludable.

Como en el pasado.

Cuidaba su salud como en el pasado.

Fingiendo que su corazón no acababa de ser arrancado de su pecho, leyó cada una de las pastillas y se las tomó junto a un vaso de agua que Jaebyu le entregó. No quería llorar, aunque estaba al borde, más aún cuando el enfermero desapareció en una segunda oportunidad y regresó con una carpeta nueva que tenía un montón de papeles dentro. No tuvo que preguntarle de qué se trataba, pues lo adivinó en el momento que Jaebyu guardó el archivador en el ropero.

Era su historial médico, el mismo que Jaebyu lanzó a la basura después de su desaparición.

No por primera vez se preguntó si alguien podía enamorarse dos veces de la misma persona. Minki creía que sí. Y se sintió tan agradecido por ello que buscó con timidez su mano por debajo de las mantas cuando Jaebyu se acostó a su lado. Sus dedos rozaron su muñequera y luego las entrelazó.

—Te llevo en mi corazón —le prometió ante la mirada interrogante y desconcertada del enfermero.

Y Jaebyu se lo agradeció llevando ambas manos a su pecho para besar la suya.

—Yo también —susurró en respuesta.

Pero resultó ser que Jaebyu mantenía secretos. Lo descubrió cuando finalizaba mayo y el celular del enfermero no dejaba de vibrar sobre el mesón de la cocina. Minki lo agarró y leyó el número desconocido. Cuando el teléfono sonó una vez más, Minki se dirigió a la puerta del baño.

—Yoonie —lo llamó. Esperó a que contestara para continuar—. Alguien no deja de llamarte, creo que es urgente.

—¿Puedes contestar y preguntar quién es? Debe ser alguien queriendo cambiarme turno.

Minki no creía que se tratara de eso. Jaebyu tenía los números de sus compañeros grabados en su teléfono. Con el entrecejo fruncido se dirigió hacia la sala de estar donde los mellizos veían una película y les acarició la cabeza con cariño al pasar por su lado. Entonces, contestó:

Le respondió una voz femenina.

—Habla Kim Seoyi —se presentó la mujer—, su corredora de propiedades.

—Creo que está equivocada de número.

—¿Me contacto con Yoon Jaebyu?

Minki se aclaró la garganta y alejó de los mellizos. Se escondió en la cocina y apoyó la mano en la encimera.

—Sí, habla con él —por fin dijo.

—Me contactaba con usted para contarle que acabamos de cerrar contrato de compra y venta por la propiedad de sus padres.

Apenas había terminado de oír ello cuando Jaebyu abandonó el baño y apareció en la entrada todavía mojado y con una toalla sujeta a su cintura.

—¿La propiedad de mis padres? —se escuchó preguntar.

—Así es, felicidades.

Los ojos de Jaebyu se abrieron, su cuerpo completo se tensó.

—Por favor, envíeme los antecedentes a mi correo —pidió antes de finalizar la llamada con una escueta despedida. Bajó con lentitud el teléfono y lo apoyó en el mueble, a la vez que recargaba la cadera en él.

—Minki...

—No creo que tenga que explicarte quién era —fue su trémula voz—. ¿A qué propiedad se refería?

Los hombros de Jaebyu cayeron.

—La de mis padres —finalmente aclaró.

—¿Pero por qué no sabía que existía?

—¿Puedo ir a vestirme para que conversemos?

Lo esperó en la sala de estar. Los mellizos ya se habían aburrido de ver televisión, por lo que Minki los mandó a su habitación a jugar. Esa parte de la casa quedó sumergida en el silencio, por eso captó cada uno de los pasos de Jaebyu al bajar la escalera. No dijo nada mientras lo observaba tomar asiento en el sofá de al lado y por fin le animó a contarle esa historia que mantuvo en secreto durante años.

—Es mi casa de infancia. Me quedó como herencia cuando mis padres murieron. Llevaba en venta desde esa época.

—¿Y no pensabas contarme esto? —adelantó el torso para apoyar los codos en sus rodillas—. Lo que no entiendo es por qué no me lo dijiste antes.

—Porque no quería vivir ahí —susurró—, odio ese departamento.

—¿Y pensaste que iba a obligarte?

—Es un departamento muy bonito —dijo Jaebyu—. Grande y espacioso, con tres habitaciones. No habría sido fácil tomar la decisión considerando nuestro estado financiero.

—Nunca te habría obligado a vivir en un lugar que odias, Juju —murmuró con mucho dolor.

—Lo sé —Jaebyu asintió.

—¿Entonces?

—Yo no te habría dicho que lo odiaba.

Se dieron una larga mirada en silencio, ninguno parecía dispuesto a ser el primero en romper ese estado en el que se habían sumergido. Fue Minki quien tuvo que continuar, porque los pensamientos invasivos no hacían más que ahogarlo con su insistencia.

—¿Por qué nuestros problemas siempre son por la falta de comunicación?

Antes de que Jaebyu pudiera responderle, Minki se puso de pie y subió al segundo piso. El enfermero no lo siguió y no supo si sentirse agradecido por darle su espacio o detestarlo porque una vez más estaba rehuyendo de los conflictos.

En un acto de ira, infantil y desdeñoso, abrió aquel cajón donde Jaebyu guardaba aquel diario que se empecinaba en escribir cada noche. Y a pesar de que se repetía que no debía estar haciendo eso, que estaba violando la privacidad de Jaebyu, que hacía mal, que estaba cruzando una línea imposible de ignorar, pasó hasta la última página, justo donde había guardado el bolígrafo. Porque si Jaebyu podía mantener secretos durante años, ¿por qué él no podría hacer lo mismo?

Se encontró un único párrafo que desarmó su mundo por completo.

> «Me preguntaron por qué me negaba a dejarlo ir. Es sencillo, dije, lo amo y quiero estar con él. Quiero estar todavía con él, solo con él. Me respondieron que no siempre el amor puede mantener una relación unida. ¿Mi amor no es suficiente para ambos?, creó que pregunté. Su expresión fue preocupada. No quiero volver a verla, porque significa que no estoy haciendo las cosas bien. Y yo no sé hacer las cosas mal. No lo sé, de la misma forma que ya no me conozco sin Minki. Simplemente no lo sé y no quiero averiguarlo».

Dejó el diario a un lado en la cama y se cubrió el rostro con las manos. ¿Qué había hecho?

Convertirse en alguien que aborrecía.

51

Cuando de niño Jaebyu empezó a mojar la cama, su madre comenzó a cantarle antes de irse a dormir. Desafinaba y era incapaz de llegar tanto a las notas altas como las bajas, aunque su voz lo calmaba. Y a pesar de que jamás le había contado esa experiencia a Minki, este supo lo que debía hacer cuando él sufrió su primera pesadilla durmiendo a su lado. No llevaban más que unos pocos meses saliendo y su cuerpo desnudo y cálido buscaba al suyo incluso en sueños, por eso lo despertó apenas salió de esa pesadilla cuando, jadeante y sudoroso, se sentó en la cama para buscar su perdida respiración.

—¿Qué sucede? —preguntó Minki.

Miró la habitación. Estaban en el departamento y la noche aún se divisaba al otro lado de la ventana entreabierta, lo que le permitía a la luna colarse e iluminarlos. Minki se veía de un tono plata, su cabello rubio tinturado brillaba y sus ojos asustados le seguían la respiración agitada.

—Una pesadilla —logró decir.

Minki le acarició la espalda sudada, mientras una entonación bajita sonaba en su boca. De apoco los músculos se le fueron relajando hasta que se recostó nuevamente. Las caricias ahora estaban en su brazo, la canción siguió hasta que sus párpados pesaron.

—Mamá me cantaba de pequeño —confesó al recordar esa memoria que estuvo perdida en sus recuerdos durante tanto tiempo.

—¿Por eso te tranquiliza?

No era realmente la canción, era más bien el gesto, la sensación de ser importante para alguien.

En vez de ello, afirmó.

Minki le dio una sonrisa débil.

—Bueno, ahora tendré que cantar cada vez que tengas pesadillas, qué se le va a hacer.

Y cumplió su palabra hasta la fecha.

Cuando Jaebyu se despertó en medio de otra pesadilla esa noche, Minki estuvo de inmediato para él. Debía estar algo atontado por el sueño, pues no pensó dos veces en acercársele hasta que su pecho le rozó el brazo. No le dio miedo su rostro ni tampoco recordó la discusión que habían mantenido durante la mañana.

—Ven, duerme —musitó, a la vez que apoyaba la mejilla en su hombro y le tocaba la pierna por debajo de las mantas—. ¿Quieres que te cante algo?

Había soñado que Minki volvía a estar lejos de él. Y por mucho que lo buscó en el páramo infinito de ensueños, no pudo encontrarlo. Pero ahora estaba ahí, con él. Con el cabello sin retocar, los ojos somnolientos, las manos atentas y su cariño cálido.

Se dejó caer contra la almohada.

—Por favor —rogó.

Cuando su papá se enteró de su relación con Minki, le cruzó el rostro con una cachetada. Había sido un fin de semana en el que Jaebyu fue a visitarlos solo, nunca quiso que Minki conociera la peor época y parte de su vida. Y a pesar de que procesó rápido lo sucedido, se quedó con la cabeza volteada. Porque si bien era un adulto independiente, seguía siendo su padre y tocaba su fibra más infantil: a quien había golpeado no era al enfermero, era el niño paralizado que observaba a su padre maltratar a su madre mientras ella no se defendía. Al igual que en ese momento que se mantuvo en el sofá y fingió no notarlos en la entrada de la casa.

—Eres un asco para esta familia —había asegurado su padre tras mirarlo con desprecio—. *¿Cómo te atreviste a hacernos algo así?*

Cuando Jaebyu le preguntó si tenía algo más que decir que no fuera un insulto, recibió una segunda y tercera cachetada. Dos golpes se los llevó su mejilla derecha y uno la izquierda. Todavía la piel le latía por el dolor cuando tuvo el valor para girarse y marcharse de la casa prometiéndose que jamás iba a volver. Al regresar a su departamento, ese mismo que luego habitaron por una década, se encontró a Minki en el sofá usando su pijama. Por ese tiempo no vivían juntos, Jaebyu compartía la residencia con otra persona, quien debió haberle dejado pasar. Su novio parecía muy feliz en el sofá comiéndose sus cereales, como si estuviera haciendo algo ilegal y aventurero.

—*Cuando nos casemos podríamos usar pijamas a juego* —lo escuchó decir con una emoción tal que sus pies se movían.

Las mejillas todavía le picaban por los recientes golpes de su padre, pero no más que su garganta que apenas le dejaba respirar. Así que no pudo responderle cuando Minki notó algo extraño. Le bastó que abriera los brazos para que Jaebyu se dirigiera directo a ellos para permitirse ser abrazado y consolado por una dolencia que Minki no le había provocado, pero que sí iba a empezar a sanar.

Minki curaba en él heridas que no le había hecho, porque así era su amor. Por eso, sin siquiera haberlo planeado, de su boca escapó ese ofrecimiento y le pidió, entonces, que vivieran juntos. Pero cuando las cejas de Minki se alzaron consternadas, todo en él se asustó y terminó diciendo una mentira.

—*Mi compañero dejará el departamento, así que puedes ocupar su habitación.*

Por fortuna Minki había recibido su ofrecimiento con un encogimiento de hombros y una respuesta concisa.

—*Está bien, si así lo quieres.*

Y lo quería, vaya que Jaebyu lo quería. Tanto que ese sentimiento jamás se extinguió y permaneció inalterable hasta la actualidad, hasta ese presente donde Minki se acurrucaba contra él, a pesar de sus miedos, y le cantaba porque simplemente sabía que su voz espantaba los fantasmas de un pasado de eterna soledad.

Porque a veces amar era aprender a dejar ir.

Nada más iniciar el turno, en Emergencias se activó el código azul por un paciente con paro cardiorrespiratorio. Somi apenas había alcanzado a cambiarse de ropa y todavía se arreglaba la camiseta cuando Jaebyu pasó corriendo por su lado, ya que uno de los monitores de las habitaciones privadas indicaba parámetros fuera de norma.

Con Somi no lograron comer algo hasta pasada las dieciséis horas, a pesar de que habían ingresado a las ocho de la mañana. Además, le temblaba un poco la mano izquierda por el uso prolongado del cabestrillo. Al menos no le dolía y se le había curado casi del todo.

Sentado detrás de la computadora completando fichas pendientes de ingresos, deseó fumar para al menos tener alguna distracción que no fuera arrancarse las uñas cortas. Somi a su lado no se veía mucho mejor, estaba ojerosa y su peinado se había casi deshecho por completo y los mechones rojos deslavados caían por su rostro y cuello.

Al finalizar las fichas, se dirigió a la máquina dispensadora por un dulce. Entonces, mientras avanzaba por el corredor, escuchó un ruido casi imperceptible. Un llanto. Miró a los alrededores. Emergencias al fin estaba desierta.

Dio otro par de pasos. ¿Se lo había imaginado? Se quedó detenido en el acceso unos segundos.

—¿Qué pasó? —era Somi.

Se mantuvo en silencio unos instantes más.

—Pensé oír algo.

—¿Qué...? —su voz se detuvo cuando el mismo ruido la interrumpió.

Jaebyu salió del hospital y, justo a la izquierda, entre las plantas decorativas, encontró una caja de cartón pequeña. En su interior, dos gatitos, que aún no abrían los ojos, lloraban tan fuerte como se lo permitían sus diminutos cuerpos.

Levantó la caja y acercó los gatitos al rostro. Somi se aproximó para observar lo que sostenía, pero se alejó de inmediato. Tenía una alergia terrible a los animales, lo que irónicamente la hacía incompatible con Sungguk.

—¿Por qué la gente es así? —susurró Somi con enojo.

Jaebyu acarició la cabeza de uno de ellos, que levantó de inmediato su barbilla con la boca abierta.

—Deben tener hambre —sus pelajes eran suaves y estaban delgados—. ¿Puedes sostenerlos?

Somi alargó los brazos y los tomó como si fueran radioactivos.

—Me va a dar una alergia horrible —informó.

—El destino es sabio —comentó Jaebyu, en tanto sacaba su teléfono celular para llamar a la única persona que podría ayudarlo en esa labor.

—¿Por qué lo dices?

—Porque eres alérgica a los animales peludos y Sungguk es un rescatista animal innato, habrías sufrido toda tu vida si fueran novios —no alcanzó a escuchar la réplica de su amiga, ya que Sungguk le había contestado el teléfono—. Abandonaron a dos gatitos a fuera del hospital, son muy pequeños. ¿Puedes venir por ellos?

—Lo intentaré —respondió—, pero regresé a trabajar y me tienen encerrado tras un triste y aburrido escritorio. Tampoco puedo conducir —si bien las patrullas eran automáticas, el balazo lo había recibido en su pierna derecha. Por eso, en el último tiempo Daehyun se había convertido en su chofer personal—. Pero puedo recibirlos si vienes a dejármelos, Dae estará encantado. Quiere un gatito hace mucho tiempo, dice que todas nuestras mascotas las he traído yo, así que son mías.

Dae, pensó.

—¿Estás ahí? ¿Jae?

Se aclaró la garganta.

—Está bien —finalmente dijo—, yo los cuidaré mientras tanto. No te preocupes.

Minutos más tarde, Somi ingresó a la sala de descanso con un tarro de leche para gatitos. Jaebyu todavía los mantenía en la cajita, pero había vertido agua caliente a una botella plástica y envuelto en una toalla para ponérselas bajo la manta. Y tal como le indicó Sungguk, le dio la formula con la jeringa más pequeña que encontró.

Finalizó tan cansado el turno que se fue casa olvidando que tenía dormidos a dos gatitos en el asiento de copiloto. Al estacionarse fuera, analizó primero la vivienda de Sungguk y después la suya, que mantenía todas las luces encendidas y la televisión estaba tan fuerte que se oía desde la calle. Con la caja en las manos, ingresó a la sala de estar con la idea de ir a dejarle los gatitos a Sungguk más tarde.

—¿Minki?

No había nadie en la primera planta a pesar de la televisión encendida. Contrario al ruido de ese piso, arriba estaba tranquilo. Sintió que el corazón se le aceleraba al recorrer el pasillo y llegar al cuarto de Minah. Abrió la puerta despacio.

Se encontró a Minki en el suelo con la espalda contra la pared. Tenía a Minah en los brazos y las piernas en posición de loto, donde descansaban los mellizos apoyados en sus muslos. Su cabello rubio estaba de punta en los costados como si se hubiera pasado las manos por él hasta que dejó un desastre. Su expresión más que cansada era de alguien superado. Estaba agotado físicamente pero aún más mentalmente.

—¿Día difícil? —susurró para no despertar a ninguno de los tres.

Al verlo, Minki pareció a punto de estallar en lágrimas. Sus ojos brillantes y aliviados se clavaron en él.

—¿Soy un mal padre si confieso que muero por regresar a trabajar? —murmuró con un dolor que le hizo entender que venía torturándose con ese pensamiento hace tiempo.

—No —Jaebyu se sentó a su lado con cuidado—. Ser padres no nos anula como personas independientes.

Dejó la caja con los gatitos sobre sus piernas.

—¿Y eso? —quiso saber Minki.

—Los abandonaron fuera del hospital —se los mostró ladeando solo un poquito la caja—. Iba a ir a dejárselos a Sungguk.

—Mañana —le pidió Minki—. No soportaré un segundo más solo en esta casa.

Con lentitud para que pudiera procesar el movimiento, estiró el brazo para tocarle el rostro. Como no se apartó, asumió que le había dado autorización. Enredó los dedos con su melena y le acarició el casco con la yema, mientras Minki se apoyaba en su hombro.

—¿Por qué no te acuestas? —propuso.

—Me tomó horas hacerlos dormir —negó—. No pienso moverme y arriesgarme a que alguno despierte.

—Si lo hacen, yo los haré dormir —aseguró.

—Te prometo que me pondré tapones y fingiré que no escucho.

Le sonrió.

—Me doy por advertido.

Primero apartó a los gatitos, luego se puso de pie. Agarró primero a Minah, que por supuesto se despertó de inmediato por el movimiento. La expresión de Minki se crispó como si estuviera en las puertas del infierno. Por fortuna los mellizos no se inmutaron por el ruido.

Sin alterarse, sujetó a Minah por la cadera y la meció. Ella guardó de inmediato silencio. Aquella pose les hacía recordar una postura dentro del vientre y por eso se tranquilizaban de sentir un malestar. Algunas veces los bebés simplemente lloraban por inquietud e inseguridad.

—Te detesto —aseguró Minki.

No le tomó mucho tiempo más hacerla dormir, recostarla en su cuna y cubrirla. Siguió con los mellizos para que Minki pudiera levantarse. Primero partió con Chaerin, que siempre se despertaba si la movían.

—¿Papá? —preguntó, asustada.

—Sí, mi amor —susurró, mientras ingresaba a su cuarto—. Te voy a acostar en tu cama.

—Está bien —murmuró ella, atontada por el cansancio.

La recostó sin atreverse a cambiarle a pijama.

—Recuerda sacarle los calcetines a Beomgi —le pidió Minki cuando fue por él.

—¿Por? —quiso saber.

—No soporta la sensación de sus dedos confinados.

Llevaba años sin saberlo.

Cuando regresó al cuarto, Minki permanecía a un lado de la cajita con los gatitos.

—Podríamos quedarnos con uno —dijo para su sorpresa.

—Pensé que detestabas la ropa con pelos —bromeó. Hace unos años cuando tuvieron que cuidar a los gatitos de Sungguk, Minki no había pasado un solo día sin quejarse.

En la actualidad lo vio encogerse de hombros.

—Me han vomitado y orinado encima, ya no me importa mucho el estado de mi ropa.

Estiró el brazo para ayudarlo a levantarse. Minki observó sus calcetines y subió por sus piernas hasta llegar a su rostro. Tenía una curva interesante en la boca al cogerle la mano y colocarse de pie. La piel de Minki era cálida bajo su toque, la suya volvía a estar áspera e irritada. Por supuesto, eso su novio lo notó de inmediato.

—Ven, te pondré un poco de crema cicatrizante —dijo.

Sin atreverse a soltarlo, se agachó para recoger a los gatitos y llevarlos a su cuarto. Depositó la caja en la cama, en el interior portaba dos jeringas con formula ya preparada. Con mucha tranquilidad Minki lo empujó por el centro del pecho y lo instó a tomar asiento. Hizo aquello, luego lo vio rebuscar en la mesita de noche hasta encontrar la pomada.

—Tus manos —pidió.

Minki sacó un poco de crema y le aplicó en los nudillos.

—Volviste a comerte las uñas —lo reprendió.

A Jaebyu le dio un vuelco al corazón.

—Lo siento.

—También tuviste un mal día —no era una pregunta.

—Sí —sin embargo, respondió.

—¿Almorzaste? —lo observó a la cara—. Me imagino que tarde, te arrancas las uñas cuando pasas muchas horas sin comer.

No supo por qué esa información le apretó tanto el nudo en la garganta.

Cuando terminó de aplicarle la pomada y su piel tomó un color mucho más blanco de lo habitual, Minki se dirigió al clóset.

—Te tengo un regalo —anunció.

—¿Un regalo?

—No es gran cosa —se sonrojó. Había sacado una bolsa que parecía contener dos cajas en el interior. Se la tendió como si le estuviera entregando dinamita—. Abre primero el grande.

Supo lo que era en cuanto lo sacó de la caja y vio la marca en un costado. Eran unas crocs nuevas. Si bien eran unos zapatos que Minki detestaba y se quejaba con regularidad, era siempre el encargado de comprarle un par nuevo antes de que el anterior se rompiera.

Algo extrañado porque las que tenía no cumplían todavía el año, abrió la caja. A diferencia de sus antecesoras, estas eran blancas y además le había comprado *charms* de plásticos para decorarlas.

—Los mellizos los eligieron.

Eso explicaba la extraña elección. Había una figura de ramen, un marciano, Franky de *One Piece*, un flamenco, una pelota de básquetbol, un helado en copa y un anillo. Cuando señaló ese último, Minki se sonrojó con tanta furia que podría haberle salido humo de las orejas.

—Para que no se te olvide que todavía me debes el anillo, Yoon Jaebyu —parecía tímido, indeciso, también preocupado—. Por cierto, me gustaría que tiraras las que tienes y uses estas.

Entendió la razón de aquel cambio. Buscaba marcar diferencias entre lo sucedido en los laboratorios y él. Las mismas crocs, pero de un tono diferente y con adornos característicos. Ya no esas crocs verdes que alguien manchó para ellos.

Apegó los zapatos al pecho y afirmó. No alcanzó a responderle, ya que Minki avisó:

—Te queda el otro regalo.

Era una cajita bastante pequeña y envuelta en plástico transparente. Era un perfume. Al buscar su mirada, Minki se lamió los labios.

—Fui con Dae al centro. Y me gustó este olor para ti.

Reemplazaba malos recuerdos por unos nuevos.

Le quitó el plástico y lo abrió. No lo olió, directamente se aplicó en el cuello y después lo dejó en la mesita de noche.

—¿Cómo me queda?

Minki se inclinó hacia él. Su cabello rubio le acarició la mejilla cuando se le acercó para olerlo. Era un aroma fresco, que por alguna razón le hizo recordar la naturaleza, el aire libre. Tenía además un toque cítrico que le recordó a...

—¿Tiene naranja?

—¿Qué comes que adivinas? Naranjas, me imagino —era una broma tonta, ambos se rieron—. Desinfectante y naranjas, ¿por qué se me hará familiar?

—Me recuerda a un estudiante —se burló Jaebyu.

Pudo ver y sentir sus ojos recorriéndole el rostro y quedarse prendado en su boca. Notó también que por fin esa irritación en su frente se había curado del todo, al igual que la del cuello.

Entonces, él pensó que habían avanzado demasiado para retroceder por un simple impulso, así que de forma disimulada cambió de posición hasta que Minki se distrajo.

—¿Qué es eso? —Jaebyu se refería a dos regalos que sobresalían de una bolsa a un costado de la cama. Minki pareció perdido unos instantes. Su expresión fue mutando hasta que pareció triste.

—¿Recuerdas que Dowan me visitó hace unos años en la estación de policías? —no podría haberlo olvidado aunque quisiera, Minki había llorado abrazado a él hasta que se durmió—. Ese día llevó unos regalos para los mellizos. Me contó que aún los guardaba, así que lo recordé y le hablé a su madre para pedírselos.

—¿Quieres abrirlos? —propuso.

Minki asintió. Él mismo cogió los paquetes y los puso a un lado en la cama. Eran pequeños, así que debían ser para recién nacidos. Eran dos peluches o juguetes de aprendizaje multisensorial, uno era un zorro y el otro un león. Minki se quedó mucho tiempo en silencio tocándolos con el rostro a medio gesto entre una sonrisa y sus intentos por no llorar.

—A Minah le pueden servir —tanteó con lentitud para que procesara sus palabras.

—Sí —Minki pestañeó en repetidas oportunidades—. Todavía pueden ser útiles, ¿cierto?

—¿Vamos a dejárselos?

Con ambos juguetes en las manos, Minki salió del cuarto seguido por él. Ya en la otra habitación, Jaebyu se quedó en la entrada para darle espacio. Lo vio acercarse a la dormida bebé y posarle cada peluche a un lado de ella.

—Dowan la quería mucho —comentó Minki, en tono suave—. Aunque no sabíamos en ese momento que realmente era un *ella*.

Regresaron al cuarto poco después. Minki volvió al clóset. Se palpaba el nerviosismo. Jaebyu entendió la razón cuando sacó un zapato que había guardado en lo más profundo de este. Estaba nuevo, a pesar de ello estaba manchado en uno de los costados. Lo posó sobre las palmas y movió como si buscara pesarlo.

—Lo encontré hoy mientras ordenaba —comentó—. ¿Es...?

—Sí —aceptó Jaebyu, que para distraerse había agarrado una de las jeringas con formula y había empezado a alimentar a los gatitos—. Me lo entregaron poco antes de que aparecieras.

—¿Sabes algo irónico? —preguntó Minki, en tanto sopesaba aquel calzado—. Que tuve un mal presentimiento esa mañana y aun así me puse estos zapatos.

—Los odiabas —recordó Jaebyu.

—Y por eso sabía que podrías reconocerlos.

Habría sido imposible no hacerlo. Jaebyu le insistió al menos cinco veces que podía cambiarlos por otro modelo, pero Minki se había empecinado en asegurar que los regalos no se cambiaban. No era que los hubiera odiado por gusto, le hacían herida en el talón.

Finalmente, Minki lanzó el zapato dentro del ropero y cerró las puertas sentenciándolo a la oscuridad eterna. Sintió un extraño peso en el pecho, por lo que se centró en alimentar ahora al otro gatito que movía las patas delanteras en el aire como si buscara masajear a su mamá. Su novio se quedó observándolo, hasta que Jaebyu los regresó a la caja. Activó una compresa de autocalentamiento y se las puso bajo las mantas para que no pasaran frío, también los cubrió con una esquina de ella. Sungguk le había dicho que los gatitos ya sabrían orinar por su edad. Como sintió una de las mantas un poco mojada, también se la cambió.

Escuchó el chasqueo de lengua desconcertado de Minki.

—Me haces querer tener otro hijo contigo, Yoon-*ah*, así que no te me acerques en la noche que ya tengo suficiente con tres.

No pudo contener la risa.

—Está bien.

Por fin ambos pudieron acostarse. Minki veía videos cuando de pronto dejó el teléfono a un lado y volteó la cabeza hacia él.

—Juju, había olvidado conversar algo contigo.

Parecía serio, por lo que Jaebyu terminó de escribir en su diario y lo dejó en el velador.

—¿Qué sucede?

Minki cambió de posición para recostarse de lado y alzarse con la ayuda de un brazo bajo la cabeza.

—Son dos cosas —especificó antes de tomar aire con abundancia—. Primero, lo siento mucho.

—¿Por qué? —se extrañó.

—Digamos que ayer me molesté tras nuestra discusión y leí una página de tu diario, pero te prometo que no fue más que eso —finalizó alzando su dedo meñique en el aire.

—Minki...

—Soy un ser humano horrible, lo sé —lo cortó. Se mordió el labio inferior con los ojos grandes y expresivos—. No me odies.

Soltó el aliento con brusquedad y también resignación.

—No lo vuelvas a hacer, violaste mi privacidad.

—Lo sé —Minki asintió como un loco—. Pero fue solo una hojita. Incluso ya lo olvidé.

—Mentiroso —Jaebyu fue incapaz de mantener su enojo tras tan obvio descaro.

—No pido perdón... pero pido perdón.

Pensaba retomar su escritura en el diario al recordar aquello.

—Mencionaste que eran dos cosas.

—Lo otro es sobre Daehyun —Minki se puso serio—. Debes disculparte con él.

El estómago le pesó como si se hubiera tragado un costal de piedras.

—Lo sé —admitió.

Su novio se quedó sorprendido y asintió de a poco hasta que el movimiento ganó fuerza.

—Qué bien, no tengo que explicártelo entonces.

—Lo culpé por algo que no era su responsabilidad, lo sé.

Lo vio fruncir el ceño.

—Si es así, ¿por qué no hablaste con él antes?

—Yo no sé conversar sobre este tipo de cosas.

Minki puso los ojos en blanco de forma tan dramática que el momento perdió cierta seriedad.

—Al menos ahora lo reconoces, es un avance.

A pesar de que lo había prometido, los días fueron pasando y Jaebyu encontró una nueva excusa para no hacerlo. Primero porque su turno no se lo permitía, luego que Chaerin se había enfermado del estómago por comer demasiados dulces y finalmente al ser incapaz de encontrar una estancia idónea para hacerlo. No obstante, cuando la siguiente semana Minki se lo preguntó y su respuesta volvió a ser negativa, su sola mirada de decepción fue tan intensa que Jaebyu se encontró a la otra mañana golpeando la puerta de su casa. Minki, por supuesto, estaba a su lado.

Quien abrió fue el doctor Jong.

—Jaebyu vino a ver a Dae —avisó Minki antes de que él incluso lograra gesticular una palabra.

Luego, recibió un empujón por los omoplatos que le hizo ingresar a la casa. Como si fuera poco, Minki tiró del doctor y lo arrastró detrás suyo asegurando que necesitaba ayuda médica con los mellizos.

—¿Jaebyu no es enfermero? —escuchó que Sehun protestaba antes de que Minki cerrara la puerta impidiéndole escapar de esa situación.

Con el corazón acelerado, se quedó en la entrada varios minutos sin poder moverse. Se examinó las manos notando un pequeño temblor en los dedos. Su padre le había enseñado a jamás disculparse, porque sus decisiones nunca iban a ser aceptadas por todos y no podía pasar la vida entera justificándose. Hace años que había decidido no replicar los pasos de sus padres, sin embargo, a pesar de que llevaba días practicando el inicio, no sabía cómo empezar.

Se encontró a Daehyun en la tercera planta, Hanni dormía entre almohadas en el colchón que mantenía a su lado. Jeonggyu, en tanto, se ubicaba a un lado de su padre con otro atril más pequeño. Ambos estaban tan centrados en sus obras que no lo notaron hasta que lo delató el crujir de la madera del suelo. Dae se llevó una mano al pecho, de paso se pintó la barbilla con el pincel.

—¡Me asustaste!

—¡Tío! —celebró Jeonggyu—. ¿Están Chaerin y Beomgi?

—Se quedaron en casa —explicó—. Vine a conversar con tu papá.

Los ojos de Dae se abrieron por el pánico, parecía entender a qué se refería.

Jeonggyu no se movió y él no iba a pedirle que se fuera. Era momento de madurar y aprender que esas dos palabras debían salir siempre de un corazón sincero.

—Cuando era pequeño, Dae —comenzó mientras se acercaba y finalmente se arrodillaba a un lado de su banco—, mi papá culpaba a mi mamá por todo lo malo que le pasaba en su vida. No es justificación, más bien un hecho, pero tristemente tengo naturalizado culpar a otros para no aceptar mis propios sentimientos y errores. Y yo hice eso contigo, te culpé por algo en donde no tenías responsabilidad.

—Jaebyu —lo interrumpió Dae con voz amable. Le acarició el brazo con cariño—. Dae lo entiende, no era una situación sencilla. No es culpa de Jaebyu, no es necesario que lo digas.

—No, Dae, es necesario que lo haga —corrigió. Tomó abundante aire para continuar—. Lo que quiero es que entiendas que nunca fuiste culpable de nada. De nada, Dae, porque eras una víctima. Pero veinte años de crianza de mi padre ganaron contra la década que llevo curándome. Y por eso lo siento, lo siento muchísimo. Lo siento por odiarte, por hacerte sentir mal, por culparte cuando no tenías responsabilidad. Lo siento por hacerte pasar por esto cuando habías perdido a uno de tus mejores amigos. Lo siento mucho, Dae, muchísimo.

En el pasado Jaebyu habría fingido no notar sus lágrimas, sin embargo, tal cual se lo había confesado a Dae, él intentaba curarse, cambiar esa parte errónea de su personalidad a la que tantos años se aferró como un salvavidas. Por eso, acarició las lágrimas con el pulgar y se las limpió, a pesar de que ese gesto hizo que Dae llorara más.

En un acto impulsivo, rodeó su cintura delgada con los brazos y tiró de su cuerpo hacia el suyo. Dae de inmediato le regresó el abrazo y, con la barbilla apoyada en su hombro, se permitió ser consolado por la persona responsable de esas lágrimas de alivio.

Aunque también eran de tristeza.

Y si bien había cosas que no se podían reparar con una simple disculpa, al menos podía crearse algo nuevo a raíz de ella. Por eso, a los días, Jaebyu llevó consigo uno de los gatitos que había mantenido con él y cuidado con tanto esmero por una simple razón. Y mientras Dae le brillaban los ojos al acercarse la gatita negra al rostro, Jaebyu anunció.

—Yo me quedé con su hermana.

Un vínculo.

Con su disculpa, Jaebyu había ganado justo eso, un vínculo con Dae que iba a durar años.

52

La hipótesis del psicólogo John Money indicaba que era la crianza la que determinaba el desarrollo psicosexual; por tanto, la identidad de género no era algo biológico, sino más bien dependía únicamente del ecosistema. Lo anterior lo concluyó con un estudio realizado a 131 personas intersexuales, donde, según sus datos, en el 95 % de los casos esas personas se habían desarrollado psicológicamente igual de bien independiente si habían sido criadas como niños o niñas. A raíz de ello, a partir de la década de los cincuenta comenzó a recomendar que las personas intersexuales menores a los tres años se realizaran la cirugía de reasignación de sexo femenino para así ser criadas inmediatamente como niñas. Su razón: la vaginoplastia era más sencilla de realizar que una reasignación de sexo masculino, a pesar de que, desde 1958, investigadores de la Universidad de Kansas realizaron unos de los hallazgos más importantes en la historia de la biología reproductiva con respecto a la testosterona prenatal, señalando que el desarrollo prenatal del cerebro era muy importante para el desarrollo psicosexual.

No contento con ello, en 1966 al doctor se le presentó una oportunidad de probar su teoría a pesar de que esta se contradecía a lo ya encontrado por los investigadores de la Universidad de Kansas. Para ello utilizó a los gemelos Reimer de menos de un año, ya que el electrobisturí había dañado de manera severa el pene de Bruce Reimer dejándolo carbonizado tras una fallida circuncisión.

El doctor Money, que los padres conocieron por una entrevista en televisión, como solución les indicó que, si bien Bruce ya no podría tener hijos, aún se podía desarrollar psicológicamente como mujer. Para ello debían criarlo como una niña y a los años realizarle la operación de reasignación de sexo junto a un tratamiento hormonal. Fue así como los padres siguieron sus consejos y Bruce pasó a llamarse Brenda. Para 1967, ya había sido sometido a una castración quirúrgica para removerle los testículos.

No obstante, Bruce desde el primer día se negó a usar vestidos. Le disgustaba hacer cosas junto a su madre y buscaba siempre imitar a su padre, incluso quería utilizar los juguetes de su hermano gemelo y parecerse a este. Sin embargo, Money se limitó a tranquilizar a los padres indicándoles que con los años esta necesidad iba ir amenguando. A pesar de sus palabras, en 1979 Bruce mantenía su negativa. Según el doctor, esto se debía al hecho de que aún no se hubiera hecho la vaginoplastia. Finalmente, los padres terminaron pidiendo asesoría externa y nuevos médicos aseguraron que el experimento era un brutal fracaso y se le debía explicar a Bruce lo sucedido.

Tras ello, Bruce inmediatamente se cambió el nombre de Brenda a David y en 1980 se le hizo la primera cirugía, una mastectomía completa para eliminar los efectos del tratamiento hormonal, que le siguió a una cirugía de reconstrucción de pene. Y si bien David logró casarse y criar dos hijos del matrimonio anterior de su esposa, con su caso se confirmó que la teoría de la neutralidad psicosexual al nacimiento era errónea.

O quizás no.

El doctor Kim analizó dicho caso de manera minuciosa. Él estaba seguro de que el error había estado en tomar como sujeto de estudio a una persona que había sido expuesta a la testosterona prenatal, pero ¿qué sucedía en el caso de los m-preg? Unas personas de categoría intersexual que, si bien eran afectas a la testosterona prenatal, presentaban un órgano masculino atrofiado y un útero predominante.

Por eso, ¿su predisposición cambiaría si eran criados como niñas desde el nacimiento? Lo ideal habría sido tener a Moon Daehyun para el experimento, ya que era un sujeto que había nacido de un m-preg y tenía un hijo con la misma condición.

Cumplía con las tres generaciones de idiotas.

En cambio, si bien Lee Minki era un m-preg, no fue gestado por uno. Su padre, Lee Jaesuk, había presentado el gen recesivo porque el padre de este había sido otro m-preg; ese secreto al doctor Kim no le había tomado mucho tiempo descubrirlo. La abuela de Lee Minki era una persona que odiaba con todas sus fuerzas a los m-preg por haberse casado con uno, tenido que esconder el embarazo de este y fingir, además, que ese hijo le pertenecía. Era impresionante lo que la gente podía hacer por rencor y codicia. Como Lee Jaesuk, que por unos pocos millones de wones vendió a dos de sus hijos.

No obstante, para lograr su cometido, primero Lee Minki debía tener ese bebé. En segunda instancia volver a embarazarlo. Pero las cosas en el laboratorio no estaban saliendo bien. En la cámara 1 y 2 tenía a Ryu Dan esperando en un rincón a que aquel empleado de aseo, de nariz prominente y cabello castaño claro, terminara de limpiar el cuarto y cambiado las sábanas para regresar a la cama. En tanto, la cámara 3 y 4 le mostraba al oficial saliendo de los somníferos. Alexander ya había ingresado a la habitación y se le acercaba decidido a ayudarle. Bastó que se arrodillara a su lado y le posicionara la mano en la cintura desnuda para que Lee Minki se retorciera lejos de él como si alguien le hubiera electrocutado.

El golpe vino poco después junto al ruido del puño estrellándose en el rostro de Alexander, quien cayó de espaldas en medio de la celda. Entonces, el oficial logró sentarse en el colchón desnudo y escupir con veneno en la voz.

—Conmigo no te equivoques.

Sí, las cosas no estaban funcionando como lo había planeado. Debía aplicar su siguiente plan lo más pronto posible.

53

Durante la mañana completa Jaebyu estuvo limpiando el ático del segundo nivel, repleto principalmente de papeles que con el tiempo y el calor se habían quemado y decolorado. El lápiz grafito se había borrado, por lo que ahora no eran más que hojas amarillas sin contenido, a excepción de unas revistas junto a una colección de fotografías pornográficas tomadas en lo que parecía la dinastía Joseon. Representaban en diferentes posiciones a un aristócrata abrazado a una cortesana vestida con un *hanbok*. Eran explícitas, y para Minki del todo burdas. Jaebyu, en cambio, parecía mucho menos horrorizado que él examinando las páginas; era más un genuino interés que perversión.

Como se encontraban revisando las cosas en el patio trasero de la casa, pues todo tenía una capa de polvo que volvía al aire irrespirable, Minki se le acercó por detrás y apoyó las rodillas en su espalda curva.

—Ya te vi —avisó con una sonrisa petulante.

Jaebyu pasó página y levantó la revista para mostrarle a una mujer exponiendo sus partes íntimas. Minki arrugó la nariz. La desnudez femenina no era algo que le interesara.

—Son realmente antiguas —comentó el enfermero.

—Pareces muy interesado —respondió con cierto rencor dado por los celos. Al contrario de él que siempre le gustaron solo los hombres, a Jaebyu antes únicamente le habían interesado las mujeres.

—Me pregunto si son de la dinastía Joseon.

—Pensé que estabas interesado en otras cosas —le recriminó Minki.

Girando el torso, Jaebyu le alzó las cejas desde su posición en cuclillas.

—¿En qué más?

—En que salen mujeres desnudas.

Minki era por naturaleza inseguro, sentimiento que por ese tiempo se incrementó por el hecho de que entre ellos llevaban al menos cinco meses sin tener sexo.

—No soy un pervertido desesperado... —replicó Jaebyu.

Lo que era real. Entre ambos, era Minki el que comenzaba con los juegos y encuentros sexuales, no porque Jaebyu no los quisiera ni se les hicieran desagradables, sino más bien parecía ser poco relevante en su vida. Tenía muchas más preocupaciones en su día a día que satisfacer ese tipo de necesidades. No era como si alguna vez lo hubiera rechazado, era simplemente una despreocupación general. Por supuesto, con lo idiota e inseguro que era él, en el inicio de su relación aquello le había preocupado tanto que lo había conversado con cada persona que pudo. Nadie le brindó una respuesta sensata excepto internet. Fue entonces que conoció un nuevo término:

Espectro asexual.

Jaebyu parecía estar dentro de él, específicamente en la demisexualidad. Tampoco podía asegurarlo, ya que en una oportunidad se lo había preguntado y el enfermero se había encogido de hombros y respondido:

—*Quizás. No lo sé. Me gusta estar contigo y quiero estar contigo, ¿así que importa realmente?*

Claro que no, respondió Minki tras recibir un beso que le desarmó las rodillas. Pero ese era el tema con las inseguridades, continuarían atacando incluso si uno le daba respuestas razonables. Ellas estaban lejos de lo racional, no iban a callarse por resolver el conflicto, a pesar de que Jaebyu pasaba las páginas como si mirara una revista de cocina para después lanzarla en la pila de reciclaje.

Minki, por supuesto, continuó pensando en ello durante horas. ¿Y si él nunca se curaba?, se preguntaba. ¿Y si nunca lograba aceptar las caricias de Jaebyu? Le aterró tanto el pensamiento que se durmió intranquilo, a sobresaltos. Esa noche parecía estar más calurosa que las anteriores, las sábanas se le enredaban en las piernas y la piel le transpiraba. Porque otra cosa que Minki no podía olvidar era a su mejor amigo entre las piernas de Dae mientras ambos compartían un beso íntimo, profundo, cálido. Sus bocas resonaron en sus oídos como si estuviera presenciando otra vez la escena.

Minki quería eso.

Sentir las manos de Jaebyu forzando sus piernas a abrirse, su cuerpo sobre el suyo aplastándolo contra la cama, el aliento acariciando su piel afiebrada, los labios buscando los suyos para quitarle el aire y la cordura completa, mientras sus caderas comenzaban un lento aunque perverso movimiento.

Quería que Jaebyu le quitara el pantalón del pijama, que mirara sobre el hombro para asegurarse que había cerrado la puerta, que le cubriera la boca con la mano cuando empezaba lentamente a prepararlo con los dedos.

Quería esos dedos enredados en su cabellera, los labios tocando una parte sensible de su cuello para morderlo y lamerlo hasta que al otro día tuviera que usar la camisa del uniforme abrochada y la corbata ajustada. Quería su pregunta bajita para asegurarse si estaba preparado, a pesar de que el pene de Minki no dejaba de gotear. Quería asentir y tener que morder su propio labio para acallar el grito de placer cuando empezaba la lenta penetración y se movían las mantas entre ellos para dejar escapar el calor que envolvía a sus cuerpos.

Quería sentirlo hasta la empuñadura, que la sacara hasta la punta, que repitiera el movimiento una y otra vez mientras encontraba su próstata y la golpeaba de manera tan certera que sus pies se encogían, sus rodillas se doblaban, sus muslos le apretaban la cadera para instarlo a mantener el movimiento. Quería ver las manos de Jaebyu sujetarse al respaldo de la cama para alzarse de rodillas y mejorar el ángulo. Quería sentirse cada vez más y más apretado en torno a su erección, escuchar sus propios ruegos desesperados para que lo dejara correrse cuando Jaebyu sujetaba su pene por la base y lo apretaba sin compasión para decirle que aguantara un poco más. Quería entonces una última embestida y correrse tan fuerte que los colores y sensaciones se desdibujaban a su alrededor, a la vez que todo se realzaba y lo sentía irse muy dentro de él ensuciándolo tanto que gotearía hasta tener que limpiarse.

Principalmente quería su risa placentera y divertida, su boca buscándolo en un último beso risueño. Quería su cuerpo flojo sobre el suyo, para luego dejarse caer a su lado y ambos buscarse para un abrazo feliz, pleno. Quería esos momentos íntimos, privados, que eran solo de los dos, de nadie más. Esos momentos que solo los dos conocían, porque no se los contaban a nadie, porque nadie merecía saber lo que sucedía.

Su conexión.

Una vez más deseó volver al pasado, al instante en que quererse demasiado era el único problema entre ellos. Por eso, cuando esa noche se despertó entre sueños y sintió su erección latiente y dolorosa, miró a Jaebyu dormir a su lado. Quería tener la voluntad suficiente para despertarlo como lo hacía antes, para luego sentir su mano alrededor del pene y ver las cejas alzadas de Jaebyu, mientras Minki le aseguraba que era su responsabilidad encargarse de eso porque se la había provocado.

Pero nunca llegarían a ese punto si Minki continuaba atascado ahí, no cuando sentía miedo por alguien que siempre deseó de una manera descomunal. Así que, con el aliento atascado en la garganta, se estiró para apagar la luz de noche. Las penumbras envolvieron la habitación al igual que el rostro de Jaebyu. Y dejó de ser su Yoon Jaebyu para ser otro Jaebyu, el que nunca tenía cara para él. Tenía que superar ese momento, tenía que; por él, pero también por Jaebyu.

Con los ojos muy abiertos vislumbró a la gatita Petro —que era negra como el petróleo— a sus pies y se giró hacia el enfermero. Lo observó tanto que las sombras empezaron a desaparecer y pudo recaer de nuevo en su tabique alto, su cabello largo y enredado en su rostro, su labio inferior algo fino. Entonces, se adelantó con el corazón resonando con fuerza, destrozándole el pecho. Su boca entreabierta, por un jadeo desesperado, encontró la de Jaebyu, y a pesar de que no fueron más que unos segundos, se alejó hasta su lado de la cama con las piernas recogidas contra el torso.

Pero entonces el silencio fue interrumpido por una voz.

La de Jaebyu.

—Gracias —susurró con los ojos cerrados. Y de a poco una sonrisa apareció en él—. Para la próxima, ¿podrías despertarme? *La bella durmiente* no es mi película favorita de Disney.

Minki rio tan fuerte que resonó en el cuarto. Le dio también un golpe en el hombro con el que Jaebyu se quejó.

—Pensé que dormías.

—Pensaba lo mismo —respondió el enfermero, somnoliento. Y hubo una nueva palabra de aliento—. Lo hiciste muy bien.

—Fue un beso de quince años —le restó importancia.

—Sigue siendo un beso fantástico.

Minki no notó que lloraba hasta que Jaebyu, como si fuera lo más natural del mundo, le secó las lágrimas con los pulgares.

Al contrario de hace unas horas, esa vez se durmió con una sensación cálida que lo llenaba por dentro. Sobre todo porque, a pesar de las sombras que rodeaban el rostro de Jaebyu, pudo acercarse para buscar su abrazo y acurrucarse contra él.

Estaban bien.

Ellos estaban bien.

Al otro día, mientras Dae cuidaba a Minah, fue a la peluquería para por fin retocarse el tinte. En su arnés cruzado ahora siempre descansaba su arma de servicio, le daba paz interior sentir el peso contra su pecho. Lo hacía sentirse menos vulnerable, desprotegido.

A la cita con su psicóloga asistió con su hija como acostumbraba a hacer. De la misma forma que lo tranquilizaba portar un arma, también lo hacía Minah en sus brazos inquietos. Con ella no podía destrozarse la piel del cuello hasta rasgársela, no le quedaba más que mecerla y mirarla cuando la conversación se hacía incómoda, tal como sucedía en ese instante. A Minki se le había ocurrido contarle a su psicóloga su aventura de anoche, que le siguió su ilusa pregunta si aquel avance significaba que finalmente sería dado de alta. Sun Jian se había levantado las gafas de montura gruesa y tomado abundante aire, por lo que se preparó para una larga contestación. Ya la conocía lo suficiente para concluir ese tipo de detalles.

—Cuando se vive una experiencia como la tuya, Minki, el cerebro entra en modo supervivencia con la finalidad de aguantar todo lo que nuestro cuerpo pueda percibir. Con ello me refiero a olores, sonidos, sensaciones. ¿Pero para qué el cerebro haría algo así cuando a nadie le gustaría recordar situaciones de ese tipo? ¿No sería más fácil simplemente olvidar y fingir que nada sucedió? Efectivamente, pero dejaríamos de lado algo muy importante y es nuestra propia naturaleza. El ser humano es un sobreviviente, logramos evolucionar por nuestra capacidad para analizar las cosas y mejorarlas. Es por esta razón que recordamos estos eventos, para saber cómo reaccionar en el futuro si llegara a sucedernos algo remotamente parecido. Y es ahí donde nace el problema.

Minah dormía con su labio inferior un poco abierto, eso era en lo único que Minki quería pensar, pero la voz de su psicóloga se lo impedía. Y a pesar de que no respondió de ninguna forma, ella imaginó que podía continuar y así lo hizo.

—Como nuestro cerebro se esfuerza en recordar todo lo posible para sobrevivir, cualquier estímulo que presente el más mínimo vínculo con aquel momento provocará una conexión y reexperimentaremos aquella situación.

Típico en él, vino su rápido cuestionamiento. Que alguien lo salvara de su lengua idiota.

—¿Y de qué me sirve hablar de lo ocurrido? ¿No estaría reviviendo mi trauma cuando lo que debería es olvidarlo?

Para su sorpresa, Sun Jian afirmó.

—Algunas personas que han sufrido un trauma se niegan a hablar del tema por el miedo de provocar un recuerdo.

—¿Ve? Gente astuta.

—Evitar estos estímulos, Minki, no te hará olvidar lo que viviste —replicó la mujer—. No hablar de ello no evitará que no lo recuerdes, ni mucho menos te servirá para superarlo.

—¿Está segura? Jamás lo sabremos si no tratamos de no hablar del tema nunca más —bromeó.

—Minki, no necesariamente son los estímulos externos los que desencadenan una reacción del trauma, también pueden existir estímulos internos. ¿Recuerdas que no podías tomar agua de un vaso directo y tuviste que hacerlo con una bombilla hasta adaptarte?

De sus momentos más humillantes, nunca se había sentido así de vulnerable por algo tan simple. Y el hecho de que no pudiera controlarlo le hacía padecer esa rabia que se mezclaba con aquel sentimiento de humillación.

—Tu sed desencadenaba un recuerdo del trauma, Minki. Vivir una situación así es una experiencia tan dolorosa que una parte de tu cerebro va a intentar hacer como si nunca hubiera sucedido. Y sí, en parte lograrás su cometido —hubo una mueca que interpretó como sonrisa—. Ahora debes estarte preguntando para qué estás aquí si al final tu propio cerebro va a sanarte del trauma.

—¿Qué come que adivina? —musitó.

—El efecto de amnesia será meramente temporal y será finalmente nuestro cuerpo el que recordará lo que el cerebro quiere olvidar. Así es vivir con un trauma, Minki. Reaccionarás de manera automática a muchos estímulos, recordarás quizás solo emociones, probablemente seas incapaz de narrar lo ocurrido. En mi caso, pasé meses sin poder escuchar un automóvil pasar por mi lado sin que mi cuerpo se paralizara de manera involuntaria. No podía caminar por más que lo intentara.

—¿De verdad? —por mucho tiempo se había preguntado si su secuestro había sido real o una invención para ganar pacientes. Llegó incluso a buscarlo en internet, recién entonces confió en ella.

—Tuve que hacer una serie de medidas para mejorar ese problema. Partí con sentarme a mirar los autos pasar, a verlos frenar frente a mí, a que abrieran su puerta trasera, a tener que acercarme y así. Por eso, la única manera de recuperar tu vida es procesando esa experiencia más allá de los hechos, emociones y sensaciones. ¿Para qué? Para darle a esta historia un significado que tenga sentido para ti. No es romantizar la situación, para nada, es entender que dolió, pero ser capaz de tomar ese evento y hacerlo parte de ti para encontrarle sentido.

—¿Por eso se hizo psicóloga de traumas?

Ella le sonrió.

—Sí, Minki, esta es mi forma para superar y sanarme.

De regreso a casa aún pensaba en la sesión. No quería estar solo, pero tampoco en medio del caos de la ciudad. Decidió ir a la casa de Dae para conversar con él. Si bien Jaebyu ya no iba a trabajar en automóvil para que Minki dispusiera de este, prefería irse caminando a la oficina de Sun Jian. Estaba cansado de estar el día completo encerrado entre cuatro paredes, pero principalmente de tener miedo. Por eso se obligó a cambiar esa rutina impuesta para protegerlo, a pesar de que el primer día que hizo el trayecto había sudado tanto por los nervios y la ansiedad, que al volver tuvo que darse una ducha y cambiarse de ropa al apestar a miedo. Ahora, si bien caminaba rápido y su corazón se aceleraba cada vez que oía pasos a su espalda, lograba gestionarlo mejor.

Le faltaban unas cuadras para llegar. Lo primero que notó fue una patrulla estacionada a un lado de la calle. El número se le hizo conocido, aunque no logró recordar a quién le pertenecía. Intentó concentrarse al pasar por su lado para reconocer a su compañero, pero se hallaba vacía.

Como la paranoia era parte de su nueva vida, al proseguir el camino y llegar a la intersección, comprobó ambos lados de la calle para asegurarse que no había alguien que pudiera seguirlo. Al final, casi imperceptible, divisó dos figuras. Una era un policía con la gorra puesta, lo que le ocultaba el rostro. La otra persona era un civil. Parecían discutir por la forma en la que el oficial perseguía al hombre e intentaba agarrarlo por el brazo para detener su avance.

Se acercaban a él, aunque el policía se había rendido y se quedó detenido.

Minki cambió de posición y se movió hasta apoyarse contra la pared contraria. Primero pasó el hombre por la intersección, que siguió derecho. Su espalda fue lo único que pudo reconocer de él, tampoco necesitó más. Había visto demasiadas veces esa figura a la distancia para no hacerlo. Siempre vigilaba a su amigo.

A Daehyun.

Era Moon Minho, al que Minki no había visto las últimas semanas. Iba a perseguirlo cuando el oficial cruzó la intersección y se dirigió a la patrulla. Tampoco tenía que ver su rostro para saber quién era.

—¿Eunjin? —lo llamó.

Sus hombros se tensaron, sus pies frenaron de golpe. Primero volteó la cabeza, después el resto del cuerpo.

—Minki —inclinó su barbilla para saludarlo, Minki lo replicó y ajustó a Minah un poco más a su cuerpo—. ¿Qué haces aquí?

Lo mismo podía preguntarle él. Esa zona no estaba bajo la jurisdicción de su unidad. Si bien no era extraño que un policía de una estación estuviera en el área de otra unidad, tampoco era normal.

—Vengo del psicólogo.

—¿Cómo te ha ido con eso?

—Bien, supongo.

—¿Te veremos pronto en la estación?

Minki alzó a Minah en los brazos.

—Licencia postnatal —recordó.

—Cierto, cierto —Eunjin sonrió.

—Por cierto —dijo con rapidez al presentir que Eunjin pronto se despediría amablemente de él con la excusa de continuar con su trabajo—. No me has dicho nada sobre el caso... mi caso.

—No he podido ir a visitarte, lo siento mucho —comenzó su evasiva—. De todas formas, no tenemos muchas novedades.

—Muchas —recalcó Minki dando un par de pasos para acercársele y no iniciar esa charla con tanta distancia—. ¿Cuáles serían las cosas nuevas?

Eunjin parecía un animal acorralado.

—Seguimos el rastro de un testigo que nos indicó que vieron a Alexander en Ilsan, también nos comentaron que fue visto en Busan.

—Hay 400 kilómetros entre ambas ciudades, Eunjin.

—Lo sé.

Tuvo una sensación pesada en el estómago. Ajustó a Minah contra su pecho y fingió que se había despertado. La meció en brazos, dio una sonrisa de disculpas.

—El llamado de padre —se excusó.

—No te entretengo más —respondió Eunjin.

Minki dio un paso hacia atrás.

—Llámame si necesitas que testifique nuevamente, quizás pasamos en alto algo.

—Lo haré si es necesario, no te preocupes.

Pero Minki se preocupaba en exceso, he ahí el problema.

Además, pensó, cuando retomaba el paso y se dirigía justo a la calle donde vio a Minho desaparecer, *¿qué hacían ambos conversando?*

Analizó la avenida, luego regresó a la anterior. La patrulla ya se había marchado. Avanzó hacia el lugar donde estuvieron Eunjin y Minho, revisó las postaciones con mucha detención al igual que las casas que lo rodeaban. Tal como se lo había imaginado, era una zona sin monitoreo de CCTV. No había ninguna cámara que hubiera grabado esa reunión, pero ¿para qué necesitaban eso? Si Eunjin quería hablar con Minho podía hacerlo en la casa de Dae, ¿por qué elegir un lugar así?

Querían hablar sin que alguien los escuchara.

¿Pero sobre qué? ¿El incendio? ¿La razón del porqué Minho aparecía en las grabaciones? ¿Acaso Eunjin lo había notado y por eso lo cuestionaba? ¿O era sobre algo más?

De pronto tuvo un deseo casi incontrolable de visitar a Ryu Dan, algo que no se le había ocurrido hacer hasta ese momento. *¿Pero con qué finalidad?*, pensaba. Ninguna más que aliviar esa inquietud que picaba bajo su piel.

Se dirigió a la casa de Dae sabiendo a quién iba a encontrarse ahí. Moon Minho jugaba con Hanni cuando Minki apareció en la entrada. Recibió apenas una mirada rápida antes de centrarse en su nieta. Daehyun se escuchaba en el segundo piso, parecía estar ordenando algo.

Era la oportunidad que estuvo buscando.

Tomó asiento a su lado con Minah aún en los brazos.

—Los vi a Eunjin y a ti hablar en la calle —comenzó.

Moon Minho se quedó inalterable.

—También te vi.

—¿Sobre qué conversaban?

Hanni estaba despierta y era acunada por la pierna de Minho.

—¿Esto es un interrogatorio? —quiso saber.

—Sungguk y yo te vimos en las grabaciones del incendio —susurró para que Daehyun no pudiera oírlos.

Por el rostro de Minho cruzó el entendimiento.

—¿Por eso me buscaba tanto? —se refería a Sungguk.

—Me imagino, pero no desvíes el tema. ¿Por qué apareces en las grabaciones? ¿Realmente iniciaste el incendio?

—¿Quién dice que lo hice?

—Eras tú, lo sé.

—¿Me estás acusando de ingresar a una estación de policías y cometer un delito? —su boca se curvaba en ironía—. ¿Con qué propósito lo haría? ¿Y cómo ayudaría a Dae con eso?

—Eso es lo que no entiendo —hubo una ligera pausa—. O quizás si lo hago.

—Mide tus palabras antes de hacer una acusación así de grave —le pidió el hombre, eran palabras rudas para un tono tan cortés.

—Conocí a alguien cuando estuve secuestrado —comenzó, su mirada clavada en la reacción de Minho—. Era un guardia, su nombre es Alexander.

La boca de Minho se crispó en la comisura un segundo, aunque fue lo suficiente para notarlo antes de que su expresión se recompusiera.

—¿Debería conocerlo?

—Estoy seguro de que es el padre de Daehyun.

Minho no lo negó. Su rostro parecía una máscara.

—¿Daehyun lo sabe? —lo escuchó susurrar.

El corazón se le aceleró. ¿Eso era una confirmación? Tenía que serlo.

—No —confesó Minki—. Iba a decírselo, pero ¿qué ganaba haciéndolo? ¿Qué aporta una persona así en la vida de mi amigo? Ese hombre abusó de ti, no lo quiero cerca de Dae.

Minho bajó la mirada, sus manos nerviosas se apretaban ahora entre sí con esa manía que Minki había aprendido de él.

—¿Cuál es tu hipótesis, Minki? —finalmente Minho preguntó—. ¿De qué me estás acusando?

—Ese es el problema —dijo acercándose todavía más a él, en tanto clavaba la vista en las escaleras por si Dae bajaba—. No estoy entendiendo. Solo sé que Alexander reapareció, y tú, por una razón que desconozco, decidiste quemar una sala con evidencia del caso. No olvidemos tampoco que fuiste tú quien encontró el lugar donde yo estaba secuestrado. Solo veo una línea en esta historia que me interesa ahondar.

—¿Cuál? —le encaró Minho con tranquilidad.

—Que Alexander te entregó de algún modo mi ubicación, pero le quedaste debiendo un favor.

Entonces, Minho se puso de pie cuando ambos captaron que los pasos de Dae se acercaban a la escalera.

—Para ganar, Minki —Minho dijo mientras le daba un vistazo rápido por sobre el hombro antes de dirigirse hacia la puerta para marcharse—, también se debe ceder terreno.

Esa noche, Minki habló con el doctor Jong Sehun. Aprovechando que Jaebyu acababa de llegar y sus hijos estaban centrados en él, Minki abandonó la vivienda para ir a verlo. Con la noche sobre ellos, conversaron cerca de la casa.

Jadeante, le resumió su temor, ese que había estado evitando en ese mes y medio porque la sola idea le daba ganas de vomitar. Le explicó las ecografías para que Sehun pudiera consolarlo como doctor y decirle que lo sucedido era en extremo normal, que las estadísticas indicaban que aquello ocurría en un gran número de personas.

Algo.

Necesitaba algo.

La mirada del doctor Jong era amable al finalizar, su caricia en su cabello fue igual.

—No es del todo extraño, aunque tampoco del todo normal. Pero no creo que se halla tratado de un error, Minki.

—¿No? —susurró, angustiado.

—Cuando fui doctor en los laboratorios, eso lo hicimos mucho para salvar a las niñas. Creo que tenías un amigo allí dentro.

Minki se contempló las manos temblorosas.

—Había alguien, creo.

Alexander pasó por su cabeza una vez más. Por alguna razón sintió la necesidad de describírselo al doctor. Entonces, lo escuchó suspirar.

—Ya veo —dijo.

—Es el padre de Daehyun, ¿cierto?

Los ojos de Sehun eran tristes al encontrarse con los suyos.

—Lamento decir que sí. Pero él no es el amigo que te ayudó.

—¿No?

—Al menos el Alexander que yo conocí no lo haría —el tono siempre calmo del doctor.

La cálida brisa nocturna corría entre ambos.

—Hay otra cosa —logró Minki pronunciar.

—Dime.

Sus dientes castañeaban, así que tuvo que apretar la mandíbula para lograr pronunciar esas palabras de corrido.

—Creo que me cambiaron a mi bebé el día de su nacimiento. No sé si Minah sea realmente mi hija.

54

Cuando se crecía en ambientes austeros como lo fue su casa de infancia, se aprendían habilidades que otros niños carecerían. Desde que Jaebyu tenía memoria, acostumbraba a detenerse antes de ingresar a estancias para así oír la conversación que mantenían las personas cuando presentía que podían estar discutiendo. Pasó incontables horas en la entrada de su habitación con la puerta entreabierta esperando a que su padre terminara de insultar a su madre para así lograr ir al baño o a la cocina. Fue una habilidad que lamentablemente no perdió con los años. Por eso, aquella noche cuando no logró encontrar el biberón anticólicos de Minah, buscó a Minki para preguntarle su paradero. No fue hasta que salió de la casa que lo vio a unos metros conversando con el doctor Jong.

Se acercó con cautela para no asustarlos, de pronto se quedó detenido en las sombras con el cuerpo congelado y un nudo tan apretado que casi vomitó la cena sobre los zapatos. Regresó a casa con los oídos tapados y acunó a Minah contra su pecho, apretándola con un poco de fuerzas.

—¿Qué pasó? —la voz de Minki hizo que el ruido regresara a sus oídos.

—No encontraba el biberón para los cólicos —se oyó responder, mientras Minki le quitaba la niña de los brazos y pasaba a mecerla él.

—Está en el refrigerador.

Abandonó la estancia con la excusa de buscarlo. Se quedó con la puerta del refrigerador abierta hasta que sonó la alarma indicándole que debía cerrarla.

No pudo dejar de pensar en esa conversación ni al cambiarse por el pijama, ni cuando se acostó en la cama y fingió dormirse de inmediato para no hablar con Minki.

¿Realmente Minki pensaba que Minah no era su... hija?

No podía ser posible, porque Jaebyu la observaba y podía divisar los rasgos de Minki en su rostro... ¿o era su cerebro intentando completar un rompecabezas que no calzaba? Lo único que tenía claro era que Minah era su hija incluso si no lo era.

Pero tenía que tomar una decisión.

El lunes 15 de junio tenía libre y Minki psicólogo. Los mellizos estaban en la escuela, por lo que Jaebyu y Minah eran los únicos en la casa. La preparó para estar fuera unas horas. Sintiendo que estaba cometiendo el peor de los pecados, se dirigió al centro de la ciudad donde se ubicaba uno de los laboratorios que realizaba el examen de «Identidad Biológica en Sangre».

No podía quitarse de encima la sensación de que hacía algo erróneo. ¿Pero y si el temor de Minki era cierto? Necesitaban saber si tenían que buscar a su hijo.

—Pero tú seguirás con nosotros —aseguró Jaebyu estrechándola contra sí y dándole un beso en esa cabecita que aún olía a leche y a dulce—. Eres mi hija, eso nadie lo va a cambiar.

Aun así aquel sentimiento no mejoró.

Se mantuvo de piedra en ese asiento plástico esperando a que lo llamaran. Cuando finalmente lo hicieron, se dio cuenta de que no estaba preparado para ello. Sus rodillas eran débiles, su estómago pesado, aun así se encontró caminando por los pasillos hasta ingresar al módulo indicado.

Primero le tomaron una muestra bucal a Minah, que lloró y se quejó un poquito por la invasión, luego a él.

Sin embargo, Jaebyu necesitaba indagar más.

Se dirigió a su lugar de trabajo. En el subterráneo se ubicaban los laboratorios. La oficina del fondo era de la hermana de Sungguk, Kim Suni. Hace unos años que la mujer había asumido la jefatura de los laboratorios, también era la responsable de que el primer embarazo de Daehyun se hubiera mantenido en secreto. Si existía alguien que pudiera ayudarle, era ella. El problema era que sus mentiras, las mismas que le hacían confiar en ella, eran lo que le hacía desconfiar de sus resultados. Pero necesitaba de dos pruebas para disminuir errores.

La mujer usaba una coleta alta que se meneaba cada vez que afirmaba a sus palabras.

—No te preocupes —dijo ella al finalizar—. No lo ingresaré, quedará entre nosotros. Confía en mí.

No le pidió a Suni que apresurara los resultados, de todas formas el otro laboratorio no iba a tenerlos listos antes de la semana siguiente. No le quedó más que sumergirse en la rutina para dejar de pensar en ello, aunque le costó más de lo que creyó.

Quizás se debía a que llevaba la semana completa durmiendo de forma superficial e intranquila, pero esa noche, justo horas antes de recibir los resultados, un sonido casi imperceptible lo despertó. Se puso de pie de un salto, Minki hizo lo mismo. Ambos corrieron a la habitación de Minah, Minki llegó incluso a golpearse con el marco de la puerta. Jaebyu la alcanzó primero y la tomó en brazos para golpearle la espalda. Sintió su vómito cálido en el hombro, mientras Minki empezaba a reír del alivio.

—Somos buenos padres, ¿no? —bromeó Minki con las manos en las rodillas intentando recuperar el aliento.

—No, la amamos. Es diferente.

Un examen no podía definir su paternidad, ¿verdad?

No, se aseguró.

De todas formas, la intranquilidad no lo abandonó hasta cuando incluso se escapó ese día de Emergencias para ir a buscar los resultados. Se llevó el sobre pegado al bolsillo, luego pasó al laboratorio para visitar a Suni. Ella lo recibió con una sonrisa que le siguió a un abrazo.

—¿Conoces el resultado? —se escuchó preguntar con una voz diminuta.

—Sí —y hubo algo que no le agradó en lo más mínimo.

—No me digas nada —pidió, guardando el otro sobre en su bolsillo.

—Promesa —dijo ella.

El resto del día se le hizo eterno. Cuando finalmente finalizó el turno a las dos de la madrugada y se dirigió a casa, Minki lo esperaba despierto.

—Te hice la cena.

A pesar de que no se sentía capaz de comer, permitió que su novio lo cogiera de la mano y lo llevara a la cocina. Tomó asiento en la mesa y lo vio moverse por la estancia para servirle un plato.

—No tenías que esperarme —dijo una vez tuvo la comida frente suyo.

—No —aceptó Minki—, pero quería hacerlo.

Los dos sobres en su bolsillo pesaban tanto que los sentía calientes y como una pila de piedras. No podía concentrarse más que en eso.

Se obligó a comer la mitad antes de aclararse la garganta y sacar ambas cartas. Las posicionó en la mesa entre Minki y él.

—Hice algo —la atención de Minki fue de los sobres a su rostro, y repitió el proceso. Su garganta se movió al tragar saliva como si pudiera entender a qué se refería—. El otro día los escuché hablando al doctor Jong y a ti.

—Jaebyu...

—No fue mi intención hacerlo —dijo de prisa—, no era mi propósito. Fui a buscarte y los oí conversar sobre... Minah.

Minki se llevó las manos a la cara y la cubrió por unos segundos mientras asimilaba sus palabras.

—Juju... yo... —su lengua se enredaba en sus intentos por ordenar la mente—. No es así como crees... yo amo a Minah... y es mi hija...

—Es nuestra hija —Jaebyu movió la cabeza para enfatizar—, pero también necesitamos saber si tenemos que buscar a alguien más.

Los ojos de Minki brillaron.

—Tú... entiendes —susurró.

—Siempre lo hago —entonces, tocó los sobres y se los acercó a su novio—. Hice dos pruebas en lugares diferentes.

Las manos de Minki, con timidez y miedo, se estiraron para alcanzarlos. Sus dedos temblorosos abrieron primero uno, luego el segundo. Sacó ambas hojas y las dejó boca abajo para que no pudieran ver el resultado.

—¿En qué debo fijarme? —preguntó.

—Sobre el 95 % es paternidad muy probable, sobre el 99 % es altamente probable y sobre 99,73 % es prácticamente probada.

—Buscamos un 99,73 %, ¿cierto?

—Sí —jadeó Jaebyu.

Con la ayuda de la mesa, Minki abrió ambas hojas y las sujetó frente a su rostro. Sus ojos fueron de una a la otra, luego las soltó. Danzaron en el aire antes de aterrizar en el suelo.

Se formó un agujero bajo su silla y lo tragó.

La negrura fue lo único que vio por varios segundos.

—Minki... —dijo, a la vez que se agachaba para cogerlas. La cabeza le daba vueltas y le picaba la piel, iba a desmayarse.

Revisó él mismo ambos resultados.

Comenzaban con dos columnas que contenían el número de casos, que correspondía a un código generado para cada prueba de paternidad, junto a su índice de probabilidad. Le seguía la comparación entre el niño y el presunto padre.

No era hasta el final de la página que se distinguía la probabilidad de paternidad.

Una de las hojas decía 0 %.

La otra, 99,99999 %.

Siendo el examen de Suni el que indicaba una nula probabilidad de paternidad.

¿Qué estaba sucediendo?

55

Lo quisiera Minki o no, rápidamente se adaptó a la rutina en los laboratorios. Desayunaba, almorzaba, cenaba, dormía, desayunaba, Dowan abandonaba el cuarto, el ruido irritante del monitor de signos vitales lo consumía todo, despertaba, cenaba, dormía, desayunaba, almorzaba, cenaba, desayunaba, Dowan abandonaba el cuarto, cenaba, dormía.

Y así, en lo que Minki asumió debían ser más de ochenta días.

Pronto descubrió que la única forma que había para escapar de ahí era durante las tardes que le permitían salir al patio trasero del crematorio a tomar sol. Era, por lo demás, el lugar menos monitoreado. Había dos cámaras en el portón de salida y una en el extremo contrario, justo en la parte más alejada. Y si bien esas tres permitían que el jardín no tuviera puntos muertos, al menos estaban a tal distancia que serían incapaces de leerle los labios.

Porque lo segundo que entendió era que Alexander estaba con él para ser algo más que un simple guardia. Considerando sus sospechas de que Alexander era el otro padre de Daehyun, hablando con él podía llegar a la verdad. Y eso era lo que Minki había comenzado a temer, que le sucediera algo similar. Se había dado cuenta que había empezado a anhelar ese instante cuando lo desconectaban del monitor de signos vitales y su invitado desaparecía junto con la máquina, para instantes después ver aparecer a Alexander en la entrada de la estancia. Aún no era capaz de entender si aquella desesperación se debía al alivio que significaba que el experimento había finalizado o a algo *más*.

Minki no quería que fuera ese algo más.

No podía ser así.

Pero sucedía y estaba intentando usarlo a su favor. Por eso no protestó cuando al poco tiempo del golpe que le propinó a

Alexander, las caricias de este regresaron. Y no se alejó de él. Si iba a padecer de ese sentimiento terrible, que fuera al menos para ayudarlo en algo.

Por eso, aprendió a analizarlo y con ello entendió que Alexander siempre era más receptivo cuando Minki unía las manos frente al vientre y lo observaba hacia arriba con los párpados algo caídos.

—Te volviste a hacer daño —lo escuchó comentar ese día con aquellos ojos claros acariciando su piel desnuda.

Otra cosa que Minki había empezado a hacer en esas semanas de encierro era lastimarse, porque era durante esos instantes de dolor donde lograba aferrarse mejor a la realidad y controlarse. En sus inicios lo había hecho únicamente en los brazos, luego con la piel de su cuello y tras la oreja, ya que era más sensible y lograba lastimarse incluso cuando le limaban las uñas para evitar que siguiera con su «jueguito».

—¿Me hice mucho daño? —fingió no saber.

—Lo suficiente para hacer un reporte.

Lo que implicaría que tomarían nuevas medidas. Se imaginó, entonces, con las manos atadas a la espalda. El pánico le aceleró el corazón con tanta premura que dolió.

—No lo hagas, por favor —suplicó girándose y tomando sus manos grandes y ásperas, viejas—. Hazlo por mí.

La mirada de Alexander le recorrió el cuello y siguió el rastro de la piel que la camiseta ancha dejaba al descubierto.

—¿Quieres que les mienta a mis superiores por ti? —cuestionó con una mueca coqueta.

—Por favor —repitió aun sujetándolo.

Su error fue pensar que podía manipular a alguien como Alexander, que carecía por completo de sentimientos. Era un sociópata con grandes habilidades para mentir, alguien con la incapacidad de sentir, de ser empático. Desconocía por completo aquella palabra.

Su segundo error fue estar demasiado cerca de él.

Con un simple y ágil movimiento, Alexander se soltó de su toque y llevó la mano a su cara tan rápido que Minki pensó iba a golpearlo. Fue asido por las mejillas y tirado hacia adelante con una brusquedad que casi lo hizo terminar de rodillas. Tuvo que alzarse de puntillas cuando lo acercó a su expresión vacía, mientras repetía con exactitud las mismas palabras que Minki le dijo hace un tiempo con tanta petulancia.

—Conmigo no te equivoques.

Entonces soltó a Minki y perdió el equilibrio, ya que tanto sus tobillos como muñecas se encontraban esposados y unidos por una cadena. Su caída fue frenada por el mismo Alexander, que logró sujetarlo por la camiseta para que el golpe no fuera demasiado fuerte. Luego soltó la prenda y se inclinó hacia él. Lo acorraló en ese lugar, a pesar de que se hallaban en aquel enorme jardín.

—La única forma que tienes de escapar de este lugar es muerto —aseguró Alexander. Sus rostros quedaron tan cerca que las narices casi se rozaron—. Pero por mí no lo será, ¿quedó claro?

Afirmó para que Alexander se tranquilizara, sin embargo, sujetó de nuevo su mejilla.

—No te escuché.

Minki apretó los dientes.

Él iba a matarlo.

Cuando lograra escapar de ese sitio, iba a buscarlo y matarlo.

Pero en ese momento no, en ese momento debía sobrevivir.

—Entiendo —finalmente respondió.

Alexander lo soltó, después le tocó la coronilla con un golpe suave.

—Muy obediente.

Iba a matarlo, no había duda.

¿Pero cómo?

Regresaron a la habitación. Más tarde ingresó un hombre cubierto por completo al que solo se le divisaba parte de un cabello castaño claro tinturado. Se detuvo en la entrada del cuarto con un trapeador justo cuando Alexander lo apartó y empujó a Minki hacia el final de la estancia.

—A la pared —le ordenó a Minki.

Con la frente apoyada en la baldosa escuchó los ruidos que hacía aquel empleado para limpiar de forma rápida y concisa. Cuando quitaba las sábanas del colchón, Minki intentó observarlo por sobre el hombro. Alexander frenó el movimiento y lo obligó a apegarse nuevamente a la pared.

Solo necesitó una única palabra para saber cómo lo haría para huir de ahí.

—Listo —avisó el empleado.

Entonces, tuvo la respuesta.

56

Una de las tareas que le asignó la psicóloga fue ampliar su perímetro de circulación. Minki no hacía más que ir a dejar a los mellizos a la guardería y de ahí regresar a casa, donde algunas veces visitaba a Dae porque se moría de aburrimiento. Pero su amigo no siempre podía recibirlo, ya que estaba inscrito a una anormal cantidad de talleres y clases como si estuviera decidido a aprenderlo y experimentarlo todo antes de llegar a la treintena. A Minki le gustaría sentir tanta pulsión de vida, pero él simplemente estaba durmiendo demasiado. Ese día, no obstante, se le hizo insoportable la idea de pasar horas encerrado en casa sin nada que hacer, excepto ser padre. Y no quería que se malinterpretara, él amaba serlo. Pero extrañaba también ser Minki, el oficial Lee Minki, el novio de Jaebyu.

Ser alguien para la sociedad.

Quizás en otra oportunidad no le hubiera dado tanta importancia, pero además del hecho latente de que su caso olía mal y no tenía medios para hacer una investigación privada, Jaebyu estaba actuando extraño y eso lo perturbaba. Si bien esa semana cumplía turno de doce horas, no llegaba a casa hasta al menos unas cuatro o cinco horas después de la salida. Los primeros días imaginó que se debía a un exceso de trabajo, luego ya no tuvo cómo justificarlo. Y le dolía tanto que no le contara lo que le pasaba, que simplemente no se creía con la capacidad de preguntarle. De hacerlo, estaba la posibilidad de encontrar respuestas que no quería conocer ni estaba preparado para recibirlas. Deseó, por tanto, vivir un poco más en esa mentira agridulce, porque quizás solo estaba siendo paranoico.

Le sobraban horas a su día, ese era uno de sus problemas.

Al menos aún podía solucionar eso último.

Pasó primero a la guardería de los funcionarios públicos e inscribió a Minah en ella. Se había acostumbrado tanto a llevarla consigo a donde fuera, que sus brazos se sentían vacíos sin ella. Por fortuna, la estación de policías estaba a unas pocas cuadras.

Sungguk era el único oficial que se encontraba de servicio administrativo. Tenía el codo apoyado en la mesa y se afirmaba la cabeza con el brazo. Sus párpados estaban casi del todo cerrados. Era la diversión convertida en ser humano.

Sonriendo con maldad, Minki se le acercó. Cuando estuvo al otro lado de la mesa, la golpeó con los puños. Sungguk dio un enorme salto y su silla se deslizó hacia atrás. Intentó aferrarse al escritorio para no caer, por lo que quedó colgando de los brazos.

—¿Esta es la clase de policía que tenemos? —se burló Minki.

—Me asustaste —gruñó. Se puso de pie para ir a buscar la silla.

—Agradece que no te grabé y reporté con Eunjin.

—No te atreverías.

Minki se cruzó de brazos.

—¿Estás seguro?

Sungguk tomó asiento y se apegó a la mesa. Decidió cambiar de tema al analizarlo.

—¿Estás solo? ¿Y Minah?

—La inscribí en la guardería.

—¿Pero por qué?

—Si hoy cambiaba un solo pañal más, iba a cometer una locura —confesó—. He pasado dos meses siendo únicamente un padre amoroso, ya me estaba cuestionando incluso mis decisiones. No sé si amo tanto a Jaebyu para no dejarlo abandonado —bromeó.

—¿Cuánto te queda de licencia?

—Unos tres meses, no me doy un tiro porque me darían más licencia. Y hablando de eso, por fortuna soy funcionario público, porque con la cantidad de licencias que he presentado los últimos seis años me habrían despedido de cualquier empresa.

Sungguk se rio.

—Si tantas horas le sobran a tu día, deberías inscribirte a uno de los talleres que va Dae.

—Estoy seguro de que la cerámica no es lo mío, tampoco la repostería básica ni la contabilidad, ni mucho menos quiero hacer un diplomado de código civil. Y estoy segurísimo de que no me servirá la ilustración para libros infantiles.

—Lo amo, pero yo tampoco entiendo sus gustos —admitió Sungguk.

—Por eso te eligió.

—No me da gracia.

—Afortunadamente Jeonggyu salió a Dae —comentó sin atisbos de preocupación—. De lo contrario habríamos tenido otro trabajador que se duerme en el horario laboral.

—¡Me aburría! —le señaló la estación de policía vacía—. Además, Leo lloró anoche hasta que fui a buscarla y la acosté a un lado de Daehyun.

Sungguk se refería a la gatita nueva. La suya se llamaba Petro y la de ellos Leo, porque eran oscuras como el petróleo. Los nombres los habían escogido Jaebyu y Dae y él no iba a hacer mención alguna sobre su humor de niños de doce años. Además, tenía total sentido que la primera mascota que Dae podía nombrar fuera una gatita con nombre masculino; desconocía las normas sociales, tampoco le preocupaban en lo más mínimo instaurarlas en su vida.

—Petro es tranquila —comentó Minki con aparente aire despistado. Observó la vacía estación y caminó hacia la oficina de Eunjin—. ¿Nuestro jefe no está?

—No—respondió Sungguk, a la vez que Minki ingresaba a la estancia y la recorría con los ojos.

Era una habitación simple. Un escritorio, pantalla, unos sofás para reuniones y una estantería que contenía una decoración sencilla. A la mano no había nada que pudiera revisar. De tener algo interesante, tendría que encontrarse guardado en la caja fuerte que había en el suelo bajo su silla. Pero no había forma posible que Minki pudiera acceder a ella, primero porque desconocía la clave, segundo porque la estación de policías contaba con un sistema de CCTV. No podría fingir inocencia de ser descubierto.

—¿Necesitabas hablar con él? —quiso saber Sungguk al llegar a su lado.

—Quería saber si ha averiguado algo más.

—Me encantaría ser de ayuda y usar mi superpoder de oírlo todo, pero Eunjin casi no pasa tiempo aquí.

Caminó hacia el corredor y se dirigió directo a la puerta de la izquierda. El olor a quemado le picó en la nariz apenas la abrió. La estancia estaba en reparaciones. Habían sacado las cosas quemadas y enyesaban las paredes, por lo que había un fuerte aroma a cenizas junto a productos químicos.

Era la sala de archivadores donde Sungguk y él se pasaron tantas horas.

—¿Y dónde manejan ahora las evidencias?

Sungguk apuntó hacia abajo dando un pequeño golpe al suelo con el talón.

—En el subterráneo, aunque hace poco modificaron el nivel de ingreso. Nosotros ya no podemos hacer uso de ella.

La estación de policías era por esencia pequeña. Como su jurisdicción se ubicaba a las afueras de Daegu, nunca nada relevante sucedía. Los casos que más archivaban trataban de desórdenes en la vía pública, así que nunca había sido necesaria que la sala de evidencia fuera limitada. No había nada importante ni relevante.

Hasta que empezaron los secuestros.

Por eso era extraño que alguien hubiera provocado un incendio. ¿Qué habían intentado borrar? ¿O se trató de una distracción? Minki ya no estaba seguro de nada.

Asegurándose que continuaban solos, regresó al salón principal y encendió su computadora. Ingresó su clave con Sungguk apoyado en su silla preguntándole qué hacía.

Buscó el nombre de Ryu Dan y anotó su dirección, también buscó la de los padres de este. Se guardó el papel en el bolsillo.

—¿Para qué la quieres? —se interesó su amigo.

—Mi psicóloga dijo que debía conversar sobre mi secuestro con alguien que también lo padeció —mintió con increíble facilidad. No era que no quisiera confesárselo a Sungguk, pero no sabía cuántos oídos había ahora en ese lugar. Además, tampoco podía olvidar que, por alguna razón, su hermana había alterado el examen de paternidad de Jaebyu. La familia Jong ya no era segura, y si bien no consideraba que Sungguk estuviera inmiscuido en el problema, este algunas veces no sabía cuándo callar.

Antes de que alcanzara a levantarse de su escritorio, Sungguk había regresado al suyo.

—Te tengo una sorpresa antes de que te vayas —dijo con una sonrisa que acentuaba sus dientes frontales.

—¿Qué cosa?

Se imaginó un chocolate, no obstante, de los altavoces empezó a sonar «Bad boys» de Inner Circle.

Qué ganas de matarlo.

Se marchó de la estación de policía atormentado por esa canción y la risa divertida e infantil de Sungguk.

Los papeles con la dirección de la presunta casa de Ryu Dan se sentían como kilos de cementos en sus bolsillos. La primera de ellas se trataba de la casa donde había iniciado todo. La otra se ubicaba en el centro de la ciudad y correspondía a un departamento. La zona estaba compuesta por blocks de cinco a seis pisos de altura; no se divisaba ninguna casa.

Cuando tocó el timbre todavía no tenía claro qué iba a decir ni cuál era su propósito. Quizás necesitaba ver sus propios traumas en otra persona. Sentirse menos solo.

No le extrañó que le respondiera una voz femenina. Debía ser la madre.

—Hola —comenzó con un poco de nerviosismo y mirando directo a la cámara—. Mi nombre es Lee Minki. Soy oficial de policías en la unidad n.º 17 de Daegu.

—No estamos hablando con policías —le cortó ella con tono seco.

—¡Lo sé, lo sé! —dijo con rapidez antes de que finalizara la transmisión—. Pero conozco a Ryu Dan porque ambos estuvimos en el mismo lugar.

—No estoy entendiendo.

—Estuve con Ryu Dan en aquel crematorio, puede buscarlo en internet.

Pasaron unos largos minutos donde Minki permaneció fuera de la casa. Hacía un poco de frío, así que se acomodaba el abrigo cuando sonó el intercomunicador.

—¿Qué es lo que quieres de mi hijo?

—Conversar —se sinceró Minki—. Todavía sigue libre la persona que nos hizo esto y nunca lograremos... lograrán atraparla si nos mantienen fuera de la investigación.

Entonces captó una voz masculina. Casi al instante la puerta se abrió y apareció una señora mayor, que debía rondar la edad de su propia madre.

—En la casa hay cámaras —ella avisó—, conectadas a una red en línea.

Era una clara amenaza para indicarle que su rostro sería reconocido si les hacía algo. Minki con lentitud buscó su placa de policía y se la entregó a la mujer junto a sus documentos de identidad. Ella le dejó pasar mientras los revisaba. El interior del departamento era elegante, bastante alejado a la casa austera que Ryu Dan compartió con quien ahora era su expareja. Era casi por completo blanco y tenía una isla en la cocina que parecía estar confeccionada de mármol. Había un sofá grande y en forma de «L» en el centro de la estancia y, sentado ahí, esperaba Ryu Dan.

Se había cortado el cabello recientemente y lo tenía tinturado oscuro, como si buscara pasar desapercibido. Su lóbulo todavía tenía la argolla. Se veía más delgado que en las fotografías, los pómulos eran angulosos y sus muñecas sobresalían. No parecía estar durmiendo bien.

Por fortuna, o tal vez no, Ryu Dan lo había visto en el crematorio, así que ambos pudieron reconocerse al instante.

—¿Por qué viniste? —preguntó Ryu Dan sin honoríficos ni delicadeza.

—¿Quién está llevando tu caso? —no perdió el tiempo.

Ryu Dan se desconcertó, luego sacó su teléfono y buscó algo en él. Se lo tendió poco después, en la pantalla un número de contacto. Era un detective que a Minki se le hizo ajeno. Su plan elaborado —donde Eunjin comenzaba a sonar extraño—, se derrumbó en un santiamén.

—¿No has hablado con un oficial de nombre Yeo Eunjin? —el chico negó con la cabeza—. ¿Estás seguro?

—Creo que recordaría una información así de importante.

Cierto.

Dio un paso hacia él, luego se detuvo porque no quería invadir su espacio seguro.

—Dan, ¿qué sucedió el día que te secuestraron?

—Ya testifiqué —tragó saliva con dolor.

—Lo sé.

La mamá del chico se le acercó para protegerlo tanto física como emocionalmente. Sus manos se apoyaron en aquellos hombros anchos.

—No vamos a responder a sus preguntas —ella afirmó.

—No han encontrado al doctor Kim —Minki observó directo a Ryu Dan—, ni a Alexander.

Aquel nombre hizo que Ryu Dan tomara asiento más recto en el sofá, sus ojos de pronto eran la representación del pánico.

—Siguen libres —prosiguió Minki—. Y pueden volver a hacernos algo si no lo atrapamos. Quizás no hoy, ni en un futuro próximo. Pero lo harán en algún momento, ellos nos necesitan.

La madre de Ryu Dan se le acercó y, con los brazos abiertos, le hizo retroceder.

—¿Por qué no regresaste con tu novio? —preguntó desesperado—. Iban a casarse.

Dos, tres, cuatro pasos más atrás.

Ryu Dan mantuvo la vista en sus zapatos.

—Tenemos hijos —se ahogaba en sus palabras—. Y sé que el tuyo es otro m-preg.

Había llegado a la puerta, la mujer la abrió para sacarlo del departamento. Minki le dio otra mirada a Ryu Dan.

—Por favor —suplicó.

El chico encogió los hombros para verse más diminuto.

Y Minki simplemente se rindió. Abandonó el departamento con las pocas esperanzas con las que llegó. Avanzó por el largo corredor pensando que no conocía a otras víctimas; la pareja Do no había regresado a casa, su paradero aún era desconocido.

Llegaba a la escalera cuando identificó el ruido de un cerrojo al ser desbloqueado. Se giró con rapidez, Ryu Dan estaba en la entrada del departamento.

—Esperaba a Park Siu —dijo—. Cuando me di cuenta de que no era él, corrí hacia la ducha con un cuchillo y me escondí ahí. Intenté luchar, pero no pude dar batalla. Esa es toda la información que tengo, cuando desperté ya estaba encerrado en ese lugar.

—¿No pudiste ver a quienes te secuestraron? ¿Cómo eran?

—No —enfatizó con la cabeza—. Pero había algo extraño, parecían conocer la casa.

Iba a cerrar la puerta, sin embargo Minki estiró la mano como si pudiera alcanzarlo y gritó.

—¡Espera! —Ryu Dan lo observó—. Una última cosa.

—Yo no sé si…

—Cuando te realizaron las ecografías en ese lugar —la sola mención de ello hizo que Ryu Dan se estremeciera por completo y cerrara los ojos—, ¿qué te dijeron que era? ¿Mujer u hombre?

—¿Por qué…?

—Por favor —suplicó Minki nuevamente.

Y esperó.

—Hombre.

Tras ello, cerró la puerta dando por finalizada la conversación y Minki se quedó en medio de aquel corredor con exactamente las mismas preguntas sin resolver.

57

Daehyun pasó a verlo a casa luego de uno de sus incontables talleres. Ambos estaban en el patio trasero, Dae insistía que deberían hacer algo similar al yoga o a pilates para que sus articulaciones no se estropearan con el tiempo. Después de todo, aseguraba su amigo, ninguno de los dos era precisamente joven. Minki lo escuchaba distraído. Las últimas dos noches se la había pasado dando tantas vueltas en la cama que Jaebyu, tras disculparse con él, se había terminado yendo a dormir a la cama de Chaerin. Esa mañana su humor no era el mejor, quizás por eso arrancó el montón de césped que estuvo semanas esperando ver crecer y lo lanzó lejos.

—Creo que Jaebyu está viéndose con alguien —y cuando lo dijo, a pesar de que logró mantener un tono estable, de inmediato quiso llorar.

Dae lo observó atento.

—¿Por qué dices eso?

Se aclaró la voz, la sentía ronca al responder.

—Entre que finaliza su turno y regresa a casa pasan al menos cuatro horas.

—Posiblemente se alarguen sus turnos —lo defendió Dae.

—Eso fue lo primero que pensé —aceptó—. Pero hablé con Somi, la amiga de Jaebyu. Y ella no supo explicarme qué pasaba con Jaebyu. Un día —la vergüenza lo hizo frenar y preguntarse si la humillación pública se sentiría igual que la privada— fui al hospital a esperarlo, pero Jaebyu ya se había marchado.

—¿Y le preguntaste?

—No de manera directa —bajó la vista, arrancó un puñado más de césped—. Me respondió que su turno se había extendido y no fue así... no lo fue.

Daehyun le acarició el cuello y los hombros, lo que hizo que Minki se sintiera peor. Si estaba recibiendo compasión era por algo.

—Creo que hay una explicación lógica —aseguró Dae, que tampoco pudo inventarle una excusa razonable para justificar las cuatro horas que Jaebyu desaparecía a diario. No le quedó más que dejar de lado el tema, ya que necesitaba conversar con Dae algo más importante, algo que tampoco lo dejaba dormir.

—Tengo un pensamiento que me está consumiendo —comenzó.

—¿Sobre qué?

—Los laboratorios.

La expresión de su amigo se contrajo. La gatita Leo se había acercado hacia ellos y jugueteaba con la mano de Dae. Ante su silencio, prosiguió.

—No habrías sobrevivido en ese lugar, ¿cierto?

Dae no precisó ningún contexto para entender a lo que se refería. De la misma forma, a Minki no le hizo falta explicaciones para saber que iba a mentirle.

—No —dijo Dae—. No habría sobrevivido.

Algunas veces las mentiras piadosas salvaban vidas. Dae no solo hubiera sobrevivido a ese encierro, quizás lo habría logrado mejor que él. Y si bien hace un tiempo Minki se había prometido jamás confesárselo, las promesas se rompían a medida que se hacían insostenibles. Y Moon Minho no le había dejado más opciones que esa. Por eso, con pausa y también dolor, Minki inició ese baile mortal, a pesar de que la conversación ya había comenzado.

—En los laboratorios había un guardia que nos vigilaba —la atención de Dae volvió a él—. Era un hombre alto. Quizá de cincuenta años por las arrugas en la comisura de los ojos y en las manchas cafés de su piel. No era coreano, tenía un acento muy pesado. Tampoco se veía como uno de nosotros.

—Minki —Dae arrastró un mechón de cabello detrás de la oreja. Parecía entender hacia donde iban sus ideas y no estaba seguro si quería oírlas—. ¿Deberíamos estar teniendo esta conversación?

Para nada, pero Moon Minho no le había dado alternativas.

Y ahora tendría que lastimar a una de las personas que más amaba en su vida, porque ya lo había protegido una vez, no podía hacerlo dos veces. Todo por culpa de Moon Minho y la forma en la que estaba involucrado en su secuestro y posterior salvación. Sus secretos, los detestaba.

¿Se arrepentiría de lo que iba a hacer? Por supuesto, aunque no lo suficiente. Minki había tocado fondo.

—Tenía una mandíbula perfilada —prosiguió a pesar de la protesta—. Tenía el tabique quebrado y sus ojos eran grandes y de color avellana. Como los tuyos. Su sonrisa se me hacía familiar, me recordaba a alguien...

La respiración de Dae se había acelerado y se movió de tal forma que parecía querer desconectar el implante coclear para no seguir oyendo una conversación que no estaba preparado para escuchar.

—Minki...

—A ti —sentenció.

Dae tanteó su audífono, a la vez que Minki se levantaba y lo evitaba. No tenía fuerza, por lo que no le costó aprisionar sus muñecas y apoyarlas al costado de su cabeza cuando ambos cayeron sobre el césped. La gatita escapó de ellos con rapidez y se engrifó a unos pasos.

—Escúchame —suplicó Minki.

Un gemido angustiado escapaba de los labios de Dae. Sus ojos se llenaban de lágrimas con cada pestañeo. Leo alcanzó a rasguñarle la mano antes de que Minki la apartara una vez más.

—Su nombre es Alexander y creo que es tu papá.

Entonces, Dae dejó de luchar y se quedó paralizado bajo su cuerpo. Se concentró en el cielo que los albergaba. Minki lo fue soltando de apoco y le tocó el rostro. El arrepentimiento era como una bola podrida que se le revolvía en el estómago.

Pero era necesario.

Había sido necesario.

—Dae...

—Él no es mi papá.

—Lo sé —aseguró Minki asintiendo de manera repetida—. No quería contártelo. No iba a hacerlo, de hecho. Pero necesito tu ayuda.

Dae agarró a Leo y la apegó a su pecho. La acarició un par de veces antes de mecer su cabeza de izquierda a derecha en una débil negativa.

—No, Minki —murmuró—. No necesitabas hacer esto para que yo te hubiera ayudado.

Que no estuviera refiriéndose a sí mismo en tercera persona le dio la fortaleza suficiente para seguir.

—Necesitabas entender.

—¿Para qué? —cuestionó Dae con tono seco—. ¿Para qué necesito conocer el monstruo que tengo por padre, Minki? ¿En qué me va a servir esa información?

—Porque no creo que te hayan dejado de buscar —susurró.

Aquello calmó a Dae lo suficiente para mirarlo sin llorar.

—Jeonggyu puede también estar en peligro —añadió Minki.

—No —lo cortó Dae—. Sungguk dijo que ese lugar está vigilado y clausurado. Eso se terminó.

—No terminará hasta que todos ellos estén encerrados. ¿Y sabes quién no lo está? Tú papá.

—¡No lo es! —corrigió Dae con la voz elevada—. No lo es —repitió con tono más bajo—. No lo es.

—No lo es —aceptó Minki—, lo sé. Lo sé, Dae, no lo es, pero también lo es.

—No.

—Dae...

—¡Cállate! —se colocó de pie, Minki lo sujetó por la muñeca para evitar su huida.

—No he terminado.

Su amigo quiso soltarse, sin embargo su fuerza jamás había igualado la suya, que entrenaba hace tantos años.

—Minki... —suplicó Dae al no lograr zafarse.

—Minho está metido en esto, Dae.

La sorpresa lo hizo dejar de luchar.

—¿Minho? No. Minho es bonito.

—Tu padre es todo menos eso y eres el único que no lo quiere reconocer. Que lo ames no te hace ciego a sus pecados.

—Lo dices porque a ti nunca te ha gustado.

—¡¿Y debería hacerlo?! —se alteró—. Que tú lo hayas perdonado no significa que yo deba hacer lo mismo. Las personas malas no cambian. Y tu papá, lo quieras aceptar o no, está involucrado de alguna forma con los secuestros.

—No.

—No confío en él y nunca lo haré. ¿Y sabes por qué? Supo dónde me encontraba antes que la policía. ¿Cómo lo hizo? No haciendo nada bueno. Lamentablemente sin Minho nunca podremos capturar a Alexander —y casi sin respirar, le contó lo sucedido, su interrogatorio a Minho, sus respuestas, las pistas que encontró en las grabaciones del incendio, los resultados de la prueba de paternidad que Suni había alterado. Terminó la conversación dando una potente advertencia—. No puedes contarle a Sungguk nada de esto.

Si bien Dae había dejado de llorar, parecía a punto de estallar nuevamente. Su bufido sonó silbante y entrecortado.

—¿También sospechas de él?

—No de él —aseguró Minki—, pero sí en su familia y en alguien en la estación de policías. Es mejor que mantengamos a Sungguk alejado de esto.

—Y si no confías en Sungguk por su familia, ¿por qué no piensas lo mismo de mí? ¿Qué te hace pensar que no le contaré esto a Minho?

—Jeonggyu.

Dae llevó los brazos al pecho como si le doliera.

—No lo harás por Jeonggyu —insistió Minki.

A pesar de que su amigo apartó la mirada, su ausencia de respuesta fue mejor que palabras vacías.

Minki le permitió reflexionar hasta que lo vio dar una inspiración temblorosa.

—¿Realmente crees que dos personas como tú y yo podamos hacer una diferencia?

—No te lo habría dicho si no fuera así.

—No sé realmente en quién creer —confesó Dae.

—Yo tampoco, por eso necesito tu ayuda.

A pesar de sus palabras, Dae capturó a Leo y la apegó a su pecho.

—Está bien —aceptó—. ¿Qué necesitas que haga?

58

Con los días, contrario a lo que Minki imaginó, Jaebyu continuó desapareciendo antes o después del horario laboral. Y como a sus tardes les sobraban demasiadas horas, se imaginó lo peor. Aquella inseguridad lo carcomió por dentro obligándolo a solo pensar en eso. Intentó acallar las voces con preguntas a Jaebyu, que siempre le respondía con tal soltura y relajo que Minki se pasaba la mañana siguiente sintiéndose mal por desconfiar de él. Eso no evitó que comenzara a oler su ropa para buscar un perfume que se le hiciera ajeno, sin embargo, la tela no desprendía más que el aroma del perfume que el mismo Minki le había regalado.

Había un elefante gigante en el medio de la habitación y ninguno estaba hablando de ello. Fingían que no existía, a pesar de que debían rodearlo por cada recoveco de la casa para no topárselo de frente. Hasta que un día se hizo demasiado inmenso para hacerlo y Minki, tras hacer dormir a los niños, terminó en la sala de estar esperando a Jaebyu.

El enfermero llegó poco después de eso. No olía a alcohol, ni a cigarrillo, ni a parrillada, así que no había estado en una salida con sus compañeros. Apenas le permitió sacarse los zapatos en la entrada antes de atacar.

—Hay algo que no te he contado —se escuchó decir, porque de pronto había comprendido que, si seguían manteniendo secretos entre ellos, jamás iban a salir del limbo en el que se quedaron atascados.

El enfermero se quedó desconcertado unos segundos, incluso observó sobre su hombro y después el reloj como si no entendiera que esa oración estaba dirigida a él. Recién entonces Minki se percató que Jaebyu se había cortado el cabello, como si hubieran regresado a la normalidad, como si Jaebyu ya no sintiera el miedo paralizante que lo carcomía por dentro, como si tuviera certeza plena que podía retomar su vida en esa extensa pausa, por lo que podía hacer algo tan mundano como asistir a la peluquería.

Cuando Jaebyu logró recomponerse de su sorpresa, tomó asiento en el sofá más cercano a él, a pesar de que Minki permanecía en el suelo. Apoyó los brazos en las piernas y cruzó las manos, recién entonces Minki se percató que tenía una quemadura en una de ellas.

—¿Qué sucede? —preguntó.

Minki tomó aire, y comenzó.

—En los laboratorios había un guardia que nos vigilaba. Su nombre era Alexander, era a quien más veíamos de las cinco personas que entraban y salían.

—Lo habías explicado —recordó Jaebyu con el entrecejo un poco fruncido—. Dijiste que eran cinco personas, pero siempre me hablaste de cuatro: la doctora que hacía los monitoreos, el doctor, Dowan y Alexander. ¿O me equivoco?

Movió los hombros para relajarlos, le dolían los músculos por la tensión.

—A la quinta persona nunca le vi el rostro, porque eras tú.

El desconcierto brilló en su cara.

—¿Yo? —Jaebyu se llevó la mano al pecho.

—Era un hombre que se hacía pasar por ti.

—¿Por eso...? —Jaebyu se detuvo e inició una segunda vez—. ¿Por eso me tienes miedo?

—Sí —confesó. El enfermero tragó saliva con tanta dificultad que su manzana de Adán se movió—. Pero eso no es todo.

—¿No? —la voz de Jaebyu fue diminuta.

—Yo... —sentía ganas de vomitar. Tuvo que inclinarse y mirar el suelo para calmar a su cuerpo.

—No es necesario que sigas —dijo Jaebyu, comprensivo y amable.

Ese, no obstante, era el problema.

Minki no quería eso.

No buscaba su comprensión, más bien el sentimiento contrario. Necesitaba saber si continuaba siendo importante para Jaebyu. Quería su lado más primitivo, no su lado racional eternamente complaciente.

—Tuve sentimientos por él —por fin pudo decirlo.

Si bien Jaebyu no dijo nada, no hubo necesidad. Su cuerpo había cambiado de postura apenas unos centímetros, aunque fue lo suficiente para demostrar otra clase de sentimientos. Pasó de estar preocupado a derrotado, como si su energía hubiera sido drenada de él. Su boca reflejó una tristeza que pocas veces vio en él.

—¿A qué tipo de sentimientos te refieres? —preguntó cuando Minki guardó silencio.

—De necesidad —confesó—, y de algo más.

Jaebyu dio una inspiración que le hizo temblar el pecho.

—¿Qué tan grave es?

—Hay una razón por la que no lo capturaron ese día que me rescataron.

—¿Tú...?

Bajó la cabeza, de pronto se le hizo imposible mirarlo.

—Sí —respondió con otro murmullo—. Yo alcancé a advertirle.

Otro largo silencio, tan extenso que Minki se vio en la obligación de alzar el mentón y buscar a Jaebyu. Nada. Y le dolió. La carencia de emociones, la forma de no involucrarse sentimentalmente con la situación. Su novio de una década, el padre de sus hijos, le estaba confesando sus sentimientos por otra persona y aun así era incapaz de reaccionar.

—Entiendo —dijo Jaebyu tras un rato.

—¿Lo entiendes? —cuestionó Minki con ira.

—Es normal considerando tu situación —explicó el enfermero, el experto en medicina, el profesional. No el amante, el novio, quien fue alguna vez su prometido.

—¿Eso es lo único que tienes para decir? —preguntó con un dolor que era imposible no captar en su voz.

—¿Qué más quieres de mí?

—Que te enojes —lo enfrentó Minki. Se colocó de pie para detenerse frente suyo.

Jaebyu tuvo que posicionar la cabeza hacia atrás para no perderle el rastro.

—¿Cómo podría enojarme por eso, Minki?

Su boca tembló, sus hombros hicieron lo mismo.

—¿Sabes por qué quería eso?

—Es una locura —Jaebyu sacudió la cabeza.

—Porque no quería tu comprensión, quería tus celos.

—Minki, ¿sabes lo que estás pidiendo?

—¡Sí! —gritó. Y tuvo que tranquilizarse para no despertar a sus hijos—. Quería ser importante para ti.

—Lo eres —Jaebyu intentó tocarlo, sin embargo, Minki dio un paso atrás.

—Quiero ser importante para ti como novio, no como amigo. Como un compañero, no como el padre de tus hijos. Como amante, Jaebyu, porque no hago más que pensar que estás conmigo por rutina. Y esto... tu reacción me lo dejó claro.

Se dirigió a la escalera para escapar de él, para encerrarse en el cuarto que se suponía era de ambos aunque ahí, en ese sitio que debió ser de los dos, Minki solo se halló a sí mismo.

Su abismo tenía el tamaño del desinterés.

Y si bien no dudaba que Jaebyu lo quería, presentía que ya no estaba enamorado de él.

—Nunca entendí a mi mamá —dijo Jaebyu de pronto.

Que hablara de su mamá fue razón suficiente para que Minki se detuviera. Su novio jamás conversaba de su familia. Nunca. Por eso se giró para mirarlo. Jaebyu permanecía a un costado del sofá, con los brazos sobre su pecho en una actitud tan vulnerable que Minki deseó retroceder en el tiempo para evitar esa discusión.

—Ella jamás pudo soltar a mi papá y siempre me pregunté por qué —Jaebyu observaba todo y a la vez nada—. Yo nunca quise ser ella, aunque siento que me convertí en exactamente eso.

—No compares nuestra relación con la de tus padres —advirtió Minki—. A menos que quieras admitir que estás conmigo por compromiso.

—No es así —aseguró Jaebyu ahora estirando los brazos a su costado—, pero siento que para ti lo es.

—¿Para mí? —Minki se tocó el pecho—. Si quieres terminar nuestra relación, no te atrevas a culparme.

—Ese es el problema.

Jaebyu se acercó a la escalera. Ahora solo los separaban los dos peldaños que Minki alcanzó a subir antes de detenerse.

—¿Vas a terminar conmigo? —preguntó Minki con una boca tan temblorosa que tuvo que afirmarse los labios. También lo hizo para silenciarse, ya que estaba a nada de suplicarle que no lo dejara, que podían solucionar los problemas, que nada era tan grave como para no hacerlo, que quizás su amor se había acabado pero aún quedaba el cariño y el respeto y rastros de ese enamoramiento juvenil.

Sin embargo, se obligó a mantenerse en silencio y se recordó que eso era justo lo que no quería para su vida. No necesitaba compromiso, quería amor. No se creía capaz de continuar una vida junto a Jaebyu cuando había saboreado su amor, no se creía capaz de conformarse con menos. Era todo o nada, no había un punto gris.

—Hace once años me enamoré de un Minki que ya no existe —sentenció Jaebyu.

Tuvo que sujetarse a la barandilla de la escalera. Sus rodillas se sentían flojas, la cabeza confusa. Deseaba rascarse el cuello hasta que el dolor físico aplacara el emocional, porque no podía creer que el amor de su vida estuviera terminando con él. El amor de su vida ya no quería que formara parte de esa vida, y Minki simplemente no lo estaba tolerando.

—Y fui un necio al pensar que las cosas iban a ser como antes. No lo serán, nunca más lo serán. Ambos cambiamos, lo queramos o no.

Una garra invisible se incrustó en su garganta. No iba a flaquear, él podía asumirlo.

—Solo dilo —suplicó Minki.

No tenía idea de cómo iba a reconstruir su destruida vida después de eso, pero iba a hacerlo, de algún modo iba a hacerlo. Tenía que, no le quedaban más opciones.

Jaebyu tocó la barandilla y buscó su mano para tomársela.

—Yo sé que lo notaste.

—No lo hice —mintió. De pronto, parecía ser más atractiva una vida falsa que la realidad tan dolorosa.

—Sé que lo hiciste —corrigió Jaebyu con amabilidad—. No hice nada para evitarlo.

Un agujero se formó bajo suyo y lo engulló por completo. Cayó por un abismo infinito.

—Juju...

—He estado viendo a otra persona.

Su vida se quebró junto a ese amor que duró una década.

—No sigas, por favor —suplicó.

Él había comenzado la discusión, aunque ya no quería permanecer en ella. Si bien dijo que podía asumir y enfrentar esa situación, había mentido.

No podía.

No quería dejarlo ir, no sabía cómo.

Ya no conocía otro mundo en donde no se amaran, aunque ese era justo el problema, ¿no? Jaebyu ya no lo hacía.

—Conversé esto con mi psicólogo —la unión de sus manos se sintió fría, asimismo sudorosa—. Y no fue justo lo que te hicimos.

—¿A qué te refieres? —murmuró Minki.

—Te obligamos a regresar a una vida pasada, pero no necesariamente era la que necesitabas y querías ahora.

—¿Esa es tu excusa para hacer lo que hiciste? —atacó.

—Sé que me quieres, Minki —las palabras de Jaebyu sonaban cada vez más débiles en sus oídos. Quizás se debía al llanto que había explotado en su pecho y que parecía amortiguar cualquier ruido—. Pero que me quieras no significa que tengas un futuro conmigo.

Minki negó con efusividad hasta marearse. Cuando llevó la mano a su pecho, arrastró también la de Jaebyu para que le tocara el corazón que le pertenecía y que en ese instante agonizaba por el dolor de lo que decía.

—Te amo —susurró desesperado.

—Sé que me amaste con todo el corazón —Jaebyu afirmó—, nunca lo pondría en duda. Pero ahora también entiendo que está bien si ese amor cambió. Lo entiendo, Minki, y lo acepto. Te prometo que lo hago, por eso voy a entender si decides terminar esto.

—¡No te atrevas a culparme! —escupió Minki con una ira tan desbordarte que tuvo que sujetarse de la baranda para mantenerse quieto—. Asume las cosas con la responsabilidad que tienes en ellas.

—Está bien —aceptó Jaebyu—. Lo haré.

La caída seguía siendo dolorosísima.

¿De verdad estaban terminando? ¿En serio su relación de más de once años finalizaba ahí, en la escalera de la casa que compartían, en el silencio producto del descanso de sus hijos? Recordó la noche anterior, cuando Jaebyu se acurrucó a su lado y le compartió su audífono al preguntarle con curiosidad qué oía. Recordó el título de la canción y también la traducción que leyó en la pantalla. Su melodía resonaba en sus oídos, ya que, tal como indicaba la letra, *I wave goodbye to the end of beginning*.

Adiós al final del principio.

Estarás bien.

Era su adiós.

¿Cómo era posible que el día anterior se hubiera reído al leer la letra de «Don´t speak» por lo melodramática que era y ahora le estuviera sucediendo eso? ¿Jaebyu lo había planificado así? ¿Le había estado dando indirectas que Minki, en su arrogancia, nunca entendió?

Sentía el corazón destruido mientras bajaba los peldaños y se detenía frente a Jaebyu que le observaba con los ojos abiertos por la sorpresa, como también el temor. Incertidumbre. Si había algo que Minki aprendió de esa discusión era que, tal como se lo mencionó su psicóloga en reiteradas ocasiones, no sabía soltar.

Simplemente no lo sabía.

Y no se creía capaz de tener una cita la mañana siguiente con ella sabiendo que esa pelea sería su punto de interés.

No podía soltar a Jaebyu, todavía lo amaba como el primer día, como aquella tarde que lo vio aparecer en la sala de espera con rostro cansado y fastidiado y supo que su mundo nunca más sería igual.

Jamás.

Se le hizo imposible no recordar su primer beso en aquella fiesta, el segundo un poco después cuando sus manos ásperas pero cálidas lo consolaron ese día en el parque porque Minki imaginaba que iban a expulsarlo de la escuela de policías. O la primera noche que pasaron juntos, la forma en la que se exploraron bajo las sábanas como si nada más importara excepto ese instante. O cuando se mudó con él y se prometieron que estarían para siempre juntos, ya que aquel amor que sintieron ese día fue tan inmenso y brillante que ninguno de los dos imaginó que iba a extinguirse.

Hasta ese momento.

Pero también tuvieron sus momentos malos, como en esa camilla de hospital cuando lloró abrazado a él y le confesó que había perdido a su hijo, los años que siguieron a ese y sus intentos inútiles por quedarse embarazado y que lo llevaron una y otra vez al fracaso. O cuando terminó en la casa de Sungguk y juntos vivieron el peor momento de sus vidas.

Fue un instante que no duró más que unos segundos, mientras Minki sujetaba a Jaebyu por la barbilla y tiraba de él, pero alcanzó a recordar cada uno de los momentos donde fueron inmensamente felices al lado del otro, como asimismo infelices. Lo recordó todo y el nudo en su garganta y la desesperación fueron tal, que no se sorprendió cuando se escuchó suplicando.

—Por favor, no me dejes.

Acto seguido, cubrió los labios de Jaebyu con los suyos en un beso hambriento, aunque también angustiado. Sus bocas se buscaron, la de Jaebyu tan necesitada que lo sintió temblar bajo sus manos cuando lo abrazó por los hombros y tiró de él, tan apegados que sus pechos se tocaron y Minki quedó con los pies en punta para profundizar el contacto.

Las manos de Jaebyu fueron a su cintura, luego a su espalda y a su nuca. Lo acariciaba sobre la camiseta y bajo ella. Era un necesitado, un hombre que había perdido al amor de su vida por meses y pasó otros más sin poder tocarlo, sin imaginar que algún día volvería a hacerlo.

Y a Minki, en ese preciso momento de amor, ya no le importó si Jaebyu estuvo o no con otra persona, porque ese sentimiento de ardor que empezaba en la boca de su estómago y calentaba el resto de su cuerpo, no creía que podría experimentarlo una vez más.

Fue una vergonzosa necesidad que lo derritió contra Jaebyu, más cuando las manos de este se enredaron en el cabello de su nuca para atraerlo, si es que era posible, un poco más cerca. Su boca hambrienta y cálida lo devoraba, lo comía por dentro con un despreocupado abandono. Sintió la cabeza vacía, el cuerpo ardiendo, mientras la lengua buscaba la suya y se enredaban juntas. Chupó su lengua con un gemido que escapó de ambos.

Un gemido de queja se formó en su garganta cuando sus bocas se distanciaron lo suficiente para respirar. Sus alientos cálidos se entremezclaron. Entonces, Minki sujetó la barbilla de Jaebyu en una segunda oportunidad y lo atrajo para otro beso que desarmó sus vidas.

—Te lo suplico, no me dejes.

Otro beso, y otro más.

Sus bocas resonantes.

—No lo haré.

—No te atrevas, prométemelo —pidió Minki rozándole los labios, buscándose.

—Lo prometo —respondió Jaebyu.

Y todo pareció estar bien, al menos hasta que la realidad se asentara en ellos y las emociones se calmaran lo suficiente para saber que tendrían que continuar con esa conversación, por mucho que ambos quisieran huir de ella y jamás enfrentarla.

Pero entonces, Minki se alejó. Se sintió helado y desamparado, vacío. Más cuando Jaebyu por fin se movió y le soltó la cintura de apoco, para después arrodillarse frente suyo.

Y Minki, sin entender lo que sucedía, preguntó:

—¿Por qué te arrodillas?

—Sé que dije que he estado viendo a alguien...

—Yoonie, por favor...

—Pero no es como te imaginas.

Jaebyu buscó algo en su bolsillo y de pronto sostenía un anillo entre los dedos. Era tosco, grueso y de oro con tres incrustaciones. No tenía un corte perfecto y las proporciones eran erróneas, ya que los tres pedazos de rocas en el centro ni siquiera combinaban entre ellas con sus colores rosa, negro y celeste. Su mirada fue de Jaebyu al anillo y de regreso.

—Me dijiste que querías una roca que te pesara en el dedo, pero no pude conseguirla. Estuve tomando clases con un artesano para confeccionar el anillo. No alcancé a terminar de pulirlo, me precipité un poco, lo siento mucho.

—Juju...

—Eres el amor de mi vida, lo juro —murmuró Jaebyu—. Sé que ya te lo pedí una vez, pero lo repito porque sigo pensando y sintiéndome de la misma forma. Todavía quiero estar contigo, siempre. Por eso, por favor, cásate conmigo.

I wave goodbye to the end of beginning.

Un 16 de julio, tras una década de espera, Minki por fin pudo decir que sí.

Y así comenzó el final del inicio.

59

Minki no podía dejar de ver su anillo. Le dolía incluso el brazo por mantenerlo alzado y estirado tanto tiempo. Por fin se iba a casar. La emoción que le provocaba esa noticia no lo abandonaría hasta el próximo milenio, a pesar de que solo correspondería a una ceremonia espiritual porque dos personas del mismo sexo seguían sin la potestad de contraer matrimonio en Corea.

¿Pero importaba realmente eso? Dependía, ya que existían detalles sociales y legales que permanecerían sin ser cubiertos. Si algún día le sucedía algo a Jaebyu, Minki no tenía cómo tomar decisiones por él. Caso peor, como sus padres estaban muertos, su familiar más directo era el hermano de su padre. Jaebyu no había visto al hombre en al menos una década, sin embargo, permanecería atado a él legalmente hasta que los mellizos cumplieran la mayoría de edad.

No pienses en tragedias, se tranquilizó mientras apoyaba los codos sobre la mesa de la cocina y la barbilla en sus manos unidas. Se habían trasladado a la cocina, ya que Jaebyu no había cenado nada. Por eso, cuando el enfermero mezclaba *kimchi* con un montón de arroz que había sobrado, Minki balanceaba los pies bajo el comedor de pura emoción.

—Estoy muy feliz —repitió Minki por décima vez. Él necesitaba oírlo y creía que a Jaebyu le daría tranquilidad saberlo.

Y fue así, pues Jaebyu se rio con suavidad y ligereza.

Calmo.

Su novio sabía a paz.

—Lo siento en tardar tanto en hacerte feliz.

—Pasado borrado, pensemos en el presente —estiró los brazos y tocó las manos un poco ásperas de Jaebyu para acariciárselas—. Además, nunca te habían interesado las ceremonias, sé que lo haces por mí y te amo por eso.

Se miraron hasta que Minki interrumpió el gesto para examinar una vez más el anillo. La joya estaba lejos de tener una terminación preciosa, equilibrada y elegante. Era un poco ancha y pesada, y en algunas partes brillaba más que en otras como si el pulido no hubiera sido parejo. Aun así, era la pieza de bisutería más hermosa que tendría en su vida, porque la había hecho Jaebyu con sus propias manos. Había asistido a clases durante meses para lograrlo y dado otra extensa cantidad de semanas para su composición.

Era personalizado.

Único.

Y eso la convertía en invaluable, más costosa que el diamante más grande y antiguo.

De por sí ya lo encontraba perfecto, aunque lo fue todavía más cuando Jaebyu se lo quitó con lentitud. Entonces, le mostró la parte interior donde se divisaba un grabado sencillo que Minki había omitido.

«Querido»

Le seguía los nombres de ambos.

Tuvo que pestañear con fuerzas por el repentino ataque de llanto que le dio. Con una risa débil y cómplice, Jaebyu aferró su mano una vez más y regresó el anillo a donde le pertenecía. Dejó sus dedos entrelazados y tiró de la unión hasta su boca. Besó primero la sortija y luego su piel cálida. El toque le ardió en el alma.

Minki no necesitaba más.

—Gracias por elegir amarme. Te prometo que a mi lado nunca más tendrás que cenar solo.

Jaebyu le tocó la barbilla.

—Ámame siempre —pidió.

—Hasta el final de nuestras vidas.

Cuando más tarde Minki fue a ver si los mellizos dormían, se recostó a un lado de Chaerin. Le hizo cariño en su cabello hasta que la niña despertó pestañando lento. Una sonrisa se le formó de inmediato al verlo a su lado y le abrazó por la cintura chillando de felicidad. Le regresó el abrazo y le apoyó su cabeza pequeña contra el pecho.

—Te quiero, mi bebé —susurró contra su coronilla.

—Yo también, papi.

La apegó un poco más a él. Con voz baja y calma le explicó lo que acababa de suceder.

—Tu padre y yo vamos a casarnos —le contó contra su mejilla al darle otro beso.

—¿Casar? —preguntó ella sin entender.

—Es un acuerdo que aceptan dos personas que se aman mucho —explicó lo mejor que pudo.

—¿Yo me voy a casar también?

Eso le sacó una risa entre dientes.

—Primero tienes que ser mayor de edad, segundo tiene que ser con tu pareja y tercero, pero no menos importante, debe quererte mucho.

Ella formó una «o» de sorpresa, luego cerró la boca.

—No quiero casarme.

—No tienes que hacerlo si no quieres.

Chaerin dio un suspiro tan aliviada que Minki no pudo contener otra risa, lo que terminó por despertar a Beomgi. Con una agilidad que había perdido los últimos años, aunque recuperado en su encierro por ejercitarse a diario como hábito distractor, se encaramó en la cama de arriba para conversar con Beomgi. Le explicó lo mismo que a su hermana, mientras le mostraba el anillo y le decía que aquello era el símbolo de su compromiso.

Al contrario que su melliza, su primera pregunta nació desde la angustia.

—¿Dejarán de ser nuestros padres?

Minki le llenó la cara con tantos besos que Beomgi terminó apartándose con una expresión de falsa molestia.

—Siempre seremos tus padres —lo tranquilizó—. Incluso si su padre y yo no estamos juntos, eso no va a cambiar nada con ustedes. ¿Y sabes por qué?

—¿Por qué? —preguntó con inocencia.

—Porque ustedes, Chaerin, Minah y tú, son lo más importante que tenemos. Y siempre, siempre, pase lo que pase, serán nuestros hijos.

Logró irse a la cama poco después. Jaebyu se había bañado y secado el cabello, lo supo ya que olía al jabón de avellanas que Minki compró hace poco. No había rastros de desinfectante. Las mariposas revoloteaban nerviosas en su estómago cuando se subió a la cama y de rodillas se deslizó hasta la cabecera. Se movió nervioso, indeciso sobre si debía o no acercársele. La tensión se hizo incluso más latente por sus necesidades no complacidas. Como si Jaebyu le leyera la mente, estiró los brazos en una clara invitación.

Chaerin y él se asemejaban mucho más de lo que a Minki le gustaba admitir. Pero en ese instante soltó el mismo chillido de feliz sorpresa y se acurrucó contra Jaebyu. Su calor lo rodeaba como otra manta, sentir su cuerpo le hizo estragos en la cabeza. Cerró los ojos, apoyó la frente en su clavícula e inspiró. Nada se manchó con malos recuerdos.

—Estás muy feliz —observó su prometido.

Prometido.

No podía creerlo.

La década de espera había valido la pena, siempre la valdría.

—Lo estoy —aseguró tirando la cabeza hacia atrás para alcanzar a verlo.

Los ojos de Jaebyu brillaban un poco cuando se estiró para darle un beso en la punta de la nariz.

—¿Cuánto tardaste en confeccionar el anillo?

—Casi un año —respondió apartándole unos mechones de cabello de la frente. Su aliento le hizo cosquillas en el rostro.

—Pensé que había sido una idea reciente.

—Ya había comenzado las clases cuando lo conversamos el año pasado.

—¿Entonces me engañaste y me hiciste verme patético y necesitado?

—Patético nunca —aclaró Jaebyu de buen humor—. Necesitado... un poco.

Minki empequeñeció la mirada y le enterró un dedo en las costillas, que Jaebyu recibió con una queja que se mezcló con una carcajada.

—Se te escapó lo sabiondo.

—No siempre lo controlo.

Sacó uno de sus brazos de los confines de las mantas para observar su anillo y hacerlo rotar en el dedo con el pulgar.

—En sus inicios era únicamente una alianza de oro —explicó Jaebyu.

—¿Y qué te hizo cambiarlo?

—Tú —Jaebyu se rio ante su expresión desconcertada—. Dijiste que querías una roca.

—Sabes que bromeaba —le recriminó.

—Sí, pero también quería complacerte.

Sus palabras hicieron que sus piernas se movieran nerviosas.

—Me escuchas —murmuró Minki con dolorosa ilusión.

—Siempre lo hago.

En ese momento, Minki recibió aquel beso anhelado. A diferencia del anterior, esta vez fue suave y tímido, apenas un roce de pieles que, de a poco, se fue convirtiendo en algo más. Minki soltó un gemido y buscó con su lengua la de Jaebyu. Sintió un agujero en el estómago, el abismo lo devoraba y a la vez lo llevaba a las nubes. Pronto se encontró alzándose en los codos para continuar con el beso cuando sintió que Jaebyu retrocedía para ganar algo de distancia.

Sin embargo, el beso terminó. Resonó en sus oídos lo suficientemente fuerte para alejarse y comprobar a Jaebyu, que se lamía los labios y se tocaba el que Minki le había mordido en protesta.

Entonces, comprendió lo que Jaebyu evitó por su bien y que él, necio e idiota, no pudo entender.

—Yoonie.

—¿Sí, querido?

—¿Puedes esperarme un poco más?

—¿Para qué?

—Para tener sexo —tomó aire, lo exhaló—. Todavía no me siento preparado.

—Esto no es una obligación que debas cumplir. Tenemos sexo porque nos amamos y queremos. Y todavía nos amamos y queremos, pero hay circunstancias que no nos permiten llegar a eso. Yo no tengo nada que esperar, ni nada que responder. Ocurrirá cuando tenga que ocurrir, y si no, tampoco me importa. Hace cinco meses te perdí, no solo al amor de mi vida, también a mi mejor amigo. Y te volvería a esperar, incluso una vida entera porque te amo demasiado. Ahora no pienses más en ello y duerme.

—Está bien, pero ¿podríamos dormir abrazados?

Escuchó su risa contenta.

—Por supuesto, nunca rechazaría un abrazo tuyo.

Se sintió amado.

Y entendió por fin su apodo.

Jaebyu le decía querido porque Minki era muy querido por él.

60

La observación y el entendimiento era lo único que Minki tenía a su favor en el encierro. Gracias a ello había aprendido que, si lo dopaban, el guardia se descuidaba. Por tanto, si quería huir de ese sitio solo tenía una posibilidad. Otra cosa que aprendió era que, recostado y con la cabeza volteada hacia la pared, contaba con un ángulo muerto donde las cámaras no podían ver lo que hacía. Y, por último, no así menos importante, logró ubicarse en los días de la semana, ya que siempre construían cinco días seguidos y dos se mantenían en silencio.

Así que, mientras Dowan dormía a su lado, él pensaba e ideaba. Una y otra vez, y de nuevo, y de nuevo. Porque otra cosa que entendió era que, por esta vez, tendría que salvarse solo. Si incluía a Dowan en el plan, nunca podría salir de ahí. Y si bien el pensamiento de su individualismo lo entumecía, también se consolaba con la idea de que, si él lograba escapar, podría rescatarlo después. Se aferró a ese pensamiento hasta convertirlo en una oración; más importante, en su gran solución.

El problema era que no podía terminar de trazar su plan, ya que se le hacía aún imposible la idea de huir de ese sitio. Pero si no se arriesgaba, se debatía, nunca iba a salir de ahí, nunca podría avanzar con su plan. A pesar de que los fines de semana lo dejaban salir a la parte trasera del crematorio, eran los días menos probables de huida al ser encadenado de pies y brazos.

Lo anterior le hizo entender que tendría que llevar a cabo su plan en un día laboral. De alguna forma tenía que llegar a esa batea externa con escombros que retiraban de lunes a viernes.

¿Pero cómo?

Por más que pensaba no llegaba a una conclusión. Y no le quedaba demasiado tiempo, se acercaba la fecha de parto programada. Ya no había tiempo para esperar a que lo rescataran.

Ese día, luego de que la faena se detuviera y el sonido del taladro dejara de resonar en las paredes, se llevaron a Dowan. Poco después, Alexander le trajo su bandeja de comida y se la dejó en el suelo con cierta brusquedad.

—Cómela toda —advirtió, mientras le apuntaba al plato.

Salió de la habitación antes que pudiera responderle.

Bajó la vista hacia la bandeja. Un contenedor con arroz, otro con sopa de algas. Abrió la tapita metálica y con los palillos agarró un poco. Fue casi de inmediato que notó una mancha oscura en uno de los granos. Lo buscó con los palillos. Eran al menos cinco, crudos y que se encontraban rayados con tinta.

Decía algo.

«Hoy»

Nada más, los cincos repetían la misma sentencia.

Observó la puerta con las orejas calientes y el corazón acelerado.

¿Hoy?

Escuchó pasos en el pasillo. Se llevó la bola de arroz a la boca y se la tragó, hizo lo mismo con los granos de arroz no cocidos. No pasó mucho tiempo antes de que Alexander regresara por la bandeja.

—¿Terminaste? —preguntó este.

Minki alzó la barbilla hacia él.

¿Era él?

Asintió, el corazón más y más acelerado. Alexander se agachó a recoger los platos y abrió el contenedor metálico de arroz, que ahora estaba vacío. Su rostro no cambió en lo más mínimo.

Hoy.

¿Qué iba a ocurrir hoy?

¿Estarían jugando con su cabeza?

Actuó antes de que el somnífero hiciera efecto. Se recostó en la cama dándole la espalda a las cámaras y se llevó el dedo a la boca. Vomitó a un costado de la almohada, que cubrió con rapidez con esta. Después se recostó en medio del colchón con los brazos extendidos simulando padecer los efectos del sedante. Se mantuvo con los ojos cerrados e inmóvil.

No mucho después la puerta se abrió.

Su olfato había aumentado esos días, quizás por supervivencia o por mera costumbre. Y aquel aroma a cuero y hierro podía reconocerlo. De nuevo Alexander. También lo supo por la forma en que las llaves rebotaban contra su cadera, un tintineo que siempre lo acompañaba.

Si Alexander percibió o no el olor a vómito, no hizo mención de ello. Escuchó el ruido de las cadenas y sintió el metal helado en sus muñecas.

No, no, no, no.

Minki necesitaba las manos libres.

Las necesitaba.

No podían encadenárselas, menos en la parte posterior del cuerpo.

La desesperación lo inundó.

Por eso, suplicó.

—Por favor —susurró, la voz era casi imperceptible incluso para sí mismo—. Hoy no.

Alexander tocó su hombro y lo cambió de posición para que quedara de costado. Le cogió los brazos por la espalda.

—Por favor —repitió Minki, desesperado.

Las esposas se cerraron en una de sus manos.

—Alexander.

La otra argolla también se ajustó en su muñeca.

Se movió lo suficiente para verlo por sobre el hombro y suplicarle una última vez. Poco después Alexander abandonó el cuarto. Minki tiró de las esposas y sintió que una de ellas se soltaba de sus muñecas. Se dejó caer de espalda, sus manos libres tras él.

A los minutos, ingresó primero la doctora, le siguió su ayudante acarreando el monitor de signos vitales y el ecógrafo. No se movió cuando la mujer tocó su camiseta y se la alzó, para de inmediato cubrirle la piel con esa sustancia transparente y densa. La doctora no se detuvo en un examen exhaustivo, repetían el proceso al menos una vez por semana. Cualquier anormalidad ya la habrían descubierto. La única diferencia —con la última revisión— era que el bebé ya se había posicionado de cabeza, listo para el parto a pesar de ser Minki un m-preg.

Estaban sacando de la estancia el ecógrafo y conectándole el monitor de signos vitales cuando Minki reaccionó. Pateó lejos la máquina, segundos después tiró al suelo a la doctora con un toque en sus rodillas. Al mismo instante que se escondía apegándose en la pared que bordeaba la puerta, esta se abrió e ingresó Alexander acelerado. El hombre debió esperar una contención más que una huida, ya que se dirigió directo a la cama. Eso le dio tiempo suficiente para abandonar el cuarto y cerrar la puerta tras él sabiendo que no podrían abrirla hasta que Alexander encontrara la llave en el manojo que portaba.

El pasillo no lo vigilaba nadie, eso lo había estudiado de antemano. Corrió directo a las escaleras metálicas todavía sin activarse la alarma. Subió los peldaños de dos en dos con la respiración jadeante y un dolor tirante en la parte baja del abdomen. En la distancia divisaba la puerta abierta que iba al patio exterior.

De pronto, pasos apresurados lo perseguían. Sujetándose al pasamanos intentó saltar los últimos cuatro peldaños. Se tropezó, dándose un golpe en las canillas que la adrenalina no le hizo doler. Estaba llegando a la puerta, lo estaba consiguiendo.

Una mano se cerró en su muñeca. Como un loco tiró de ella, mientras que con la otra sujetaba la manilla para hacer presión.

—No, no, no —se escuchó jadear. Ya le llegaba el sol directo en el rostro que lo enceguesió unos instantes, lo suficiente para no percatarse quién era la persona que se aferraba a él.

Tiró con más fuerzas, su visión se aclaraba.

—Por favor —suplicó.

—Minki.

Reconocía esa voz: Dowan.

Su fuerza se esfumó, a la vez que lo sujetaban por la cintura y lo obligaban a abandonar el edificio. En el patio trasero, justo donde se localizaba la zona de residuos industriales, se ubicaba un camión pluma con la batea ya cargada atrás. Un hombre estaba a un lado como si esperara algo, a pesar de que parecía todo listo para la partida.

Minki caminó hacia ellos.

Hubo unos pasos apresurados que subían por la escalera metálica. Dowan miró sobre su hombro, a la misma vez que él lo hacía. El agarre se soltó de su embarazado vientre cuando su hermano dio un paso hacia atrás.

—Corre, yo te alcanzo —dijo.

Se dirigió a la puerta que cerró con su peso.

—¡Ve, Minki! —le gritó al verlo paralizado en el lugar.

Lo cierto era que él no fue quien se puso en movimiento, lo obligaron a hacerlo. El hombre, que estuvo a un costado de la batea, lo había alcanzado y tiró de él.

—Sube —le ordenó al llegar al camión.

Él conocía esa voz.

Por supuesto que lo hacía.

Alcanzó a darle un vistazo rápido a Moon Minho antes de que este lo levantara por la cintura y lo obligara a sujetarse a la parte posterior del armazón. Subió a su lado y volvió a sujetar a Minki para que pudiera subir hasta la batea.

—Escóndete bajo las mantas —le pidió, a la vez que golpeaba el contenedor metálico y soltaba un silbido que puso al camión en movimiento.

—Dowan —susurró.

Su cabeza se asomó por el borde en el preciso instante que su hermano no soportaba el peso de los estrellones en la puerta y caía al suelo con Alexander encima, que le aplastaba la cara y cuerpo contra el piso.

Y él simplemente no pudo contenerse; algo en su cabeza, después de todo, había comenzado a fallar en el transcurso de esos meses. Por eso cuando su mirada se encontró con la de Alexander, mientras el camión ganaba velocidad, no pudo contener ese grito desesperado que se formó en su garganta.

—¡Escapa! —chilló, sin saber aún si lo decía para que liberara a Dowan y que también pudiera huir o simple y llanamente porque, desde hace unas semanas, nada funcionaba bien en él.

Minho había subido también a la batea para esconderse a su lado. Le hizo bajar la cabeza en el preciso instante que el camión aceleraba y se estrellaba contra una de las puertas, que había sido cerrada para evitar el escape. El camión aceleró una segunda vez, el ruido metálico era terrible junto a los gritos y los golpes.

El cielo sobre él estaba coronado por grandes árboles que bordeaban el camino. Por la altura del sol, todavía era temprano, apenas mediodía. Y, entonces, mientras se alejaban, el olor a quemado desapareció de su nariz y solo quedó el aroma a tierra húmeda.

Minho se apoyaba en unos restos de concreto ubicados frente a él. Se había dejado crecer la barba y cambiado el color de cabello por uno claro, también usaba lentes de contacto de un café verdoso. Había subido de peso y debía tener una prótesis en la nariz, porque estaba seguro de que la real no tenía aquella punta tan prominente.

—¿Eras tú, cierto? —fue lo primero que logró preguntar.

Se refería al empleado que hizo aseo en su habitación tiempo atrás, el hombre cuya voz había reconocido.

—Sí, Sungguk es quien maneja el camión.

Minki cerró los ojos, la adrenalina había comenzado a abandonar su cuerpo y estaba padeciendo dolores por el abuso. Le dolían las canillas por golpeárselas en la escalera y el estómago le tiraba cada vez más. Estaba seguro de que iba a ingresar en labor de parto.

Recordó a Dowan.

—¿Van a estar bien? —quiso saber.

Minho no precisó contexto para entenderle.

—Teníamos que sacarte de ahí antes de que empezara el operativo —explicó el hombre con pausas, poco acostumbrado a hilar oraciones tan largas.

Se agarró su embarazado vientre al sentir las contracciones.

—Llamen a Jaebyu, por favor —suplicó.

Con la adrenalina fuera de su cuerpo su vista comenzó a estrecharse y finalmente perdió el conocimiento.

61

Como Jaebyu llevaba algunos días actuando extraño, no le sorprendió que una noche de turno demasiado tranquila Somi lo acorralara en la sala de descanso. Él avanzaba en la lectura de un libro que llevaba terminando cinco semanas cuando Somi arrastró hacia atrás la silla y puso las manos en los reposabrazos. Se inclinó hacia él luego de revisar la puerta cerrada para asegurarse de que estaban solos.

—Sé que soy tu mejor amiga y no de Minki, pero no me gusta lo que estás haciendo —luego, dio un suspiro tan profundo que llegó a colocar los ojos en blancos—. Uf, por fin lo dije, sentía que me estaba ahogando.

—¿A qué te refieres? —preguntó Jaebyu haciéndose el desentendido.

Dejó el libro cerrado en la mesa.

—No finjas demencia, enfermero Yoon, lo he notado.

—Sigo sin entender —insistió con absoluta tranquilidad.

—Sé... —Somi miró sobre su hombro para revisar una vez más que la puerta estaba cerrada y bajó la voz hasta convertirla en un susurro casi inaudible—. Sé que estás viendo a alguien.

—Ah, es eso —respondió con desinterés.

Somi frunció tanto las cejas que casi tocaron sus ojos.

—¿Disculpa? ¿Lo estás aceptando con esa frialdad? Pensé que amabas a Minki. No puedes llorarle por meses y después hacerle esto.

—Lo amo, y dudo que lo deje de amar alguna vez.

—¿Entonces? —Somi se enderezó y cruzó los brazos sobre el pecho—. ¿Por qué los hombres tienen que ser tan miserables?

—Estoy viendo a alguien, en eso no te equivocas —si Jaebyu no hubiera sido el mejor amigo de Somi estaba seguro de que habría recibido un golpe—. Pero no es lo que te imaginas.

—Ilumíname, no estoy entendiendo nada —pidió ella.

—Estoy viendo a un artesano —la expresión de Somi permaneció confundida—. A un joyero.

—¿Todos los días durante semanas? —Somi bufó—. Inventa una historia mejor. Yo te quiero, Yoon, pero en este momento estoy meditando si nuestra amistad resistirá a esto.

No había mejor explicación que las pruebas, así que se puso de pie y se dirigió hacia su casillero. Buscó entre sus cosas, ya que aquella cajita pequeña jamás podría llevársela a casa sin que Minki no la notara, y la sacó.

Ella entendió de inmediato.

Se llevó las manos a la cara, anonadada.

—Lo hiciste —ella susurró.

Hace unos tres años, Somi y él habían tenido una larga conversación, donde Jaebyu le había confiado el mayor de sus secretos: quería casarse con Minki. Las leyes se lo impedían, sin embargo eso no implicaba que no pudieran tener una ceremonia privada. Era algo que venía pensando hace mucho. Cuando estuvo totalmente seguro de lo que quería hacer, agendó una hora con un artesano que le dio clases. Luego, sucedió la desaparición de Minki y lo único que existió en él era ese dolor eterno en el que entendió que no quería vivir en un mundo donde no estuviera Minki para alegrarle los días.

—¿Por qué no me lo dijiste antes? Te habría ayudado a escoger uno —dijo Somi ahora con malhumor—. Me imaginé lo peor.

—Lo noté —se burló Jaebyu—. No sabía si podría o no confeccionar un anillo sin que fuera un desastre, quise mantener la humillación en privado.

La atención de Somi fue del estuche a su rostro y de nuevo.

—¿Lo hiciste tú?

—Espero que no sea tan terrible.

Con mucho cuidado abrió la tapa a la vez que ambos se acercaban para admirar aquella alianza que, tal como se lo había prometido a Minki, tenía no una sino tres rocas. Somi estalló en lágrimas.

—¿Tan feo está? —se preocupó. No podía ser posible, él quería proponérselo pronto a Minki. No estaba seguro de que su tarjeta de crédito soportara otro gasto en materiales y confección o, incluso peor, en una sortija nueva.

—Es emoción —explicó Somi finalmente. Se secó las lágrimas con dedos torpes—. Sé que es difícil creer en el matrimonio cuando se crece en familias disfuncionales, pero me alegro mucho de que le estés dando una oportunidad.

Minki y él no eran como sus padres, no obstante a Jaebyu le había costado años entender aquel hecho. De alguna forma lo había logrado y esas ilusiones habían recaído en esa sortija que por esencia simple escondía tantas emociones pasadas.

—¿Cuándo lo harás? —quiso saber Somi.

—Aún no lo sé —se sinceró—. Lo sabré en su momento.

—No hagas nada que avergüence a Minki, sería capaz de irse corriendo sin responder.

Eso le hizo sonreír. Era cierto. Las veces que habían presenciado o visto una pedida de matrimonio pública, Minki siempre se había girado hacia él para darle una amenaza corta y concisa:

—No te atrevas a hacer eso conmigo, ¿me oíste?

Así que descartó cualquier idea que ameritara hacerlo frente al público. Eso le hizo recordar un detalle importante.

—Somi, una pregunta —¿por qué sentía ganas de vomitar? Jaebyu nunca entendería la manera particular que tenía su cuerpo para procesar emociones fuertes.

—¿Sí?

—¿Te gustaría ser mi padrino de bodas? —explicó con rapidez al ver sus ojos abrirse de par en par—. Sé que Minki querrá que Sungguk sea la madrina, por eso tendrías que ser el padrino... o realmente no importa esas convenciones sociales, ni siquiera creo en ellas, es más bien una forma de decir para que entiendas y...

—Estás balbuceando, enfermero Yoon —lo detuvo su amiga.

—¿Sí? —se tocó la nuca—. Entonces, ¿qué me dices?

Como respuesta, recibió un abrazo fuerte de Somi y un chillido en su oído que le hizo vibrar el tímpano de dolor.

—¡Por supuesto que sí!

Somi fue la primera persona a la que Jaebyu le habló y supo sobre su compromiso, y él siempre imaginó que le seguiría Sunggguk. Para su sorpresa, a la mañana siguiente de su propuesta, Minki le pidió que lo acompañara a un lugar por la madrugada.

Terminaron frente a una lápida oscura compuesta por una roca sólida tallada, en cuyo frente se leía el nombre.

Lee Dowan
4 de mayo 2026

Si había algo que Jaebyu todavía desconocía de su prometido era lo mucho que esa muerte lo había afectado. Así que se arrodilló frente a la lápida, y como si estuviera conversando con los padres de Minki, habló.

—Hola, Dowan, me presento ante ti para solicitar la mano en matrimonio de tu hermano.

La caricia que recibió en la cabeza por parte de Minki fue todo lo que Jaebyu necesitó para entender lo importante que eso era para él. Por eso, todavía en esa posición, tomó la mano de este y besó sus manos unidas, justo sobre el anillo que la noche anterior le había regalado pero que estuvo confeccionando por tantos meses.

62

Aquella mañana Beomgi amaneció enfermo. Se quejaba bajito al tocarse el estómago. Por supuesto, antes de marcharse a su turno, Jaebyu le tomó la temperatura y procedió a darle un coctel de medicamentos, también le dejó a Minki como tarea una serie de indicaciones sobre lo que podía o no comer Beomgi. El problema mayor fue cuando Chaerin se despertó minutos más tarde y comenzó a llorar al enterarse que no asistiría ese día a la guardería, porque su amiga Jennie estaba de cumpleaños y había asegurado que llevaría pastel de regalo que compartiría con sus amigos más cercanos. Y Chaerin estaba segura de que ella recibiría un trozo, casi como si fuera la invitación a un club exclusivo.

—¿Te sientes muy mal? —preguntó Minki al sentarse a un lado de su hijo. Le acariciaba el cabello y se lo apartaba de la frente sudada. Su expresión demostraba una clara molestia. Sus labios se encontraban contraídos y sus ojos revoloteaban atontados.

—Mucho —aceptó Beomgi.

Se inclinó para darle un beso en su mejilla y oler su perfume infantil.

—¿Y ahora? —quiso saber.

—Mejor —aseguró su hijo con una sonrisa.

—¿Te gustaría que fuéramos a dejar a tu hermana a la guardería y luego regresamos junto con Minah y nos acostamos los tres toda la mañana?

—¿En la cama grande? —preguntó el oportuno.

—Claro.

—Está bien —aceptó sin hacerse de rogar.

Aprovechó de cambiarle el pijama por ropa limpia, ya que había sudado mucho durante la noche. Se recordó sacarle una manta, los días cada vez eran más calurosos pero sus hijos mantenían las cobijas de invierno.

Chaerin dio un poco más de trabajo, ya que quería usar su vestido azul a pesar de que este era de verano. No pudo convencerla de lo contrario, así que tuvo que buscar unas medias por toda la habitación. No era fácil ser la única mujer en una casa por esencia masculina. Tuvo que llamar a Jaebyu para saber dónde se encontraban, aunque este estaba tan atareado con el inicio de turno que no pudo concentrarse y dar una respuesta clara. Al final las halló bajo la cama, junto a una guarida completa de calcetines que la gatita Petro parecía llevar robando durante semanas.

Pasó por la casa de Sungguk, ya que este se había comprometido a ir con ellos; además, el paseo le servía para ir a dejar a Jeonggyu. Los últimos días Daehyun había recibido una alarmante cantidad de pedidos de pintura. Recientemente había abierto una cuenta en redes sociales para mostrar su talento y, por alguna razón, se había hecho viral un cuadro que hizo de Terminator con Leo. Ahora todo lo que pintaba eran solicitudes de retratos de mascota, pero estaba tan encantado con la alta demanda que incluso olvidaba comer por dedicarse a dibujar.

Cuando el policía abandonó la casa con un pedazo de pan de melón atascado en los dientes y abrochándose el calzado, mientras Jeonggyu lo seguía con una clara expresión de desesperación por su padre bobo, a pesar de que Minki estiró la mano frente a él para que viera su nuevo, rústico y hermoso anillo, este lo pasó por alto.

—Muchas veces me pregunto qué vio Dae en ti —expresó con total y sincero rencor.

—¿Qué hice ahora? —aunque no sonó así, más bien fue un «e ice ahoa» por mantener el pan en la boca.

Alzó una vez más su brazo derecho y fingió acomodarse el cabello tras la oreja. Su mano quedó prácticamente al frente de los ojos idiotas de Sungguk y este mantuvo su atención en el pan de melón. Exasperado, Minki le dio un golpe suave.

—¡Ay! —se quejó Sungguk—. ¿Sabes que podría poner una orden de restricción en tu contra? Soy policía.

—Yo también lo soy. Y si hablamos de órdenes de restricción, yo te pondría una primero porque tú siempre olvidas cómo hacerlo en el sistema.

Sungguk hizo un movimiento de mano indicando que hablaba mucho. Recibió otro golpe, aunque ahora en las costillas. No le dio otro más solo porque Minki continuaba con Beomgi colgando en su cadera y empujaba la carriola de Minah. Chaerin conversaba animada con Jeonggyu, que parecía estarle enseñando lengua de señas. Eso le hizo recordar que hace semanas se había prometido aprender lo básico y todavía no lograba superar el saludo inicial.

Al comprender que su mejor amigo no iba a descubrir su amado anillo por las buenas, le tendió el brazo y dijo con resignación.

—Mira.

Los ojos de Sungguk fueron a sus dedos.

—¿Qué es eso? ¿Te lo encontraste en la basura?

Minki apretó el puño a punto de darle un tercer golpe.

—Lo hizo Jaebyu con sus propias manos —informó.

—Y se nota. Por fortuna es buen enfermero, porque como joyero se muere de hambre.

Le enterró los dedos en el estómago, Sungguk logró evitar una gran parte del impacto mientras se reía como el idiota que era. Se demoró en darse cuenta de la situación y su carcajada descendió, entonces sus ojos se abrieron de par en par.

—¿Por qué razón Jaebyu te dio un anillo?

—¿Qué imaginas tú? —cuestionó apático.

—¡¿Te engañó?!

—En este momento te estoy odiando en niveles que pensé eran imposibles.

Sungguk le tomó la mano y besó su anillo. Mientras Minki se sonrojaba por su repentina muestra de cariño, Sungguk le acarició el cabello con tanto afecto que sintió el corazón adolorido.

—Lo lograste —lo apremió—. Sabes que soy muy feliz por saberlo.

Tuvo que dejar a Beomgi en el suelo, su peso de pronto se le hizo insoportable de cargar.

—Sungguk —lo llamó con timidez.

—¿Sí?

—Quiero que seas mi madrina de matrimonio.

A pesar de que Sungguk se rio por la broma, los ojos le brillaban y la boca le formaba un pequeño puchero.

—Lo seré —prometió.

—¿Y me llevarás al altar?

La mano grande de Sungguk le acomodó una vez más el cabello.

—No lo dudes jamás.

No se esperó que Sungguk lo tomara por los hombros y lo apegara a su cuerpo para darle un abrazo cálido.

Se sintió a hogar.

Buenos recuerdos.

Cariño.

Por fortuna los mellizos habían encontrado una hilera de hormigas que desfilaban por la vereda y estaban centrados en mirarlas acarrear pedazos de comida. No era que le incomodara demostrar sus sentimientos frente sus hijos, pero eran demasiado pequeños para entender que sus lágrimas no eran de dolor ni de tristeza, más bien lo contrario. Se las secó con las muñecas sin mucha delicadeza y dándole la espalda a Sungguk; tampoco quería que este las viera. Fue inútil.

—¿Quién hubiera imaginado que sería el padrino...?

—Madrina —acotó Minki, por fin girándose hacia su amigo.

—¿...del oficial que me hurtó mis fichas gratuitas de la máquina expendedora en mi primer día de trabajo?

Ambos se rieron.

—No te soportaba —se defendió Minki.

—¿Y cambió?

—No.

Se volvieron a reír.

—¿Y tu mamá y hermano cómo se lo tomaron? —quiso saber Sungguk.

—Todavía no les cuento, lo haré luego. Eres la segunda persona que lo sabe, Dowan fue la primera.

Sungguk le hizo cariño en la nuca. Luego, como si no hubiera acontecido ninguna conversación así de importante entre ellos, continuaron caminando para dirigirse a la guardería y a la escuela. Habían alcanzado a recorrer unas cuadras en silencio antes de que Minki buscara retomar la charla.

—¿Y Dae y tú no lo han pensado?

—Daehyun creció alejado de muchos conceptos sociales —Sungguk se encogió de hombros con ligereza—, eso incluye el matrimonio. No es algo en lo que piense o le preocupe, es irrelevante para él. Lo conversamos antes del nacimiento de Hanni, pero no he querido volver a preguntarle.

—¿Por qué?

—No quiero que me diga que sí porque piensa que eso me haría feliz. Y si insisto, sospechará que me importa.

—Podría hacerlo yo —se ofreció Minki—. Si quieres le pregunto.

—Te lo agradecería —sonrió—. Pero si dice que sí, ¿también tendré que hacerle un anillo así de feo?

Sungguk logró esquivar su golpe.

—Te odio.

—Pregúntale a Jaebyu a cuál joyero fue.

—¿En serio piensas hacerle uno también? —se desconcertó.

—No, es para saber dónde no ir.

Sus risas compartidas resonaron en esa mañana de tibia primavera.

A la segunda persona que Minki habría deseado contarle sobre su compromiso era a Daehyun. Más tarde le seguirían su madre y hermano. Los amigos eran la familia que se elegía y la familia simplemente era la familia, la quisieras o no en tu vida. Y la de Minki no era una que aceptara por completo, no al menos a uno de ellos.

Como Sungguk iba tarde a trabajar, apenas le dio tiempo para dejar a Jeonggyu en la escuela. Antes de marcharse, no obstante, le dio a Minki un beso en la mejilla que provocó que varios padres voltearan la mirada hacia ellos.

—Me está felicitando porque voy a casarme y es mi mejor amigo —informó Minki nervioso, a la vez que alzaba la mano para mostrar su anillo.

Solo una de las apoderadas le tomó la suficiente consideración para preguntar si era con el enfermero.

—Por supuesto que es con él —exhaló Minki con completa indignación. ¿Acaso se veía como el tipo de persona que rompía compromisos y formaba otros en unas cuantas semanas? Definitivamente no, él consideraba que había demostrado cuán enamorado estaba de Jaebyu para que no existieran esa clase de malentendidos.

De igual forma, se recordó contarle aquella anécdota a Jaebyu para evitar rumores de pasillo. Jaebyu no era celoso, ya que él le había dado la seguridad suficiente para que nunca tuviera dudas, pero no por ello iba a desentenderlo.

No habría imaginado jamás que sus problemas solo iniciaban ese día.

Tras despedirse de Chaerin y pedirle a Beomgi que se sostuviera a la carriola de Minah para no perderlo de vista, emprendía rumbo de regreso a casa cuando a unos metros divisó aquella figura que, si bien la había visto apenas un par de veces, la reconoció de inmediato.

Su padre.

Sintió la sangre congelarse en sus venas, su cuerpo entero fue paralizado por esa sensación tan nefasta. Su semana completa se estropeó en un instante. Ese hombre jamás traía consigo emociones positivas en él, solo negativas que Minki se había esforzado por dejar en el pasado a pesar de que su padre se lo impedía.

Fingiendo que no lo había visto, intentó marcharse lo antes posible, sin embargo, no pudo maniobrar la carriola con tanta facilidad. Ante su obvio nerviosismo, una rueda se le atascó con una roca pequeña y Minki no lograba sacarla. Seguía intentando cuando escuchó unos pasos acercándose. Palmó su arma bajo su brazo y el metal cálido, por el calor de su cuerpo, le dio la energía suficiente para alzar la mirada.

Si era posible, su padre se veía incluso más arruinado que hace unos meses. Se preguntó cuándo se habría bañado por última vez, no era normal el aroma que expelía su cuerpo. Se le veía poco cabello, sus entradas ya cubrían casi su cabeza completa. Su ropa desarreglada además olía a humedad, a pesar de que no se percibían manchas de suciedad.

Su figura era lamentable, como un alma en pena. No fue suficiente para sentir compasión con él.

—¿A qué viniste? —cuestionó—. Tú y yo no tenemos temas pendientes que tratar.

—Hijo...

—No soy tu hijo —cortó Minki—. Tú así lo decidiste, así que no finjas ahora estar adolorido.

Beomgi se había girado y le dio una expresión que brillaba de pánico. Minah se removía en su cochecito. Ambos parecían sentir su molestia y malestar.

—Estoy bien, mi amor —murmuró aquellas palabras para que no estuviera asustado. Beomgi no apartó su mirada preocupada de él.

—Solo quería hablar de Dowan contigo —insistió su padre.

—Ya lo dije, tú y yo no tenemos nada que conversar —aseguró Minki tomando a Beomgi de la mano y empujando la carriola para ponerla en movimiento.

—Perdí a mi hijo, Minki —dijo el hombre tras interponerse en su camino—. Y tú fuiste la última persona que estuvo con él en vida.

Minki apretó los dientes. La mano de Beomgi comenzaba a sudar contra su palma y sus ojitos asustados no lo abandonaban.

—Papi... —susurró con miedo.

—Estoy aquí, mi amor —lo consoló Minki —. No te preocupes.

—Minki —insistió su papá al ser ignorado.

—No sé quién te contó que alguna vez Dowan y yo estuvimos juntos —agregó Minki en un acto completo de furia desmedida—, pero es mentira. Él y yo jamás estuvimos en contacto, así que no vuelvas a buscarme porque te recuerdo que sigo siendo policía y no quieres que te ponga una orden de alejamiento.

Entonces movió el cochecito con decisión y lo golpeó en el centro de su vientre. Su padre se apartó a tropiezos.

—¿Y así crees ser mi hijo?

Minki no aminoró el paso.

—Nunca he sido tu hijo, ¿de qué estás hablando?

Había pretendido llegar a casa para pasar la mañana en cama junto a Beomgi, pero terminó en casa de Dae aguantando las ganas de llorar. A pesar de que su padre no era realmente una familia para él, de alguna forma siempre lograba romperle el corazón.

Dae lo recibió con una sonrisa que se desdibujó ante su expresión. Tras prestarle su propia cama para acostar a Beomgi, lo esperó en la sala de estar.

Desde el pastel que hizo para el cumpleaños de Jaebyu, Dae había estado aventurándose en la repostería. Los sábados nunca estaba disponible, pues se pasaba el día completo en una de las tantas clases que cursaba por semana. Así que le ofreció una taza de café y un trozo de pastel que sabía demasiado dulce, al punto que finalmente lo hizo llorar. Sus lágrimas y el pastelito se terminaron a la misma vez dejando a un derrotado Minki en el sofá con la boca reseca y pastosa.

—¿Por qué nuestros padres son el mal de todos nuestros conflictos? —preguntó Minki.

—Somos un reflejo de su crianza defectuosa —contestó Dae con amabilidad—. De pequeño culpaba a papá por todo, ahora de grande siento tristeza por él. Como adulto lo entiendo y me compadezco, pero como hijo aún me duele lo que hizo. Es una balanza complicada.

—¿Realmente lo entiendes? —dudó—. ¿A pesar de lo que hizo?

—Un poco —Dae se encogió de hombros—. Es difícil de explicar. Minho... es gris. Un gris muy difícil de apreciar.

Minki suspiró.

—¿Minho es gris? ¿Por eso está intentando encubrir al hombre que lo abusó y embarazó de un hijo que odiaba?

Se cubrió la boca y vio la cara de Dae petrificarse para después romperse lentamente como un vidrio trizado que por fin se desmoronaba ante la presión.

—No quise decir eso —se disculpó, mientras se movía en el sofá para tocarlo—. Dae, lo siento mucho... te prometo... te prometo que no es así...

La piel de su amigo se sentía fría, sus movimientos carentes de vida. Las manos se deslizaron entre las suyas y cayeron sobre su regazo para quedar así, inanimadas.

—Es cierto —musitó Dae con los labios resecos y trémulos—. Mi papá me odiaba y fue abusado.

—Dae...

—Y lo protege —remató con una inspiración que supo a agonía—. Lo protege incluso de mí. Intenté interrogarlo, por si tenías dudas, pero se negó a hablar conmigo.

Minki estaba seguro de eso. Que Minho hubiera quemado la sala de evidencias no era más que el costo a pagar por infiltrarse en los laboratorios.

—Eso ya no importa —dijo.

No hubo respuesta, la culpa fue más y más densa entre ambos, como si se hubieran sumergido en un estanque repleto de ese sentimiento para flotar en él hasta que alguno de ellos se ahogara. Ninguno hizo el esfuerzo por salir de ahí. En el caso de Dae porque no quería, en el suyo porque no sabía cómo. Aun así, lo intentó. Mucho, a pesar de que erraba con la misma precisión.

—No merezco ser tu amigo —se sinceró Minki—. Soy malo y rencoroso, digo cosas hirientes para hacer sentir a los otros tan mal como me siento yo. No sé perdonar, no sé olvidar, no sé superar. Vivo estancado en los mismos problemas, porque no soy capaz de hacer nada para cambiarlos. Y creo que por eso me desconciertas tanto. Pasaste cosas horribles y de igual forma siempre estás dando nuevas oportunidades. Y no te entiendo —se encogió de hombros con resignación y tristeza—. No comprendo la relación que tienes con tu papá, porque la mía es horrenda y quiero que continúe siendo así. Yo...

—Minki —lo detuvo Dae, de pronto con la mano sobre su hombro. Sus siguientes palabras fueron apenas un susurro—. Todavía no entiendes la terapia.

Sintiéndose diminuto y acobardado, asintió con los labios fruncidos. Una vez más el deseo de llorar era tan imponente que no podía pensar en hacer otra cosa. Así que dejó que las lágrimas bajaran por sus mejillas y se apoyó en el pecho de Dae cuando este lo abrazó.

—Lo odio tanto —admitió entre estremecimientos. Se refería a su padre—. Dowan murió por su culpa. Dowan no debió estar ahí, ni tampoco yo. Ni siquiera debimos ser hermanos. Y yo estaba bien, pero verlo hoy... me hizo recordar a Dowan y... y de pronto lo extrañé muchísimo. Dowan sabía todo de Jaebyu y habría sido muy feliz con la noticia.

Cuando Minki logró calmarse lo suficiente, se percató que Dae sostenía su mano derecha y hacía rotar la sortija que hace unos días no adornaba su dedo anular.

—No quería que te enteraras así —admitió entre hipos.

Eso le sacó una risa silbante a Dae.

—La verdad, ya lo sabía.

—¿El idiota de Sungguk? Pero si se lo conté hace una hora...

—Estaba al teléfono con él cuando llegaste —confesó Dae.

Fingió exhalar exasperado.

—Ese maldito roedor es incapaz de guardar secretos.

—Lo hiciste muy feliz y, entre nos, te confieso que lloró un poco —admitió Dae con una sonrisa—. De hecho, me pidió que averiguara cuál sería el color temático de la boda para mandar a confeccionar su traje.

—No tiene dinero y ya está pensando en malgastarlo —se quejó Minki en balbuceos llorosos.

—Llevo meses pagándole la tarjeta de crédito en secreto y todavía no se entera —confesó Dae—. Haré un pago más grande este mes para que tenga cupo suficiente para su traje.

—¿Cuándo te convertiste en su *sugar daddy*? —bromeó Minki, por fin secándose las lágrimas.

—Te sorprendería lo mucho que he ganado con las pinturas de mascotas —dijo Dae con solemnidad.

Ambos fingían que los minutos de tristeza no habían existido, pero así era Dae. Perdonaba mucho, demasiado, al punto que aceptaba comentarios hirientes que nadie jamás debería recibir. Por eso Minki no quería dejarlo estar, su amigo no se lo merecía. Así que, tal cual lo hizo Sungguk esa mañana, le besó la mejilla y susurró contra ella otra sincera disculpa.

—Lo siento mucho. Te prometo que me esforzaré más en mi terapia.

Y a pesar de que Dae se merecía el mundo entero, eso fue suficiente para él.

Poco después alcanzó a su amigo en la tercera planta para acompañarlo a pintar. Mientras Dae terminaba uno de sus tantos cuadros pendientes, Minki se recostó junto a Minah en el colchón que aún mantenía en el lugar. Como no había dormido demasiado la noche anterior por esperar a Jaebyu, sus párpados pesaban y se desincronizaban. Su voz parecía abatida.

—Dae.

El chico se giró hacia él con el pincel en alto. Una mancha café se estrelló en sus pantalones ya sucios con tintura.

—¿Qué sucede?

—¿No has pensado en casarte con Sungguk?

Las mejillas de Dae tomaron con rapidez una coloración roja. Nervioso, llevó un mechón detrás de la oreja. Con la punta del pincel ensució su cabello.

—¿Por qué lo preguntas?

Dudó sobre si decirle la verdad.

—Sungguk me pidió que te preguntara —se sinceró.

Para su sorpresa, eso lo hizo reír.

—Ya lo sabía —aseguró.

—¿Cómo?

—Sungguk es bobo —respondió, en tanto se giraba hacia el cuadro y daba un par de pinceladas a un retrato de un *golden retriever*—. Y también es demasiado obvio, no sabe mentir.

—Para nada —aseguró Minki, adormilado—. ¿Pero qué le respondo cuando me pregunte?

Daehyun mantenía una sonrisa en los labios.

—Que quiero casarme con él.

Le regresó la sonrisa.

Pocos minutos después, dormitó escuchando los ruidos ambientales de la casa. Por un lado, el sonido metálico de Terminator en la sala de estar, a Roko destrozando algo en el patio trasero, a Tocino junto a los pies de Dae, a los pinceles sobre el lienzo, a la respiración de Minah a su lado.

Pero entonces, por alguna razón, se hizo el silencio.

Uno tan inquietante que Minki terminó por despertarse. Como Dae tenía un campo auditivo mucho más limitado, permanecía concentrado frente al cuadro trazando pelos. Minah, a su lado, dormía.

El escándalo de Roko en el patio se detuvo por completo.

Se sentó en el colchón y se movió con lentitud hacia la escalera, sus pies desnudos. Dae había dejado por fin de pintar y lo observaba con una preocupación que Minki no pudo resolverle ni espantarle.

—¿Beomgi? —preguntó Minki en voz baja.

No hubo respuesta.

Bajó la mitad de la escalera e insistió en ahora un murmullo.

—¿Beomgi?

Nada.

De pronto, el sonido de una figura contra el suelo en el primer piso.

Minki llegó al segundo nivel, puso su mano en el arma que enfundaba bajo el brazo. Agudizó el oído, no captaba el ruido metálico de Terminator, ni el ladrido agudo de Moonmon, ni tampoco el escándalo que provocaba Roko al moverse por la casa ante su gran cuerpo.

La nuca le cosquilleaba. Ubicado en el inicio de la escalera intentó divisar el piso de abajo. Se quitó la chaqueta y la lanzó. De inmediato hubo un movimiento apresurado y un golpe seco en la puerta.

—¡Hay alguien en casa! —alcanzó a gritar antes de bajar en un salto hasta el descanso de la escalinata. Abajo se encontró la puerta cerrada y a Roko a un costado de ella azotando su cola de izquierda a derecha. Con su lengua jadeante y afuera se giró a mirarlo como si no entendiera qué hacía un humano gritando así.

—Era Roko —alzó la voz para que Daehyun alcanzara a oírlo.

¿Era la paranoia? ¿La falta de sueño? La sola idea de que alguien pudiera ingresar a la casa de Sungguk era una locura, considerando que la misma policía había instalado un equipo de seguridad que se conectaba a la central. Nadie podía abrir esa puerta sin que saltaran al menos veinte alarmas.

Se quitó el flequillo sudado de la frente con un largo suspiro. Captó los pasos apresurados de Dae al bajar las escaleras del tercer piso y llegar a la habitación de Hanni. Minki subió, Dae reapareció en el pasillo con cara de pánico.

—¿Falsa alarma? —preguntó para asegurarse. Tenía el celular en la mano y desbloqueado, el contacto de Sungguk en la pantalla.

Minki afirmó.

—Lo siento, estoy un poco paranoico —señaló—. Era simplemente Roko, alguien debió pasar por fuera de la casa.

—No te preocupes —Dae ingresó al cuarto para agarrar a Hanni y apegarla a su cuerpo, más por necesidad del padre que inquietud de la bebé—. Ese lugar ya lo cerraron, Minki. No va a ocurrir nada más.

Él no creía demasiado en eso, no cuando ese tipo de laboratorios debían estar clausurados desde inicios del 2000, y aun así a él le había sucedido aquello. No iba a descartarlo de su mente hasta que al menos atraparan al cabecilla de esa organización, a ese tal doctor Kim. Por ahora, no obstante, debía olvidar la constante paranoia. De lo contrario, cuando ocurriera algo, nadie iba a creerle, ni siquiera él mismo.

Sin embargo, Minki olvidó algo.

Cuando se era feliz, las desgracias se difuminaban.

También se omitía el peligro.

Iban de camino por Chaerin y Jeonggyu cuando Minah comenzó a oler mal. Recordó que por su manía había olvidado mudarla antes de salir. Y su llanto inquietante no le permitía concentrarse en la calle, mucho menos en los ruidos que lo rodeaban. Apuntó un baño público que estaba al otro lado de la calle. No estaban lejos de la casa, a unas cuantas cuadras. Daehyun le propuso un helado a Beomgi y los tres ingresaron a la tienda de conveniencia, mientras Minki iba al baño.

En ese lugar iban a estar seguros. Había gente, cámaras y estaba él, que era un policía de civil. No estaban en la ribera del río, en la noche, en la soledad. Era pleno día y Daegu no podía estar más activa.

Sácalo de tu cabeza, se pidió.

Pero comprendió que su paranoia tenía un fundamento y que lo sucedido en casa de Sungguk no había sido una coincidencia, más bien una distracción para que sucediera justo aquello.

Estaba lavándose las manos cuando escuchó el grito desesperado de Dae.

—¡MINKI!

Agarró a Minah con un brazo, el otro lo llevó a la parte posterior de su cabeza. Afuera, el cochecito de Hanni junto a la bebé había quedado olvidado en un costado de la calle. Buscó con desesperación a Daehyun y a su hijo.

Su hijo.

Beomgi.

¿Dónde estaba Beomgi?

El chillido de Dae le ayudó a dar con él. Estaba en la vereda del frente, lo arrastraban, mientras sujetaba a Beomgi con los dos brazos. Alguien intentaba llevárselos a ambos, de soltar a Dae para alzar al niño y cargarlo con facilidad. Su hijo lloraba angustiado con su olvidado helado aún en la mano.

Minki se paralizó.

Un automóvil oscuro se ubicaba con las puertas abiertas a unos pasos de ellos. Beomgi chillaba por él.

—Papá... papá... papá —repetía una y otra vez.

Eran dos hombres, ambos enmascarados.

Pero Minki había visto lo suficiente esa figura para reconocer a uno de ellos. Porque quien arrastraba a Dae por el cabello no era más que el padre de este.

Alexander.

Minki dio un paso hacia ellos.

—¡Mi hijo no! —gritó, su garganta dolió, su voz se perdió en aquella calle—. ¡Mi hijo no! ¡Beomgi!

El mundo cambió.

Dio otro par de pasos, Minah lloraba en sus brazos, lo que enmudecía los ruidos de la calle. Hanni, aún en su carriola, estiraba los brazos en el aire buscando un consuelo que no llegaba.

Llevó una mano al cochecito, sus piernas dudaron, su cabeza no le permitía pensar. Porque entendió que tendría que decidir, no podía quedarse con Minah y Hanni y protegerlas si perseguía a Dae y Beomgi. No podía hacer ambas cosas, no podía.

Decide, se dijo.

¡Decide!

Soltó la carriola, sujetó con más fuerzas a Minah contra él. Luego, la dejó en el cochecito junto a Hanni.

—Lo siento mucho —se escuchó decir.

Sacó su arma, le quitó el seguro y apuntó. A esa distancia no tenía un ángulo limpio. Había cuatro personas, tres intentaban subir a Dae y Beomgi al automóvil, un tercero esperaba detrás del manubrio acelerando el motor con impaciencia.

Cerró un ojo, buscó el tiro.

No podía dispararle a quien cargaba a Dae, podía darle a su hijo.

Pero el otro sujeto estaba despejado.

Ya casi los habían subido.

¡Decide!, se gritó.

Jamás había usado su arma para dar un tiro mortal. Sus disparos nunca apuntaban una zona mayor a las piernas, en la escuela de policía se les enseñaba a contener y atrapar, no a matar, nunca a matar. La bilis le picaba en la garganta, su mano temblaba sobre la culata.

¡Hazlo!

Tomó aire.

Entonces, disparó.

63

La bala dio justo en la garganta. Sus oídos zumbaban por el tiro, su nariz le picaba por el olor a hierro caliente. A unos pasos, el hombre se desangraba con las manos sobre el cuello. Minki respiraba acelerado, el automóvil había partido con la puerta abierta al oír la detonación. Apenas captaba el ruido, sus piernas se sentían débiles al ponerse de pie. Minah y Hanni lloraban en el carrito.

Y su hijo se alejaba de él.

Sus manos dudaron en la carriola.

No podía dejarlas solas, aunque tampoco iba abandonar a Beomgi.

¡Corre!, se dijo, *ve tras ellos.*

Pero no podía.

Los oídos le seguían punzando, su arma se sentía pesada en sus dedos agarrotados. El hombre había dejado de gorgotear, la sangre manchaba la calle. La gente corría alejándose, otras se acercaban.

El automóvil oscuro iba ganando distancia.

—¡Ve, yo las veo!

Giró el rostro.

—¡Ve, Minki!

Un hombre delgado pasó corriendo por su lado.

Moon Minho y Jong Sehun.

—¡Corre! —repitió Sehun.

Y Minki así lo hizo.

Se lanzó hacia la avenida y detuvo a una camioneta que circulaba. El conductor lo observó anonadado con ambas manos en el manubrio, a la vez que él se movía hacia la puerta y sacaba tanto el arma como la placa de servicio.

—¡Policía de Daegu, bájese del auto!

Atontado por la sorpresa, el hombre obedeció con lentitud, con la suficiente demora para que Minki lo agarrara por la camiseta y lo sacara a la fuerza. Tomó asiento y aceleró. Redujo la velocidad pocos metros adelante, mientras intentaba colocarse el cinturón y bajaba el vidrio lateral para gritar.

—¡Sube!

Poco después la puerta del copiloto se abrió y alguien se lanzó dentro.

—¡Tu cinturón! —le recordó con el pie en el acelerador.

Moon Minho se limitó a obedecer para luego ayudarle con el suyo porque él aceleraba a toda velocidad y empezaba a saltarse los semáforos en rojo con la bocina a tope. Su pistola la había lanzado entre sus piernas.

—No voy a bajar de velocidad —advirtió Minki al girar en la siguiente intersección a la izquierda. A la distancia podía divisar el automóvil negro, que se perdía en un mar de coches de la misma tonalidad. No tenía nada característico para ubicarlo con facilidad.

—No pedí que lo hicieras —contestó Minho.

—Sácalo —le pidió apuntando el teléfono que llevaba en el bolsillo.

Sintió sus manos en la tela, luego la presión se esfumó. Marcó el contacto de Sungguk, quien le contestó al instante.

—Se llevaron a Dae y Beomgi —dijo, su voz salió jadeante aunque fuerte, decidida. Él no se permitiría llorar, ya lo haría después cuando su hijo estuviera de nuevo entre sus brazos.

Hubo una pausa.

—Dame tu ubicación —ordenó Sungguk—, ahora. Voy para allá.

Cortó la llamada y le pidió a Minho que le enviara la ubicación en tiempo real a Sungguk. Luego hizo una segunda llamada a la central de policías.

—Oficial Lee Minki al habla —dijo al escuchar la conexión—. Me dirijo en persecución de automóvil modelo *Hyundai*

Grandeur color negro con placa patente adulterada. Mantienen como rehenes a Moon Daehyun y Yoon Beomgi, mi hijo.

—Patrulla en curso —avisaron.

—Bajamos por Hakjeong-ro y cruzamos Guam-ro 65 —apretó la bocina cuando un automóvil se le cruzó. Viró con brusquedad a la izquierda replicando los movimientos—. Al oriente por Daecheon-ro y al sur por Guam-ro.

Minho mantenía el vidrio lateral abierto y tenía la mitad del torso afuera. Hacía gestos y gritaba para apartar tanto a la gente como los automóviles del camino, más cuando Minki se saltaba los semáforos en rojo y los otros vehículos debían frenar en seco. Por eso pudo percibir a la distancia el ruido de unas sirenas acercándose.

Sin embargo, iban con demasiado retraso. Los pocos segundos que Minki les dio de ventaja no lograba acortarlos. El tráfico a esa hora era alto y ellos conducían un coche de civil, no podía activar las sirenas para advertir que se acercaba un vehículo de servicio.

Aunque lo intentaba, buscaba acortar la distancia entre zigzagueos, frenazos y aceleraciones que dejaban los neumáticos marcados en la calle.

Cuando tomaron orientación poniente por la misma avenida, apenas logró divisar la cola del *Hyundai* oscuro doblando por Guam-ro 32-gil. Apretó la pantalla digital de la camioneta para que se desplegara el mapa y le identificara la ubicación exacta. Le echó miradas rápidas, en tanto cambiaba a tercera, a cuarta y finalmente a quinta marcha. Se imaginó que pretendían desplazarse hacia el sur de Daegu para perderse en la urbe central.

Tuvo que tomar una decisión.

Sabiendo lo arriesgado del movimiento, pues podía perder el pequeño rastro que mantenía sobre ellos, dobló a la derecha por una avenida anterior.

—¿Qué haces? —preguntó Minho sujeto a la manilla del automóvil para compensar sus virajes bruscos.

—Salvar a mi hijo —respondió para después darle una advertencia—. Afírmate.

La adrenalina lo embriagó. Aceleró, balanceó la diferencia de peso de la camioneta, la posicionó para girar y aplicó el freno de mano. El auto derrapó en la intersección. Metió primera marcha y aceleró, segunda, tercera y cuarta.

A la distancia divisó la intersección antes del puente. Y de pronto supo lo que tendría que hacer, por muy arriesgado que esto fuera. Daehyun y Beomgi debían estar recostados en el asiento trasero y obligados a mantenerse en esa pose. Podría hacerlo, podría y las cosas saldrían bien. Lo harían, nunca nadie le ganó en la escuela de policías en las persecuciones. Él era bueno en eso, por fin era bueno en algo.

Calculó la colisión y reguló la velocidad. Tiró de su cinturón de seguridad para asegurarse que estuviera bien sujeto, más tarde vino la disculpa.

Pero no fue dirigida a Minho.

—Lo siento, Jaebyu.

Una vez más le iba a fallar.

Una vez más le iba a romper el corazón.

Y quizás esa fuera la última vez que ocurriera.

Cuando divisó por el rabillo del ojo aquel automóvil negro, Minki aceleró, maniobró hacia la derecha, posicionó el auto y una vez más aceleró para frenar justo cuando se ubicó en su trayecto. Luego, la camioneta recibió de lleno el impacto del automóvil.

64

Las fichas plásticas, esas mismas que Jaebyu portó durante años y un día las arrancó de su uniforme, las encontró en la sala de descanso bajo el sofá. Llevaba tantos meses sin verlas que se quedó sorprendido. Revisó cada una de las hojas, palpó su bolsillo, en el que acarreaba un lápiz, y volvió a colgarlas.

Cuando abandonó la estancia y regresó a su puesto en Emergencias, Somi reparó en ellas de inmediato. El cabello de su amiga ahora era de un tono entre morado pastel y plata, las puntas tinturadas oscuras.

—¿Te hiciste unas nuevas? —quiso saber ella.

—Las hallé bajo el sofá —apuntó la sala de descanso.

Somi se rascó el costado de la nariz.

—Se nota que no limpian demasiado bien el lugar —bromeó.

—Así veo.

Al acercarse al mostrador percibió un aroma dulce, como si hubieran preparado palomitas con caramelo. Su amiga continuó transcribiendo un historial que había anotado en una libreta pequeña que siempre portaba en los bolsillos. Su lápiz, a diferencia del de Jaebyu, estaba mordido y apenas escribía. No fue hasta que se sentó a un lado de Somi que advirtió que el olor provenía de ella. La miró con el entrecejo fruncido. Ese día usaba maquillaje, a pesar de que nunca lo hacía. Prefería dormir cinco minutos más que hacer algo tan mundano como aquello. Eso solo podía significar una cosa.

—¿Tienes una cita?

Somi, que le había dado un sorbo al vaso de café, se atragantó y escupió un poco de líquido sobre la pantalla de su computadora. Mientras la limpiaba con un pedazo de servilleta, se rio nerviosa.

—No —aseguró.

—Te conozco, Kim.

Se llevó un mechón de cabello plata tras la oreja.

—¿Cómo lo supiste? —suspiró resignada.

—Llevas maquillaje y usas ese —se apuntó el ojo— pegamento para el doble párpado.

—Pensé que era un cambio natural —se quejó.

—Tienes brillo en los ojos —comentó Jaebyu—, dudo que eso lo produzca el cuerpo.

—No has visto mi frente aceitosa, Yoon.

Jaebyu sonrió de buen humor.

—¿Con quién saldrás? —se interesó en saber.

—Alguien que conocí en una cafetería hace poco.

—¿Eso significa que superaste a Sungguk?

Somi dio una inspiración trémula con la mano en el pecho.

—Eso quedó en el pasado —aseguró.

—Ya —aceptó Jaebyu con duda.

—Te lo aseguro.

—Está bien —insistió—. Envíame tu ubicación cuando estés en la cita para estar pendiente.

Recibió una caricia en la nuca.

—Está bien, *oppa* —pronunció Somi con voz infantil, imitando de seguro un k-drama.

Detrás de sus puestos de trabajo colgaba una televisión pequeña que solía estar encendida, aunque sin volumen, para revisar las noticias en el caso de que aconteciera una catástrofe que ameritara varios servicios de emergencias. Abajo de ella había una radio conectada con la policía y al cuerpo de bomberos. En Daegu era extraño que sucedieran desastres donde se vieran afectas varias personas, la última instancia había ocurrido en el 2003 tras el incendio de una estación de metro.

Lo que primero sonó ese día fueron sus *beepers*. Un mensaje corto anunciaba una colisión en Daecheon-ro, por lo que los servicios de emergencias se dirigían a su hospital al ser el más cercano. Jaebyu terminó de transcribir sus notas y guardó la ficha médica. Instantes después, recibieron un segundo mensaje. Bomberos se encontraban en el lugar, así que dedujo que había personas atrapadas. Llamó a los médicos de turno de traumatología, neurología y cirugía general, también avisó a anestesiología para que se prepararan en el caso de necesitar pabellón. Por último, notificó a cirugía plástica, porque las laceraciones en la cara merecían no ser una carnicería.

No se preocupó hasta que Somi recibió una llamada y se mostró extrañada al mirar la pantalla del celular. Más cuando se puso de pie y se alejó cubriéndose la boca con la mano.

Su *beeper* sonó por tercera vez para indicarles que algunas víctimas venían en camino.

La señora Lim, su jefa, se le acercó antes de que Somi finalizara la llamada.

—Hay involucrado un policía de civil —les informó—. Es un niño y seis adultos. Hay una víctima fatal y una en estado grave. Llegarán en menos de cinco minutos, prepárense.

De inmediato, buscó su teléfono para revisar si tenía alguna llamada o mensaje pendiente. Nada. La inquietud le hizo cosquillas en la nuca, sintió de nuevo las piernas débiles. Se excusó con su jefa y se puso de pie para marcarle a Minki. Cada una de sus llamadas lo derivó al buzón de voz.

Él debía mantener la tranquilidad, se había prometido no preocuparse porque de lo contrario su vida iba a quedar para siempre atascada. Minki era policía, en más de una oportunidad iba a salir herido. Además, se dijo, Minki no estaba trabajando ni tenía el automóvil ya que esa mañana él se lo había llevado.

Guardó el teléfono en el bolsillo, a la vez que Somi se le acercó con las manos unidas al frente.

—Jaebyu... era Sungguk quien me llamó —comenzó.

Y no necesitó más.

Su mundo se ladeó. Luego entendió que había sido su propio cuerpo el que se había ido hacia un lado antes de alcanzar un equilibrio.

—No, dime que no, por favor —rogó.

No de nuevo.

Se les había acercado su jefa.

—Lo siento mucho —continuó su amiga cuando encontró su extraviada voz—, es Minki y Beomgi. Hubo una persecución en auto.

Sujetó a Somi por el brazo.

—¿Por qué?

—I-intentaron llevárselos —ella balbuceó—. Sungguk no sabía mucho.

—Enfermero Yoon —pidió su jefa tocándole la mano hasta que por fin soltó a Somi—, queda fuera de servicio.

—Solo estamos Somi y yo —se escuchó responder.

Sentía las extremidades heladas y paralizadas.

Pesadas.

Congeladas y torpes, como si ya no fueran parte de su cuerpo.

Su jefa no alcanzó a decir algo más, ya que se captó la sirena de una ambulancia ingresando por la entrada de Emergencias. Los tres se apuraron hacia el acceso. Los paramédicos abrieron las puertas traseras de la ambulancia, a la vez que un coche policial se detenía atrás. Vio que Sungguk se bajaba corriendo de la patrulla y se dirigía hacia ellos.

—Sungguk —alcanzó a decir Jaebyu.

Bajaron la camilla. Por la estatura pudo adivinar que era un hombre. Estaba inmovilizado y con el rostro repleto de sangre, lo que le impedía notar sus facciones. Se acercó, Somi hizo lo mismo.

No era Minki.

No lo era.

Las rodillas se le doblaron por el alivio.

Hasta que lo reconoció.

—¿Minho? —preguntó.

—Yo lo tomo —pidió la señora Lim.

Todavía con los pies paralizados, vio a la camilla desaparecer tras las puertas abatibles. La ambulancia partió, al igual que la patrulla, y quedó el acceso liberado. Sungguk estaba a unos pasos con los brazos sobre la cabeza.

—¿Qué ocurrió? —su boca sonó tan rasposa que incluso a él le costó entenderse.

Sungguk lo observó con los ojos inundados en lágrimas.

—Dae...

El tirón en su estómago fue incluso más doloroso.

—¡Habla! —lo apremió perdiendo la compostura.

—Jaebyu... —intentó Somi intervenir.

—¡Sungguk! —gritó Jaebyu.

Este por fin dio un brinco y sus ojos se enfocaron lo suficiente para mirarlo.

—Ellos intentaron... llevarse... ellos quisieron... a Dae y... y a Beomgi —sus palabras eran un balbuceo por esencia incoherente.

Se le estrujó el corazón.

Su hijo.

No podía respirar.

Empujó las puertas abatibles, se movió por el pasillo. Llegó a Emergencias, se detuvo en la entrada de la habitación privada donde tenían a Minho. Su respiración era un jadeo tan fuerte y seco que la oía sobre el ruido del monitor de signos vitales.

Captó otra sirena de ambulancia, a la vez que se acercaba a Minho porque intentaba decir algo. El doctor Park revisaba sus pupilas. Minho seguía repitiendo lo mismo.

—Dae —susurraba—. Dae...

Se inclinó hacia él, su jefa buscó apartarlo, pero se aferró a la camilla.

—Dae —murmuró Minho por última vez—. Cuí... da... lo.

El monitor de signos vitales sonaba descontrolado. La enfermera Lim lo apartó una segunda vez con tanta fuerza que Jaebyu tropezó hacia la puerta. Hubo otro tirón y estuvo fuera de la sala, la puerta y la persiana cerrada para que no viera dentro.

Se giró en el preciso instante que Somi ingresaba a un lado de dos camillas. No reconoció a ninguna de las dos personas. Una de ellas ingresó directo a cirugía, la otra a la siguiente habitación privada donde Somi se perdió. Sungguk no se veía por ningún lado, tampoco Dae, ni Beomgi, ni Minki.

Abandonó Emergencias y esperó en el acceso. Unos momentos más tarde, se detuvo una nueva ambulancia. Las puertas se abrieron y Jaebyu podría haber vomitado, tan débil que sus rodillas se doblaron por completo y terminó en el suelo con las manos contra el concreto. Los paramédicos bajaron una cuarta camilla donde iba Dae. Minki, sosteniendo a Beomgi en brazos, se bajó de inmediato. Iban como acompañantes, lo que quería decir...

Que estaban bien.

Que estaban bien.

Lo estaban.

Ambos.

—Te prometo que no solté a Beomgi, Minki —repetía Dae, a pesar de encontrarse inmovilizado en la camilla—. Te lo prometo.

Jaebyu logró levantarse y se acercó temblando tanto que tuvo que arrastrar los pies. Al llegar a su lado, sujetó a Minki por el rostro para darle un beso que dejó al oficial con los ojos abiertos de par en par. Después tomó a Beomgi en brazos y lo apretó contra él oliendo su perfume infantil, sintiendo su calor contra el suyo.

—¡Estamos bien! —se apresuró Minki en aclarar. Sungguk había llegado a su lado y frenado con tanta brusquedad que casi se estrelló contra la ambulancia—. ¡No nos ocurrió nada a nosotros!

Por fin Jaebyu pudo dejar de lado su preocupación y centrarse lo suficiente para entregarle a Beomgi y posicionarse a un lado de la camilla de Dae para recibir su informe de daños.

—Luego hablamos —le pidió Jaebyu a su novio.

Minki apretó a Beomgi contra él y afirmó.

Jaebyu tuvo que apartar las manos de Sungguk, porque no hacían más que tocar a Dae preguntándole una y otra vez si le dolía algo.

—Estoy bien —aseguraba Dae a cada pregunta del policía—. Creo que me zafé el hombro, aunque nada más. ¿Mi papá dónde está?

Estaban bien.

Están bien, se repitió.

No fue hasta que terminó de estabilizar a Dae junto al doctor Ah y lo ingresó en un box que Jaebyu se ocultó tras el mostrador cuando nadie miraba y comenzó a llorar del alivio.

La pesadilla no se había repetido.

No hoy.

Por lo menos no hoy.

65

Sus pies desnudos colgaban de la camilla. Las cortinas del box se mantenían abiertas puesto que Minki se negaba a dejar de vigilar a Beomgi, quien estaba en el cubículo de al lado. Jaebyu le daba la espalda, ya que se encontraba inclinado examinando las pupilas del niño. Con una mano enguantada tenía sujeta aquella barbilla pequeña, con la otra alzaba una linterna. Ya era la tercera revisión que le hacía a pesar de que las anteriores habían salido bien. Pareció de nuevo no hallar indicios de algo preocupante, porque soltó a Beomgi y le comenzó a palpar la piel con cuidado. Al finalizar, Jaebyu se enderezó y soltó una corta inspiración.

—Voy a solicitar una tomografía —indicó.

Minki jugó con un hilo suelto del pantalón.

—El doctor dijo que estaba bien.

—Quiero asegurarme.

No, lo que buscaba era acallar esa voz molesta en el fondo de su cerebro que no se tranquilizaba. Minki no podía culparlo, él se sentía de la misma forma. La angustia era exasperante, a pesar de que se repetía que nada grave había sucedido, que él había logrado detener en el acto el secuestro, que incluso tras la colisión habían salido ilesos. La adrenalina, lamentablemente, todavía vibraba con intensidad en sus venas. Más cuando Jaebyu se alejó de Beomgi y regresó a él.

Como Minki mantenía las piernas un poco separadas, Jaebyu se coló entre sus rodillas y le tocó el mentón para alzárselo. Puso algo de resistencia, por lo que aquellos dedos se mantuvieron en el lugar. Los ojos preocupados del enfermero le recorrían el rostro y se quedaban prendado demasiado tiempo en el hematoma que Minki tenía en la mejilla. No tenía claro cómo se lo había hecho, algunos instantes permanecían un poco nublados en su cerebro. Recordaba el ruido de frenos para evitar la colisión, el golpe de lleno a un costado de la camioneta, la forma en que el cinturón se ajustó en su clavícula cuando la inercia lo mandó contra la puerta, a la vez que los airbags estallaban y su rostro quedaba catapultado por uno de ellos.

Luego, hubo un suspiro donde no hubo nada.

Ni ruidos, ni emociones, ni colores.

Nada excepto el blanco, su cuerpo sintiéndose liviano y deshuesado. La vida recuperó su efecto desenfrenado como un golpe certero. Notó entonces el airbag en el costado de la puerta que evitó que su cabeza se golpeara contra la ventana. Sus oídos funcionaban como una vieja radio que buscaba una frecuencia. El sonido regresó a él junto a los gritos de la gente pidiendo ayuda, podía captar una voz femenina afuera de la camioneta, al igual que unos pasos aplastando el vidrio desparramado en el cemento.

No sintió dolor en ese momento, nada. Se pudo mover de inmediato, por eso rastreó con la punta de los dedos la navaja que ahora siempre portaba en la pantorrilla. Ciego por el airbag, tanteó el cuchillo hasta desplegarlo y romper con un estallido la bolsa de aire. Le siguió la de su lado, lo que le permitió procesar el panorama.

Minho estaba a su lado, su cabeza no paraba de sangrar. El airbag del costado no se había activado, la puerta abollada se encontraba abierta y colgando de una bisagra. El vidrio de la puerta estaba quebrado. Por la colisión, la camioneta había dado un giro en 180°, el golpe se lo había llevado principalmente la zona del capó en el costado de Minho.

Alguien pedía una ambulancia, la sirena de policía ahora le enmudecía los demás sonidos. Con dedos torpes, Minki intentó quitarse el cinturón, pero se encontraba atascado. Cortó con dificultad las dos tiras hasta que quedó libre y buscó bajarse de la camioneta. Alguien lo sujetó por el hombro y lo instó a permanecer quieto ante posibles contusiones. Minki respondió que estaba bien y se tocó en varias oportunidades la punta de la nariz con cada índice para demostrar que, si bien en su cabeza funcionaban mal muchas cosas, al menos no presentaba una lesión.

Luego hubo unas suelas contra el vidrio y una voz que gritó su nombre y que Minki reconoció de inmediato.

Sungguk.

Venía con su uniforme, aunque la gorra, para variar, la había perdido en algún instante de la carrera. Sus ojos eran enormes, su boca entreabierta por un jadeo seco, su piel pálida. Su barbilla temblaba un poco al examinar la camioneta y al percatarse de Minho, que continuaba recostado contra el airbag sin reaccionar.

Entonces, como si su cerebro por fin se hubiera destrabado, los engranajes empezaron a rodar, oxidados y con dificultad, y Minki recordó en un segundo la razón del accidente. Se movió por el costado de la camioneta, el lugar ya era rodeado por una multitud de personas que grababan y observaban la escena. Goeun, una compañera de Minki, intentaba mantener a la gente apartada, mientras a lo lejos identificaba la sirena de una ambulancia.

Por la diferencia de tamaños, el otro automóvil había salido más dañado. La parte delantera casi había desaparecido del todo, tan aplastada contra el volante que el asiento de piloto apenas se distinguía. Quien iba manejando yacía contra el airbag sin moverse. Y a unos metros, un cuerpo derrumbado. Había una hilera sangrienta hasta el hombre que salió volando por el parabrisas. Era el copiloto, quien debió ir sin cinturón de seguridad para así controlar lo que sucedía en el asiento trasero. Su rostro volteado hacia el piso le impidió identificarlo, a pesar de que unas personas intentaban brindarle primeros auxilios. Usaba unos pantalones y una camiseta oscura.

No era Daehyun.

A la tercera persona no pudo encontrarla, porque entonces escuchó el grito de Sungguk, a la misma vez que una pierna empujaba la puerta trasera ya abierta del auto y se bajaba Dae. Sungguk corrió hacia él seguido de Minki. Dae cargaba con dificultad, y lo que parecía dolor, a un niño en sus brazos.

Beomgi.

Pese a que pasaron varias horas, Minki no pudo sacarse el estruendo de las ambulancias de sus oídos. Por eso se los tocó, lo que provocó que Jaebyu le diera una mirada alarmada y decidiera inspeccionarlo de nuevo, solo por las dudas.

A pesar de que las manos eran la principal herramienta de trabajo para un enfermero, por lo que nunca flaqueaban, ni entorpecían ni eran inútiles y torpes, ese día las de Jaebyu no dejaban de temblar al tocarlo. Su angustia era tan grande que llegaba a ser palpable, Minki la sentía por todo el cuerpo como una capa fría y pesada.

Él era responsable de esa reacción.

Una vez más, le había fallado.

Así que no se quejó y permitió que Jaebyu revisara su cuerpo por quinta vez, porque era lo mínimo que podía hacer para ayudar a tranquilizarlo.

—Lo siento —susurró con la garganta rasposa.

Observó la expresión de Jaebyu entre sus pestañas, no se atrevía a darle una mirada directa.

—¿Por qué?

Tenía un nudo en el estómago que nada tenía que ver con el accidente.

—Por fallarte otra vez —admitió—. Prometí que no iba a ponerme en peligro de nuevo, pero no pude cumplirlo. Mis hijos están primero, siempre lo estarán.

Jaebyu se había quitado los guantes y guardado en el bolsillo. Le sujetó el rostro entre las manos y pudo sentir su piel cálida contra la suya.

—Lo sé —Jaebyu le besó la coronilla, la frente, la mejilla, la punta de la nariz, mientras repetía aquellas palabras en cada lugar que recorrió—. Lo sé. Yo habría hecho lo mismo.

—Fui un idiota, podría haber herido a Beomgi —dijo Minki sin atreverse a perdonarse por sus acciones.

—Pero no fue así —refutó Jaebyu.

—Pero yo...

Su boca silenció la suya con un beso suave, que no duró más que un suspiro.

—Está bien, Minki —lo consoló Jaebyu. Con un toque en el hombro, lo hizo darse vuelta para que viera a Beomgi descansar en la otra camilla con Somi a su lado—. Míralo, está bien y es gracias a ti.

Era cierto.

Beomgi estaba bien, nadie se lo había llevado.

Todos estaban bien, incluso Dae.

Gracias a él.

Él había evitado que Dae regresara a una vida de encierro y que Beomgi fuera usado.

Él.

Increíblemente, había sido Minki, el policía mediocre, el que nada hacía bien, al que no le importaba su trabajo, el que prefería hacer papeleo administrativo porque, en el fondo de su corazón, sabía que no era un oficial apasionado ni mucho menos uno competente.

La misma razón que lo hacía ser tan mal policía en esa oportunidad les había salvado.

¿Pero y si no hubiera sucedido así?

Había sido una cuestión de suerte que aquel hombre hubiera estado en el espacio entre los dos asientos, sujetando a Dae y Beomgi para que se mantuvieran recostados y con la cabeza baja en el asiento posterior. De no ser así, el impacto habría tenido unas consecuencias tal vez fatales.

No pienses en eso, se dijo, *todos salieron bien*.

Observó a Daehyun conversar con Sungguk a su lado, mientras este le tocaba el cabello con tanto cariño que parecía a punto de llorar.

—Maté a alguien —confesó con la barbilla baja.

—Lo sé —Jaebyu tocó sus rodillas.

—Soy un monstruo.

Sintió las manos del enfermero atesorar su rostro entre ellas. Esperó hasta que lo mirara para hablarle.

—Salvaste a nuestro hijo. Y también a Dae.

—Eso no quita que haya matado a alguien —se le llenaron los ojos de lágrimas.

Sin embargo, no lloraba por ello, lloraba por no sentirse del todo culpable por haberlos matado.

Jaebyu le dio un beso en la mejilla, después lo abrazó con fuerzas.

—Lo sé —dijo, acariciándole la nuca—. Pero Beomgi está bien gracias a eso.

Al separarse, regresó su vista hacia su hijo. Apartó a Jaebyu con delicadeza y se bajó de la camilla.

—Querido —fue a protestar este.

Minki le ignoró. Llegó donde Beomgi y se sentó a su lado. Atrajo su pequeño cuerpo hacia él y le besó la cabeza. Se mantuvo así con los ojos cerrados oliendo su cabello, a pesar de que aquel gesto al menos lo había repetido unas seis veces en lo que iba de día.

—Te amo —dijo Minki contra su frente.

Beomgi le regresó el abrazo.

Poco después, en tanto Jaebyu vigilaba y cuidaba a Beomgi, Minki abandonó la sala de emergencias. En el acceso, se encontró a Sehun, a Taeri y a Minjae con Hanni, Minah, Jeonggyu y Chaerin. Minki abrió los brazos y tiró de Chaerin hacia él, mientras Taeri lo abrazaba por el cuello y lo apretaba contra ella con tanta insistencia que Minki le perdió el rastro al mundo. Recibió un beso de su mamá, una caricia de Minjae en su espalda y a una exigente Chaerin pidiéndole ver a su mellizo.

Su familia estaba bien, eso era lo único que importaba.

Todo lo demás podía esperar.

66

Horas más tarde, cuando por fin le dieron el alta a Beomgi, Minki y Dae —quien por cierto decidió quedarse a esperar a que su padre despertara de la cirugía a la clavícula—, Eunjin fue a buscar a Minki al hospital. Pocas veces Jaebyu se enojaba tanto y de forma tan rápido, no obstante, le bastó ver al policía para que eso ocurriera. Más todavía cuando este captó la conversación que él mantenía con Eunjin solicitándole acompañarlo para dar inicio al interrogatorio.

—Minki estuvo involucrado en una colisión —se entrometió Jaebyu—, necesita descansar.

—Será menos de una hora —acotó Eunjin—. Es necesario si queremos cerrar el caso y enjuiciar a los involucrados. Además, hoy fallecieron dos personas y ambas fueron responsabilidad de Minki. Se necesita iniciar los interrogatorios para que Minki no salga afectado por ello. Es por su propio bien.

—Yo lo acompañaré —intervino Sungguk.

Daehyun ya no se encontraba con ellos, estaba con Sehun y los niños en el tercer piso esperando que se les autorizara el ingreso a la habitación de Minho. El chico no se iba a mover hasta que eso ocurriera, así que estaba bien vigilado.

Analizó la postura rígida y decidida de Eunjin, que fue acompañada por dos detectives que esperaban a unos metros. Jaebyu observó la puerta cerrada de la sala de descanso y luego a Somi, que se ponía al día con el papeleo diario.

—Pueden ocupar esa habitación —ofreció Jaebyu, para que no tuvieran que ir hasta la comisaría.

—Lo siento, no sirve. Debemos dirigirnos a la central de investigaciones.

Jaebyu intentó sonreírle, tocó su mano cuando Minki fue a retirarse. Se la sostuvo unos instantes antes de dejarlo ir. Como sentía un revoloteo extraño en el pecho, Minki miró a Beomgi, que permanecía en la cama con Chaerin a su lado y abrazado a su mellizo; Taeri y Minjae se ubicaban a los pies. La mujer sostenía a una dormida Minah en brazos.

—No será mucho tiempo —insistió Eunjin—. Minki necesita declarar.

Esperaron a que Sungguk regresara con un café tan oscuro que parecía fango. Su amigo tenía unas ojeras pronunciadas y las mejillas hundidas. Su cabello iba desordenado y sus músculos evidenciaban una obvia fatiga.

—Estaba entre comprarme esto o una energética —dijo Sungguk—, pero recordé que me da taquicardia. Nunca me había sentido tan infeliz bebiendo algo.

—Será una larga noche.

Sungguk suspiró.

—Así me temo —lo observó en silencio, en tanto sorbía el vaso de cartón que ya empezaba a deformarse por el uso. Entonces, sus ojos se empequeñecieron—. Ya veo. Estás pensando en tener sexo con Jaebyu.

Se sonrojó de manera tan violenta y repentina, que tuvo que abanicarse el rostro.

—Qué dices —balbuceó con torpeza.

—No me engañas.

—No sé de qué estás hablando.

Sungguk estiró un brazo y le apuntó el cuello con el índice.

—Recuérdale a Jaebyu que no te deje marcas.

Se cubrió la garganta con rapidez. Sungguk chasqueó la lengua y sacudió la cabeza con falsa decepción.

—Y ocupen condón, deben cerrar ya la fábrica de niños. ¿No crees que tres son demasiados?

—C-cállate —tartamudeó mirando cualquier lugar, excepto a este—. Además, no estoy en ciclo, idiota.

—Lo mismo dijiste hace un año y tenemos ahora a Minah.

Harto, Minki le dio un golpe en el hombro.

—No te metas.

—No, eso claramente lo hará Jaebyu pronto.

No alcanzó a responder, Eunjin había regresado. También estaba ojeroso, incluso más delgado de la última vez que lo vio. Las preocupaciones habían hecho estragos en su rostro, los surcos de sus arrugas eran más pronunciados que nunca. Si bien era mayor que ellos por menos de una década, en ese momento parecían ser milenios. Incluso su voz era cansada al llamarlos y decirles que fueran por la patrulla.

—Sungguk, conduces tú —pidió.

Minki usó el asiento trasero, mientras Eunjin se sentaba como copiloto y se colocaba el cinturón de seguridad. Por la forma que Eunjin se masajeaba la sien, era más cansancio mental que físico. Guardaron silencio en el recorrido.

Tras estacionar en la central de investigaciones, Eunjin habló.

—Tengo algo que informarles antes del interrogatorio.

Su atención fue de uno al otro y se quedó finalmente en Minki.

—¿Qué sucede? —apresuró la respuesta.

—Tenemos a Alexander, y lo tenemos en la sala de interrogatorios en este momento.

Minki supo de inmediato lo que eso significaba.

—¿Van a negociar su condena por información?

—Sí.

—No necesitan hacer eso —debatió, furioso.

—Lo hacemos.

—Pero...

—Encontramos al doctor Kim —sus palabras sonaron difuminadas—. Apareció muerto en Seúl, las causas aún son desconocidas.

La sangre bombeó en sus pies, su cabeza perdió el equilibrio. Terminó apoyado en la puerta, mientras observaba a Eunjin sin poder creer sus palabras.

—Lo silenciaron —murmuró.

Su jefe afirmó.

—Así es. El trabajo fue hecho por profesionales, no creo que alguna vez encontremos al responsable.

—¿Entonces qué sacamos estando acá? —cuestionó Minki de pronto furioso, tanto que no pudo controlar su boca necia—. ¿De qué sirve interrogar a Alexander y bajarles los años de condena por su cooperación si el causante de todo este embrollo ya está muerto?

—El doctor Kim era la cabeza en los laboratorios. Hay gente sobre y bajo él. No era una persona, era una red y debemos desbaratarla. Por eso estamos acá, recuérdalo.

Iba a replicar, pero Sungguk lo interrumpió.

—Tiene razón, Minki. Esto es una red, no un caso aislado. Seguirá sucediendo si lo dejamos pasar. Tampoco me agrada que se le baje la condena a Alexander, más que nada por Dae y su relación con ese hombre, pero él podría entregarnos información importante para resolver los casos.

No le quedó más que tragarse la réplica que bailó en la punta de su lengua. Aún turbado por la noticia, se bajó de la patrulla con un portazo que no le hizo sentir mejor.

Eunjin los llevó hasta una sala de interrogación, dentro había un equipo de detectives. Observaban la oficina continua, ambas estancias se encontraban separadas por un espejo falso. En una mesa pequeña, con los pies amarrados a unas cadenas en el suelo, y las manos al mueble, se hallaba un hombre.

Alexander Miller, decía la ficha.

A Minki le dio un vuelco en el estómago. Debía tener una expresión crispada, pues Sungguk le acarició la nuca y le susurró.

—¿Él es...? ¿De Daehyun? —le afirmó, su amigo tragó saliva y dirigió su atención al vidrio. Lo observó en silencio por unos instantes, su boca formó un gesto triste—. Tienen la misma sonrisa.

—Lo sé.

—¿Cómo es posible que lo más bonito de Dae se lo haya heredado ese monstruo?

Monstruo, pensó Minki.

De nuevo esa palabra.

Su conversación fue interrumpida cuando el interrogatorio continuó tras un aviso. Se había encendido una luz roja en los comandos que indicaba que estaban grabando, también había dos pantallas conectadas a las CCTV del cuarto.

—Lo que hacíamos en los laboratorios —comenzó Alexander con ese tono de voz que siempre erizaba su piel, por cosas buenas, por cosas asquerosas. Principalmente por lo último— era recolectar antecedentes necesarios para presentarlos en la Corte. El doctor Kim Taegon buscaba que se promulgara una orden de esterilización forzada para evitar la reproducción de los m-preg, ya que aseguraba que los hijos de m-preg presentaban deficiencias mentales.

Pero para su investigación, tal como indicó Alexander, necesitaba financiamiento. Debido a ello, el doctor Kim cumplía un doble rol. A los accionistas se les concedían subastas para adquirir m-preg, tal como había ocurrido con Do Taeoh, pero a los supremacistas de la raza, quienes efectuaban los secuestros, se les hablaba de la experimentación y de la limpieza de la raza.

La investigación realizada en Ryu Dan, Dowan y el propio Minki cumplía el propósito de encontrar tres generaciones con el gen. El caso más completo que tenían en estudio era el de Ryu Dan, ya que su padre había muerto hace años en uno de los laboratorios; por tanto, ya contaban con su información. Ryu Dan y su hijo venían a suplir la segunda y tercera generación. Con Dowan era un poco diferente, pues su hermano no había estado embarazado en el momento del secuestro.

—Pero era cosa de días que lo estuviera —aseguró Alexander con calma.

Entonces, Minki entendió que Dowan, a diferencia de él, había sido abusado en los laboratorios. Y si bien siempre fue algo que sospechó, por la forma en la que su hermano se alejaba de él cuando regresaba al cuarto, tener certeza de lo que había sucedido le revolvió el estómago.

Minki, por otro lado, indicó Alexander, cumplía un rol de reemplazo en los laboratorios. Aquella fría tarde de enero a quien realmente habían intentado llevarse era a Daehyun. Ya se contaba con la investigación de Minho, Dae suplía a la segunda generación y Jeonggyu la tercera. Una vez que tuvieran a su amigo en el crematorio, buscaban ir por su hijo.

Divisó la garganta de Sungguk moverse nerviosa al tragar y observar el cuarto sin fijarse en nada particular, solo sus oídos permanecían atentos. Más cuando Alexander empezó a dar nombres y características. Hizo de todo con tal de recibir una disminución en su condena.

Para el primer caso, ese donde se hallaba involucrado Ryu Dan, Alexander mencionó a una persona. A todos los implicados se les iba a procesar una orden de arresto preventivo una vez se finalizara el interrogatorio.

—Mo Junho, su vecino —especificó Alexander—. Hacía falsas denuncias contra Ryu Dan para conocer los horarios donde Park Siu se encontraba fuera de casa. El prometido, Park Siu, si bien no estuvo involucrado en la actualidad en este caso, sí vendió en el pasado información de su pareja.

Entendió por qué Ryu Dan mencionó que sus secuestradores parecían conocer su casa. Kang Chulsoo, el hombre acusado de acosar a Ryu Dan, resultó ser exactamente eso: un acosador obsesionado con él.

—Ahn Woosung, el administrador del edificio donde vivía la pareja Do —mencionó Alexander—, también está involucrado. Nos facilitaba información y fue el responsable de desbaratar sus hipótesis con respecto al uso y secuestro de los m-preg.

Más allá de eso, fue quien puso la trampa contra Minki cuando fue golpeado en la cabeza.

—La policía sospechaba que estábamos detrás de m-preg — Alexander se encogió de hombros— y debíamos confundirlos.

A Minki le había sucedido lo mismo. Si se suponía buscaban m-preg, ¿por qué habían golpeado a uno y dejado abandonado en medio de una calle vacía? Podrían habérselo llevado ese día, no lo hicieron ya que el propósito de ese ataque era desbaratar sus hipótesis y dejarlos en la línea de partida. El zapato, que Minki encontró en medio de la calle, le había pertenecido a Do Taeoh. Por eso aquel olor tan particular, era el formol que se usaba para embalsamar los cuerpos. Un aroma tan penetrante que se impregnaba en las telas.

—Kim Gaseop —Alexander señaló a la última víctima—, fue un error.

A quien habían buscado llevarse aquel día era a Dae. Por eso el parecido y también la confusión del culpable.

—Eso sucede cuando se contratan a aficionados —sentenció el hombre—. Lo mismo sucedió con Lee Minki.

Dio un salto al oír su nombre en boca de la misma persona que durante tres meses lo controló.

— Lee Jaesuk, su padre, nos entregó la información del oficial Lee Minki y su hermano —prosiguió—. El doctor Kim hizo hincapié en que los necesitábamos a ambos, por ello Lee Dowan llegó poco después.

Así tendrían más sustentos con la herencia genética.

Sin embargo, esa explicación no resolvía de ninguna forma las ecografías adulteradas. ¿Para qué cambiar ese dato? Minki no tuvo la respuesta hasta minutos más tarde cuando el puesto vacío de Alexander fue ocupado por una mujer. Vestía gafas oscuras y mascarilla, incluso guantes. Y por la forma en que se divisaba su cuerpo, también utilizaba implantes para modificar su silueta. Supo quién era cuando la escuchó hablar y los vellos en su nuca se erizaron.

Él la había oído antes, era imposible olvidarla.

—Soy médico obstetra con especialidad en m-preg, infiltrada.

Era la mujer que monitoreaba el avance de su embarazo en los laboratorios. Ella habló de los exámenes que adulteró, como el del propio Minki para así evitar el aborto programado que buscaba el doctor Kim inducir en él. No fue hasta que finalizó y la sacaron de la sala, que Minki rastreó la oficina. Sus ojos se encontraron con los de Sungguk, a la vez que la puerta de la sala de interrogatorios se abría en una tercera oportunidad y aparecía Jong Sehun, el papá de Sungguk.

Por la forma que su amigo apartó la vista, él ya sabía lo que sucedía.

—Jong Sehun —se presentó el hombre—. Vengo a testificar contra el doctor Kim Taegon, quien fue mi colega en el hospital y en los laboratorios entre los años setenta y ochenta cuando nos infiltramos.

Minki recordó que Sehun mencionó aquel nombre hace muchos años. Era el doctor que su madre debía buscar en el hospital en el caso de que Minki enfermara y Sehun no estuviera en turno. En algún instante de su vida, había modificado sus ideales. O quizás siempre fueron erróneos. Un monstruo disfrazado de alguien decente.

Horas más tarde, cuando los interrogatorios llegaron a su fin, Minki acorraló a Eunjin antes de perderlo de vista.

—Vas a arrestar a mi padre, ¿cierto? —quiso saber.

Escuchó un suspiro de su jefe.

—No creo que pueda hacer mucho para dejarlo libre, Minki.

—¿Libre? —preguntó sin entender.

—Es eso lo que quieres, ¿no?

Negó con efusividad.

—No, quiero que le des la condena más grande que puedas procesarle. Voy a testificar en su contra las veces que sean necesarias, por su culpa murió mi hermano. Y no busco perdonarlo, quiero venganza.

Hubo una pausa, luego una afirmación.

—Lo haré —prometió Eunjin.

Minki inclinó su cabeza y salió del cuarto. En el corredor se encontró a Sungguk, quien se le acercó con expresión arrepentida. Minki esperaba el ascensor, ya que Jaebyu le había enviado un mensaje, minutos antes, indicándole que lo estaba esperando en los estacionamientos.

—Sabía sobre los exámenes adulterados de Suni —dijo con voz arrepentida—. Mi hermana lo tuvo que hacer para proteger a la doctora, ya que sospechábamos que Suni estaba siendo monitoreada. Más que nada usamos la mentira para identificar quién estaba filtrando la información en los laboratorios. Lo que era lógico ahora que entendemos que el doctor Kim estaba involucrado, él lo sabía todo sobre la organización.

Minki soltó con brusquedad el aire de sus pulmones.

—Podrías habérmelo dicho.

—Lo supe hace poco, y no era un secreto que me perteneciera.

Finalmente, las puertas del ascensor se abrieron. Ambos abordaron. Un piso más abajo, donde se ubicaba una cafetería, se subió una mujer con un vaso desechable. Como no apretó su piso, Minki se lo recordó con delicadeza.

—También voy al primer nivel.

Esa voz.

Intentó fingir que no la había reconocido.

Pero lo hacía, claro que lo hacía.

Era la doctora, *esa* doctora.

Bajó la mirada y buscó su reflejo en el espejo del ascensor. Debía rondar los cincuenta años, tal vez más. Era delgada, su cabello oscuro y encanecido. No logró identificar mucho más. Las puertas se abrieron y ella se bajó. Minki replicó sus pasos. A la misma vez que notaba a Jaebyu en el vestíbulo central esperándolo, la mujer pasó por su lado. El enfermero se giró hacia ella de inmediato como si la hubiera reconocido.

—¿Cha Jinni? —dijo su novio.

Minki los observó a ambos.

Pensó que se trataba de una confusión.

—¡Jaebyu! —ella sonreía con cariño—. Hola, lindo, ¡cuánto has crecido! No te veía hace años.

Se quedó apartado mientras Jaebyu se inclinaba en frente a la mujer. Ella, en respuesta, le acarició el cabello con familiaridad.

¿Qué estaba sucediendo?

—Me enteré de que formaste una familia —Jaebyu asintió ante las palabras de la doctora—. Son tres, ¿cierto? Dos chicas y un niño.

—Sí, de hecho —Jaebyu lo señaló—, él es mi novio.

Minki se acercó a ellos.

—Prometido —corrigió al llegar a su lado.

Cha Jinni le sonrió. No hubo el menor indicio de que lo conocía.

¿Cómo era posible?

¿Estaría Minki confundiendo esa voz?

No, era imposible. ¿Cuál era la probabilidad que hubiera testificado hace unos minutos y se hubiera encontrado en el edificio a otra mujer con la misma voz?

El intercambio de palabras y buenos deseos no duró mucho. Más pronto de lo que Minki hubiera deseado, Cha Jinni se disculpó con ellos por tener que marcharse.

—Estás igual que tu mamá —le dijo a Jaebyu. Luego, a Minki—. Espero que la pequeña esté bien.

A continuación, su figura se perdió entre la gente.

—¿De dónde la conoces? —quiso saber.

—Era la mejor amiga de mi mamá. La conociste una vez, estaba en el funeral de mis padres.

Era curioso cómo funcionaba el destino.

Demasiado.

¿Sería esa la razón del porqué ella le había ayudado en los laboratorios? Como si se tratara de una promesa a cumplir por quien fue su mejor amiga, por el hijo de ella.

Minki sacudió la cabeza, luego estiró la mano para que Jaebyu se la cogiera.

—¿Vamos a casa? —suplicó.

—Vamos a casa —respondió Jaebyu.

Ese hogar que, si bien nunca lo conocieron los padres de Jaebyu, todavía se encontraba bajo la sombra de su tortuosa infancia.

67

Una vez en casa, Jaebyu dejó a Chaerin en el suelo. De inmediato, Petro se paseó entre sus pies para ser acariciada. Taeri y Minjae no se marcharon hasta muy avanzada la tarde, ambos con el temor de perderlos de vista y volver a recibir la llamada que esa familia tanto había empezado a odiar. Jaebyu también se sentía así, ansioso y preocupado a extremos peligrosos. Si no fuera por el rápido actuar de Minki, hoy habría iniciado una nueva pesadilla que tal vez nunca hubiera tenido un fin. Se habían intentado llevar a Beomgi, las razones aún eran poco claras. Ellos imaginaban que buscaban usarlo para atraer a Minki, como también averiguar si habían escondido una posible condición como m-preg en Beomgi.

Esa noche ambos acostaron a los niños. Minki se encaramó a la litera de arriba para estar junto a Beomgi, incluso la gatita Petro se acurrucaba cerca de la cabeza de su pequeño dueño. Cuando Jaebyu se dio cuenta del llanto contenido de Minki, abandonó la habitación con cuidado para no despertar a Chaerin y se dirigió donde Minah. También dormía. Se quedó con ella unos instantes antes de regresar a su propia habitación y tomar asiento en el borde de la cama. Todavía iba vestido, no hizo más que observar un punto vacío mientras esperaba a Minki.

Un tiempo después, apareció su novio con la nariz sonrojada y los ojos hinchados y rojos. Jaebyu estiró los brazos, Minki corrió hacia él y se coló entre sus piernas abiertas para abrazar y ser abrazado. Apoyó su mejilla en el estómago de Minki, sus brazos rodearon su fina cadera. Podía sentir su aliento en la frente, que Minki besaba mientras le acariciaba el cabello. Se suponía era Jaebyu quien debía consolarlo.

Cerró los ojos y se mantuvieron así por un largo instante.

—Alexander entregó a varias personas en los interrogatorios —fue lo primero que Minki le contó.

Su voz no parecía aliviada, lo contrario.

—¿Crees que con esto se termine esta pesadilla? —preguntó Jaebyu, sintiéndose un niño pequeño que buscaba respuestas a las disyuntivas más grandes en el universo.

—No lo sé. Alexander entregó a sus compañeros con tal de que le rebajaran la condena.

—¿A cuánto? —escuchó su suspiro largo, también furioso.

—Sus abogados están solicitando cinco años y un día.

—¿Por todo lo que hizo?

Minki le dio una mirada triste, aquellas manos se habían dirigido a su barbilla para levantarle el rostro.

—Ya aceptaron —contó.

A pesar de que Jaebyu sabía que de vez en cuando se debía sacrificar a un caballo para llegar al rey, esa idea no aplacó en lo más mínimo su ira. Era un costo bajo para asumir si se pensaba en el cuadro general, pero no por eso se volvía menos doloroso de aceptar.

—De todas formas —Jaebyu divagó—, ¿no parece extraño?

—¿Qué cosa, mi amor? —quiso saber Minki.

—Que alguien tan importante como ese sujeto haya salido a buscarlos, considerando que estaban a plena luz del día y siendo vigilados. Un riesgo elevado para una recompensa tan pequeña. Alexander esa una persona que mantuvo un bajo perfil por décadas.

La mirada de Minki se perdió en algún punto del cuarto.

—Lo sé —al final susurró—. También me parece extraño.

Como quería eliminar la preocupación y angustia que cubrió la expresión de Minki, Jaebyu le mintió. Más bien, le mintió por la tranquilidad de ambos.

—Quizás su desesperación no le permitió pensar de manera correcta.

—Quizás —murmuró Minki—. Pero lo conozco lo suficiente como para saber que él decidió ser capturado.

Sintió que el calor de Minki lo abandonaba al alejarse. Se aferró a su cintura y lo retuvo en el lugar. En respuesta, el policía le alzó las cejas con curiosidad y picardía, más cuando Jaebyu le quitó la camiseta del pantalón para alzársela. Minki no se opuso al arrancársela por la cabeza y lanzarla al suelo, para después seguir con el cierre de su pantalón, que bajó por sus largas piernas. Minki se salió de ellos y los lanzó a un lado. Únicamente con ropa interior, Jaebyu rastreó su piel desde los pies a la cabeza. Sus ojos se detuvieron en los moretones que le habían empezado a adornar el cuerpo, el más grande de ellos en la clavícula por el cinturón de seguridad.

—Estoy bien —prometió Minki para tranquilizarlo. Debió notar sus manos nerviosas al sujetarlo por la cadera y hacerlo rotar en sus pies.

La espalda de Minki era delgada, a pesar de que tenía una forma de «V» que se estrechaba al llegar a la cintura y cadera. Sus músculos estaban delineados, delgados y esbeltos como la figura de un nadador. Sus pieles tenían una diferencia de tonalidad ligera, la de Minki un poco más oscura que la suya.

Como Minki se había inclinado hacia adelante por la presión de sus brazos, Jaebyu se le acercó y sus labios tocaron sus hoyuelos sacros, esas dos pequeñas hendiduras que se le formaban en la espalda baja antes de llegar al trasero.

—Jaebyu —dijo Minki con voz ahogada.

Se alejó malinterpretando la situación.

—Lo siento —musitó.

Con lentitud y todavía entre sus rodillas abiertas, Minki se giró a mirarlo.

—Hoy pensé que moriría. ¿Y sabes lo que me di cuenta?

No continuó hasta que Jaebyu le respondió:

—¿Qué cosa, querido?

—Lo mucho que desperdicié este último tiempo. Quiero tenerte dentro de mí, lo deseo tanto que estoy perdiendo la cabeza.

—Minki...

—Por favor, te extraño.

Sus manos estuvieron en la barbilla de Jaebyu para tirar de él. Los dedos rugosos de Minki le rasparon los labios antes de inclinarse y besarlo. Sus lenguas se buscaron, recorrieron al otro. Ambos totalmente receptivos, temblando contra el otro cuerpo mientras se besaban con avidez y disfrutaban ese resbaladizo calor de una boca suave y amada.

Al separarse, Minki se alzó frente suyo. Recorrió su piel desnuda con los ojos como si con ello pudiera acariciarlo. Entonces, con la mirada fija en su rostro, Jaebyu se inclinó y con sus labios rozó la ropa interior de Minki. Le dio un beso a la punta de la erección que aguardaba ser liberada, luego la capturó a través de la tela dejando un círculo húmedo en ella. Minki siseó por el deseo, su respiración se entrecortó cuando Jaebyu repitió el proceso, a la vez que sus dedos curiosos se enredaban en la pretina y tiraban de ella con algo de torpeza.

Una vez desnudo, Minki juntó sus bocas y con las manos jugó con su cabello, que presionaba en su nuca a medida que el beso subía de intensidad. Se separaron un instante cuando Minki se inclinó para quitarse la ropa interior que se le había atascado en los tobillos. Luego, Minki se sentó en su regazo completamente desnudo, mientras él mantenía su ropa intacta.

—La puerta —alcanzó a decir Jaebyu entre besos.

—La dejé cerrada —aseguró Minki, mientras se inclinaba y lo jalaba por el cabello para tirar su cabeza hacia atrás y delinear la línea de su barbilla con labios y lengua—. Dios, amo tanto esto.

—Te extrañé —prometió Jaebyu contra su clavícula, contra su cuello, en la curvatura de su oído.

—Yo también —respondió, tan ansioso que se mecía en su regazo. Aquel contacto pareció no serle suficiente, porque apoyó las rodillas en la cama para así ayudarse con el movimiento y quedar sentado directo sobre su erección. Lo escuchó soltar un gemido contenido. Su respiración agitada siguió al ritmo de los besos que Jaebyu desperdigaba en su piel, mientras sus manos grandes lo sujetaban por el trasero y lo terminaban de acomodar para que pudiera acunar su pene latiente—. Dios, Jaebyu...

Jaebyu lo soltó para llegar al primer botón de su propia camisa. Sus dedos torpes y nerviosos tardaron el tiempo suficiente para exasperar a Minki que, con un gruñido, agarró la tela y ejerció fuerza. Los botones salieron volando por el cuarto. Libre de ese pedazo de ella, las manos de Minki se anudaron entorno a su cuello y después bajaron por sus hombros y espalda. Su lengua traviesa estaba fuera de la boca y le acariciaba el labio interior, que Jaebyu capturó con los dientes.

—He sido malo —aseguró Minki meciendo la cadera. La fricción de su cuerpo y ropa contra su pene hizo que Jaebyu apretara la mandíbula y tuviera que sujetarlo para detener el movimiento—. Muy malo.

—¿Lo has sido? —masculló contra su mejilla.

—S-sí —jadeó Minki.

El deseo dolía, en cierta forma. Sentía la piel arder donde Minki la tocaba, el contacto de sus pezones se le hacía insoportable. Jaebyu capturó uno con los dientes y mordió y sorbió, sus mejillas ahuecadas. Minki gimió y le suplicó sin aliento que no se detuviera.

Sintió su estómago un poco húmedo por el líquido preseminal que salía de Minki. Jaebyu sujetó la erección por la cabeza y la cubrió con la palma, a la vez que continuaba torturando su pezón. Cuando los muslos de Minki se ajustaron entorno a su cadera y la tensión se apoderó de sus músculos, Jaebyu lo dejó ir antes de que se corriera.

La expresión desorientada de Minki fue una pintura al alejarse de él. Tenía la piel brillante por el sudor y el pecho acelerado, parte del flequillo se le había pegado a la frente.

—¿Jaebyu? —preguntó con voz indefensa.

Lo hizo bajarse de su regazo y permanecer de pie frente suyo, sin embargo, no le soltó la erección.

—Dijiste que fuiste malo.

—S-sí —gimió Minki intentando mover la cadera para que la palma masturbara su pene.

—Arrodíllate —le pidió Jaebyu.

Las pupilas de Minki se dilataron, se lamió los labios sonrojados y ansiosos. Jaebyu sabía que Minki, cuando así lo deseaba, amaba ese juego de manipulación. Con la mirada baja, lo vio arrodillarse frente a él. Jaebyu se puso de pie, le acarició el cabello rubio. Ajustó el agarre en su nuca y tiró con delicadeza hacia atrás. La barbilla de Minki se levantó, sus pupilas tan negras que el iris ya no se diferenciaba. Acarició su boca con el pulgar.

—Muy bonito —dijo—. ¿La quieres en tu boca?

—Sí —pidió Minki.

—No te muevas.

Jaebyu lo soltó y se llevó las manos al pantalón. Sacó el botón del ojal y bajó el cierre con lentitud. Su novio fue a ayudarlo, pero él negó con la cabeza y le advirtió que mantuviera las manos abajo.

—Solo puedes usar tu boca.

Lo vio asentir y tragar con ansias.

Entonces, se sacó su erección sonrojada y adolorida de la ropa interior. Minki abrió la boca.

—Hay condones en el cajón —recordó Jaebyu.

—No quiero —respondió Minki—. Quiero sentir tu sabor.

Jaebyu se rio.

—Abre la boca grande.

Sin soltarlo, empujó la cadera hacia adelante. Los labios de Minki chuparon con deseo. Sintió su pene ser rodeado por aquella lengua curiosa. Posicionó de nuevo la mano tras su nuca y tiró de su cabeza para mejorar el ángulo y que así pudiera tragarlo sin ahogarse. Masajeó su tabique, Minki en respuesta lo presionó contra el paladar. Fue devorado por el calor y la humedad, mientras Minki ajustaba la lengua alrededor de su pene y ahuecaba las mejillas. Un hilo de saliva caía por la comisura de sus labios, que

Jaebyu le limpió con el pulgar. Era obsceno el ruido de su boca sorbiendo y atragantándose a ratos con él, del todo excitante.

Dejó que el orgasmo subiera por su columna, y cuando iba a correrse, se salió. Minki intentó retenerlo apretando la punta contra el paladar.

—Hey —se quejó con el entrecejo fruncido.

—Arriba —Jaebyu le pidió.

Las rodillas de Minki temblaban tanto por el deseo como por permanecer en esa postura demasiado tiempo. Jaebyu le acarició la mandíbula para relajarla.

—Lo hiciste muy bien —apremió.

—¿Te vas a correr dentro de mí? —preguntó Minki sentándose en la cama.

—¿Quieres que lo haga?

—Por favor —suplicó Minki tras recostarse en el centro.

Jaebyu sacó el lubricante de la mesita de noche. Fue a quitarse la ropa, pero Minki tiró de su mano.

—Quédate así —pidió—, me hace sentir sucio.

—Ha pasado mucho tiempo, quiero tocarte.

—Después —Minki abrió las piernas—. Ahora prepárame, por favor.

En vez de ello, agarró una almohada y la apoyó entre la cama y la pared para aplacar los golpes.

Poco después, Jaebyu se recostó a su lado y recorrió la extensión de su piel con las manos, luego con un roce de labios, finalmente con besos que dejaron un rastro húmedo por donde tocó. Minki se retorcía bajo suyo, más cuando llegó a la parte interior de sus muslos y le hizo abrirlos para él. Le rozó la parte interna y pudo ver el vientre de Minki contraerse, era de sus zonas más sensibles. Su pecho temblaba cuando Jaebyu rozó con la punta de la nariz la cicatriz de su cesárea, para después posicionarse de rodillas entre sus piernas abiertas. Agarró la camiseta de Minki del suelo y le dio un golpe en el trasero para que lo levantara y así colar la tela bajo él.

—Acuérdame de lavarla mañana —dijo Minki sin aliento.

Su voz murió en el instante que Jaebyu tocó su agujero con uno de los dedos lubricados. Ingresó de a poco, la presión era leve. Había pasado tiempo, necesitaba prepararlo o al otro día iba a dolerle como un demonio. Por la forma ansiosa con la que Minki se movía bajo suyo, no parecía estar demasiado de acuerdo con su delicadeza.

—Rápido —decía sin aliento— y házmelo duro.

Cuando la presión cedió, añadió un segundo dedo. Hizo movimiento de tijeras para distender el anillo de músculos que, deseosos, se apretaban contra él y lo succionaban.

—Jaebyu, ya —imploró Minki. Se había posicionado sobre los codos para alzarse. Como él no se movió, Minki lo tiró por la camiseta abierta y lo atrajo hasta que se recostó sobre él. Lo escuchó gemir de placer al sentir su peso sobre él—. Yoonie... por favor, ya no aguanto más.

Añadió un tercer dedo. Los brazos de Minki temblaron y se dejó caer contra el colchón. Jaebyu cubrió su boca con la suya para tragarse ese gemido, bajo y potente, que se había formado en la garganta de su novio. Sus lenguas jugaron, sucias y mojadas.

Una vez sintió que había cedido lo suficiente, mojó la punta de su pene con otro poco de lubricante y lo posicionó en la entrada. Minki cerró los ojos con placer al sentir aquella invasión. Estaba tirante y caliente, se cerraba alrededor de su pene como un guante ajustado.

Jaebyu sabía que no podría aguantar mucho más, por lo que posicionó su brazo bajo la cadera de Minki y se la alzó para mejorar el ángulo. Entonces, lo penetró hasta la empuñadura. Supo que tocó de inmediato su próstata por la forma que estiró sus brazos para aferrarse a él. Minki buscó sus labios para acallar sus gemidos, a la vez que posicionaba los pies en la cama y se alzaba para ayudarlo con las estocadas.

Fue violento y salvaje, no duró mucho. Su propio orgasmo tiraba de su entrepierna, por lo que llevó la mano a la erección de

Minki para masturbarlo, mientras aceleraba las penetraciones y tocaba su próstata que con los años aprendió a encontrar tan rápido.

—Córrete —le pidió a Minki entre besos—. Córrete para mí.

Con un beso en el cuello, por fin sintió a Minki tensarse bajo suyo. Jaebyu reaccionó lo suficiente para cubrirle la boca con la suya, en tanto su mano se acomodaba en su pene para direccionar su corrida. Luego, se salió de él hasta que solo su cabeza quedó dentro y lo penetró una última vez.

Se corrió con fuerzas, los colores y sonidos se desdibujaron a su alrededor como si el mundo completo se hubiera derretido y distorsionado. Cuando pudo recuperar el aliento y quedó derrumbado sobre el cuerpo cálido y sudoroso de Minki, lo escuchó reírse.

—Dios, ¿cuántos años tenemos? —preguntó de buen humor.

Jaebyu buscó sus labios para besarlo, mientras sacaba su pene semierecto de él. Minki jadeó por el movimiento, después se quejó.

—Me siento tan vacío y pegajoso por tu culpa, estoy repleto de semen.

Ambos se rieron.

—Te amo —susurró Jaebyu contra su piel.

Minki lo abrazó con fuerzas.

—Yo también, querido.

Querido, porque Jaebyu era muy querido por él.

—Gracias por regresar.

La nariz de Minki acarició la suya.

—Lo sé, mi amor. ¿Me extrañaste mucho?

—Con mi vida.

—No volveré a irme.

—Por favor.

No se creía capaz de soportarlo. Había perdido la cabeza y corazón con su partida, se había convertido en el monstruo que siempre juró no ser. Porque si bien todo monstruo nació siendo persona, no todo monstruo regresó a ser persona.

Y él no creía ser uno de ellos, ninguno de ellos.

68

Minki no podía creer que tras meses fuera del trabajo, el primer caso que recibieron como patrulla fue la constatación de una camada de perros lanzados en el exreformatorio, el mismo que visitaron Sungguk y él hace años y donde Minki quedó encerrado durante horas hasta que fueron por él. Así que su molestia era obvia y latente cuando Sungguk estacionó en la calle y le anunció con una sonrisa que habían llegado.

—Esto es una maldita broma —se quejó.

—Son seis perritos —Sungguk se quitó el cinturón—. Tú podrías quedarte con uno y yo con otro, tendríamos mascotas de la amistad como Jaebyu y Dae. No podemos ser menos.

Minki bufó.

—Petro es suficiente para mí, además, ¿quién te dijo que yo deseo tener un vínculo contigo?

Eso, obviamente, no aplacó el positivismo de su amigo, que se bajó del auto y se posicionó a su lado con las manos en la cintura como si fuera un superhéroe que esperaba la acción.

—Patrulla de rescata de animales, ¡vamos!

Dejó que Sungguk avanzara solo hacia la cerca.

—¿No me sigues? —preguntó el policía al notarse abandonado—. Te necesito, ya no soy joven como antes y no creo que pueda escalar la reja solo.

—¿Por qué no? —cuestionó Minki—. ¿Te duelen las rodillas?

—La verdad es que sí.

—A mí igual.

—¿En serio? —preguntó Sungguk con ilusión—. Nos falta colágeno.

—No sé, yo ayer tragué mucho de eso en su formato más natural.

Sungguk le dio una mirada, su cerebro claramente seguía procesando. Cuando entendió, se estremeció y sacó la lengua como si tuviera arcadas.

—Le voy a contar a Jaebyu que andas hablando de su intimidad, no estará para nada feliz contigo.

—Si tú olvidas lo que dije —propuso Minki—, yo no le contaré a Daehyun que te estafaron en la joyería con su anillo de compromiso.

—Podría decirle yo mismo —aseguró Sungguk.

—¿Y por qué no lo has hecho? Ah, cierto —fingió sorpresa—. Dae es quien te paga ahora las cuentas y, para que no lo notara y se enojara, me pediste un préstamo que yo, como el alma bondadosa que soy, te di. Todavía tienes pendiente conmigo doce cuotas con interés simple, no me hagas enojar.

Gruñendo, Sungguk se arrodilló delante suyo. Minki hizo lo más obvio: posicionó su bota en el centro de la camisa de su amigo y lo empujó.

—Solo Jaebyu se puede arrodillar frente mí.

—Te iba a ayudar a escalar —replicó Sungguk.

—Yo no voy a escalar nada. Tengo treinta años y tres niños, no estoy para esta clase de juegos. Mis huesos están débiles, descalcificados por el embarazo.

—No seas exagerado.

—Llama a Jaebyu y pregúntale.

—No voy a llamar a tu marido por eso —su boca se frunció—. Además, Jaebyu da un poco de miedo si lo molesto en horario de turno.

Sungguk por fin se había colocado de pie y miró hacia la casona abandonada. Con los años la vegetación se había apoderado del lugar y ahora se asemejaba bastante a un monte pequeño.

—Si no vamos a saltar, ¿qué hacemos? —quiso saber su amigo.

—Tenemos inteligencia y somos adultos.

Pocos minutos más tarde, Minki le dio un billete de diez mil wones a un niño que pateaba una pelota en la calle. Como era pequeño y delgado, pasó entre las rejas sin gran dificultad.

—¿Sabes que Eunjin nos sancionará si descubre lo que hiciste?

Minki chasqueó la lengua. Intentó aligerar la pesadez que se había formado en su pecho, que nada tenía que ver con la amenaza de una sanción. Más bien con la mención de su jefe. A pesar del tiempo que había transcurrido, él simplemente no podía olvidar esa sensación desagradable que tenía cada vez que pensaba en los casos.

Por fortuna, aunque también por desgracia, como los juicios se hicieron completamente mediáticos, analizados y seguidos por la televisión, las condenas fueron rápidas y efectivas. Los cómplices del doctor Kim que habían sido encontrados y arrestados en diversas ciudades del país pocos días después del inicio de los interrogatorios, fueron finalmente condenados a pena de muerte. Si bien en Corea del Sur esta se mantenía, las condenas no eran efectivas pasando a convertirse en cadena perpetua. Era más bien una condena simbólica.

En cuanto a Alexander Miller, tal como lo sabía, terminó recibiendo cinco años y un día.

Y si bien Minki entendía que ese era un pequeño costo considerando que habían logrado desmoronar una organización desde la base, aún no podía quitarse de la cabeza que en un par de años alguien como Alexander sería libre. Además, no podía olvidar que todavía existían cabos sin atar. Uno de ellos eran las grabaciones en la casa de Sungguk aquel día que visitó a Dae. Como la policía le había instalado una red de televigilancia tras los intentos de secuestro, por supuesto que Minki le pidió las grabaciones a su amigo para asegurarse que todo era una invención de su cabeza paranoica.

Pero dichas grabaciones no se encontraban.

Sungguk creía que el sistema había fallado por un corte circuito ocurrido minutos antes del evento, Minki no era tan inocente e ingenuo. No era un accidente, no obstante, no tenía cómo probarlo. Así que no le quedó más que continuar con su vida, más cuando las semanas transcurrieron y nada anormal sucedió.

Las cosas están bien, se recordó Minki.

Aun así...

Al finalizar el turno, como los mellizos se encontraban en la guardería, Minah con Taeri y Jaebyu en el hospital, pasó a almorzar a la casa de Dae. Halló a Minho recostado en uno de los sofás, su postura tensa. Su identidad, dado el accidente, se había revelado y expuesto al ojo público, por lo que ahora pasaba la mayoría del tiempo escondiéndose en casa. El único feliz con ese cambio era justamente Dae, Minho en más de una ocasión había expresado su deseo por seguir legalmente muerto; la vida era más fácil sin tener que dar tantas explicaciones a las autoridades.

Estaban en la cocina cuando escucharon la puerta. En esa paranoia que ahora nunca lo abandonaba, Minki se puso de pie corriendo a la vez que Roko hacía lo mismo.

El animal no ladró ni una vez, su olfato reconoció a la persona antes de siguiera verle. Minki se quedó paralizado en el corredor observando a Roko frenar en la entrada y azotar su cola larga de lado a lado, feliz.

Tuvo un recuerdo exacto de la misma situación hace unos meses.

El día que las cámaras dejaron de funcionar, el día que Minki captó la puerta pero a nadie cerca, el día que Roko se encontró a un lado de la entrada todavía azotando su cola feliz como si hubiera reconocido a alguien.

En el presente, Eunjin acarició las orejas de Roko cuando el animal se puso a su lado. Al alzar la barbilla, se encontró con su mirada. Su sonrisa se borró con lentitud.

—Hola, ¿qué sucede? —preguntó de inmediato.

—No sabía que tuvieras llaves de la casa —comentó con ligereza.

Minho los observaba desde el sofá.

—Ayudé a cambiar las cerraduras de la casa hace meses y Sungguk me dio una en caso de emergencia.

—Ya veo —fingió dejarlo estar.

Claro que no lo hizo.

—No es gran cosa, vine porque Dae me invitó a almorzar.

Minki se mantuvo en silencio el resto de la velada.

A las horas, cuando Eunjin por fin se disculpó, Minki lo siguió hasta la patrulla que estacionó afuera. Dejó que se sentara tras el volante antes de alcanzarlo. Sujetó la puerta para que no pudiera cerrarla.

—Me pregunto qué haría Minho si lo supiera —dijo.

—No sé a qué te refieres —Eunjin encendió el motor y apoyó las manos en el manubrio.

Minki no contestó hasta que captó unos pasos en la entrada de la casa, tan suaves que casi pasaron desapercibidos para sus oídos.

—Siempre encontré demasiado sospechoso que Alexander se dejara atrapar tan rápido cuando estuvo años sin ser siquiera sospechoso. Más todavía si pensamos que obtuvo apenas cinco años de condena. Y también sé que tú le pediste a Minho que quemara la sala de evidencias, para eliminar la grabación donde pudieras aparecer en la casa de Sungguk, como también cualquier otra evidencia. Y te felicito, porque funcionó.

Como si estuviera perdido en sus divagaciones, Eunjin ladeó la cabeza.

—Entiendo tu preocupación, sin embargo, no sé a lo que quieres llegar.

—A nada, por supuesto, solo divago —Minki golpeó el techo de la patrulla—. Pensé que eras nuestro amigo, confiábamos en ti. Viviste con Sungguk y eras nuestro jefe.

Ya no, había sido ascendido hace poco. Ahora era jefe de distrito. El ascenso se lo había ganado gracias a ellos.

—Lo soy —aseguró Eunjin sin apartar la vista de su rostro—. Soy su amigo y me preocupo mucho por ustedes, ¿por qué crees que Dae y tú siguen con vida?

Minki se mantuvo en silencio mientras ganaba distancia y enderezaba la postura. Cuando Eunjin se estiró para agarrar la manilla de la puerta y cerrarla, dijo sus últimas palabras.

—Por cierto, creo que es obvio que Minho está de mi lado.

—¿A costa de la seguridad de Dae?

—Algunas veces se deben hacer sacrificios.

—¿Eso significa que nunca estaremos a salvo?

—Significa —Eunjin lo observó a los ojos— que yo siempre me he preocupado por ustedes.

Minki soltó la puerta a la vez que daba su última advertencia.

—Pusiste en peligro a mi hijo, ese fue tu error.

—Yo no cometí ningún error —aseguró Eunjin.

—¿Estás seguro?

Entonces, la puerta se cerró y la patrulla se perdió en la distancia.

Y Minki, fingiendo que no lo había notado, se giró para encontrarse con Moon Minho a unos pasos de distancia.

—¿De qué conversaban? —quiso saber el hombre.

—Nada —respondió. Luego, añadió a pesar de que sabía que Minho los había oído—. Estaba preocupado por la seguridad de Dae.

No hubo necesidad de decir mucho más.

No fue sorpresa para Minki, a diferencia de Sungguk que lloró con la noticia, cuando semanas después Eunjin apareció muerto. ¿La causa? Se había ahogado en su tina al quedar inconsciente por alcohol mientras se daba un baño. Cuando regresaron de su funeral y se reunieron en la casa de Sungguk, mientras los otros se distraían en sus conversaciones apagadas y tristes por lo sucedió, Minki observó a Minho y tomó asiento a su lado.

—Eunjin no era un gran bebedor, no deja de parecerme extraña su muerte —comentó.

Minho continuó jugando con los pies de Hanni, que tenía en su regazo y acunaba con una delicadeza que solo podría replicar otro abuelo que amaba así de intensamente a sus nietos. Minho tenía un gran apego por la bebé, mucho mayor que con Jeonggyu.

—¿Eunjin? —preguntó con aire distraído—. ¿Quién es Eunjin?

—Mi jefe —Minho apenas alzó una ceja, consternado—. El funeral que acabamos de ir.

Minho permaneció con expresión inalterable.

—Ah, había olvidado su nombre —suspiró—. Una tristeza.

Se recordó que eran los monstruos quienes mataban a otros de su especie. Y por mucho que Minki no apretó el gatillo, ese día él se puso aquella máscara que lo convirtió en uno de ellos. Por eso, tal como su abuela lo había predicho hace años, si bien su hijo lo fue al vender a su familia, y por eso ahora pagaba su condena en la cárcel, su nieto siempre sería el peor de ellos.

Minki fue el peor de todos los monstruos.

Y nunca se arrepintió de eso.

Porque gracias a aquello su familia estaba bien, eso era lo único que le interesaba.

Epílogo

—Creo que Jaebyu me está engañando.

Si su mejor amigo, Jong Sungguk, hubiera colocado los ojos en blanco un poco más, de seguro se habría alcanzado a ver el decrépito cerebro que tenía. Como no fue así, prosiguió con el almuerzo.

—No empieces de nuevo con eso.

—Estoy hablando en serio —dijo Minki con la voz aguda por la indignación. Se había pasado semanas con esa verdad atascada en la garganta intentando no hablarlo con nadie para no humillarse otra vez, y ahora que se animaba a mencionarlo, ¿Sungguk le hacía sentirse un idiota?

—Te recuerdo que la última vez que lo pensaste, Jaebyu terminó dándote un anillo.

Minki estiró el brazo para observar la sortija que brillaba en su mano derecha. Como siempre le sucedía, se quedó anonadado contemplándola hasta que reaccionó.

—Hablo en serio.

—Claro —lo desestimó su amigo.

—Tengo pruebas.

La comida que Sungguk estuvo devorando quedó atascada en sus mejillas, parecía una ardilla. Lo vio masticar y tragar con incluso más dificultad. Cuando pudo decir algo fue de lo menos inteligente.

—¿En serio?

—Sí —cuando el policía no le respondió nada, Minki lo atacó con el codo y con su voz aguda, que por alguna razón no hacía más que afinarse ante su nerviosismo—. ¡Di algo, maldito! Para eso eres mi amigo.

Sungguk se rascó el tabique de la nariz. Como sostenía los palillos manchados con *kimchi* en la mano, se pasó a llevar la mejilla con ellos. Minki decidió no decirle nada, que el bastardo se quedara sucio el día completo.

—¿Qué quieres que diga?

—¡Desmentirme, por ejemplo! —dios, su voz era insoportable.

—Creo que eso ya lo hiciste tú.

Por supuesto que su austera respuesta se la tomó como una afirmación de sus temores. Si no fuera así, pensaba él, Sungguk se habría extrañado y soltado un «no, ¿cómo crees?»; no esa respuesta de mierda. Sintió un dolor punzante en su corazón que tenía nombre y apellido. A Minki le gustaba ser melodramático, sin embargo, esa sensación horrible no era para nada exagerada. Después de todo lo que habían pasado juntos, ¿ese sería su final? ¿Terminarían su relación de años por una infidelidad? Tenía tantas ganas de llorar que se cubrió los ojos con los puños y los apretó hasta que vio estrellas en los párpados.

¿Cómo era posible que Minki fuera el más sexual entre ambos y fuera quien había guardado mejor su pene dentro del pantalón? Siempre imaginó que, si ellos algún día terminaban, sería en exclusiva su responsabilidad. ¿Pero por Jaebyu? Jamás lo vio venir.

Su expresión debió ser lo suficientemente humillante y triste para que Sungguk se compadeciera de él y anunciara como un soldado que corría a la línea de batalla:

—Está bien, adelante. Escucharé tus teorías.

No perdió la oportunidad.

—Tú sabes que con Jaebyu compartimos muchas cosas. Una de ellas es la cuenta de banco, porque él insistió tener conectada su cuenta al pago de los gastos básicos... ¡pero siempre olvida hacerlo! Tampoco es gran problema, la verdad —admitió—. Yo ya me acostumbré a ingresar a la cuenta y hacerlo yo.

—Te sigo —respondió Sungguk antes de continuar con su almuerzo. El de Minki, en tanto, permanecía sin ser tocado. Ambos estaban en su *break*, así que habían comprado algunos *snacks* en una tienda de conveniencia he ido a un parque a comer. La patrulla se ubicaba a unos metros. Si bien estaban rodeados por edificios residenciales, a esa hora, el lugar parecía fantasmal. Quizás se debiera a la enorme nube oscura que se emplazaba sobre ellos y los amenazaba con una inminente lluvia. Ese 1 de noviembre el día no estaba helado; corría una brisa casi cálida, algo muy característico de las lloviznas de otoño.

—Hubo una serie de compras extrañas —prosiguió Minki. Su sonrisa tembló en los labios al bajar la vista y analizar sus manos, que tocaban su uniforme azul oscuro con intranquilidad—. Y en sus inicios pensé que serían regalos para mí.

—¿Por qué? —se interesó Sungguk.

—Había una factura de una joyería.

Sungguk le señaló su sortija.

—Quizás quiera reemplazar esa cosa fea.

Cerró la mano en un puño y lo amenazó.

—¿Quieres morir?

—Me pediste mi opinión y te la estoy dando.

Lo fulminó con la mirada, se apartó un mechón rubio de la frente.

—Luego, apareció una boleta de una tienda de una sastrería.

—Jaebyu se compró un traje, qué anormal. Definitivamente te está engañando y va a ver a su amante vestido de novio.

Minki comenzaba a sentirse ridículo.

—Después, fue a una florista.

—Pobres flores, de seguro vienen en camino todas disecadas.

—Esto fue hace dos meses, genio. Esas flores ya ni siquiera existen.

—¿Y cuál es el punto? —cuestionó Sungguk—. No te sigo.

—Que yo no recibí nada de eso.

—¿Consideraste que esté planificando algo? Esas compras se hacen con antelación.

Minki bajó la vista una vez más, se acarició las rodillas tal cual lo hacía Jaebyu al estar nervioso.

—¿Con dos meses de anticipación? —resopló con suavidad. Cerró los ojos cuando aquel recuerdo lo invadió—. De todas formas encontré el anillo en el armario. No me queda bien. No es para mí... no lo es, así que te equivocas. No hay ninguna sorpresa para mí, sino para otra persona.

Por fin Sungguk pareció caer en lo grave de la situación, o al menos se quedó sin aparentes respuestas. El nudo en su garganta era enorme, más al sentir el calor de Sungguk cuando lo abrazó y darse cuenta de que, en el pasado, habría sido el propio Jaebyu quien lo habría consolado. Sin embargo, él ya no podía confiar en alguien que regresaba tarde del trabajo y que acusaba estar demasiado cansado cuando Minki lo buscaba bajo las mantas.

Era el peor año de su vida.

Lo habían secuestrado y liberado, no pudo tocar a Jaebyu por meses, pensó que estaba siendo engañado para descubrir que todo se trató de una farsa, se comprometió, estuvo dos meses siendo enjuiciado, lo apartaron de sus funciones como policía hasta que finalizaran los cargos, había sido absuelto y reincorporado hace apenas dos semanas, mientras a la vez lidiaba con un prometido que volvía tarde y adquiría cosas que nunca llegaron a sus manos.

Lo peor era que toda esa situación le hacía desconfiar de años de relación. ¿Y si Jaebyu se inventó lo del anillo cuando Minki sospechó de él? ¿Y si tenía efectivamente un amante que nunca dejó y él se tragó como un idiota la mentira?

Sentía tantas ganas de llorar que terminó sin probar bocado. Lanzó su olvidado almuerzo en los contenedores de reciclaje y regresó a la patrulla. Se sentó tras el volante con Sungguk como copiloto, quien lo observaba de reojo con manos nerviosas. Lo vio recibir un mensaje, entonces Minki le recordó algo.

—No le cuentes a Dae, por favor —pidió.

Sungguk lo miró con extrañeza.

—¿Qué está mal con Dae?

Rara vez Minki le solicitaba mantener sus secretos. Daehyun, después de todo, también era su amigo. El problema era que, durante los últimos meses, Dae y Jaebyu se habían hecho tan cercanos que a Minki no le extrañaría que su novio considerara al chico como su nuevo mejor amigo. Desde que Petro y Leo estaban en sus vidas, el vínculo entre ellos se había estrechado como jamás imaginó que sucedería.

Por eso, ante las palabras de Sungguk, se limitó a fruncir los labios lo que, por supuesto, alertó al policía mucho más.

—Dispara —dijo.

Minki revisó la dirección a la denuncia que se dirigían, estaba cerca de su casa. Jugueteó con el manubrio mientras se detenían ante la luz roja del semáforo.

—Creo que Dae sabe sobre la infidelidad de Jaebyu —confesó.

—¿Dae? —preguntó Sungguk, después resopló—. Sé que ambos se han hecho muy amigos, pero dudo que su amistad haya escalado tanto.

—El otro día los escuché discutir en el patio trasero de la casa —añadió un poco de contexto al darse cuenta de las arrugas en la frente de Sungguk—. ¿Recuerdas el altercado en el karaoke? Ese día finalizamos el turno antes. Cuando llegué a casa, Jaebyu y Dae estaban juntos y parecían pelear por algo.

—¿Estás seguro? Ninguno de los dos se caracteriza por hablar mucho, se me hace extraño imaginarlos en ese contexto. Jaebyu dudo que diría algo y posiblemente Dae terminaría apagando sus audífonos, bajo ninguna forma concibo una pelea.

Minki dio un suspiro corto.

—La voz de Dae era elevada —explicó—, pero guardaron silencio cuando me vieron.

—Eso no es necesariamente una discusión.

Comenzó a exasperarse.

—¿Vas a cuestionar todo lo que te diga?

—¿No fue eso lo que me pediste?

—Bueno, sí, pero... argh —sacudió la cabeza—, olvídalo.

Sungguk lo conocía lo suficiente para ser capaz de leerlo incluso sin mencionar una palabra. Por eso no le extrañó que estirara el brazo y le tocara la nuca para masajeársela.

—Déjalo estar —añadió.

—Lo intento —prometió.

—Sé de algo que te hará olvidar eso.

—Adelante —autorizó Minki.

Sungguk desbloqueó el teléfono y tecleó algo en él. Poco después provino desde los parlantes de la patrulla esa melodía que le hacía erizar los vellos de la rabia. «Bad boys» de Inner Circle los rodeó.

—¡Termina con esa canción! ¡La detesto!

En respuesta, Sungguk se rio entre dientes, a la vez que aseguraba:

—Al menos ya no piensas en la infidelidad de Jaebyu.

—Me acabas de hacerlo recordar, genio.

—Eso tiene una rápida solución —entonces, Sungguk puso la canción una vez más.

Cuando finalizaron la constatación de la denuncia, que trató de una vecina que había perdido a su gatito y lo terminaron encontrando dentro de un ropero, Sungguk le pidió pasar a casa para buscar algo. Minki aprovechó de saludar a Dae, y de paso vigilar si había algo extraño. Se encontró a su amigo sin ninguno de los niños, además parecía a punto de salir porque estaba muy arreglado. Usaba incluso una camisa oscura.

—Iba a una clase —se excusó Dae.

No quería sospechar, pero la vida no se la ponía fácil. Con la intranquilidad bañando sus piernas nerviosas, buscó su teléfono y le preguntó a Jaebyu dónde estaba. Aseguró no estar en casa, a pesar de que tenía el día libre y le tocaba a él ver a los niños.

La ira se apoderó de Minki, al igual que el rencor y las inseguridades. Sungguk estaba en el baño, Dae parecía nervioso ante su mirada amenazadora. ¿Es que Sungguk no podía oler lo podrido de la situación? Quizás no fuera que Dae estuviera encubriendo a Jaebyu por ser amigos, quizás era el amante.

No.

La paranoia lo estaba afectando de maneras inesperadas, debía dejar de pensar en ello o iba a volverse loco.

—Minki, ¿puedo pedirte un favor? —la voz de Daehyun le hizo aterrizar en la realidad. Y si bien su corazón aún dolía y molestaba, infectado por las dudas, forzó una sonrisa.

—Dime.

—Sabes que con Sungguk estamos preparando nuestra boda.

Ese, increíblemente, había sido otro punto de disgusto. Se habían comprometido hace menos de un mes y ya estaban organizando la ceremonia, cuando Jaebyu y él seguían en el punto de inicio: con la propuesta y nada más. Y no era que Minki no se alegrara por ellos, ya que incluso ayudó a Sungguk con el viaje a la isla de Jeju donde tuvieron su escapada romántica y sucedió tal acontecimiento, el problema era su idiota cabeza paranoica.

Así que dejando de lado sus sentimientos miserables, afirmó.

—¿Qué sucede?

—Ya tengo el traje.

Minki tragó piedras y respiró vidrio. Forzó una sonrisa y se obligó a mantenerla en su lugar.

—¿En serio? —Dae se tocaba sus manos nerviosas delante del cuerpo—. ¿Pero cuál es el problema?

—No sé si me gusta.

Él desearía que esa fuera su preocupación.

—¿Por qué no?

—No lo sé, simplemente hay algo que no me termina de encajar —confesó Dae con un encogimiento de hombros—. Por eso quería pedirte un favor. ¿Podrías ponértelo para sacarle fotos?

—Está bien —aceptó Minki. Ambos tenían una silueta que se asemejaba. Dae era un poco más alto, aunque no debía ser un problema.

Dae dio un brinco feliz y aplaudió de la emoción, luego le apuntó hacia arriba.

—Está en mi cuarto, ¡ven!

Le dio una mirada a la puerta cerrada, se señaló el cuerpo.

—Estamos de turno aún.

Lo vio hacer un gesto ligero con la mano.

—Sungguk está en el baño, tardará horas ahí —como si con ello lo hubiera dicho todo, le cogió de la muñeca y lo hizo subir tras él.

Su amigo debió estar examinando el conjunto antes de recibirlos en casa, ya que lo encontró colgado del ropero en la habitación matrimonial. Estaba absolutamente pulcro. Y era precioso. Blanco, con el cuello de un tono crema. Su camisa era de la misma tonalidad e iba acompañado con un corbatín en vez de una corbata, a pesar de que Dae las amaba. Era, además, un traje que Minki había contemplado en más de una oportunidad en el escaparate de una tienda en el centro de la ciudad. Y eso Dae debía saberlo, porque fue justo a él a quien se lo había mostrado.

Su estómago dolió, su alma se sentía peor.

Quería llorar, así que se obligó a observar la ventana para apartar las lágrimas. ¿Por qué, entre toda la ropa habida y por haber, Dae había escogido justo ese?

—¿Te gusta? —quiso saber Dae, quien se mecía en la punta de los pies con nerviosismo.

Claro que sí, deseó gritarle, *este traje se suponía era mío.*

En vez de ello, posicionó las manos en su vientre y se lo aplastó para recordarse respirar.

—Es precioso —tragó saliva.

Él no iba a ser el responsable de arruinarle la felicidad a su amigo. Minki podría conseguir otro traje, y si no lo hacía, ¿qué problema habría con usar uno similar?

Sin apartar la mirada del traje, Minki se quitó la chaqueta, el cinturón y tiró de su corbata. Dejó su gorro a un lado, se peinó el cabello. Se desabotonó la camisa. Las botas las había dejado en la entrada, quitarse el pantalón fue sencillo. Dae lo ayudó acomodándole la camisa, mientras Minki ajustaba los botones de las muñecas. Los gemelos eran de distinto color, uno azul y el otro verde. Él no tenía idea por qué Dae había escogido algo así.

La chaqueta calzaba a la perfección en sus hombros, al igual que el largo del tiro. En tanto Dae posicionaba un pañuelo en el bolsillo de la cazadora, Minki señaló hacia abajo.

—Dae, el pantalón te quedará corto —informó.

—¿Tú crees? —preguntó con aire distraído.

—Me queda bien a mí y tú eres más alto.

—Solo unos centímetros —Dae le restó importancia. Sintió sus manos en los hombros estirando líneas inexistentes—. ¿Te gusta?

Había un espejo en el cuarto, Minki se movió hasta él.

El nudo en su garganta fue tan repentino que se escuchó jadear.

No era justo, ese debió ser su traje.

El suyo.

¿Y si convencía a Dae para que se comprara otro? *No*, se dijo y pasó la mano por su acelerado corazón. Él no podía hacerle eso, no podía ser así de caprichoso. Minki se consideraba una persona mejor.

Pero quizás no lo era.

Era, después de todo, un monstruo, ¿no?

Y los monstruos no merecían finales felices.

Cuando Dae se interpuso entre su reflejo y él, por alguna razón tenía los ojos nublados. Debía estar conmocionado por lo perfecto que era el traje, su expresión ilusionada y feliz lo decía todo. Sus celos por fin se esfumaron y aquella confesión fue sincera, venía del corazón.

—Es precioso, Dae. Te quedará hermoso, no lo dudes.

Obtuvo una mirada distraída de su amigo, quien intentaba arreglarle un mechón de cabello.

—Tienes algo extraño —dijo—, déjame arreglarlo.

¿Por qué alguien tendría un secador en una habitación? Ese tipo de orden a Minki no le hacía sentido. No obstante, Dae era Dae, alguien por esencia particular. Y se veía tan feliz que no quiso destruirle ese brillo en los ojos, así que le permitió que acomodara algo en su pelo que Minki no identificada.

—Perfecto —anunció Dae una vez más.

Minki buscó su reflejo en el espejo.

—¿No crees que me dejaste demasiado peinado para ir a trabajar? —bromeó.

—Ahora está perfecto.

—No lo niego —se toqueteó el corbatín hasta alinearlo. Como el chico se mantuvo a su lado sin moverse, Minki le recordó—. Las fotos, Dae.

—¡Cierto!

En vez de sacar su teléfono, buscó en su ropero y sacó una cámara profesional. Una de las tantas cosas a las que Dae se había aficionado el último tiempo era a la fotografía. Para su último cumpleaños Sungguk le había regalado aquella cámara (sacada a doce cuotas sin interés). El estado financiero de esa familia siempre sería preocupante, por fortuna el de ellos se había regularizado con la venta del departamento de los padres de Jaebyu.

Dejó que Dae le tomara todas las fotografías que deseara. Cuando bajó la cámara y la dejó colgando de su cuello, Minki se dispuso a quitarse el traje para no arrugarlo ni ensuciarlo.

—¡Espera! —lo detuvo Dae—. Quiero unas fotos afuera.

—Dae, tengo que volver a trabajar —se excusó con preocupación. No era que a Minki le importara mucho su empleo, menos ahora considerando los últimos meses, pero tampoco quería ser dado de baja. Ser policía era lo único que sabía hacer. No iba a soltarlo cuando esto había salvado a su familia de un final tan terrible.

—Solo unas fotos más —suplicó Dae con las manos sobre su pecho—. Necesito luz natural.

—Afuera está horrible —aseguró Minki.

—Mejor, los días nublados dan una iluminación perfecta.

Minki suspiró, aun así salió del cuarto y bajó la escalera. Sungguk había abandonado por fin el baño, pero no usaba su uniforme azul. Iban a juego con Dae, ambos en un traje con camisas oscuras. Incluso se había peinado y acomodado el cabello con fijador.

—¿Qué...? —eso fue lo único que alcanzó a decir, ya que Sungguk le había tendido la mano para que se la cogiera.

—¿Estás preparado? —le preguntó.

Su corazón resonaba con tantas fuerzas que pensó iba a fallarle.

—¿Qué está sucediendo? —murmuró.

Sungguk le sonrió.

—Te llevo a tu boda. ¿No me pediste que te escoltara al altar?

Sus manos se fueron a su boca temblorosa, sus ojos grandes y nerviosos se movieron de Sungguk a Dae, que mantenía la cámara en alto para capturar el momento en un video que Minki miraría por años.

—No jueguen conmigo —suplicó.

—No lo estamos haciendo —juró Sungguk con su mano libre sobre el pecho—. Vamos, estamos llegando tarde.

Temblaba tanto que apenas logró coger la mano de Sungguk. Fue así como, llorando y secándose las lágrimas con el pañuelo que Dae había guardado en el bolsillo de la chaqueta, Minki ingresó a su propia casa para encontrarla arreglada y acomodada. Los muebles habían desaparecido y, desde la entrada hasta el patio trasero, se emplazaba una alfombra clara bordeada por flores y cubierta con pétalos. Por fin entendió las facturas que Jaebyu había pagado con la cuenta que compartían, ya que esperaba que Minki las viera y pudiera entender lo que iba a suceder.

Por supuesto que no lo hizo, así que no pudo contener el llanto desesperado que escapó de su garganta cuando, de la mano de Sungguk, ingresó al patio trasero y la canción «November rain», esa que les pertenecía a ellos, dio inicio un 1 de noviembre, para acompañar, tal como en su video musical, una boda. Había sillas a ambos lados del camino, cada una de ellas usadas por las personas que más amaba en el mundo, todos ahí reunidos por él. Estaba hasta su gatita Petro, que le habían atado un lazo al cuello y ella lo mordía para quitárselo.

Lo recibieron aplausos suaves.

Los mellizos lo esperaban en la entrada, ambos con una canasta repleta de flores que fueron lanzando en el camino con total desorden y desprolijidad, aunque con completa felicidad. Sus risas le acariciaron los oídos, al igual que la queja bajita de Minah que se ubicaba en los brazos de su hermano Minjae. Portaba en su pecho dormido una cajita que debía contener los anillos.

No, no en plural.

Solo uno, el de Jaebyu, el que Minki se probó y erróneamente pensó sería para él.

Y al finalizar la alfombra, en un altar improvisado de flores y bajo el único árbol que adornaba el jardín, lo esperaba Jaebyu con un traje a juego con el suyo. Usaba una corbata a diferencia de él, que el enfermero toqueteaba de los puros nervios al verlo caminar en su dirección. A su lado estaba Somi que incluso lloraba más que el propio Minki.

En ese momento, las miradas de Jaebyu y la suya se encontraron y él entendió que no podía desear nada más en el mundo. Después de todos esos años, Minki seguía con Jaebyu.

Y Jaebyu estaba todavía con él.

Sungguk dejó ir su mano que Jaebyu atesoró entre las suyas como si fueran el diamante más costoso. Su atención fue de aquel toque a su rostro ilusionado, aunque también ansioso.

—¿Sigues con nosotros, oficial Lee? —preguntó Jaebyu.

—No, señor Yoon —dijo, y le corrigió—. Hoy soy solo tuyo.

Las cejas de Jaebyu estaban arriba, una sonrisa tímida se dibujaba en sus labios.

—¿Eres mío?

—Siempre tuyo.

Se pertenecían, ambos.

Así, con un cielo que amenazaba con romper a llover, Minki y Jaebyu dieron el sí definitivo con un beso que se extendió entre aplausos y exclamaciones atrevidas.

Al separarse, los ojos de Minki por fin se toparon con Moon Minho, que se ubicaba al lado de su madre. Ambos se dieron una afirmación pequeña, porque lo particular que tenían los monstruos era que se reconocían entre ellos.

Sin embargo, el doctor Kim se había equivocado con respecto a algo. Nadie nacía siendo un monstruo. Por eso, lo que diferenciaba al resto de la humanidad con ellos, era que los monstruos entregarían esa humanidad para proteger a los que amaban.

Y Minki, tal cual se lo dijo su abuela, era un monstruo.

Y nunca dejaría de serlo.

Pero, tal como le había enseñado Daehyun, al menos los monstruos eran felices con las decisiones que tomaban.

FIN

Minki & Jaebyu
1 de noviembre
Juju & yo
Me dice querido, porque soy
muy querido por él
Mi familia Yoon
Mi madrina de boda y
mejor amigo rudo y m
El amor es más fuerte q
nuestros monstruo

Un omega puede vivir sin su alfa,
pero un alfa sin omega muere.
En un mundo gobernado por animales
solo el más fuerte sobrevive.

Hanahaki Disease
¿Puedes curarte de la infección?

Sígueme en Instagram y Wattpad Lily_delpilar